북 한 문 학 예 술 7

지향과 현실

남북문화예술의 접점

북한문학예술 7

지향과 현실: 남북문화예술의 접점

© 단국대학교 부설 한국문화기술연구소, 2014

1판 1쇄 인쇄__2014년 09월 08일
1판 1쇄 발행__2014년 09월 18일

엮은이__단국대학교 부설 한국문화기술연구소
펴낸이__양정섭
펴낸곳__도서출판 경진
      등록__제2010-000004호
      블로그__http://kyungjinmunhwa.tistory.com
      이메일__mykorea01@naver.com

공급처__(주)글로벌콘텐츠출판그룹
      대표__홍정표
      편집__김다솜 노경민 김현열 **디자인**__김미미 **기획·마케팅**__이용기 **경영지원**__안선영
      주소__서울특별시 강동구 천중로 196 정일빌딩 401호
      전화__02-488-3280 **팩스**__02-488-3281
      홈페이지__http://www.gcbook.co.kr

값 22,000원
ISBN 978-89-5996-419-2 93810

북 한 문 학 예 술

7

지향과 현실

남북문화예술의 접점

경진출판

일러두기

〈 〉: 작품
「 」: 논문, 비평문, 기사
『 』: 단행본, 잡지
≪ ≫: 총서, 신문
- 북한 인명 및 용어(주법), 작품 표기는 북한식 표기를 따랐다.
   예) 리기영, 론설, 령마루, 롱음주법, 죽바침주법, 손풍금
- 북한 자료의 원문 직접 인용 시, 북한식 표기를 따랐다.

책머리에

이 책은 문화예술의 수준에서 다양한 방식으로 남북한의 접점을 확인하려는 시도다. 이는 무엇보다 남북한 문화예술이 서로 만나 소통과 교류를 진행할 수 있는 다양한 통로를 확보하는 작업으로서의 의의를 갖는다.

이러한 접점 가운데 가장 먼저 생각해 볼 수 있는 것이 바로 남북한이 공유하는 문화적 전통이다. 전통은 반세기를 훌쩍 뛰어넘는 오랜 분단 기간 이질화된 남북한 문화가 만나 소통과 교류를 모색할 수 있는 중요한 접점이다. 우리는 남북한의 문화전통 계승과 (재)해석 방식의 공통점과 차이를 확인함으로써 '전통'을 매개로 한 문화적 소통의 기반을 구축할 수 있다.

또 하나의 접점은 남북한이 공유하는 분단의 기억과 대결의 상처다. 문화예술은 그 기억을 직시하고 아픈 상처를 보듬고 치유하는 방식으로 두 세계를 연결할 수 있다. 어쩌면 우리는 "문화예술이 갈등을 해소하고 상처를 치유하기 위해 어떤 일을 할 수 있을까"를 묻고 답하는 과정에서 평화적 소통과 교류를 위한 또 다른 가능성을 찾게 될지도 모른다.

따라서 남북문화예술의 접점을 모색하는 이 연구서의 가장 중요한 키워드는 전통과 기억이다. 이 책의 구성은 다음과 같다. 먼저 1부 '지평과 전통'에서는 아리랑, 춘향전과 같은 고전과 예술적 전통이 북한에서 계승, 해석되는 방식을 검토하게 될 것이다. 예컨대 우리는 1960년대 몽골 음악무용학교 교사로 활동한 북한 가야금 연주자 김종암이 몽골 전통악기 야탁의 부흥에 관여한 양상을 확인할 수 있다. 이러한 검토는 북한에서 진행된 전통계승과 변형의 구체적인 양상을 확인하는 일일 뿐만 아니라 남북한의 전통계승과 해석방식의 공통점과 차이를 도출하는 작업의 기초가 될 수 있다.

다음으로 2부 '기억의 심상과 표상'에서는 남북한문예가 삶, 전쟁과 분단의 기억을 아우르는 방식을 검토하게 될 것이다. 이러한 기억은 속성상 상처가 각인된 기억, 쉽사리 외화되거나 표상될 수 없는 내면화된 기억들이다. 2부에 실린 글들은 지배체제의 수준에서 그리고 체제 구성원 개인의 수준에서 그 기억이 간직되고 표상되는 여러 방식들을 검토할 것이다. 그 과정에서 우리는 분단의 아픔과 상처를 보듬는 예술의 치유적 상상력을 확인할 수 있을지도 모른다.

끝으로 3부에서는 '지향성'의 차원에서 북한문예를 다루는 남한 학계의 관점과 접근태도를 성찰해 보게 될 것이다. 이렇게 지난 수십 년간 진행된 북한문예연구의 성과와 한계를 반성적으로 회고하는 작업은 남북한 교류와 소통을 위한 문화예술의 기능과 과제를 확인하는 작업의 밑거름이 될 것이다.

이 책은 북한 문학·음악·영화·미술 분야에서 전문가로 자리를 굳힌

전문연구자들의 주제 연구를 한 자리에 모아 그 양상을 보다 다양한 지평에서 관찰한 작업이다. 그런 의미에서 이 책은 문화예술의 영역에서 진행된 융합연구의 바람직한 모델로 평가해도 무방할 것이다. 이 책은 한국연구재단 중점연구소 지원으로 단국대학교 부설 한국문화기술연구소에서 진행 중인 〈통일시대를 대비한 남북한 문화예술의 소통과 융합방안 연구〉의 단행본 연구성과다. 이 책이 나오기까지 많은 분들의 도움을 받았다. 먼저 필자로 참여해준 한양대학교 김영운 교수, 건국대학교 전영선 교수와 남원진 교수, 영남대학교 박소현 교수, 중앙대학교 오창은 교수, 한국전통문화대학교 박계리 교수에 감사한다. 또 황희정·김보경·최은혁·김지현·박은혜에게 깊은 고마움을 전한다. 무엇보다 이 책의 출판을 흔쾌히 승낙해 준 도서출판 경진의 양정섭 대표와 편집, 교정을 맡아 준 김다솜님께 감사한다.

2014년 9월
단국대학교 부설 한국문화기술연구소
소장 김수복

목 차

2부 기억의 심상과 표상

3부 지향과 현실

제1부

지평과 전통

민요 〈아리랑〉에 대한 북한의 인식 태도

: 1990년대 이후 북한의 신문·잡지 기사를 중심으로

김영운

1. 머리말

〈아리랑〉은 우리 민족을 대표하는 노래로 2012년 12월 유네스코 인류무형유산에 등재된 바 있다. 유네스코 인류무형유산에 등재된 악곡은 수많은 아리랑계 악곡 중 특정한 한 두 곡이 아니라, 그동안 우리 민족이 즐겨 부르던 아리랑계 악곡을 모두 포괄하는 것이었다. 그럼에도 불구하고 2012년의 아리랑 유네스코 등재 과정은 우리 대한민국 문화재 당국이 주도하였고, '아리랑'을 공유하고 있는 북한이나 재외 동포사회는 직접적으로 이 과정에 참여하지 않았기 때문에 이들 지역을 전승기반으로 하는 아리랑계 악곡은 등재과정에서 특별히 검토된 바 없다.

이는 기존 아리랑관련 연구의 대부분이 남한지역에 전승되는 아리랑을 대상으로 하였으며, 그 연구결과 역시 아리랑의 주된 발생·전승지역을 남한지역으로 보았기 때문인 듯하다. 그러나 오늘날 한민족을 대표하는 노래로 인식되고 있는 아리랑계 악곡의 형성과정에서 북한지역이

제외될 수 있는지에 대한 본격적인 학술적 검토가 이루어진 바 없으며, 최근 중국 동북지방이나 구소련지역 동포 사회에 전승되는 아리랑이 국내에 알려지기도 하였다. 따라서 한민족 아리랑 전체를 조망하기 위하여 이들 지역의 아리랑에 대한 학술적인 검토가 필요함을 인식하고, 이러한 연구에 관심을 기울이는 연구자들도 있어왔다. 그러나 아리랑의 주된 발생·전승지역이 한반도이고, 해외 동포사회의 아리랑은 이들 한반도의 아리랑이 전파된 것이 분명하다면, 남한지역 이외의 아리랑에 대한 연구 대상으로 북한지역 아리랑에 관심을 갖는 것은 당연하다 하겠다.

남한지역에서 발생·전승된 아리랑계 악곡의 음악적인 측면은 그간의 몇몇 연구를 통하여 그 전모가 어느 정도 드러났다고 판단된다. 즉 남한지역의 다양한 아리랑은 강원도지방의 향토민요 아리랑이 모곡(母曲)이며, 이 노래가 서울·경기지방에 전해져 경토리로 불리면서 〈구조아리랑〉을 낳았고, 이 곡이 서양식 5음음계 음악으로 편곡되어 영화 〈아리랑〉의 주제가가 되었으며, 이를 전후하여 오늘날 경상도·전라도 지역을 대표하는 것으로 알려진 아리랑계 악곡들이 만들어져 널리 불리게 되었다는 정도의 인식을 남한의 연구자들 사이에서는 공유하고 있는 것으로 보인다.

그러나 그동안 남한사회에 알려진 북한 측의 음원자료나 악보자료, 연구서 등에 의하면 북한지역에도 적지 않은 아리랑계 악곡이 전승되고 있음을 알 수 있으며, 이들 아리랑계 악곡의 유래에 관한 다양한 견해가 소개되고 있다. 뿐만 아니라 이들 북한 측의 자료에 의하면 아리랑계 악곡 중 동일한 곡의 제목이 남한과 서로 다른 악곡을 가리키는 경우도 있고, 아리랑계 악곡의 주된 전승지역을 서로 다르게 이해하는 경우도 발견된다. 심지어 같은 악곡으로 볼 수 있는 곡을 부분적인 노랫말이나 선율의 차이를 이유로 서로 다른 악곡으로 이해하는 경우도 있는 듯하다. 따라서 북한사회나 북한의 민요연구자들이 지니고 있는 아리랑에 대한 이해 태도와 그 연구성과 등을 자세히 살펴보고, 남한

연구자들의 연구결과나 남한사회의 아리랑에 대한 인식 태도와 비교함으로써, 남북 사이에 존재하는 아리랑에 대한 관점의 공통점과 차이점을 드러내고, 나아가 인식과정에 오류나 오해가 있다면 이 점에 대한 논의를 통하여 한반도의 아리랑계 악곡에 대한 바른 이해의 토대를 구축할 필요가 있다.

이미 김연갑·이창식 등의 선구적인 작업1)을 통하여 북한사회의 아리랑에 대한 인식과 이해의 정도를 어느 정도 파악하게 되었으나, 음악적인 관점에서 이 문제에 접근한 연구는 그리 많지 않았다. 본래 아리랑이 민요였고, 여기에서 다양한 아리랑계 악곡이 파생되었다면, 아리랑 연구 역시 음악적인 논의가 매우 중요하다고 할 수 있다. 특히 남북 아리랑계 악곡에는 각 지역의 정치·사회적인 관점이 반영되는 등 노래 사설에서는 적지 않은 차이를 드러내고 있는 점을 고려한다면, 남북 아리랑의 비교연구에서는 음악적인 연구가 매우 중요함을 알 수 있다. 이 글은 본격적인 북한 아리랑에 대한 음악적 접근에 앞서 북한사회의 아리랑에 대한 인식을 음악연구자의 관점에서 충실히 이해하기 위한 과정의 일부이다.

따라서 이 글에서는 1990년대 이후 북한 측의 자료를 통하여 북한사회의 아리랑에 대한 인식 태도와 그 내용, 북한 연구자들이 이루어 놓은 아리랑계 악곡에 대한 연구성과 등을 중점적으로 살펴보고, 남북 사이에 이견이 있거나 남측에 잘 알려지지 않은 사실을 드러내는데 주안점을 두고자 한다. 그리하여 향후 남북한 음악학계의 아리랑 연구성과를 종합·정리하는 기초로 삼고자 한다.

---

1) 김연갑, 『북한아리랑연구』, 청송, 2002; 이창식, 「북한 아리랑의 문학적 현상과 인식」, 『한국민요학』 제9집, 한국민요학회, 2011, 215~230쪽.

2. 아리랑 관련 북한 측 자료의 성격

이 글에서 주로 활용할 통일부 북한자료센터에 소장된 북한 측 문헌 자료 중에서 아리랑에 대한 글은 그리 많은 편은 아니다. 이들 중 음악적인 논의를 치밀하게 진행한 글은 드물고, 대부분은 아리랑이 우리 민족에게 매우 중요하고 의미 있는 노래라는 점을 강조하면서, 이를 계승하여 창작된 각종 아리랑들이 북한사회에서 어떠한 의미를 지니는지 등에 대한 정치적 견해를 드러내는 것이 많은 편이다. 민요로서의 아리랑에 대하여 논의한 글 중에는 남한의 학술지 등에 실리는 학술논문과 유사한 형태의 글, 즉 주제에 대한 논의를 집중적으로 다루면서 관련 자료를 제시하고 이를 분석·정리한 다음, 이를 토대로 필자의 학문적인 주장을 펼치는 글이 매우 드물다. 설혹 글쓴이의 견해를 주장하는 경우에도 논리적인 이유나 관련 자료의 제시를 생략하고, 자신의 주장만을 서술하는 경우가 많다. 따라서 대부분의 글들은 잡지의 한 쪽 정도의 분량이거나, 특별히 지면을 많이 할애하는 경우도 4~5쪽을 넘지 않는 것이 보통이다.

또한 아리랑관련 단행본으로는 최근 윤수동의 『조선민요 아리랑』이 국내에 영인·소개되었다.[2] 이 책은 아리랑에 관한 논의를 비교적 광범위하게 다루고 있는데, 특히 음악적인 내용을 중심에 두고 논의한 본격적인 음악연구서라 할 수 있다. 위의 윤수동의 책 이외에도 그간 북한에서 간행된 몇몇 악보집과 음향자료 등이 남한사회에 소개된 바 있어, 이제는 북한 아리랑에 관한 면모를 어느 정도는 살펴볼 수 있게 되었다. 그럼에도 불구하고 북한에서 아리랑과 관련하여 쓴 글 중에는 정치적 견해를 강하게 반영하는 것이 많다. 이 중 몇 가지를 예로 들어 북한사회에서 아리랑을 어떻게 인식하고 활용하는지 살펴보고자 한다.

≪로동신문≫ 2001년 9월 18일(화)자 4면에 실린 함원식의 「아리랑곡

---

2) 윤수동, 『조선민요 아리랑』, 문학예술출판사, 2011.

조에 비낀 시대의 랑만」이란 글은 북한의 근대 창작곡인 〈강성부흥아리랑〉과 〈군민아리랑〉을 찬양하는 내용의 글이다. 이 같은 경우는 계간『문화어학습』2002년 1호 23쪽 명가사감상란에 실린 리영호의 「강성대국건설을 힘 있게 고무추동하는 새 시대의 아리랑: 가요 ≪강성부흥아리랑≫에 대하여」에서도 볼 수 있다. 이 역시 정치적 관점에 기초하여 창작곡인 〈강성부흥아리랑〉과 북한의 정치지도자를 찬양하는 내용이다. 창작가요의 노랫말이 어문 관련 출판물의 '명가사감상'란에 실린 점이 북한사회의 특수성을 잘 보여주고 있다. 반면에 ≪로동신문≫ 2002년 6월 23일(일)자 4면에는 창작곡인 윤두근 작사 안정호 작곡의 〈철령아리랑〉악보가 게재되었는데, 이 곡은 후렴이 "아리아리아리랑 아라리요 철령아 말해다오…"로 시작되지만 노랫말에는 '강성부흥'·'장군님 선군길' 등 정치적 내용을 다루고 있다. 또한 월간잡지『금수강산』2002년 6호 2쪽에 실린 〈정론〉은 제목이 「아리랑」이지만, 민요 아리랑에 대한 논의가 중심이 아니라, 지난날의 아리랑을 눈물과 슬픔의 아리랑으로 규정하고 '행복의 아리랑과 함께 무궁번영하라'는 정치적 내용이 주를 이루고 있다. ≪로동신문≫ 2002년 7월 11일(목)자 2면 〈정론〉에는 송미란(로동신문사 론설원)의 「태양민족의 아리랑」이 실렸지만, 이글 역시 민요 아리랑을 실마리 삼아 정치적 견해를 주장하는데 거의 대부분을 할애하고 있다. 이처럼 아리랑에 의탁하여 정치적 성향의 글이 많이 발표된 2002년은 김일성 90회 생일을 맞아 집단체조 아리랑이 첫 선을 보인 해였다.

아리랑과 관련된 음악인의 글로는 월간『조선예술』2005년 5호 25쪽에 실린 〈평론〉으로 학사 허창활(윤이상음악연구소 연구사)의 「관현악 〈아리랑〉의 감화력은 어디에 있는가」라는 글이 있다. 이 글은 '관현악 〈아리랑〉'을 긍정적으로 평가하는 글이다. 본문에서 29년 전에 김정일의 지도 아래 완성되었다고 하는 점으로 보아 이 글에서 말하는 '관현악 〈아리랑〉'은 1976년에 작곡된 최성환의 〈아리랑 환상곡〉을 지칭하는 것으로 보인다. 글의 내용은 관현악 〈아리랑〉의 음악적인 구성과 내용 등을 자세하게 소개하면서 "관현악 〈아리랑〉은 우리 민족사와 더불어 우리 인민들의 마음과 마음을 담아 불러온 민요 〈아리랑〉을 철학적으로 깊이 있으면서도 민족적정서와 시대적미감에 맞게 훌륭히 형상한 주체적인 우리 식 관현악이다."[3]라고 평가하고 있다.

이상 아리랑과 관련된 제목을 달고 있지만, 음악적인 논의보다는 정치적 견해를 강하게 담고 있는 몇몇 글을 살펴보았다. 그러나 이 논문의 주된 목적은 북한사회에서 아리랑을 어떻게 이해하고 있으며, 북한 학자들의 아리랑 연구성과는 어떠한지를 살피고자 하는 것이므로, 이처럼 정치적인 글은 더 이상 논의의 대상으로 삼지 않고자 한다.

다음 장에서는 민요 아리랑을 개관하거나 아리랑의 유래와 전승, 나아가 개별 악곡에 관한 논의를 주로 다루는 글을 대상으로 북한지역의 아리랑에 대한 여러 면모를 살펴보고자 한다. 다만 아쉬운 점은 현재 남북한의 사정으로 인하여 북한지역에서 출판된 저술물 대부분을 구득하기 어렵다는 점이다. 따라서 이 글에서는 통일부 북한자료센터에 소장된 자료 중 1990년대 이후의 자료에 한정하여 논의를 진행할 수밖에 없으며, 그로 인하여 누락된 자료도 적지 않을 것이다. 또한 이 글에서 언급되는 저술들 상호간의 관련성도 전혀 짐작할 수 없는 실정이다. 이와 같은 이 글의 한계는 후일의 보완을 기다릴 수밖에 없을 것이다. 그럼에도 불구하고 아리랑이 유네스코 인류무형유산 목록에 등재되는 등 최근의 사정을 감안한다면 북한지역 아리랑에 대한 논의가 필요한 시점이라고 판단된다.

---

3) 이 글에 인용된 북한 자료의 원문은 철자법과 띄어쓰기 등을 원문 표기대로 적었다.

3. 아리랑 및 그 유래와 전승에 대한 이해

이 장에서는 북한 측의 아리랑관련 저술 중에서 민요 '아리랑'의 성격을 규정하고 아리랑계 악곡을 개관하거나, 또는 아리랑의 유래나 아리랑계 악곡의 발생·전승 등을 다루고 있는 글을 대상으로 북한사회의 아리랑에 대한 인식 태도는 어떠한지에 대하여 살펴보고자 한다.

1997년『금수강산』제4호 49쪽의 〈유구한 민족사의 갈피를 더듬다〉란에 「경복궁 재건공사와 〈아리랑〉」이라는 글이 실렸다. 필자를 '본사 기자'라고만 밝힌 이 글에는 경복궁 재건공사에 동원된 덕철이라는 젊은이와 관련된 '아리고개' 이야기가 소개되어 있다.

강원도 어느 산골에서 왔다는 덕철이라는 젊은이도 그들 중의 한사람이었다. 아버지, 어머니를 잃고 어린 누이동생 옥이와 빚값에 최풍헌네 집으로 끌려간 덕철은 궂은 일, 마른 일 가리지 않고 힘들게 일해야 했다. 그중에서도 앞산에 있는 아기고개를 넘어가 땔나무를 해오고 곡식을 져나르는 일은 말할 수 없이 힘들었다. 너무도 힘에 겨워 아기고개 마루에 올라오면 쓰러져 한동안 일어나지 못하였다. 그때면 어린 남매는 서로 부둥켜안고 눈물만 흘리였다. 하기에 이들 오누이는 이 고개를 넘어가는 것이 고달프고 마음 쓰리다 하여 아리고개라고 불렀다.

경복궁공사가 시작될 때 최풍헌네 〈원납전〉대신에 부역에 끌려나오며 덕철은 쓰린 가슴을 부여안고 옥이와 헤여지지 않으면 안되였다.

그의 입에서는 구슬픈 노래가락이 자주 흘러나왔다.

쓰라린 아리고개 넘겨주소
우리 옥이 넘겨주소
아리고개 나를 넘겨주소.[4]

---

4) 본사 기자, 「〈유구한 민족사의 갈피를 더듬다〉: 경복궁 재건공사와 〈아리랑〉」, 『금수강

이 글에서 거론하고 있는 덕철과 옥이, 아기고개(아리고개) 이야기뿐만 아니라, 이어지는 응백이와 분이의 사랑과 이별에 얽힌 이야기들은 인용이나 수집경위에 대한 정보가 전혀 소개되지 않은 점이 아쉽다. 실제로 이 글에서는 민요 아리랑의 발생이나 전승에 관한 언급은 거의 없다.

『천리마』 1998년 9호 76~77쪽 하단에 원고지 5매 정도의 짧은 글로 실린 「민요 〈아리랑〉의 유래」는 '성부와 리랑' 이야기를 아리랑의 시원으로 소개하고 있다.

> 옛날 한 마을에 김좌수라는 지주집에서 머슴살이를 하는 리랑이라는 총각과 성부라는 처녀가 있었다. 흉년이 든 어느 해 그들은 이 지방에서 일어난 인민들의 폭동에 가담하였다가 요행 관군의 추격에서 몸을 피신하여 수락산속에 들어가 행복하게 살았다. 그 후 리랑은 외래침략자들을 반대하는 싸움터로 나갈 결심을 품고 사랑하는 안해인 성부와 리별하지 않으면 안되였다. 성부는 석별의 정을 금치 못하여 남편인 리랑을 그리면서 노래를 불렀는데 그 노래가 〈아리랑〉으로 되었다고 한다.5)

이 글에서는 이외에도 평안도의 〈서도아리랑〉, 경기도의 〈긴아리랑〉, 전라도의 〈진도아리랑〉, 경상도의 〈밀양아리랑〉 및 영화주제음악 〈아리랑〉 등을 언급하며 아리랑계 악곡은 다양한 변종들이 있어서 그 수가 얼마나 되는지는 딱히 알 수 없다고 하였다. 이 글에서 언급한 '성부와 리랑'의 이야기는 북한사회에서 아리랑계 악곡의 유래를 언급할 때 매우 비중 있게 소개하는 이야기이다. 그러나 남한사회에서는 전혀 거론되지 않던 이야기이며, 북한 측의 자료를 통하여 남한사회에 소개되었다. 반면에 아리랑계 악곡의 대표적인 것으로 소개한 노래 중

산』 4호, 오늘의조국사, 1997.4, 49쪽.
5) 「민요 ≪아리랑≫의 유래」, 『천리마』 9호, 천리마사, 1998.9, 76~77쪽.

〈서도아리랑〉은 남한에서는 〈구조아리랑〉이라 부르는 곡인데, 이를 평안도지방의 민요로 이해하고 있는 점은 남한의 견해와 차이가 있다. 뿐만 아니라 경기도의 대표적인 아리랑으로 〈긴아리랑〉을 언급하는 점도 남한 학계의 인식과는 차이를 보이는 부분이다.

2000년대에 접어들어 『금수강산』 2000년 11호 54쪽에서는 김정희의 글로 「겨레의 애창곡 〈신아리랑〉」이 실렸다. 이 글은 일제강점기의 잡지 「삼천리」를 인용하여 영화주제가 〈아리랑〉의 형성과정을 비교적 상세하게 다루고 있다.

> "지난 날 발행되였던 잡지 〈삼천리〉 1937년 1월호에는 「라운규 〈아리랑〉 등 자작전부를 말함」이라는 기사에 기자와 라운규가 나눈 문답자료가 실렸다.
>
> 문: 〈…아리랑 아리랑 아라리오 아리랑고개를 넘어 간다〉하는 이 노래는 누가 지었는지요?
>
> 답: 내가 지었소이다. 어릴 적 소학교시절에 청진에서 회령까지 철도를 놓기 시작하였지요. 그때 남쪽에서 온 품팔이로동자들이 철길뚝을 닦으면서 〈아리랑 아리랑〉하고 구슬픈 노래를 불렀지요. 그것이 어찌나 내 마음을 찔렀던지…. 나는 길을 가다가도 그 노래가 들리면 걸음을 멈추고 귀를 기울였지요. 그리고는 아련하면서도 정 깊게 넘어 가는 그 선율을 혼자서 외우고 또 외워 보았답니다. 그 후 서울에 올라 와서 나는 〈아리랑〉노래를 찾으려고 무진 애를 썼지요. 그런데 그때 민요로는 겨우 〈강원도아리랑〉이 불리워졌을 뿐 내가 요구하는 아리랑을 끝내 찾지를 못했습니다….
>
> 우에서 알 수 있는 바와 같이 무성영화 〈아리랑〉의 주제가인 〈신아리랑〉의 가사는 라운규의 창작품이다. 선율은 당시 진보적연극단체인 〈취성좌〉의 전속극장이나 다름없었던 단성사의 음악부에서 바이올린을 연주하던 김영환의 곡이다."[6]

---

6) 김정희, 「겨레의 애창곡 〈신아리랑〉」, 『금수강산』 11호, 오늘의조국사, 2000.11, 54쪽.

위 인용문의 밑줄 친 부분은 『삼천리』에서 인용한 것으로 남한에서도 익히 알고 있는 사실이다. 이 글에서 주목되는 것은 영화주제가 〈아리랑〉의 가사는 나운규, 선율은 김영환이 만든 것으로 북한에서는 확정적으로 언급하고 있다는 점이다. 이와 관련하여 "김영환 역시 라운규의 가사를 〈본조아리랑〉에 토대하여 선율을 밀착시키고 다듬어 오늘 우리들이 즐겨 부르는 〈신아리랑〉을 창작하였다."[7]고 하였는데, 북한에서 〈신아리랑〉이라 불리는 곡은 영화주제가 〈아리랑〉, 즉 남한에서 〈본조아리랑〉이라 불리는 곡을 가리키는 것이다.

이듬해 『조선어문』 2001년 4호에는 김영철의 「〈아리랑〉민요군의 형성과 계보적발전」이라는 비교적 긴 글이 실렸다. 이 글의 도입부에서는 "파란 많고 슬픔에 젖은 어제 날 조선의 모습을 그대로 담은 민요 〈아리랑〉은 어버이수령님에 의하여 행복의 〈아리랑〉이 되었고 오늘은 경애하는 장군님의 선군령도에 의하여 강성부흥의 〈아리랑〉으로 온 세상에 높이 울려 퍼지게 되었다. 이처럼 민요 〈아리랑〉은 우리 민족의 생활과 감정정서와 떼려야 뗄 수 없이 밀접히 련결되여 있다."[8]는 정치적 견해를 강하게 드러내지만, 이어서 "민요 〈아리랑〉은 오랜 력사적기간 우리 인민들의 마음속에 자리 잡은 전통적인 민요로서 지역적으로나 시대력사적으로 구두전승되고 윤색되는 과정에 수다한 변종과 정서적색채, 시대와 지방적특색을 가지고 발전하여 하나의 큰 민요군을 이루었다."고 하였다.[9] 이 글에서는 민요 〈아리랑〉 일반에 대하여 다음과 같이 설명하고 있다.

"민요 〈아리랑〉은 그모두가 〈아리랑〉이라는 후렴구를 가지고 있는데서 공통적이며 이 후렴구로부터 〈아리랑〉이라는 가요의 이름도 생겨 난 것이

---

7) 위의 글, 54쪽.
8) 김영철, 「〈아리랑〉민요군의 형성과 계보적발전」, 『조선어문』 4호, 과학백과사전출판사, 2001.4, 18쪽.
9) 위의 글, 18쪽.

다. (…중략…) 〈아리랑〉구는 〈아리랑〉가요와 함께 전하여 지고 있는 수많은 전설적내용들에 비추어 보면 력사적으로 벌써 이른 시기에 발생하였다고 볼수 있다. 말하자면 〈아리랑〉구는 발생하여 중세 초기와 중기에 이르는 동안 조화로운 선율적결합을 이루면서 확대되여 〈아리랑〉가요의 후렴구로 완성되였다는 것이다. (…중략…) 후렴구가 완성되여 광범히 전파되면서 선창구와 결합하여 지방적인 다양한 색채와 변종을 가지게 된 것은 봉건중기로부터 말기에 이르는 기간이다. 특히 민요 〈아리랑〉이 다양한 절가형식을 띠면서 강원도아리랑과 같이 사실적인것과 결합되여 폭 넓게 발전하게 된 것은 봉건말기에 해당된다고 볼 수 있다."10)

위 인용문에서 아리랑이 폭 넓게 발전하게 된 시기를 봉건말기로 보는 것은 최영년의 『해동죽지』에 실린 기사 때문으로 보인다. 이 글에서는 다양한 아리랑계 악곡의 형성과정을 다음과 같이 설명하고 있다.

"민요 〈아리랑〉은 발생하여 전하여 지고 불리워 오는 과정에 매 지역과 고장마다에서 수다한 전설적연원을 가지고 창조되였을 뿐만 아니라 봉건말기까지 모든 도마다 자기 고장의 독특한 생활내용과 민심을 반영하여 수많이 창조되면서 커다란 〈아리랑〉민요군을 형성하게 되었다. 그리하여 봉건말기까지 매개 도에 〈아리랑〉노래가 다 있었으며 도의 이름을 담아(당시로서는 8도에 해당하는) 민요 〈아리랑〉이 특색 있게 창조되였고 지역별 변종을 가지게 되었다.

지역별로 불리워지는 민요 〈아리랑〉으로서는 〈서도아리랑〉, 〈중부아리랑〉, 〈남도아리랑〉, 〈령남아리랑〉 등으로 지역별 특색과 문물, 인정과 민심을 반영하면서 다양한 선율적특색과 선창구를 가진 아리랑들이 수많이 창조 되였다.

지역과 고장에 따라 이름 있는 아리랑들을 보면 밀양아리랑, 정선아리랑, 영일아리랑, 진도아리랑, 영천아리랑, 순천아리랑, 남원아리랑이

---

10) 위의 글, 18~19쪽.

있는가 하면 원산아리랑, 고성아리랑, 단천아리랑, 안주아리랑, 곡산아리랑, 서울아리랑, 창령아리랑, 문경아리랑들도 있다."[11]

김영철의 「〈아리랑〉민요군의 형성과 계보적발전」이라는 글에서 주목되는 점은 다음의 세 가지이다.

첫째, 아리랑에 많은 변종과 다양한 정서적 색채가 있다는 점이나, 시대와 지방적 특색을 가지고 발전하여 하나의 큰 민요군을 이루었다고 보는 점.
둘째, 민요 〈아리랑〉은 〈아리랑〉이라는 후렴구를 가지고 있는 점이 공통적이며, 이 후렴구로부터 〈아리랑〉이라는 이름이 생겼다고 보는 점.
셋째, 봉건말기까지 매개 도에 〈아리랑〉노래가 다 있었으며 도의 이름을 담아 민요 〈아리랑〉이 특색 있게 창조되었고 지역별 변종을 가지게 되었다는 점.

위의 첫 번째와 두 번째는 남북한에서 공통적으로 인식하고 있는 내용이지만, 세 번째 내용은 남북한 간에 인식에 차이가 있어 보인다. 남한 측의 연구에서는 구한말까지 아리랑계 악곡은 강원도를 중심으로 하는 동부 산간지방과 그 인접지역과 경기도 등 중부지방을 중심으로 불린 것으로 보고 있는데 비하여 북한에서는 이 시기에 이미 전국적으로 확산된 것으로 보는 점이 서로 다르다.

김영철이 다양한 아리랑계 악곡의 예로 든 곡은 〈밀양아리랑〉, 〈정선아리랑〉, 〈영일아리랑〉, 〈진도아리랑〉, 〈영천아리랑〉, 〈순천아리랑〉, 〈남원아리랑〉, 〈원산아리랑〉, 〈고성아리랑〉, 〈단천아리랑〉, 〈안주아리랑〉, 〈곡산아리랑〉, 〈서울아리랑〉, 〈창령아리랑〉, 〈문경아리랑〉 등이어서 남한사회에서는 비교적 생소한 제목의 아리랑들도 눈에 띈다. 그러나 김영철의 글에는 이들 아리랑이 구체적으로 어떤 가사와 선율을 지닌 것인지에 대한 언급이 전혀 없어 각 악곡의 개별적인 특징이나

---

11) 위의 글, 19쪽.

악곡들 사이의 변별적인 요소가 어떤 것인지 짐작하기 어렵다. 이어지는 "민요 〈아리랑〉은 연구자들이 수집한 자료를 놓고 보면 변종의 색채까지 합하여 수백 종에 달한다는 사람들도 있으나 엄밀하게 구별하여 그 양상적특성을 론할 수 있는 것 만 하여도 백여편을 넘는다고 볼 수 있다."[12]라는 언급으로 보아 저자는 자신이 알거나 수집한 백여 곡이 넘는 아리랑 제목 중에서 일부만 소개한 것으로 보인다. 김영철은 이 글에서 아리랑의 후렴구를 두 가지로 구분하고 있는데, 그 첫째 유형으로는 '아리랑 아리랑 아라리오 아리랑고개로 넘어 간다'를 제시하였고, 두 번째 유형으로는 '아리아리랑 스리스리랑 아라리가 났네 아리랑고개를 날 넘겨 주소'를 제시하면서 두 번째 유형은 주로 긴아리랑에서 많이 쓰이는 후렴구라 하였으나, 두 번째 유형의 후렴구가 경기 〈긴아리랑〉이나 강원도의 〈긴아라리〉의 후렴으로 쓰이지는 않기 때문에, 김영철이 지칭하는 '긴아리랑'이 어떤 곡인지는 알 수 없다.

같은 해인 2001년 『조선문학』 12호 70~72쪽에는 현재 김형직 사범대 어문학부 교수로 있는 박춘명의 「〈아리랑〉의 연원과 민족정서」라는 글이 실렸다. 박춘명은 최영년의 『해동죽지』와 『황성신문』 1911년 11월 3일자 논설 등을 인용하면서 "민요 〈아리랑〉이 19세기 중엽에는 상당한 정도로 파급되였으며 20세기 초엽에는 그것이 하나의 대중적인 가요로 인민들의 사랑을 받으며 널리 불리워 지고 있었음을 알 수 있다"[13]고 하였다. 이 글에는 〈아리랑〉의 발생과 관련하여 〈청산별곡〉의 후렴구가 그 시작이라는 주장[14]과 대원군의 경복궁 중건과 관련하여 '我耳聾'을 언급하기도 하였다. 이 글에서는 "〈아리랑〉이 우리 인민들에게 널리 보급되는 과정에 공통으로 전해 지고 있는 〈아리랑〉과 함께

---

12) 위의 글, 19쪽.

13) 박춘명, 「〈아리랑〉의 연원과 민족정서」, 『조선문학』 12호, 문학예술출판사, 2001.12, 70~72쪽.

14) 정익섭, 「진도지방의 민요고」, 『전남대학 논문집』 제5호, 1960.8. (김연갑, 『아리랑』, 집문당, 1988 참조.)

〈서도아리랑〉, 〈긴아리랑〉, 〈강원도아리랑〉, 〈경상도아리랑〉, 〈밀양아리랑〉, 〈영천아리랑〉, 〈진도아리랑〉, 〈초동아리랑〉 등 각양한 변종의 노래가 19 세기 말과 20 세기 초엽에 여러 지방들에서 창작되어 불리워졌다."15)고 하였으며, 몇몇 대표적인 아리랑계 악곡에 대하여 "평안도지방에서 불리워진 〈서도아리랑〉은 곡조가 서글프고 노래가사도 서글픈 생활감정을 반영하고 있다. 또한 경기도지방에서 불리워진 〈긴아리랑〉은 느리게 애조적으로, 〈강원도아리랑〉은 느리고 자유롭게, 그러면서도 애조적으로, 〈밀양아리랑〉은 〈양산도〉장단에 맞추어 경쾌하게, 〈영천아리랑〉은 사랑스럽고 흥겹게, 〈진도아리랑〉은 애조적으로 부르게 되어 있다."고 언급하여 〈서도아리랑(*구조아리랑)〉16), 〈긴아리랑(경기 긴아리랑)〉, 〈강원도아리랑〉, 〈밀양아리랑〉, 〈영천아리랑〉, 〈진도아리랑〉을 아리랑계 악곡의 대표적인 노래로 인식하고 있음을 드러내고 있다. 이 글에서는 영화주제가 〈아리랑〉 이후 유사한 악곡을 총칭하면서 '〈신아리랑〉가요군'이라는 용어를 사용하고 있다. 박춘명은 이 글의 내용을 축약하여 이듬해인 2002년 『천리마』 1호 80~81쪽에 「민요 〈아리랑〉의 민족적정서」라는 제목으로 발표하기도 하였다.

북한의 아리랑 관련 저술에서 잡지 10쪽 정도를 할애한 비교적 분량이 많은 글로는 현재 사회과학원 실장을 맡고 있는 문성렵 박사의 글이 있다. 『사회과학원학보』 2003년 3·4호에 걸쳐 연재된 문성렵의 「우리 인민의 민족적향취가 풍기는 민요 〈아리랑〉의 유래와 그 변종」이라는 이 글17)은 아리랑에 관한 비교적 상세한 논의를 정리한 글이다. 이 글은 '1. 〈본조아리랑〉의 유래, 2. 〈신아리랑〉의 유래, 3. 〈아리랑〉의 변종'의 3부분으로 구성되었는데, 도입부에서 "조선사람이라면 누구나

---

15) 박춘명, 앞의 글, 71쪽.
16) 이 글에서 〈악곡명〉 다음에 나오는 ( ) 안의 *는 남한에서 부르는 악곡명을 칭한다.
17) 문성렵, 「우리 인민의 민족적향취가 풍기는 민요 〈아리랑〉의 유래와 그 변종(1)」, 『사회과학원학보』 루계 39호, 2003, 35~39쪽; 문성렵, 「우리 인민의 민족적향취가 풍기는 민요 〈아리랑〉의 유래와 그 변종(2)」, 『사회과학원학보』 루계 40호, 2003, 51~55쪽.

다 잘 알고 즐겨 부르고 있는 〈아리랑〉에는 그 발생 초기의 것으로 인정되는 본조아리랑과 1920년대에 제작된 무성영화 〈아리랑〉의 주제가로 편작된 신아리랑이 있다. 여기서 본조아리랑은 발생이후 오랜 세월 불리워 지는 과정에 수많은 변종들이 생겨 난 아리랑이고 신아리랑은 본조아리랑의 가락에다 나라 잃은 민족수난기의 현실과 생활을 담아 새롭게 편작된 아리랑을 말한다."[18]고 하였는데, 〈신아리랑〉은 영화주제가 〈아리랑〉을 지칭한 것이고, 〈본조아리랑〉은 〈서도아리랑〉 즉 남한에서 〈구조아리랑〉이라 부르는 노래를 가리킨다.

문성렵은 〈본조아리랑(*구조아리랑)〉의 발생을 '성부와 리랑' 이야기에 연결하고 있는데, '성부와 리랑' 이야기를 조선『성종실록』1489(성종 20)년 9~12월 황해도 봉산, 재령, 신계에서 김일동(김막동)이 지휘한 농민폭동[19]과 관련지어 사실적인 것으로 이해하고 있다. 그는 "〈성부와 리랑〉전설에 이야기 되고 있는 력사적사실도 리조 초엽의 황해도지방을 배경으로 하고 있다는 것을 말해 준다. 이와 같이 전설에 깃들어 있는 인명, 지명, 력사적사실들을 우리 인민의 민족사와 결부시켜 볼 때 〈성부와 리랑〉전설은 〈본조아리랑〉의 유래와 관련된 것이며 따라서 〈본조아리랑〉은 리조 초엽 황해도지방에서 발생 발전한 〈서도아리랑〉이었다고 볼 수 있다."[20]라고 하였다. 이 점은 〈서도아리랑〉, 즉 〈구조아리랑〉의 유래를 강원도지방 아라리소리가 조선 말기에 경기도 지방에 전해져서 형성되었을 것으로 보는 남한 연구자의 견해[21]와 크게 다르다.

---

18) 문성렵, 「우리 인민의 민족적향취가 풍기는 민요 〈아리랑〉의 유래와 그 변종(1)」, 위의 책, 35쪽.

19) 『조선왕조실록』 성종 20년 12월 8일자 기사에 의하면 "적괴(賊魁)는 김경의(金京儀)이고, 다음은 김일동(金一同)이며, 다음은 박중금(朴仲金)과 나[閨山]"라 하였다.

20) 문성렵, 앞의 글, 36쪽.

21) 이보형, 「아리랑소리의 根源과 그 變遷에 관한 音樂的 硏究」, 『한국민요학』 제5집, 한국민요학회, 1997, 95쪽; 이보형, 「아리랑소리의 생성문화 유형과 변동」, 『한국민요학』 제26집, 한국민요학회, 2009, 95~128쪽; 김영운, 「아리랑 형성과정에 대한 음악적 연구」, 『한국문학과 예술』 제7집, 숭실대 한국문예연구소, 2011, 5~55쪽.

이어서 문성렵은 아리랑의 어원을 '아리랑—나는 사랑하는 님과 리별한다', 아난리요—'나는 사랑하는 님과 리별하기 어렵다', '아리아리랑 스리스리랑—아리다, 쓰리다'라는 우리말에서 유래된 것으로 설명하고 있으며, '아리랑고개'는 〈성부와 리랑〉 전설에 나오는 '아리랑고계'가 오랜 세월 사람들 속에서 널리 불리는 과정에서 와전된 것으로 보고 있다. 그 밖에도 아리랑의 발생 또는 '아리랑'의 어원과 관련하여 남북한 학계에서 논의된 바 있는 알영설, 자비령설, 아랑설, 아이롱설 등이 있음을 주석에서 간단히 언급하고 있다.

문성렵은 〈신아리랑〉의 유래에 관하여 "〈신아리랑〉은 1920년대 우리 나라 민족영화의 선구자였던 라운규(1901~주체26(1937))에 의하여 제작된 예술영화 〈아리랑〉(무성영화, 주체15(1926)년)의 주제가로 편작된 작품이다. 〈신아리랑〉을 편작한 사람은 당시 진보적인 연극단체의 하나인 단성사 음악부의 바이올린연주가이며 작사, 작곡가인 김영환(필명 김서정)이였다."[22]고 하면서 "〈본조아리랑〉이라는 이름은 이 〈신아리랑〉과 구별하기 위하여 조상전래의 〈아리랑〉에 붙인 이름이다."라고 하였다.[23] 또한 "〈신아리랑〉은 무성영화의 주제가로 불리워 진 이후 민간에 급속히 전파되였으며 가수 김련실의 창으로 〈픽타〉레코드에 취입된 다음에는 전국적판도에서 널리 보급되였다."[24]고 당시의 상황을 설명하였다.

문성렵의 글에서 주목되는 점의 하나는 19세기 말~20세기 초의 아리랑에 대한 구체적인 언급이다.

〈신아리랑〉편작의 기초로 삼았던 〈본조아리랑〉은 당시 많이 류행되고 있었던 이러한 아리랑변종들 가운데서 이미 19세기 말-20세기 초엽에 5선 악보로 채보된 〈서도아리랑〉이였다고 할수 있다. 우리 나라에서 맨 처음으

---

22) 문성렵, 앞의 글, 37쪽.
23) 위의 글, 38쪽.
24) 위의 글, 38쪽.

로 5선보로 채보한 〈아리랑〉악보는 19세기 말 〈조선류기(영문잡지 1896년 2월호)에 발표된 〈아리랑〉이다. 이 악보는 1886년 6월 봉건관리자녀들에게 외국어교육을 주는 학교인 〈육영공원〉의 외국어교원으로 있던 호머 하버드가 당시 조선사람들속에서 많이 불리워 지던 〈아리랑〉을 4분의 3박자로 채보한 것이다. 이 악보에 의하면 〈쏠〉을 주음으로 하는 평조의 기본형태로 채보되어 있는데 전렴과 본렴부분의 음조와 선율형상이 〈서도아리랑〉에 가깝다. 조선사람으로서 민요 〈아리랑〉을 5선악보로 채보한 음악가는 민족음악을 고수하고 발전시키는데 이바지한 리상준(1884-주체28(1939)년)이였다. 그는 조선정악전습소 재학당시인 주체3(1914)년에 수많은 민요들을 5선악보로 채보하여 묶은 〈조선속곡집〉을 발표하였는데 여기에는 〈아리랑〉악보도 실려 있다. 이 악보에 의하면 조선민요의 고유한 장단을 살리기 위하여 8분의 6박자로 채보되어 있을뿐만아니라 그 조식도 〈조선류기〉의 〈아리랑〉악보와 달리 〈도〉를 주음으로 하는 평조의 변형형태로 되어 있다. 이 악보에 채보된 〈아리랑〉 역시 전렴, 본렴부분의 음조와 선율형상이 〈서도아리랑〉과 비슷하다. 이처럼 1896년, 주체3(1914)년에 각각 채보한 〈아리랑〉악보들이 〈서도아리랑〉과 류사하다는 것은 〈신아리랑〉이 〈서도아리랑〉의 선율에 기초하여 편작된 〈아리랑〉이였다는 것을 말해 준다.[25]

위 인용문에서 보듯이 문성렵은 헐버트와 이상준 채보의 아리랑을 언급하고 있으며, 이들 악곡이 〈서도아리랑(*구조아리랑)〉과 비슷하므로, 결국 〈신아리랑(*본조아리랑)〉이 〈서도아리랑〉을 편작한 것임을 주장하고 있다.

문성렵은 다양한 〈아리랑〉의 변종에 대하여 언급하면서 "오늘까지 우리나라에서 민요 〈아리랑〉은 무려 50여 개의 변종이 발굴수집되었는데, 그 중 대표적인 것은 서도지방의 〈서도아리랑〉, 중부지방의 〈긴아리랑〉, 동부지방의 〈단천아리랑〉, 〈강원도아리랑〉, 〈정선아리랑〉,

---

25) 위의 글, 39쪽.

남도지방의 〈경상도아리랑〉, 〈영천아리랑〉, 〈밀양아리랑〉, 〈진도아리랑〉등이다"[26]라고 하면서 각각의 아리랑에 대하여 설명하고 있다.

먼저 〈서도아리랑(*구조아리랑)〉에 대해서는 "황해도지방에서 나와 서도지방과 중부지방에 보급된 민요로서 남녀간의 애정관계를 노래하고 있다. 이 민요는 (…중략…) 리조초엽의 력사적사실을 담고있는 〈성부와 리랑〉전설에서 유래된 노래인만큼 〈아리랑〉군 노래가운데서 력사가 가장 오랜 것 이라고 할 수 있다."[27]고 하면서 그 발생을 조선 초기의 황해도로 확정하고 있으며, 서도지방과 중부지방에 전승된 민요로 파악하고 있다. 여기서 서도지방은 평안도지방을 가리키는 것으로 보이며, 중부지방은 경기도지역을 가리키는 것으로 이해된다.

반면에 〈긴아리랑〉에 대해서는 "경기지방에서 나와 중부지방과 전라도지방에 보급된 민요이다. (…중략…) 그 음조는 〈서도아리랑〉과 비슷하지만 선율형상에서 잔가락이 많고 매우 느리고 구슬픈 것이 다른 점이다. 〈긴아리랑〉이 잔가락이 많고 느리게 부르게된 것은 경기지방에서 류행되고있던 가곡, 가사창법의 영향을 많이 받고있었던것과 관련된다."[28]고 하였는데, 〈긴아리랑〉은 현재 남한에서는 경기민요 전문가들에 의하여 불리는 노래이다. 이 노래가 느리고 선율적인 장식을 많이 갖게 된 이유를 가곡과 가사의 영향으로 본 점이 이채롭다. 문성렵은 이 글에서 "전라도지방에 보급된 〈긴아리랑〉은 경기지방의 〈긴아리랑〉과 달리 잔가락이 없고 동도음조나 긴여음의 선율형상으로 하여 남도지방민요의 특징을 잘 나타내고 있다."[29]고 하였는데, 실제로 남한에서 〈긴아리랑〉이 남도 즉 전라도지방(또는 경상도지방)에까지 전파되

---

26) 문성렵, 「우리 인민의 민족적향취가 풍기는 민요 〈아리랑〉의 유래와 그 변종(2)」, 앞의 책, 51쪽. 이 내용은 〈조선민족음악전집〉 3, 예술교육출판사, 1999, 224~267쪽을 참고하였음을 저자의 글에서 밝히고 있다.

27) 위의 글, 51쪽.

28) 위의 글, 51~52쪽.

29) 위의 글, 52쪽.

어 불리지는 않는다는 점에서 이 설명은 수긍하기 어렵다.

남한 학계에서는 아리랑계 악곡으로 크게 주목하지 않는 〈단천아리랑〉에 대하여 문성렵은 "단천지방에서 나와 함경도의 여러 고장들에 류행된 노래"라 언급하면서 이 노래의 유래와 관련하여 '곱계와 리랑'의 전설[30]을 언급하고 있다. 그러나 이 곡의 음악적인 성격에 대해서는 "전렴이 〈서도아리랑〉의 선율에 가깝고 본렴은 남도지방 〈아리랑〉들의 선율과 류사하다. 이것은 〈단천아리랑〉이 서도지방의 아리랑과 남도지방의 아리랑의 영향하에 생겨났다는 것을 말해준다."[31]고 하였으나, 문성렵이 언급한 '남도지방의 아리랑'이 구체적으로 어떤 곡을 지칭하는지는 알 수 없다.[32]

문성렵은 남한지역을 주된 전승지역으로 삼는 아리랑계 악곡에 대해서도 개별적으로 언급하고 있다. 먼저 〈강원도아리랑〉의 유래와 관련하여 정선지방의 20살 난 새색시와 10살 난 어린 신랑의 이야기를 소개하고 있으며, 악곡의 형식에 대해서는 "전렴이 자유롭고 애조적인 정서라면 사설조의 음조로 된 본렴은 〈엮음아리랑〉으로 부르는 〈정선아리랑〉과 류사하다. 지난날 강원도지방의 소리명창들은 누구나 다 자기지방의 고유한 향토민요인 〈메나리〉와 함께 〈강원도아리랑〉을 몹시 즐겨불렀다"고 하였는데,[33] 문성렵이 〈강원도아리랑〉이라 부른 곡은

---

30) "옛날 단천고을의 바다가마을에는 황지선이라는 선주놈의 배를 가지고 물고기잡이를 하면서 생계를 유지해가는 리랑이라는 총각과 곱계라는 처녀가 살고 있었다. 리랑은 아버지와 같이 풍랑사나운 바다에 나가 물고기를 잡아야 하는 고된 로동과 구차한 생활속에서도 아버지를 잃고 어머니와 함께 근근히 살아가는 곱계의 집살림을 돌봐주군 하였다. 이 과정에 그들은 점차 서로 사랑하게 되었다. 그런데 황선주놈은 날을 따라 아름답게 성숙해가는 곱계를 탐내여 이들의 사랑을 가로막아나선다. 선주놈의 간계에 의하여 곱계는 가슴에 피맺히는 우여곡절을 겪지 않으면 안되게 되었고 리랑 역시 죽을 고비를 여러번 넘기다가 마침내 선주놈을 요절내고 자기들의 사랑을 되찾아 행복한 가정을 이루었다고 한다."(위의 글, 52쪽)

31) 위의 글, 52쪽.

32) 이보형은 "〈단천아리랑〉은 음악적으로 봐서 본조아리랑을 편곡한 신민요"라 한 바 있다. 이보형, 「아리랑소리의 根源과 그 變遷에 관한 音樂的 硏究」, 앞의 책, 101쪽.

33) 문성렵, 앞의 글, 53쪽.

남한에서는 향토민요 〈정선아리랑〉으로 알려진 곡이다.[34]

　문성렵은 "〈정선아리랑〉은 정선지방에서 나온 후 강원도 여러 고장에 류행된 노래이다. 일명 〈엮음아리랑〉이라고도 한다"고 하면서 이 노래의 유래와 관련하여 '되돌이'의 전설[35]을 언급하고 있다. 〈정선아리랑〉의 음악적인 특징에 대해서는 "〈강원도아리랑〉과 같이 전렴(후렴)은 느리고 잔가락이 많은 애조적인 정서로 되어있는 반면에 사설조의 본렴은 자유박자로된 빠르고 흥겨운 가락으로 되어있는것이 특징이다"라 하였다.

　〈경상도아리랑〉은 "강원도지방의 민요들과 공통점이 많고 엇모리장단을 타고 흐르는 그 선율형상이 처량하면서도 건드러진 정서로 일관되여있다."[36]고 하였는데, 북한에서 〈경상도아리랑〉이라 부르는 곡은 강원지방의 향토민요인 〈자진아라리〉계통의 노래를 가리킨다. 즉 경기 명창들이 부르는 통속민요 〈강원도아리랑〉처럼 혼소박 리듬으로 된 노래이다.

　〈영천아리랑〉에 대해서는 "영천지방에서 나와 경상도, 강원도지방

---

34) 남한에서 〈정선아리랑〉이라 불리는 곡은 두 가지가 있다. 강원도 향토민요로 불리는 〈정선아리랑〉은 흔히 〈긴아리랑〉 또는 〈긴아라리〉라 불리는 곡이고, 다른 하나는 〈서울제 정선아리랑〉이라고도 불리는 통속민요 〈정선아리랑〉이다. 통속민요 〈정선아리랑〉은 주로 '엮음아라리'의 형태로 불려진다.

35) "옛날 강원도 정선고을에 되돌이라는 별명을 가진 사람이 안해와 함께 살고 있었다. 그는 늘 안해가 보기 싫다고 그에게 짜증을 내군 하였다. 그러던 어느날 되돌이는 안해와 더는 살수 없다고 하면서 집을 뛰쳐나오고말았다. 온밤 안해에게 생트집을 걸다나니 잠을 설친 되돌이는 30리도 못가서 나무그늘밑에 누워 잠들었다가 점심때가 되어서야 깨여났다. 그런데 자기앞에 난데없는 보따리가 놓여있어 그것을 풀어보니 갈아입을 옷이 차곡차곡 개여있었고 버선도 몇결레 들어있는것이였다. 그리고 빨간 비단주머니안에는 엽전(돈)도 얼마간 들어있었는데 안해의 솜씨가 분명하였다. 되돌이는 그제서야 안해의 소박하면서도 진정이 어린 사랑이 뜨겁게 안겨와 집으로 걸음을 돌렸다. 되돌이가 집에 들어서니 안해는 반가이 맞이하면서 〈아니 나를 버리고 가신다더니 춘찬 80리도 못가고 되돌아왔소그려〉라고 가볍게 나무라며 미소를 지었다. 바로 이 소문이 온 마을에 퍼지면서 사람들이 되돌이네 집에서 있었던 일을 사설조로 부른 것이 〈정선아리랑〉으로 되었다고 한다."(문성렵, 앞의 글, 53쪽)

36) 위의 글, 53~54쪽.

에 널리 보급된 민요이다. (…중략…) 〈영천아리랑〉은 음조나 조식이나 음악정서적으로 볼 때 경상도지방의 향토적인 민요의 맛보다도 강원도 지방의 민요들에 더 가깝다. 지금까지 전해오는 〈영천아리랑〉에는 양산도장단으로 부르는것과 엇모리장단으로 부르는 두가지 노래가 있다.”[37]고 하였는데, 소개된 두 노래의 후렴이나 가사는 큰 차이가 없다. 실제로 북한지역에서 녹음된 음원자료에는 두 가지의 〈영천아리랑〉이 보인다.[38]

이어서 〈밀양아리랑〉의 유래와 관련하여 ‘아랑 전설’을 언급하였고, “〈밀양아리랑〉은 다른 지방의 아리랑들과는 달리 그 음악형상이 매우 명랑하고 락천적인 감정과 정서로 일관되여있다. 이 민요에서 특징적인 것은 높은 음구에서 시작되는 선율이 양산도장단가락에 맞게 진행됨으로써 매우 흥겹고 경쾌한감을 주고있는 것이다.”[39]라 하였다. 그리고 〈진도아리랑〉에 대해서는 “전라남도 남해가 섬인 진도에서 나와 남도지방에 널리 보급된 노래이다. (…중략…) 〈진도아리랑〉이 다른 지방의 아리랑들과 구별되는 점은 전렴에 〈응, 응, 응〉하고 조르는 듯한 코소리가 삽입되고 있는 것이다. 중모리장단을 타고 흐르는 이 노래의 선율형상은 건드러지면서도 애절한 감을 주고 있을 뿐만 아니라 전라도민요의 특징도 잘 나타내고 있다.”라고 하였다.

문성렵의 이 글은 “강성대국을 이룩해나가는 길에서 〈강성부흥아리랑〉, 〈군민아리랑〉, 〈통일아리랑〉과 같은 노래들이 창작되여 불리워지고있으며, 주체91(2002)년에는 대집단체조와 예술공연 〈아리랑〉과 같은 세계적인 대걸작이 창조공연됨으로써 경애하는 장군님의 두리에 일심단결된 우리 인민의 위력과 통일된 조국의 희망찬 미래에 대한 지향

---

37) 위의 글, 54쪽.

38) 양산도장단(*세마치장단)의 노래는 〈북한아리랑 명창전집〉 CD3-9에 수록된 김옥선의 노래이고, 엇모리장단(*혼소박장단)의 노래는 CD2-2의 김종덕 창, CD3-6의 렴직미 창, 12의 리성훈 창, 15의 국립민속예술단 연주 등이다.

39) 문성렵, 앞의 글, 55쪽.

과 념원을 실감있게 보여주었다"고 맺고 있어서, 비교적 장문의 아리랑 관련 글이 쓰여지는 배경을 짐작하게 한다.

2005년에는 계간 『민족문화유산』 4호 24~25쪽에 박형섭(현 평양음악무용대학 주체음악연구소 실장, 교수, 박사)의 「우리 민족의 전통적인 민요 〈아리랑〉」이 발표되었다. 박형섭은 "민요 〈아리랑〉의 가사가 순수 우리 말로 되어있는 것으로 보아 삼국시기이전 즉 우리 나라에서 한문이 사용되기 이전으로 보는 견해가 있다. 이 견해에 따르면 이 노래가 지금으로부터 2,000년 전에 불리워진 것으로 된다. 또한 다른 한 견해는 긴조흥구로 이루어진 후렴의 반복부가 순수한 우리 말로 된 절가형식의 가요창작이 성행한 고려후반기에 〈아리랑〉이 나왔다는 설이다. 이에 따르면 〈아리랑〉의 력사는 근 1,000년을 헤아리게 된다."[40]고 하면서 〈아리랑〉의 역사를 매우 오랜 것으로 이해하고 있다. 이 글에서 주목되는 내용은 "전국적으로 널리 불리우는 〈아리랑〉이라는 이름외에도 〈신아르래기〉(평안남도 대흥), 〈긴아르래기〉(황해남도 안악), 〈아르릉〉(황해북도 곡산), 〈아일렁랑〉(함경북도 화대), 〈아리랑동〉(함경북도 경흥), 〈아리랑동〉(강원도 법동) 등 여러 가지 변형들이 있다."[41]고 하면서 아리랑계 악곡의 범위를 넓히고 있는 점이다.[42] 그리고 지금까지 중요하게 거론되지 않던 몇몇 악곡을 다음과 같이 추가하여 소개하는 점도 주목된다.

이 나라 최북단 온성에 가면 〈온성아리랑〉이 있고 그 아래에는 〈무산아리랑〉이 있으며 동해안을 따라 내려오느라면 〈단천아리랑〉, 〈강원도아리랑〉, 〈고성아리랑〉, 〈정선아리랑〉, 〈삼일포아리랑〉이 있다. 서해안을 따라

---

40) 박형섭, 「우리 민족의 전통적인 민요 〈아리랑〉」, 『민족문화유산』 제4호, 2005, 24~25쪽.
41) 위의 글, 24쪽.
42) 이들 악곡의 대부분은 2011년 윤수동에 의하여 아리랑계 악곡으로 볼 수 없다는 견해가 제시된 바 있다. 윤수동, 『조선민요 아리랑』, 문학예술출판사, 2011. 이 책은 2012년 국학자료원에 의하여 김연갑의 해제와 함께 영인·간행되었다.

가면 〈룡강기나리〉, 〈서도아리랑〉, 〈해주아리랑〉이 있다. 이밖에도 〈경상도아리랑〉, 〈밀양아리랑〉, 〈영천아리랑〉, 〈긴아리랑〉, 〈진도아리랑〉, 〈제주아리랑〉, 〈울릉도아리랑〉 등을 꼽을 수 있다.[43]

박형섭이 이처럼 새로운 곡목들을 아리랑계 악곡으로 추가하여 소개할 수 있게 된 것은 그동안 북한에서 축적된 민요 채록 작업의 결과로 1998년부터 연차적으로 이들 새로운 노래들을 수록한 악보집 『조선민족음악전집』이 발간되었고, 그가 이 결과를 수용하였기 때문으로 보인다. 실제로 『조선민족음악전집』 제3권에는 다양한 아리랑계 악곡과 아리랑과 유사한 악곡들이 다수 수록되어 있다.

계간 『예술교육』 2006년 1호 45~46쪽 〈노래 따라 삼천리〉란에는 정세영의 「민요 〈아리랑〉에 대하여」라는 글이 실려 있으나 특이한 내용은 없고, 단지 〈아리랑〉에 대하여 "민요는 우리나라 서도지방의 전통적인 5음계 조식인 〈쏠평조〉로 된 수심가제에 기초하고 있다. 민요는 수심가제의 주음인 〈쏠〉과 〈도〉를 기둥음으로 하여 높고 낮은 미분음들의 2도, 3도의 유기적인 결합을 통하여 맑고 부드러운 우리 민요의 선율적특징을 잘 살리고 있다."[44]고 하였다. 이 글에서는 〈쏠평조〉를 수심가제와 같은 것으로 설명하며, 수심가제의 주음을 〈쏠〉, 그리고 〈쏠〉과 〈도〉를 기둥음으로 이해하는 등 남한 민요연구자들의 연구결과와 다른 견해를 드러내고 있다.

---

43) 박형섭, 앞의 글, 24쪽.
44) 정세영, 「노래 따라 삼천리: 민요 〈아리랑〉에 대하여」, 『예술교육』 제1호, 문예출판사, 2006, 46쪽.

4. 개별 아리랑계 악곡의 유래와 특징에 대한 저술

이 절에서는 신문이나 잡지에 수록된 아리랑 관련 저술 중에서 개별 아리랑 악곡의 유래나 특징에 대하여 집중적으로 다루는 내용을 살펴 보고자 한다.

1991년에는 월간 『금수강산』 3호 53쪽 〈민요기행(2)〉란에 최창호의 〈단천아리랑〉과 북청의 〈돈돌라리〉가 실렸다. 이 글에서 주목되는 부분은 〈단천아리랑〉을 가리켜 "노래를 불러보면 전렴은 〈서도아리랑〉에 가깝고 후렴은 남도지방의 아리랑에 가까우나 함경도지방 민요의 고유한 정서적특징이 체현되여있다"[45]고 언급한 부분이다. 남한사회에는 잘 알려지지 않은 〈단천아리랑〉은 전렴을 "아라리요 아라리요 아리랑 띄여루 배몰아 주세", 후렴을 "아리아리랑 스리스리랑 아라리요 아리랑 띄여루 배몰아 주세"로 부르는데, 전렴과 후렴은 첫 두 마디만 다르고, 나머지부분은 〈구조아리랑(*서도아리랑)〉과 같다. 따라서 이를 〈구조아리랑〉과 별개의 악곡으로 볼 수 있을지는 의문이다. 최창호는 이 글에서 "〈단천아리랑〉에 대한 전설은 〈본조아리랑〉의 김좌수란 지주대신에 황지선이라고 하는 선주가 등장하고 성부라는 이름대신에 곱계라고 하는 어부의 딸이 등장한다."라고 하여 '곱계와 리랑'의 이야기를 〈단천아리랑〉 유래설로 인정하고 있다.

『예술교육』 2002년 2호 43쪽 〈노래 따라 삼천리〉란에는 엄하진[46]의 「조선민요 〈서도아리랑〉」이 실렸다. 이 글의 〈서도아리랑〉은 남한에서 〈구조아리랑〉이라 불리는 곡이다. 엄하진은 "이 노래가 1890년에 채보되여 1896년 2월에 영국잡지 〈조선류기〉에 〈조선의 노래〉라는 제목으로 실려 있는 사실"을 언급하면서 그 발생은 그보다 썩 이전일 것이라 하였다. 이는 헐버트에 의한 채보를 언급한 것이다. 그는 계속하여 "평

---

45) 최창호, 「민요기행(2): 〈단천아리랑〉과 북청의 〈돈돌라리〉」, 『금수강산』 3호, 1991.3, 53쪽.
46) 이 글 말미에서 엄하진을 〈김일성상〉 계관인, 인민예술가로 소개하고 있다. 현 조선인민 군공훈합창단 단장.

안도지방에서 나와 서도지방에 널리 보급되였고 점차 경기도를 비롯한 전국각지에서 많이 불리워 온 이 민요는 다른 〈아리랑〉류의 노래들에서 찾아보기 드문 밝고 랑만적인 정서가 지배적이다."47)라고 하였다. 이 곡의 음악적인 특징은 양산도장단을 리듬적 기초로 하고 있으며, 조식은 〈쏠〉 평조식이고, 선율진행의 주요음은 〈쏠〉, 〈도〉, 〈미〉라고 하였다. 특히 엄하진이 "이 노래는 일명 〈신아리랑〉이라고도 불리우면서 인민들속에서 널리 사랑을 받아 오다가 주체72(1983)년도에 〈서도아리랑〉으로 그 제목이 고착되게 되였다"고 한 점이 특별히 주목된다.

또한 2002년 월간 『조선예술』 12호 67쪽 '※자료※'란에는 허창활(현 윤이상음악연구소 연구사)의 「영화의 주제가로 된 〈아리랑〉」이라는 글이 실렸는데, 이 글에서 주목되는 점은 라운규가 〈아리랑〉을 영화의 주제가로 삼게 된 계기를 보여주는 숨은 일화가 소개되었다.

라운규는 주체8(1919)년 3월 1일 일제침략자들을 반대하여 전국적범위에서 일어 난 반일인민봉기에 참가하였다는 죄 아닌 죄로 일제에게 체포되었다. 당시 라운규가 갇힌 감옥에는 김예지라는 독립운동자가 함께 있었다. 김예지와 감옥에서 함께 지내는 나날 라운규는 일제의 온갖 야수적인 고문과 박해에도 굴하지 않고 조선독립을 위하여 꿋꿋이 싸워 가는 그의 애국심에 깊이 탄복하였다. 일제는 악착한 고문으로도 김예지의 독립의지를 꺾지 못하자 그에게 사형을 언도하였다. 사형장으로 나가는 날 김예지는 라운규의 손을 꼭 잡고 나라의 독립을 위하여 끝까지 싸워 주길부탁한후 머리를 떳떳이 들고 〈아리랑〉을 소리높이 부르며 사형장으로 힘 있게 걸어 갔다. 이를 직접 목격하게 된 라운규에게는 김예지가 한 인간으로서만이 아니라 수난 당한 조선민족의 모습처럼 안겨 졌고 그가 소리높이 부른 〈아리랑〉은 수난민족의 가슴 아픈 절규처럼 느껴 졌다. 이 일이 있은 후 라운규는 민요

47) 엄하진, 「〈노래 따라 삼천리〉: 조선민요 〈서도아리랑〉」, 『예술교육』 제2호, 문예출판사, 2002, 43쪽.

〈아리랑〉을 주제곡으로 하여 당시 일제에게 무참히 짓밟힌 조선민족의 고
통과 불행을 담은 영화를 창작하려고 마음 먹었다. 이렇게 되어 태여난 것이
세상에 널리 아려 진 영화 〈아리랑〉이다.[48]

위 인용문에 보이는 김예지라는 인물과 관련된 일화는 남한사회에는
잘 알려지지 않았는데, 필자 허창활이 이에 관한 보다 상세한 정보를
제공하였으면 하는 아쉬움이 있다. 이 글에서는 "그때 영화의 주제가
〈아리랑〉은 리정숙이 불렀는데 그의 노래는 전체 관람군중의 마음을
격동 시켜 영화관을 울음바다로 만들었다. 당시 영화의 주제가 〈아리
랑〉의 편작은 서울 단성사(영화관)의 변사이며 바이올린연주가인 김영
환이 맡아 하였다. 김영환은 영화의 주제가를 서도지방에서 널리 불리
우던 민요 〈서도아리랑〉을 영화의 내용과 장면 그리고 일제의 식민지
노예로 된 우리 인민의 마음을 반영하면서도 누구나 부르기 쉽게 통속
적으로 다듬었다."[49]고 하였다. 음악전문가인 허창활은 이 글에서 〈서
도아리랑(*구조아리랑)〉을 '편작'한 것이 영화주제가 〈아리랑〉임을 분
명히 언급하고 있다.

『금수강산』 2003년 1호 49쪽의 하단 〈민요따라 삼천리〉란에서는 〈영
천아리랑〉에 대하여 간단히 기술하면서 별다른 논의 없이 이 곡을 경
상도지방의 대표적인 민요로 언급하고 있다. 그리고 2005년 월간 『조
선예술』 6호 69쪽에는 리동욱의 「민요 〈영천아리랑〉과 그 변종」이라는
글이 실렸다. 이 글에서는 두 가지의 〈영천아리랑〉에 대하여 다음과
같이 언급하고 있다.

〈영천아리랑〉이라는 동일한 제목을 가지고 경상도 영천지방에서 나온
두편의 노래도 있다. (…중략…) 두 노래가 각기 독자적으로 창작된 것이

---

48) 허창활, 「※자료※ 영화의 주제가로 된 〈아리랑〉」, 『조선예술』 12호, 문학예술출판사,
　　2002.12, 67쪽.
49) 위의 글, 68쪽.

아니라 한 노래에서 나왔다는것이다. (…중략…) 두편의 〈영천아리랑〉은 가사뿐만 아니라 선율형상에서도 일련의 류사성을 가지고 있다. (…중략…) 민요 〈영천아리랑〉은 조선민요조식체계의 특성인 평조와 계면조사이의 주음과 안정음의 계단적공통성과 그로 인한 기능관계의 류사성을 기초로 하여, 서로 다른 조식의 노래로 갈라져나온 것으로 하여 선율진행이 매우 자연스럽다. (…중략…) 밖에도 경상도지방에는 제목이나 가사는 서로다르지만 선율형상에서 민요 〈영천아리랑〉의 변종이라고 보아지는 〈아리랑〉(경상도지방민요)과 2편의 〈초동아리랑〉이 있다 이 민요들도 역시 조식을 비롯한 일부 선율요소들이 변화되면서 나왔다고 볼수 있으며 그 변화과정도 매우 과학적이다.[50]

이 글에서는 두 〈영천아리랑〉이 음악적으로도 유사성을 가지고 있으며, '선율진행이 매우 자연스러운' 이유를 평조와 계면조 음조직의 유사성에 기초하였기 때문이라고 설명하고 있다. 아울러 경상도지방의 〈아리랑〉 즉 북한지역에서 〈경상도아리랑〉이라고도 불리는 노래 2편과 〈초동아리랑〉을 〈영천아리랑〉의 변종으로 이해하고 있다는 점이 눈길을 끈다. 두 가지 〈영천아리랑〉 중의 하나는 엇모리장단(*혼소박장단)으로 되었으며, 북한 악보에 보이는 〈경상도아리랑〉과 〈초동아리랑〉 역시 혼소박장단으로 구성되어 있다. 이런 점을 보면 북한지역에서는 남한에서 〈자진아라리〉라 부르는 강원도지방 향토민요나 경기통속민요의 〈강원도아리랑〉처럼 혼소박으로 구성된 엇모리장단의 아리랑계 악곡을 경상도지방 아리랑으로 이해하고 있는 듯하다.

---

50) 리동욱, 「민요 〈영천아리랑〉과 그 변종」, 『조선예술』 6호, 문학예술출판사, 2005.6, 69쪽.

5. 아리랑 인식에 대한 남북의 관점

이상 살펴본 북한의 아리랑계 악곡에 대한 다양한 이해 내용 중 주목되는 부분과, 특히 남한과 차이를 보이는 부분을 정리하면 아래와 같다. 우선 남북 사이에 큰 이견이 존재하지 않는 부분은 다음과 같다.

첫째, 아리랑계 악곡이 지니는 정체성을 후렴구에서 찾는 점.
둘째, 아리랑 연구 초기에 제시되었던 我離郎, 我耳聾, '아리다·쓰리다' 등의
　　　어원 풀이.
셋째, 우리나라 여러 지역에 지역성을 반영한 다양한 아리랑이 존재한다는 점.
넷째, 아리랑계 악곡의 광범위한 확산 시기를 19세기 말~20세기 초로 보는 점.
다섯째, 오늘날 아리랑계 악곡의 중심을 영화주제가 '아리랑'으로 보는 점.

그러나 아리랑의 유래나 발생을 설명하는 과정에서 인용되는 설화, 아리랑의 발생 시점, 아리랑계 악곡의 곡명과 지역적 연관성 등에서 남북 간의 이견이 드러나는바, 이를 살펴보면 다음과 같다.

1) 아리랑 관련 설화

아리랑의 유래나 발생을 설명하기 위하여 인용되는 설화 중에서 알령설·자비령설·아랑설 등은 남북 모두에서 부분적으로 인용되는 것이다. 그러나 북한지역에서 유독 비중을 두고 인용되는 전설에는 부유한 지배계층에게 착취당하는 순박한 서민의 애절한 사랑 이야기가 많다. 이 중에는 경복궁 중건 공사에 동원되었다고 하는 강원도 어느 산골의 덕칠이와 그의 누이동생 옥이의 이야기, 응백이와 분이의 사랑과 이별에 얽힌 이야기 등이 있으나, 이야기의 전승·수집에 관한 정보가 전혀 알려지지 않고 있다. 북한에서 아리랑의 유래와 관련하여 널리 인용되는 것은 '성부와 리랑' 이야기이다.

문성렵(2003)에 의하면 '성부와 리랑' 이야기는 『성종실록』에 보이는 성종20년(1489) 황해도 일대에서 일어난 김일동 등의 민란과 관련한 실제의 일로, 북한이 아리랑계 악곡의 원형처럼 여기고 있는 〈서도아리랑(*구조아리랑)〉의 발생과 관련된 실화로 이해하고 있는 듯하다. 이 이야기는 〈단천아리랑〉과 관련하여 '곱계와 리랑'의 이야기로 변형되기도 하였다.

그밖에 20살 새색시와 10살 어린 신랑의 이야기나 '되돌이' 이야기 등이 〈정선아리랑〉의 유래를 설명하는 과정에 인용되기도 하였다. 그러나 앞서 살펴본 성부와 리랑, 곱계와 리랑, 응백이와 분이 등 지배계층과 기층민중의 대립을 통한 갈등을 바탕에 둔 설화는 유독 북한사회에서 비중을 두고 인용하는 설화이다.

2) 아리랑의 발생

아리랑계 악곡이 넓은 지역으로 확산되는 시기를 19세기 말~20세기 초로 보는 것은 남북사회에 큰 차이가 없으나, 아리랑의 발생 시점이나 발생지역에 대해서는 남북의 시각차가 큰 편이다. 남한에서는 아리랑 발생의 시기를 구체적으로 적시하지 않는 상황에서 강원도지방의 향토민요에 그 근원을 두는 것이 일반적이다. 그러나 북한에서는 문성렵(2003)처럼 조선 초기 성종대의 황해도지방 민란을 〈서도아리랑〉의 시작과 관련짓기도 하고, 박형섭(2005)처럼 아리랑의 발생을 우리나라에서 한문이 사용되기 이전인 삼국시기 이전으로 보아 그 역사를 약 2000년 정도로 보거나, 또는 아리랑계 악곡이 대부분 후렴이 존재하는 절가형식이라는 점에 주목하여 그 출발 시기를 고려 후반기로 보아 약 1000여년의 역사를 지닌다고 보기도 한다.

3) 남북간 아리랑 곡명의 차이

음악적인 요소를 중심으로 아리랑계 악곡에 대한 보다 전문적인 구분을 시도하지 않고, 지역 명칭을 앞에 붙여 〈○○아리랑〉이라고 부르는 경우가 매우 일반적이다. 이는 남북한 간에 별 차이가 드러나지 않는다. 그러나 지역별 아리랑을 대표하는 중요한 악곡의 경우, 남북한 간에 다음과 같이 서로 다른 곡명으로 불리는 경우가 있어 혼란스럽다.

북한의 곡명	남한의 곡명	비고
본조아리랑 (서도아리랑)	구조아리랑	북에서는 1983년부터 〈서도아리랑〉으로 확정
신아리랑	본조아리랑	영화주제가 〈아리랑〉
긴아리랑	(경기)긴아리랑	경기 통속민요 〈긴아리랑〉
경상도아리랑	(강원도)자진아라리	강원도 향토민요 〈자진아라리〉 경기 통속민요 〈강원도아리랑〉
강원도아리랑	(서울제)정선아리랑	※ 강원도 향토민요 〈긴아라리〉는 '아르래기' 등으로 불리는 듯함.

아리랑계 악곡의 곡명과 관련하여 주목되는 점의 하나는 북한지역에서는 강원도 정선지방을 중심으로 하는 향토민요 〈긴아라리〉에 대한 언급이 많지 않다는 점이다. 남한에서는 다양한 아리랑의 원형으로 추정하고 있는 강원도의 〈긴아라리〉를 북에서 중시하지 않는 것은 아리랑계 악곡의 원형으로 〈서도아리랑〉을 주목하기 때문으로 보인다.

앞서 살펴본 바와 같이 조선 전기의 역사적 사실과 관련지어 황해도 지방에서 발생한 것으로 주장하고 있는 〈서도아리랑〉의 경우 5음음계 솔-선법의 악곡인데, 이에 대하여 북한에서는 '쏠을 주음으로 하는 평조'[51]라 하는가 하면, 〈아리랑〉의 악조와 관련하여 "서도지방의 전통

---

51) 문성렵, 「우리 인민의 민족적향취가 풍기는 민요 〈아리랑〉의 유래와 그 변종(1)」, 『사회과학원학보』 제3호, 2003, 39쪽.

적인 5음계 조식인 〈쏠평조〉로 된 수심가제에 기초"하고 있으며, "수심 가제의 주음인 〈쏠〉과 〈도〉를 기둥음으로 하여 높고 낮은 미분음들의 2도, 3도의 유기적인 결합을 통하여 맑고 부드러운 우리 민요의 선율적 특징을 잘 살리고 있다."[52]고 하여 남한에서 서울·경기지방 통속민요 의 주된 음조직으로 꼽고 있는 '진경토리'를 '수심가제'로 설명하고 있 다. 실제로 평안도지방 향토민요에 진경토리 악곡의 비중이 높다는 연 구결과[53]도 있지만, 서도민요 명창들의 공연종목에 진경토리 악곡은 거의 보이지 않고, 수심가토리로 알려진 노래들이 대부분을 차지하는 데 비추어 본다면, 〈서도아리랑(*구조아리랑)〉의 음조직을 '수심가제'라 부르는 것은 쉽게 수긍하기 어렵다. 이 점은 북한사회에서 〈서도아리 랑〉이 북한의 중심지역인 황해도·평안도지방에서 발생한 노래라는 점 을 강조하기 위한 의도가 반영되었기 때문이 아닐까 추측된다.

이상에서 아리랑계 악곡에 얽힌 설화, 아리랑의 발생과 전승, 서로 다르게 쓰이는 곡명 등의 문제를 살펴보았다. 이 중 아리랑의 발생과 전승의 문제, 차이를 보이는 곡명의 재검토와 합리적인 악곡명 통일의 가능성 등은 보다 정치(精緻)한 음악적인 분석을 통하여 가능할 것으로 보인다. 이 점에 관하여는 윤수동 등 북한 측의 최근 음악학적인 연구 결과와 남한 측의 견해를 비교·검토하는 등 추후의 논의가 필요할 것 으로 보인다.

6. 맺는말

지금까지 북한의 신문·잡지에 수록된 아리랑 관련 글을 통하여 북한 사회나 북한 학자들의 아리랑에 대한 이해와 인식 태도 등을 살펴보았

---

52) 정세영, 「민요 〈아리랑〉에 대하여」, 『예술교육』 제1호, 2006, 46쪽.
53) 김정희, 「평안도지역 토속민요의 선율구조」, 『한국음악사학보』 33집, 한국음악사학회, 2004, 151~196쪽.

다. 이를 통하여 아리랑을 바라보는 남과 북의 생각에는 같은 점과 다른 점이 엄연히 존재함을 확인하였다. 아리랑에 대한 남과 북의 공통된 시각은 우리가 하나의 민족으로서, 둘로 나뉘기 이전에 아리랑을 공유하던 민족이었으며, 지금도 우리가 하나임을 강력히 드러내는 요소의 하나가 아리랑임을 보여주고 있다. 그럼에도 불구하고 남과 북 사이에 존재하는 차이점은 분단 이후 남과 북이 서로 다른 입장에서 아리랑을 바라보고 경우에 따라 이를 활용하여 왔음을 드러내는 것이라 하겠다.

　작년 말, 아리랑이 유네스코 인류무형유산 목록에 등재되었다. 이 등재 작업은 남한의 문화재 당국이 주도하였으나, 아리랑이 북한을 비롯한 세계 한민족공동체가 공유하고 있는 문화유산임에는 하등의 변화가 있을 수 없다. 오히려 남한만의 등재는 남과 북으로 하여금 언젠가는 한 민족으로서 같은 아리랑을 향유하고, 이를 바라보는 관점의 간극을 좁혀 나가야 할 과제를 안겨 주었다 할 수 있다.

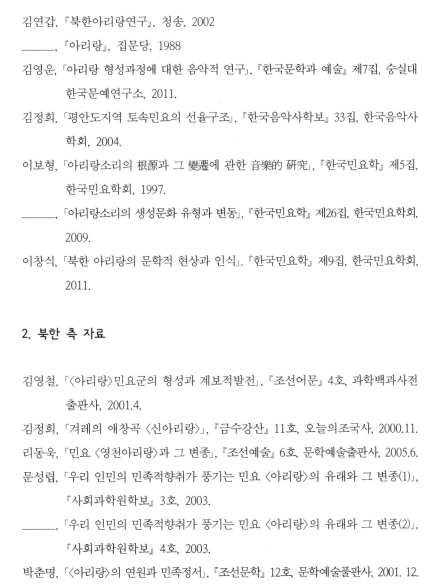

참고문헌

1. 남한 측 자료

김연갑, 『북한아리랑연구』, 청송, 2002

_____, 『아리랑』, 집문당, 1988

김영운, 「아리랑 형성과정에 대한 음악적 연구」, 『한국문학과 예술』 제7집, 숭실대 한국문예연구소, 2011.

김정희, 「평안도지역 토속민요의 선율구조」, 『한국음악사학보』 33집, 한국음악사 학회, 2004.

이보형, 「아리랑소리의 根源과 그 變遷에 관한 音樂的 硏究」, 『한국민요학』 제5집, 한국민요학회, 1997.

_____, 「아리랑소리의 생성문화 유형과 변동」, 『한국민요학』 제26집, 한국민요학회, 2009.

이창식, 「북한 아리랑의 문학적 현상과 인식」. 『한국민요학』 제9집, 한국민요학회, 2011.

2. 북한 측 자료

김영철, 「〈아리랑〉민요군의 형성과 계보적발전」, 『조선어문』 4호, 과학백과사전 출판사, 2001.4.

김정희, 「겨레의 애창곡 〈신아리랑〉」, 『금수강산』 11호, 오늘의조국사, 2000.11.

리동욱, 「민요 〈영천아리랑〉과 그 변종」, 『조선예술』 6호, 문학예술출판사, 2005.6.

문성렵, 「우리 인민의 민족적향취가 풍기는 민요 〈아리랑〉의 유래와 그 변종(1)」, 『사회과학원학보』 3호, 2003.

_____, 「우리 인민의 민족적향취가 풍기는 민요 〈아리랑〉의 유래와 그 변종(2)」, 『사회과학원학보』 4호, 2003.

박춘명, 「〈아리랑〉의 연원과 민족정서」, 『조선문학』 12호, 문학예술풀판사, 2001. 12.

박형섭, 「우리 민족의 전통적인 민요 〈아리랑〉」, 『민족문화유산』 4호, 조선문화보
　　존사, 2005.

본사기자, 「〈유구한 민족사의 갈피를 더듬다〉: 경복궁 재건공사와 〈아리랑〉」,
　　『금수강산』 4호, 오늘의조국사, 1997.4.

엄하진, 「〈노래 따라 삼천리〉: 조선민요 〈서도아리랑〉」, 『예술교육』 2호, 문예출판
　　사, 2002.

윤수동, 『조선민요 아리랑』, 문학예술출판사, 2011(※ 2012년 국학자료원 출간
　　영인본(ISBN 978-89-279-0203-4 *03600 참조).

정세영, 「노래 따라 삼천리: 민요 〈아리랑〉에 대하여」, 『예술교육』 1호, 문예출판
　　사, 2006.

최창호, 「민요기행(2): 〈단천아리랑〉과 북청의 〈돈돌라리〉」, 『금수강산』 3호, 오
　　늘의조국사, 1991.3, 53쪽.

필자미상, 「민요 ≪아리랑≫의 유래」, 『천리마』 9호, 천리마사, 1998.

허창활, 「※자료※ 영화의 주제가로 된 〈아리랑〉」, 『조선예술』 12호, 문학예술출
　　판사, 2002.12.

북한에 전승되는 민요 아리랑 연구

: 음원·악보자료에 의한 악곡유형 분류

김영운

1. 머리말

2013년 12월 5일, 아리랑이 유네스코 인류무형문화유산에 등재되면서 민요 아리랑[1])에 대한 관심이 더욱 높아졌다. 당시 유네스코 등재작업이 남한 문화재 당국의 주도로 이루어지면서 남한에 전승되거나 남한 연구자들의 인식범위 내에 존재하는 아리랑이 유네스코 등재의 주된 내용이 되었음은 물론이다.

그럼에도 불구하고 당시 신청과정에서는 아리랑이 대한민국뿐만 아니라 한반도와 해외 동포사회 등 전 세계 민족공동체에서 광범위하게 불리는 노래임을 분명히 하였다. 따라서 북한지역 또한 아리랑 전승의 중요한 터전임은 말할 나위가 없으며, 장기적으로는 대한민국의 문화유산으로 유네스코에 등재된 아리랑 속에 북한지역의 아리랑도 포함되

---

1) 이 글에서 '아리랑'이라 하는 것은 아리랑계 악곡의 범칭으로 사용하는 것이며, 아리랑이 특정 악곡명 등 고유명사로 사용될 경우는 〈 〉 안에 표기될 것이다.

어야 함은 물론이다.

그러나 그간의 아리랑 관련 연구에서 북한지역의 아리랑은 크게 주목받지 못하였다. 그 이유는 북한사회의 아리랑에 대한 정보와 자료가 많지 않았기 때문이다. 이는 남북한 사이의 문화적인 교류가 활발하지 않았기 때문이다. 북한의 문헌자료나 음향자료가 남한사회에 알려지기 시작은 것은 1990년에 있었던 남북 사이의 스포츠와 음악교류가 물꼬를 트면서부터로 보인다. 남한 음악인의 평양 연주와, 북한 공연단의 서울 송년음악회 연주가 그것인데, 이를 계기로 남북 간에 어느 정도 화해의 분위기가 조성되었고, 이 무렵 북한의 일부 자료들이 남한에 알려지기 시작하였다. 이후 북한 음악학자 리차윤의 『조선음악사』, 한영애의 『조선장단연구』, 리창구의 『조선민요의 조식체계』 등의 연구서가 남한 연구자들 사이에 알려지기도 하였고, 1999년 신나라뮤직에서 북한 음원에 의한 「북한아리랑」 CD를 발매한 것을 필두로 2004년 MBC와 서울음반은 북한지역에서 채록된 향토민요 자료집인 「북녘 땅 우리 소리」(7CD)를 출반하였으며, 2006년 신나라는 「북한아리랑명창전집」(3CD)을 출반하였다. 이 무렵 중국 동포사회를 거쳐 북한의 악보자료가 국내에 소개되기도 하였는데, 아리랑과 관련하여 주목되는 것으로는 1999년 예술교육출판사 발행의 『조선민족음악전집』(민요편)과 2000년 문학예술교육출판사 발행의 『조선민요 1,000 곡집』 등이 있다.

이 같은 북한 자료의 소개에 힘입어 21세기에 접어들면서 남한의 아리랑 연구자들에 의한 '북한 아리랑'2) 연구가 시작되었다. 대표적인 단행본으로는 김연갑의 『북한아리랑연구』(2002)가 있으며, 문학적 연구로는 이창식의 「북한 아리랑의 문학적 현상과 인식」(2001),3) 음악적 연구로는 김보희의 「한인 디아스포라 아리랑의 음악학적 연구: 북한 독립국

---

2) 이 글에서 '북한 아리랑'이라 하는 것은 현재 북한지역에서 불려지는 아리랑계 악곡 모두를 포괄적으로 지칭하는 것이다.

3) 이창식, 「북한 아리랑의 문학적 현상과 인식」, 『한국민요학』 제9집, 한국민요학회, 2001, 215~230쪽.

가연합(구소련)을 중심으로」(2010)4) 등이 발표된 바 있다. 이 밖에도 북한사회의 '아리랑'에 대한 학위논문이나 연구논문은 그 수가 적지 않으나, 대부분은 북한의 집단공연물 아리랑에 관한 것이다. 필자도 최근 북한사회의 '민요 아리랑'에 대한 인식 태도를 파악하기 위하여 북한에서 간행된 신문·잡지의 기사를 분석한 바 있으나, 그 글은 음악적인 논의의 토대로 삼기 위한 것이었기 때문에 음악적인 내용에 대한 분석은 전혀 이루어지지 않았다.5) 이렇게 본다면 북한의 민요 아리랑에 대한 음악적인 접근은 김보희의 연구가 유일하다 하겠다.

그러나 김보희의 글에서는 "〈본조아리랑〉으로 불리는 나운규의 아리랑이 〈평양아리랑〉 또는 〈아리랑 타령〉에서 파생된 곡으로 경기민요가 아니라고 본다"고 하여 〈본조아리랑〉이 강원도 아리랑계6) 악곡이 경기지방에 전해져 파생된 것으로 보는 이보형·김영운·이용식 등의 견해와 차이가 있으며, 역시 김보희가 "경상도의 대표적인 〈밀양아리랑〉은 〈단천아리랑〉과 〈함경도아리랑〉의 영향을 받아 〈밀양아리랑〉이 생겨났음을 본 연구를 통해 추정할 수 있었다"고 한 점은 〈단천아리랑〉을 "본조아리랑을 편곡한 신민요"로 보는 이보형의 견해와 다르다. 북한 아리랑에 대하여 그간 유일하게 음악적 접근을 시도했던 김보희의 연구에서는 해외동포 아리랑과 복합적으로 논의하는 바람에 북한 아리랑에 대한 체계적인 논의와 그 결과를 선명하게 드러내는데 아쉬움이 있었다.

이에 이 글에서는 북한의 악보자료와 음향자료에 수록된 아리랑계 악곡을 대상으로 음악적인 분석을 시도하여 각 악곡이 지니는 음악적

---

4) 김보희, 「한인 디아스포라 〈아리랑〉의 음악학적 연구」, 『한국문학과 예술』 제6집, 숭실대학교 한국문예연구소, 2010, 195~229쪽.

5) 김영운, 「민요 아리랑에 대한 북한의 인식 태도」, 『제1회 대한민국 아리랑 학자대회 결산보고서」, 강원일보사, 2013, 73~94쪽.

6) 이 글에서 '아리랑계'란 다양한 아리랑계통의 악곡이나 그 변주곡 등을 가리키는 의미로 사용하고자 한다. 반면에 '아리랑류'는 아리랑계 악곡과 유사 아리랑계 악곡을 포함하는 보다 넓은 의미로 사용하고자 한다.

인 특성을 찾아보고, 이를 비교·종합하여 서로 다른 곡명으로 불리고 있는 악곡을 계통별로 묶어봄으로써 북한사회에 전승되는 아리랑계 악곡의 종류를 알아보고, 이를 남한의 그것과 비교하여 남북한 아리랑 이해의 토대로 삼고자 한다. 이를 위한 자료는 북한의 악보집과 남한에서 CD음반으로 출반된 북한 음원자료에 한정하고자 하며, 향토민요와 통속민요로 보이는 악곡을 주된 연구대상으로 하되, 통속민요와 창작가요의 구분이 애매한 경우는 검토를 거쳐 논의를 진행하고자 한다.

2. 북한의 아리랑 관련 자료

이 글은 북한지역에 전승되는 아리랑계 악곡의 음악적인 면모를 포괄적으로 살펴보고자 하는 글이다. 따라서 이 글에서 중요하게 활용될 자료는 음악의 실체에 가까운 기록물인 악보와 음향 자료가 될 것이다.

1) 북한 아리랑의 악보 자료

북한의 악보자료 중 다양한 아리랑계 악곡을 수록하고 있는 중요한 악보집으로는 다음의 세 가지를 꼽을 수 있다.

『조선민족음악전집: 민요편 3』(예술교육출판사, 1999.10.10)
『조선민요 1,000 곡집』(문학예술교육출판사, 2000.5.20)
『조선민요 아리랑』(윤수동 지음, 문학예술출판사, 2011.9.25)

위의 세 자료는 비교적 많은 수의 아리랑 악보를 수록하고 있는데, 각 자료별 수록 악곡의 수록면과 곡명은 〈표 1〉과 같다.

<표 1> 북한의 중요 악보자료 수록 아리랑계 악곡 정리표

번호	『조선민족음악전집: 민요편 3』(1999) 수록면, 곡명		『조선민요 1,000 곡집』(2000) 수록면, 곡명		윤수동, 『조선민요 아리랑』(2011) 수록면, 곡명	
①	224	아리랑	333	아리랑	198	아리랑
②	225	아리랑	334상	아리랑	196	아리랑
③	227	서도아리랑	336하	서도아리랑	199	서도아리랑
④	228	아리랑	334하	아리랑	–	
⑤	229상	아리랑	335	아리랑	200	평안도아리랑
⑥	229하	아리랑	–		201	평안도아리랑
⑦	230	신아르래기	–		–	
⑧	231	아리랑	336상	아리랑	202	전천아리랑
⑨	232	해주아리랑	337	해주아리랑	204	해주아리랑
⑩	233상	아리랑	–		203	해주아리랑
⑪	233하	긴아르래기	–		–	
⑫	234	아르룽	–		–	
⑬	235상	단천아리랑	338	단천아리랑	205	단천아리랑
⑭	235하	아일렁랑	–		–	
⑮	236상	아리랑	339하	무산아리랑	206	무산아리랑
⑯	236하	온성아리랑	339상	온성아리랑	207	온성아리랑
⑰	237	구아리랑	–		208	회령구아리랑
⑱	238	아리랑동				
⑲	239	강원도아리랑	340	강원도아리랑	209	강원도아리랑
⑳	240	통천아리랑	341	통천아리랑	214	통천아리랑
㉑	241	고성아리랑	342	고성아리랑	215	고성아리랑
㉒	242	엮음아리랑	–		217	고산엮음아리랑
㉓	243	아리랑	–		211	평강엮음아리랑
㉔	244	엮음아리랑	–		212	평강엮음아리랑
㉕	246상	삼일포아리랑	344상	삼일포아리랑	218상	삼일포아리랑
㉖	246하	아리랑	–		216	고성아리랑
㉗	247상	긴아리랑	–		218하	강원도긴아리랑
㉘	247하	아리령동	–		–	
㉙	248	강원도아르래기	–		–	
㉚	249	아리랑	–		–	
㉛	250	정선아리랑	343	정선아리랑	219	정선아리랑
㉜	251	정선아리롱	–		–	
㉝	252	아리랑	–		–	
㉞	254상	아리랑	–		220	정선아리랑
㉟	254하	아리랑	–		221	양양아리랑
㊱	255	긴아리랑	344하	긴아리랑	222	경기도긴아리랑
㊲	256	진도아리랑	346	진도아리랑	224	진도아리랑(1)
㊳	257	진도아리랑	347	진도아리랑	226	진도아리랑(2)
㊴	258	긴아리랑	345	긴아리랑	–	
㊵	259	경상도아리랑	348	경상도아리랑	228	경상도아리랑
㊶	260상	밀양아리랑	351	밀양아리랑	231	밀양아리랑(1)
㊷	260하	밀양아리랑	352상	밀양아리랑	232	밀양아리랑(2)

㊸	262상	아리랑	–		234	경주아리랑
㊹	262하	아리랑	–		235	청도아리랑
㊺	263	긴아리랑	–		236	영천긴아리랑
㊻	264	영천아리랑	350상	영천아리랑	237	영천아리랑
㊼	265	영천아리랑	350하	영천아리랑	238	영천아리랑
㊽	266	아리랑	–		230	경상도아리랑
㊾	267상	초동아리랑	349	초동아리랑	240	초동아리랑
㊿	267하	초동아리랑	–		241	초동아리랑
	총 50곡		총 25곡		총 38곡	

1999년에 발행된 『조선민족음악전집』은 전34권으로 이루어진 방대한 악보자료집인데, 이 중 『민요편 3』에는 〈표 1〉에 보이는 바와 같이 50곡의 아리랑계 악곡이 수록되었다. 이 글 말미에 제시된 〈참고자료2〉에 보이는 바와 같이 이 중 대부분 악곡에 전승지역 또는 채록지역으로 보이는 지역명, 제보자·채보자의 이름이 제시된 것으로 보아 이들 자료는 북한지역에서 실제로 채록된 자료를 정리·채보한 것으로 보인다. 제보자 중에는 우리에게도 익숙한 이름인 김진명·김관보와 같은 서도명창과 최옥삼·안기옥 등 남도명인도 포함된 점으로 보아 이들 자료에 소개된 악보의 음원 제보자에는 전문음악인들도 다수 포함된 것으로 보인다. 북한의 『조선민족음악전집』의 민요편 수록 악곡들은 북한에서 진행된 "민요발굴정리사업의 성과중에서 (…중략…) 주제내용별로 묶어져있다"[7]고 하는 만큼, 위 세 가지 악보자료 중 가장 많은 악곡을 수록하고 있다.

2000년에 발행된 『조선민요 1,000 곡집』의 서문에서는 이 책의 발행목적을 다음과 같이 분명하게 밝히고 있다.

이 책에 수록된 노래들가운데는 가사표현들과 음조들에서 일정한 시대적 제한성을 가지고 있는것들도 있으므로 어디까지나 연구자료로서 리용하여야 할 것이다. ≪조선민요 1,000 곡집≫(연구자료)은 담겨져 있는 풍부한 사료적 가치로 하여 민요를 전문으로 연구하는 연구사들과 창작가, 예술인들 그리고

---

7) 『조선민족음악전집: 민요편 3』, 예술교육출판사, 1999, 1쪽.

문학, 력사학, 민속학을 연구하는 사람들에게 귀중한 자료로 될 것이다.[8]

　이러한 발행목적에 따라 이 자료집에는 25곡의 아리랑계 악곡이 실렸는데, 『조선민족음악전집: 민요편 3』에 실렸던 노래 중 아르래기·아르룽·아일렁랑·아리랑동·아리령동 등 성격이 불분명한 악곡이 제외되었다. 이러한 점으로 보아 이 책 수록악곡의 선정과정에는 이 책의 편집과정을 주도한 문학예술종합출판사의 음악편집집단과 평양음악무용대학 음악무용연구소 연구진의 학술적인 관점이 어느 정도 반영된 듯하다. 〈무산아리랑〉은 앞의 자료에서 단순히 〈아리랑〉으로만 표기되었던 곡명을 새로 부여한 점이 주목된다.

　2011년에 발행된 『조선민요 아리랑』은 앞의 두 자료집 편찬작업에 주도적으로 참여한 바 있는 윤수동의 저서이다. 윤수동은 『조선민족음악전집: 민요편 3』의 편찬자 6인 중 제일 처음에 이름이 올라 있으며, 『조선민요 1,000 곡집』에는 '편찬 및 해설'에 '학사 윤수동'이란 이름으로 단독으로 소개된 인물이다. 윤수동은 디지털 북한인명사전[9]에 의하면 현재 평양음악무용대학 음악무용연구소 실장으로 있는 인물이다. 김연갑은 『조선민요 아리랑』의 국내 영인본 해제에서 저자 윤수동을 아래와 같이 소개하고 있다.

　　윤수동박사는 1991년 『조선민요선곡집』(평양 문예출판사) 공편자로 알려지면서 2000년대 들어 대표적인 민요집 『조선민족음악집』, 『조선민요 1,000곡집』, 『계몽기 가요선곡집』 등을 저술하고, 2004년 중국 심양에서 한국·중국 공동으로 개최된 〈동방민족전통민요의 현대 전형연구〉 국제학술회의에서 논문 〈조선민요 아리랑에 대하여〉를 발표, 우리에게도 알려진 인물이다. 공식적인 직함은 〈조선민족음악무용연구소〉 교수이다[10]

---

8) 『조선민요 1,000 곡집』, 문학예술교육출판사, 2000, 2쪽.

9) http://www.kppeople.com/

10) 윤수동, 『조선민요 아리랑(국내 영인본)』, 국학자료원, 2012, 해제 제6쪽.

윤수동의 저서 『조선민요 아리랑』에는 총38곡의 아리랑계 악곡이 수록되었다. 북한 음악학계에서 아리랑이나 민요와 관련하여 주목되는 업적을 내고 있는 윤수동의 비교적 최근 저서인 『조선민요 아리랑』에서는 이전의 북한사회에서 좀처럼 찾아보기 어려운 정밀한 분석과 논의를 전개하고 있는바, 그의 정치(精緻)한 작업을 통하여 선별되었을 38곡의 수록 악곡은 북한 음악학계가 그 중요성을 인정하고 있는 아리랑계 악곡으로 주목할 필요가 있을 듯하다. 『조선민족음악전집: 민요편 3』[11] 수록 악곡 중 아르래기·아르릉·아일렁랑·아리랑동·아리령동 등 『조선민요 1,000곡집』[12]에서 제외되었던 악곡은 역시 윤수동의 이 책에서도 제외되었다.

세 자료집의 악곡 수록양상을 살펴보면 『민요편3』에 실렸던 50곡 중 『천곡집』에는 25곡만 실렸다. 『천곡집』에서 제외되었던 25곡 중 『조선민요 아리랑』에 다시 실린 곡이 15곡인데. 추가된 곡은 아리랑(9곡)·구아리랑·엮음아리랑(2곡)·긴아리랑(2곡)·초동아리랑이다. 이 악곡은 그 제목만 본다면 우리에게 매우 친숙한 곡명이다. 〈아리랑〉·〈긴아리랑〉·〈엮음아리랑〉·〈구아리랑〉 등의 곡명은 남한 학계에서 아리랑계 악곡의 전개과정에서 비교적 이른 시기의 노래이자 중요한 악곡으로 보는 곡이며, 〈초동아리랑〉은 남한 출신의 전통음악계 원로명인인 안기옥으로부터 채록된 노래이다.

그러나 윤수동에 의하여 다시 채택된 15곡은 윤수동의 저서에서 새로운 곡명을 부여한 경우가 많다. 〈표 1〉에서 보는바와 같이 『민요편3』에서 단순히 〈아리랑〉이라는 곡명으로 실렸던 노래 9곡은 윤수동의 저서에서 〈평안도아리랑〉(윤수동, 201쪽)[13]·〈해주아리랑〉(윤203)·〈평강엮음아리랑〉(윤211)·〈고성아리랑〉(윤216)·〈정선아리랑〉(윤220)·〈양양아리랑〉(윤221)·〈경주아리랑〉(윤234)·〈청도아리랑〉(윤235)·〈경상도아리

---

11) 이하 『민요편3』으로 약칭함.
12) 이하 『천곡집』으로 약칭함.
13) 이하 윤201의 형식으로 통일함.

랑〉(윤230) 등으로 제목에 지역명을 붙여 소개되었으며, 〈구아리랑〉은 〈회령구아리랑〉(윤208)으로, 〈엮음아리랑〉은 〈고산엮음아리랑〉(윤217)과 〈평강엮음아리랑〉(윤212)으로, 〈긴아리랑〉은 〈강원도긴아리랑〉(윤218하)·〈영천긴아리랑〉(윤236)으로 제목이 수정되었다. 이런 점으로 미루어 본다면 윤수동은 전승·채록지역이 분명하여 지역적 연고가 드러나거나 지역적 특성을 담고 있을 것으로 보이는 악곡에 비중을 두어 선별·추가한 것으로 짐작된다. 이는 윤수동이 북한학계에서 향토민요의 수집과 정리에 중심적인 역할을 하였던 인물이라는 점에서 그의 민요에 대한 인식태도의 한 단면을 보여주는 점이라 하겠다.

2) 북한 아리랑의 음향 자료

북한지역 아리랑계 악곡의 북한 음원자료로 현재 남한에서 발매된 음반은 다음과 같다.

① 「민족의 노래 아리랑 시리즈 〈북한 아리랑〉」(NSSRCD-011, 1CD), 신나라뮤직(1999) 16곡.
② 「한국의 소리 시리즈 5, 〈남북 아리랑의 전설〉」(NSC-065, 1CD), 신나라뮤직(2003)15곡
③ 「북한민요전집 1, 〈북녘 땅, 우리 소리〉」(10CD), 서울음반/MBC(2004) 아리랑류 악곡 9곡
④ 「북한아리랑명창전집」(NSC-154-1/3, 3CD), 신나라(2006) 46곡

위의 자료 중 〈북녘 땅 우리 소리〉 음반은 북한 여러 지역에서 채록된 향토민요와 통속민요를 지역별로 나누어 10장의 CD음반에 수록하고 있다. 이 중 아리랑류 악곡은 아래와 같은 9곡인데, 이 곡을 채록지역과 함께 정리하면 〈지도 1〉과 같다.

① 아리랑(4'28)　　　전동욱(67세, 함경북도 회령시 궁심동, 1981년 녹음)

② 아라리(4'59)　　　리용서(62세, 량강도 삼지연군 신무성로동자구, 1979년 녹음)

③ 아라리(1'51)　　　주두환(63세, 강원도 김화군 김화읍, 1974년 녹음)

④ 아르래기3(2'03)　최용주(69세, 평안남도 대흥군 덕흥리, 1973년 녹음)

⑤ 아리랑(2'48)　　　배홍(67세, 황해남도 룡연군 몽금포리, 1975년 녹음)

⑥ 아르래기1(1'15)　정기승(58세, 평안남도 맹산군 기양리, 1972년 녹음)

⑦ 아르래기2(1'48)　현필삼(63세, 평안남도 맹산군 주포리, 1978년 녹음)

⑧ 자진아라리(0'38) 리윤녀(58세, 함경남도 함주군 신덕리, 1979년 녹음)

⑨ 아리랑타령(2'04) 리명길(71세, 황해남도 삼천군 수교리, 1974년 녹음)

〈지도 1〉에서 보는 바와 같이 주로 1970년대에 채록된 향토민요계 악곡들 중 황해도의 〈아리랑타령〉과 〈아리랑〉을 제외한 7곡은 대부분 북한의 동부지역에서 채록되었다. 평안도지역인 대흥군과 맹산군 역시 동부 산간지역에 해당한다. 결국 북한에서도 〈아라리〉·〈아르래기〉 등 향토민요 아리랑이 주로 전승되는 지역은 동부 산악지대임을 짐작할 수 있다. 위 9곡의 향토민요계 아리랑 악곡은 남한의 강원도지역에 전승

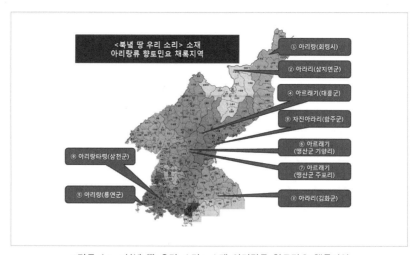

〈지도 1〉 〈북녘 땅 우리 소리〉 소재 아리랑류 향토민요 채록지역

되는 향토민요 아리랑과 큰 차이가 없다. 다만 남한에서 불리는 가락에 비하여 개인적인 변주가 심하고, 대부분의 제보자가 음정이 불안하거나 박자나 리듬을 지나칠 정도로 자유롭게 구사하고 있는 점이 다를 뿐이다.

위의 9곡을 남한지역 강원도의 아리랑계 악곡과 비교한다면, ① 〈아리랑〉은 강원도 〈긴아라리〉(정선아리랑)와 같으며, ② 〈아라리〉는 강원도 〈긴아라리〉로 시작하여 뒷 부분에서는 〈엮음아라리〉를 이어 불렀다. 반면에 ③ 〈아라리〉, ④ 〈아르래기3〉, ⑤ 〈아리랑〉은 모두 강원도 〈엮음아라리〉이다. 그리고 ⑥ 〈아르래기1〉, ⑦ 〈아르래기2〉, ⑧ 〈자진아라리〉는 강원도 〈자진아라리〉, 즉 통속민요 〈강원도아리랑〉과 같은 곡이다. 다만 ⑨ 〈아리랑타령〉은 〈자진아라리〉를 혼소박이 아닌 3소박 계통으로 부르는 점이 다르다. 이상에서 살펴본바와 같이 북한지역에서 채록된 향토민요계통 아리랑 악곡은 남한 강원도지역에 전승되는 향토민요 아리랑들과 별다른 차이점을 발견할 수 없을 정도로 같음을 알 수 있다.

〈북녘 땅 우리 소리〉를 제외한 나머지 3종의 음반은 주로 통속민요를 수록하고 있는데,[14] 16곡이 실린 〈북한아리랑〉(1999)에는 김희조 편곡, 금난새 지휘, KBS교향악단 연주의 〈아리랑〉을 비롯하여 한재숙 지휘의 도쿄필하모닉 교향악단과 재일 민족연구회 등의 합창으로 녹음된 〈아리랑 합창〉 등이 수록되었으며, 그 밖에도 피아노독주로 연주하는 아리랑과 김홍재 지휘의 교토교향악단이 연주한 김영규 작곡 〈아리랑 환상곡〉 등이 포함되어 있다. 이 같은 편곡작품의 주제선율은 '본조아리랑'으로 알려진 영화주제곡 〈아리랑〉 선율이다. 이 음반에 실린 악곡 중 편곡작품이나 창작음악을 제외한 아리랑계 악곡은 아래와 같은 8곡이다.[15]

---

14) 이들 음향자료는 북한에서 직접 전해진 것이 아니라 일본의 신세계레코드사가 보유하고 있던 북한 음원을 토대로 제작된 것이다. 이들 음원이 전해지는 과정에서 녹음일시와 장소, 녹음 목적이나 배경 등의 보다 상세한 정보가 알려지지 않은 점이 아쉬운 점이다. 그러나 녹음에 참여한 연주자를 고려하면 대부분 1950~60년대의 녹음으로 보이며, 1970년생인 가수 전인옥의 녹음은 1990년대의 것으로 추측된다.

15) 이들 음반의 전체 수록악곡은 이 글 말미의 〈참고자료 1〉에서 볼 수 있다.

4. 영천아리랑(1:50)　　　　노래: 김종덕

6. 경상도아리랑(3:34)　　　노래: 태영숙

7. 경상도아리랑(2:25)　　　노래: 김종덕

8. 아리랑(2:31)　　　　　　노래: 최청자

9. 강원도아리랑(5:08)　　　노래: 강운자

10. 긴아리랑(5:10)　　　　　노래: 전인옥

11. 진도아리랑(2:35)　　　　노래: 김설희

12. 밀양아리랑(2:44)　　　　노래: 고종숙

〈남북 아리랑의 전설〉(2003)은 남북한 연주자들의 아리랑계 악곡을 수록하고 있는데, 남한에서는 전문음악인으로 김소희·이춘희가 참여하고 있으며, 정선아리랑 명창 김남기를 비롯하여 진도아리랑보존회와 밀양아리랑보존회가 녹음에 참여하였다. 이 음반에 수록된 북한 음원자료 중 창작곡인 〈랭산모판아리랑〉, 일제강점기 신민요인 〈삼아리랑〉16)

---

16) 이 곡은 『조선민요 1,000 곡집』 574쪽에 〈삼아리랑〉이라는 곡명으로 신민요의 하나로 악보가 수록되었고, 작곡자를 리면상으로 밝히고 있으며, 그 노랫말은 다음과 같다.
　　아리랑 아리랑 아리아리아리랑 아리아 고개로 날 넘겨주소
　　아리랑 강남은 천리나원정 정든님 올때만 기다린다네
　　아리아리아리 넘어넘어서 구월단풍 좋은시절에
　　두견아 음- 음- 음 우지를 말어라 우지를 말아
　　그런데 이 곡은 1943년에 발매된 것으로 보이는 Columbia 40906-B에 신민요 〈제3아리랑〉으로 수록되었으며, 이가실(李嘉實)작사·이운정(李雲亭)작곡·김준영(金駿泳)편곡으로 소개되었고, 옥잠화(玉簪花)의 노래와 콜럼비아관현악단의 반주로 녹음되었다. 작곡자 이운정은 리면상의 예명이다. 그 노랫말은 다음과 같은데, 위의 〈삼아리랑〉과 거의 같다(한국음반아카이브연구소, 「한국 유성기음반」, http://sparchive.dgu.edu/v2/ 참조).
　　1절: 아리랑 아리랑 아리아리 아리랑 아리랑 고개는 웬고갠고
　　　　아리랑 江南은 千里나遠程 정든님 올때만 기다린다네
　　　　아리아리로 넘어넘어서 夜月三更 고요한밤에 杜鵑아 울지를마러라 울지를마라
　　2절: 아리랑 아리랑 아리아리 아리랑 아리랑 고개는 웬고갠고
　　　　꽃가지 어서 단장을말고 미나리 江邊에 일하러가세
　　　　아리아리로 넘어넘어서 五月南風 실바람불제 桃花야 지지를마러라 지지를마라
　　3절: 아리랑 아리랑 아리아리 아리랑 아리랑 고개는 웬고갠고
　　　　이왕에 이고개 넘을바에는 님에게 한목숨 바처를보세
　　　　아리아리로 넘어넘어서 二人靑春 좋은時節에 歲月아 가지를마러라 가지를마라
　　이 곡의 제목과 관련하여 음반 「南北아리랑의 傳說」 해설서에서는 "삼(蔘)이란 고려인

과 '본조아리랑'의 편곡작품 등을 제외하고 아래의 4곡을 본 연구의 자료로 활용하고자 한다.

2. 아리랑(2:37)　　노래: 최청자(공훈배우)
4. 긴아리랑(5:14)　　노래: 강응경(공훈배우)
6. 영천아리랑(1:57)　노래: 김종덕(인민배우)
8. 초동아리랑(1:43)　노래: 김옥성(인민배우)

〈북한아리랑명창전집〉(2006)은 북한지역에서 녹음된 음원을 3장의 CD에 담아 발매한 것으로, 총 46곡이 수록되었으나, 이 중 창작곡이나 합창·중창 또는 기악곡으로 편곡된 작품을 제외하고, 주로 독창으로 불린 아리랑계 악곡을 정리하면 〈표 2〉와 같다.

〈표 2〉〈북한아리랑명창전집〉 수록 악곡 중 자료로 활용될 악곡 정리표

CD1		CD2		CD3	
1.본조아리랑(2:34)	최청자	1.진도아리랑(2:32)	김종덕	1.경상도아리랑(3:35)	전인옥
2.본조아리랑(2:46)	왕수복	2.영천아리랑(1:53)	김종덕	2.서도아리랑(2:25)	전인옥
3.경기긴아리랑(4:42)	왕수복	3.밀양아리랑(2:12)	신우선	3.경기긴아리랑(5:10)	전인옥
4.본조아리랑(5:03)	태영숙	7.단천아리랑(1:52)	계춘이	6.영천아리랑(3:26)	렴직미
5.구조아리랑(2:25)	태영숙	9.경상도긴아리랑(3:28)	계춘이	7.서도아리랑(2:21)	렴직미
6.아리랑(4:16)	김순영	10.구아리랑(헐버트채보, 1:03)		8.초동아리랑(1:41)	김옥선
7.아리랑(0:50)	석룡진		배윤희	9.영천아리랑(2:02)	김옥선
8.경상도아리랑(2:29)	김정화	13.통천아리랑(2:12)	고명희	10.단천아리랑(2:04)	김성일
9.경기긴아리랑(2:44)	강응경	14.진도아리랑(2:40)	김철회	11.온성아리랑(1:32)	홍인국
10.강원도아리랑(5:06)	강응경	15.밀양아리랑(2:44)	고정숙	12.영천아리랑(2:28)	리성훈
11.경상도아리랑(3:15)	김관보			13.경상도아리랑(3:06)	리복회
12.밀양아리랑(2:01)	김연옥			14.해주아리랑(2:11)	장애란
14.아리랑(2:19)	석란회				
13곡		9곡		12곡	

〈표 2〉에 보이는 〈북한아리랑명창전집〉 수록 악곡의 곡명은 북한사회에서 통용되거나 북한 자료에 의한 명칭으로 보기 어려운 것도 눈에

삼을 말함"이라 하였으나, 1943년 콜롬비아음반에는 〈第三아리랑〉이라 표기되었다.

떤다. 〈본조아리랑〉은 북한에서는 〈아리랑〉으로, 〈구조아리랑〉은 북한에서 〈서도아리랑〉이라는 이름으로 통용되는 곡이다. 아마도 이 음반의 곡명 일부는 남한사회에서 통용되는 명칭으로 손을 본 듯하다.

앞서 살펴본 바와 같이 향토민요계통 아리랑에서는 남북한 사이에 별다른 차이점을 찾기 어렵다. 따라서 이 글은 통속민요계통 아리랑 악곡을 주된 대상으로 살펴보고자 하는바, 이 글에서 자료로 활용될 북한 음원자료에 의한 남한 발매 CD음반의 악곡을 제목별로 정리하면 〈표 3〉과 같다.

〈표 3〉 북한의 중요 음원자료 수록 아리랑계 악곡 정리표

제목	북한아리랑명창전집	남북아리랑전설	북한아리랑
구아리랑	2-10(배윤희)		
아리랑	1-01(최청자), 1-02(왕수복), 1-04(태영숙), 1-06(김순영), 1-07(석룡진), 1-14(석란회)	02(최청자)	08(최청자)
서도아리랑	3-07(렴직미), 3-02(전인옥)		
아리랑	1-05(태영숙)		
해주아리랑	3-14(장애란)		
단천아리랑	2-07(계춘이), 3-10(김성일)		
온성아리랑	3-11(홍인국)		
강원도아리랑	1-10(강응경)		09(강운자)
통천아리랑	2-13(고명희)		
긴아리랑(경기)	1-03(왕수복), 1-09(강응경), 3-03(전인옥)	04(강응경)	10(전인옥)
진도아리랑	2-01(김종덕), 2-14(김설희)		11(김설희)
긴아리랑	2-09(계춘이)*		
경상도아리랑	1-11(김관보), 1-08(김정화), 3-01(전인옥), 3-13(리복회)		06(태영숙) 07(김종덕)
밀양아리랑	1-12(김연옥), 2-15(고정숙)		12(고정숙)
밀양아리랑	2-03(신우선)		
영천아리랑	3-09(김옥선)		
영천아리랑	2-02(김종덕), 3-06(렴직미), 3-12(리성훈)	06(김종덕)	04(김종덕)
초동아리랑	3-08(김옥선)	08(김옥성)	

〈표 3〉에 제시된 악곡들 중 이탤릭체로 표기된 곡은 하나의 음원자료를 중복 활용한 것으로 보인다. 이는 북측의 다양한 음원을 구득하기 어려운 사정 때문에 음반을 편집하는 과정에서 같은 음원을 재활용하였기 때문으로 짐작된다. 이 표에서 주목되는 점의 하나는 음반에 따른 악곡명 표기가 통일되어 있다는 점이다. 앞서 〈표 1〉에서 살펴 본 바와 같이 『민요편3』(1999)과 『조선민요 아리랑』(2011)에서는 같은 곡을 서로 다른 제목으로 수록한 경우가 있었으나, 〈표 3〉의 음향자료 정리표에서는 악곡명 표기가 모두 같다. 특히 〈표 1〉에서 서로 다르게 표기되었던 향토민요류의 아리랑계 악곡들은 이들 음원자료에 전혀 수록되지 않았다. 북한 측 음원자료를 남한 음반사에서 편집하는 과정에서 누락되었는지 여부는 알 수 없으나, 〈표 1〉에 정리된 악보자료는 학술적인 연구자료의 성격이 강하고, 〈표 3〉의 음원자료는 대중적 감상음악의 성격이 강한 것으로 보고자 한다. 즉 〈표 3〉의 악곡들은 그 녹음과정에 높은 기량을 지닌 음악인이 참여하였고, 잘 다듬어진 반주를 수반하고 있으며, 악보자료와 대동소이한 선율을 지녔고, 가사도 악보와 일치하거나 거의 같은 점으로 보아 치밀한 기획을 거쳐 녹음된 것으로 짐작된다. 따라서 이들 음원자료에 실린 아리랑계 악곡은 북한사회나 음악계에서 중요하게 인식하는 아리랑계 악곡으로 보아도 무방할 듯하다.

이 글의 목적은 북한에 전승되는 각종 아리랑계 악곡에 대한 음악적인 접근을 통하여 북한사회에서 연행되는 아리랑계 악곡에 대한 이해를 높이고자 하는 것이다. 이를 위하여 앞에서 살펴본 악보자료와 음원자료를 바탕으로 다음과 같은 점을 고찰하고자 한다.

우선 앞에서 살펴 본 북한 자료에 실린 아리랑계 악곡 중 악보·음원자료에서 중요하게 취급되는 악곡들을 대상으로, 각 악곡 간의 같고 다름을 분별하고, 이를 종류별로 나누어보고자 한다. 그리고 북한사회에 전승되는 아리랑계 악곡이 남한의 그것과는 어떤 차이가 있으며, 남한의 어떤 악곡과 같은 곡인지를 살펴보고자 한다.

3. 북한 아리랑계 악곡의 유형 검토

이 장에서는 북한에서 연행되는 아리랑계 악곡에는 어떤 곡이 있으며, 이들 악곡은 남한사회에서 연행되는 것과 어떻게 같고 다른지를 살펴보고자 한다. 이를 위한 북한 측 아리랑계 악곡은 앞서 살펴본 악보 자료와 음원자료에 의존하고자 하며, 남한 아리랑계 악곡에 대한 이해는 학계의 선행연구와 연구자의 음악적인 경험 등이 토대가 될 것이다.

특히 이 장에서 남북한 아리랑의 비교를 위한 주된 관점은 노래 선율이나 리듬 등 음악적인 문제에 집중하고자 하며, 필요한 경우 노랫말 등을 부분적으로 참고하고자 한다. 그리고 이 장의 소항목들은 남한사회에서 아리랑계 악곡 중 중요한 곡목으로 인정하고 있는 강원도 향토민요 계통인 〈아라리와 엮음아라리〉(통속민요 〈정선아리랑〉), 〈자진아라리〉(통속민요 〈강원도아리랑〉), 경기 통속민요 〈구조아리랑〉, 〈본조아리랑〉, 〈긴아리랑〉, 그 밖의 악곡으로 〈밀양아리랑〉, 〈진도아리랑〉, 〈해주아리랑〉를 중심으로 유사한 악곡들을 묶어 비교하고자 한다. 그리고 이 책의 주된 목적은 아니지만, 신민요에 속하는 아리랑 또는 남북 분단 이후 북한에서 창작되거나 크게 편곡·변주되어 이들 악곡과 비교가 쉽지 않은 몇몇 노래는 '창작아리랑'이라는 항목에서 간단히 언급하고자 한다.

1) 강원도 아라리계 악곡

강원도에서 〈아라리〉 또는 〈얼레지〉·〈어러리〉 등으로 불리는 이 곡은 정선지방의 노래가 외지에까지 널리 알려졌기 때문에 흔히 〈정선아리랑〉이라고도 불린다. 보통은 느리게 부르는 3소박 3박자(9/8박자) 메나리토리의 노래이나, 종지음이 음계의 최저음인 mi인 점이 특징이다.[17]

---

17) 한상일, 「북한아리랑의 음악적 분석」, 음반 『북한 아리랑』 해설서 중 '5, 강원도아리랑'에

북한 악보에 보이는 〈강원도아리랑〉 3종은 기보 내용이 동일하며, 음원 2종은 강응경(1934~1974)과 강운자의 노래로 소개되었는데, 음색이나 가창방법이 매우 유사하여 동일음원이 아닐까 추측된다. 반주는 단소 또는 대금으로 보이는 관악기의 전주와 수성에 가까운 반주선율로 구성되었다. 악보는 비록 9/8박자로 기보되었으나, '자유롭게 애조적으로'라는 표기와 같이 비교적 자유롭게 리듬을 처리하고 있다.

전렴18)은 남한의 〈긴아라리〉와 크게 다르지 않은데, 부분적으로 선율의 일부가 다르게 표현되는 것은 편곡자나 가창자의 개성적 표현이 드러난 것으로 해석될 수 있다. 본절은 '엮음'과 유사하지만 처음의 '강원도 금강산 일반이천봉 팔만구암자' 부분은 '엮어 노래 부르는 방식'이 아니라 마치 '글을 읽는 듯 하는 낭송조'로 부르는 점이 남한의 〈엮음아라리〉와 다르다. 그리고 남한의 〈엮음아라리〉는 비교적 길게 엮다가 마지막 부분을 가창조로 마친 다음 후렴을 붙이는데 비하여 북한 〈강원도아리랑〉에서는 본절의 '강원도 금강산 일만이천봉 팔만구암자 법당 뒤에다가'까지만 엮고, 그 이후의 대부분을 가창조로 느리게 부른다. 그럼에도 불구하고 노래의 선율은 전형적인 메나리토리의 구조를 따르고 있으며, 남한의 〈아라리〉처럼 mi음으로 종지한다.

따라서 북한의 〈강원도아리랑〉은 남한의 강원도지방 향토민요인 〈아라리〉에 해당하는 곡임을 알 수 있다. 이 점은 북한의 악보자료에 보이는 〈정선아리랑〉(〈표 1〉 및 말미 〈참고자료 2〉의 ㉛번19))과 이들 악곡이 매우 유사한 점을 보아도 알 수 있다. 다만 북한의 악보나 음원에 보이는 〈강원도아리랑〉은 〈긴아라리〉가 아니라 〈엮음아라리〉이다. 이

서 "정선아라리는 느린 3박자와 4박자를 혼합하여 사용하는 혼합 박자로 되어 있고……"라 하였으나, 3소박 3박자가 일반적이다.

18) 우리 민요의 연행에서 선창자가 처음 받는 소리(후렴) 한 마디를 먼저 내는 관행이 있는데, 북한에서는 이를 '전렴'이라 한다. 이 책에서는 후렴과 전렴을 필요에 따라 혼용하고자 한다.

19) 앞으로 〈표 1〉 및 말미 〈참고자료 2〉의 악곡을 가리키기 위한 번호는 원문자로 그 번호만 표기하기로 한다.

는 전·후렴과 본절이 모두 느린 3소박 3박자로 다소 자유롭게 부르는 〈긴아라리〉에 비하여 중간에 엮는 가락이 들어가는 등 변화가 다채로운 〈엮음아라리〉를 북한의 음악계가 선호하였기 때문으로 보인다. 북한 가수들의 노래는 극히 부분적으로 개성적인 표현이 달라지는 부분이 있지만, 대부분 악보를 엄격하게 따르고 있다.

북한 음원자료에는 〈통천아리랑〉이 보인다.20) 전통악기21)의 반주에 맞추어 고명희가 노래한 이 곡(⑳)은 3종의 악보자료에도 모두 실려 있는데, 통천은 강원도 북부지방의 이름이다. 따라서 〈통천아리랑〉은 〈강원도아리랑〉과 유사할 것이라는 가정이 가능하다.

〈악보 1〉에서 보는 바와 같이 두 곡은 박자와 음조직이 같지만, 노래 선율이 부분적으로 다르게 진행된다. 특히 두 노래의 차이는 빠르기에서 찾을 수 있는데, 〈통천아리랑〉은 '구성지게(양산도 중모리 혼합장단)'라는 악보의 표기와 같이 비교적 빠르게 노래하는 점이 특징이라 할 수 있다.22) 두 노래의 노랫말은 아래와 같이 대동소이하다.

[강원도아리랑]　아리랑 아리랑　　아라리요　　아리아리랑 고개로　　나를 넘겨나 주소
[통천 아리랑]　아리랑 아리아리랑 아라리로구나 아리아리랑 고개고개로 나를 넘겨나 주소

강원도　　금강산 일만이천봉 팔만구암자 법당 뒤에다가
강원도라 금강산 일만이천봉 팔만구암자 대대불공 들여 아들딸 나라구

산재불공을 말구 아닌 밤중에 오신 손님　　네가 괄세를　　말아
산제불공을 말구 야밤삼경에 오신 손님을　　　　괄세두나 말아

---

20) 「북한아리랑명창전집」 CD2-13
21) 북한에서는 이를 '민족악기'라 부른다.
22) 북한 음원의 〈강원도아리랑〉은 "아리랑 아리랑 아라리요"를 매우 자유로운 리듬으로 노래하는데 50초 정도가 소요된다. 그리도 남한의 강원도 〈긴아라리〉는 M.M. ♩.=50 정도로 불리는 데 비하여, 음원자료의 〈통천아리랑〉은 M.M. ♩.=80 정도로 불린다.

강원도아리랑

통천아리랑

<악보 1> <강원도아리랑⑲>과 <통천아리랑⑳>

이 같은 점으로 보아 〈통천아리랑〉은 강원도 향토민요인 〈긴아라리〉를 조금 빠르고 규칙적인 리듬으로 노래하는 지역적 변종의 하나라 하겠다. 그리고 음원자료가 없어 확인하기는 어렵지만, 악보자료에 의하면 강원도 평강의 〈아리랑㉓〉과 〈엮음아리랑㉔〉, 강원도 정선 〈정선아리랑㉛〉과 〈정선아리롱㉜〉은 엮음아라리 계통의 노래라 할 수 있다.

2) 강원도 자진아라리계 악곡

강원도 향토민요 〈자진아라리〉는 논농사소리의 하나인 〈모심는소리〉로 부르기도 한다. 이 노래를 통속민요로 다듬은 것이 경기명창 공연종목의 하나인 〈강원도아리랑〉이다. 이 노래의 특징은 혼소박 5박자의 리듬구조에서 찾을 수 있으며, 후렴구에서 '아리아리'나 '스리스리'처럼 같은 말을 반복하는 것도 이 노래의 특징이라 할 수 있다.

음원자료를 통하여 쉽게 이 유형의 것으로 확인되는 노래로는 북한의 〈경상도아리랑〉이 있다.[23] 6인의 서로 다른 창자의 노래[24]가 음반에 수록될 만큼 활발하게 녹음된 것을 보면 이 노래는 북한사회에서 매우 중요한 연주곡목의 하나인 것으로 짐작된다.

『민요편3』 259쪽에 실린 악보(㊵)와 비교하면, 김관보의 노래는 후렴을 제외한 가사만 다르고, 선율은 같다. 김정화의 노래는 가사까지 악보와 같아서 6인의 가창자 중 악보에 가장 가깝게 노래를 한다. 반면에 리복희·전인옥(1970~)·태영숙·김종덕(1923~1994)은 선율은 같으나, 가사를 조금씩 다르게 부르고 있다. 특히 김관보를 제외한 나머지 가창자들의 노래에서는 노래의 후반부에 악보에 없는 '느린 고음의 카덴차'를

---

23) 한상일, 「북한아리랑의 음악적 분석」, 음반 『북한 아리랑』 해설서 중 '3. 경상도아리랑'에서 "정선아라리와 거의 같고……"는 "자진아라리와 거의 같고……"로 수정되어야 할 듯하다.

24) 〈경상도아리랑〉, 김관보(여), 「북한아리랑명창전집」 CD1-11; 김정화(남), 「북한아리랑명창전집」 CD1-08; 김종덕, 「북한아리랑(1999)」 07; 리복희, 「북한아리랑명창전집」 CD3-13; 전인옥, 「북한아리랑명창전집」 CD3-01; 태영숙, 「북한아리랑(1999)」 06.

삽입하고 있다. 김종덕의 노래가 전통악기 반주와 민요창법에 가까운 발성이고, 나머지는 전통악기와 양악기의 배합반주에 북한식 발성으로 노래한다.

〈경상도아리랑〉과 거의 같은 노래로 〈초동아리랑〉이 있다. 음반에 실린 〈초동아리랑〉 두 곡은 동일인의 가창인 듯한데, 음반의 가창자명 은 김옥성(1941~ ,「남북아리랑의전설(2003)」08)과 김옥선(「북한아리랑명 창전집」 CD3-08)으로 차이를 보인다.

〈악보 2〉에서 보는 바와 같이 〈경상도아리랑⑩〉과 〈초동아리랑㊿〉 은 리듬구조가 혼소박 5/8이고, 장단표기도 '엇모리장단'으로 같다. 다

〈악보 2〉 〈경상도아리랑⑩〉과 〈초동아리랑㊿〉

만 〈경상도아리랑〉은 서정적으로 노래하고, 〈초동아리랑〉은 흥겹게 노래한다는 점만 다를 뿐이다. 선율에 있어서도 〈경상도아리랑〉이 장식음이나 간음을 많이 사용하지만, 이를 제거하면 두 곡 선율의 골격음이 거의 같다. 다만 두 곡은 노랫말이 조금 다르게 되어 있다.

이상과 같은 점으로 미루어 필자는 이 두 곡이 같은 계통의 노래이며, 두 곡에서 드러나는 차이점은 제보자, 채보자, 편곡자, 가창자 등의 음악적인 해석과 개성적 표현에서 기인한 문제로 보고 이 두 곡을 남한의 강원도 〈자진아라리〉와 같은 곡으로 분류하고자 한다.

〈자진아라리〉계 악곡과 유사한 성격을 지닌 노래로 〈영천아리랑〉이 있다. 제목으로 보아 이 곡이 경상북도 영천지방의 노래인 듯하지만, 그렇게 볼 수 없다는 주장도 제시된 바 있다.25)

〈악보 3〉에 제시된 〈영천아리랑〉의 악보는 두 가지가 서로 다르다. 선우일선이 부른 곡은 9/8박자 la-선법이며, 윤봉식이 부른 노래는 5/8박자 do-선법이다. 그러나 두 노래의 선율선은 비슷하다. 즉 la-선법과 do-선법의 상호 탁곡(度曲)에 의한 악곡으로 볼 수 있다.26)

la-선법인 선우일선 창의 〈영천아리랑〉은 「북한아리랑명창전집」 CD3-09에 김옥선의 노래로 실려 있는데, 그 악보는 『민요편3』 264쪽(㊻)에 실려 있으며, 녹음된 김옥선의 노래의 가사도 악보와 동일하다. 이 곡은 배합편성의 반주에 북한식 발성으로 녹음되었다.

do-선법인 윤봉식 창의 〈영천아리랑〉은 여러 연주자에 의하여 녹음되었다. 인민배우인 김종덕의 노래27)는 『민요편3』 265쪽(㊼)에 실려 있는 악보와 선율과 가사가 비슷하다. 김종덕의 노래는 양악기 반주에 민요풍의 발성으로 노래한다. 악보와 차이를 보이는 부분은 노래의 종

---

25) 김보희, 「한인 디아스포라 〈아리랑〉의 음악학적 연구」, 『한국문학과 예술』 제6집, 숭실대학교 한국문예연구소, 2010, 195~229쪽.

26) 이와 같은 경우는 〈천안삼거리〉와 〈밀양아리랑〉의 경우에도 볼 수 있다.

27) 〈영천아리랑〉, 김종덕, 「남북아리랑의전설(2003)」 06; 「북한아리랑(1999)」 04; 「북한아리랑명창전집」 CD2-02.

영천아리랑

영천아리랑

<악보 3> 두 가지의 <영천아리랑⑯, ⑰>

지 직전에 카덴차풍의 가락이 삽입되는 점이다.

그 밖의 음원자료 중 렴직미의 노래는 양악반주에 북한식 발성으로 부르며, 『민요편3』의 264~265의 악보(⑯, ⑰)와 선율과 가사가 비슷하지만, 편곡이나 개사를 많이 한 작품이다. 악곡은 do-선법으로 되어 있지만, 종지음은 sol로 되어 있는 점이 특이하다. 반면에 북한의 국립민속예술단합창으로 녹음된 음악은 『민요편3』265쪽의 악보(⑰)와 거의 같은데, 가사는 조금 추가되었으며, 악곡은 양악식 밴드의 반주와 혼성합창으로 편곡한 작품이다. 그리고 리성훈의 노래는『민요편3』265쪽의 악보(⑪)와 같고, 가사는 조금 다르다. 반주는 배합편성이며, 북한식 발성에 종지부분에 카덴차풍의 가락이 있다.[28]

앞서 선우일선이 부른 la-선법 9/8박자의 노래와 윤봉식 제보의 do-선법 혼소박 10/8박자의 노래는 탁곡(度曲)[29]의 관계에 있음을 확인하였다. 이 두 노래에서 la-선법과 혼소박 10/8박자를 채택하여 하나의 노래를 만든다면 〈자진아라리〉와 거의 비슷한 노래가 만들어 진다. 결국 〈영천아리랑〉은 〈경상도아리랑〉 및 〈초동아리랑〉과 더불어 〈자진아라리〉계통 악곡임을 알 수 있다. 음원자료가 없어 확인은 어려우나 악보자료에 의하면 〈삼일포아리랑㉕〉도 〈자진아라리〉 계통 악곡임을 알 수 있다.

3) 경기 구조아리랑계 악곡

경기 〈구조아리랑〉은 선행연구에서 메나리토리의 강원도 향토민요 〈긴아라리〉가 경기지역에 전래되어 경토리로 변화된 것이라는 주장이 있었다.[30] 그런 점에서 서울·경기지방 음악어법으로 된 아리랑계 악곡 중에서는 비교적 이른 시기인 19세기 말에 그 존재가 확인된다. 헐버트에 의한 채보가 그것인데, 북한지역에서는 이 악보의 노래를 재연하여 녹음하고 있다. 「북한아리랑명창전집」에 〈구.아리랑〉이라는 곡명으로 실린 배윤희의 노래는 북한식 발성에 개량된 전통악기의 반주로 녹음되었다.[31] 이 곡의 악보는『민요편3』224쪽에 〈아리랑〉이란 곡명으로

---

28) 〈영천아리랑〉, 렴직미, 「북한아리랑명창전집」 CD3-06; 국립민속예술단합창 「북한아리랑명창전집」 CD3-15; 리성훈, 「북한아리랑명창전집」 CD3-12.

29) 어느 특정 음조직의 악곡에서 구성음의 일부만 바꾸어 다른 음조직의 악곡을 만드는 것.

30) 김영운, 「아리랑 형성과정에 대한 음악적 연구」,『한국문학과 예술』제7집, 숭실대학교 한국문예연구소, 2011, 47쪽.

31) 〈구.아리랑(헐버트채보)〉, 배윤희, 「북한아리랑명창전집」 CD2-10.

아 리 랑

<악보 4> 아리랑(①, 헐버트 채보)

〈악보 4〉와 같이 실려 있다.

이 곡의 특징은 3박자 계통의 리듬구조에 sol-선법으로 되어 있다는 점이다. 이 같은 특징을 지닌 북한의 아리랑계 악곡으로는 〈서도아리랑〉이 있다. 평양지역에서 채록되었다고 하는 〈서도아리랑〉은 〈악보 5〉에서 보는바와 같이 3박자 리듬구조이며, sol-선법으로 구성되었다. 이 곡의 선율선은 남한의 〈구조아리랑〉과 같다.

북한 음원에 보이는 〈구조아리랑〉계 악곡 중 〈구조아리랑〉이라는 곡명으로 「북한아리랑명창전집」에 실린 태영숙의 노래[32]는 『민요편3』 228쪽의 〈아리랑(평양)④〉과 선율 및 가사가 같다. 이 곡은 전통악기를 위하여 편곡된 반주에 맞추어 노래하는데, 그 곡명을 '구조아리랑'이라 한 것이 북한 자체의 표기였는지, 남한 음반회사의 편집과정에서 표기된 제명인지 확인하기 어렵다. 이 곡을 북한에서는 1983년 이후 〈서도아리랑〉이라 부르기로 하였다는 점[33]에 비추어 주로 남한에서 사용되던 〈구조아리랑〉이라는 곡명으로 표기된 점은 의아하다.

〈서도아리랑〉이란 곡명의 음원자료는 렴직미의 노래와 전인옥의 노

---

32) 〈구조아리랑〉, 태영숙, 「북한아리랑명창전집」 CD1-05.
33) 엄하진, 「〈노래 따라 삼천리〉: 조선민요 〈서도아리랑〉」, 『예술교육』 제2호, 2002, 43쪽.

래가 있다.[34) 렴직미의 노래는 『민요편2』 227쪽의 악보(③)와 거의 같지만 종지부분에서 변조하여 do로 종지하는 점이 다르며, 전인옥의 노래는 가사가 조금 다르다. 두 곡 모두 양악기 반주에 북한식 발성으로 녹음되었다. 이들 노래는 모두 3박자 리듬구조와 sol-선법으로 되었으며, 선율선이 남한의 〈구조아리랑〉과 같다. 또한 계춘이의 노래[35)로 녹음된 〈아리랑타령〉은 비록 그 제목은 다르지만 『민요편3』 227쪽의 〈서도아리랑〉 악보(③)와 선율이 같고, 가사도 거의 같으며, 반주형태만 배합편성으로 구성 되었다.

북한의 아리랑계 악곡 중 〈구조아리랑〉계 악곡으로는 〈단천아리랑〉도 있다. 계춘이와 김성일의 노래는 배합편성 반주에 북한식 발성으로 녹음되었는데, 『민요편3』 235쪽의 악보(⑬)와 선율은 같고, 가사는 조금 차이가 있다. 김성일의 노래에서는 종지부분에 카덴차풍의 가락이 있다. 〈구조아리랑〉계 악곡은 본절과 후렴(전렴)이 비슷하다는 특징이 있다. 이를 문자식으로 표기하면 전렴(후렴) A(a-b), 본절 A'(c-b)로 볼 수 있는데, a와 c는 그 시작음이 완전5도~장6도의 차이가 있다. 〈악보 5〉에 보이는 바와 같이 〈서도아리랑〉에서는 a(Sol)와 c(mi)가 장6도, 〈단천아리랑〉에서는 a(mi)와 c(La)가 완전5도의 차이를 보인다. 즉 〈단천아리랑〉은 〈서도아리랑〉의 후렴(전렴)과 본절의 선율을 서로 바꾸고, 일부의 선율을 편곡하여 만든 곡임을 알 수 있다.[36)

이상의 검토를 통하여 북한 아리랑 중 〈구조아리랑〉계 악곡으로는 〈구아리랑〉과 〈서도아리랑〉, 〈단천아리랑〉이 있음을 알게 되었다. 그밖에도 음원자료는 없지만 『민요편3』의 229쪽에 실린 〈아리랑〉 두 곡

---

34) 〈서도아리랑〉, 렴직미, 「북한아리랑명창전집」 CD3-07; 전인옥, 「북한아리랑명창전집」 CD3-02.

35) 〈아리랑타령〉, 계춘이, 「북한아리랑명창전집」 CD2-08.

36) 이보형은 "〈단천아리랑〉은 음악적으로 봐서 본조아리랑을 편곡한 신민요"라 한 바 있다. 이보형, 「아리랑소리의 根源과 그 變遷에 관한 音樂的 研究」, 『한국민요학』 1997년 제5집, 한국민요학회, 1997, 101쪽. (이보형이 지칭한 '본조아리랑'은 〈구조아리랑〉을 가리킨 것으로 보인다.)

서도아리랑

단천아리랑

<악보 5> <서도아리랑③>과 <단천아리랑⑬>

(⑤, ⑥)도 〈구조아리랑〉 계통의 곡이다. 이 두 곡은 윤수동의 저서인 『조선민요 아리랑』에서는 〈평안도아리랑〉이라는 곡명으로 실려 있다. 이 곡을 〈평안도아리랑〉이라 한 점은 두 곡의 채록지역에 따른 것으로 보이는데, 이 점은 〈구조아리랑〉을 북한에서 〈서도아리랑〉으로 명명한 사실37)과도 관련이 있어 보인다.

---

37) 엄하진, 앞의 글, 43쪽.

4) 경기 본조아리랑계 악곡

남한의 국악인들 사이에서 〈본조아리랑〉이라 불리는 곡은 일반인들에게는 단순히 〈아리랑〉으로 알려져 있으며, 한민족의 다양한 아리랑 중 가장 널리 알려졌고, 아리랑계 악곡을 대표하는 노래로 해외에까지 널리 알려진 곡이다. 특정지역의 이름이나 특별한 명칭을 갖지 않고 단순히 〈아리랑〉이라고만 지칭할 때는 일반적으로 이 곡을 가리킨다. 주지하다시피 이 곡은 1926년 10월 1일에 개봉된 나운규 감독의 영화 〈아리랑〉의 주제곡으로 만들어진 곡이며, 영화의 유행과 함께 전국적으로 알려졌고, 해외 동포사회에도 전파된 곡이다. 이 곡은 전래의 민요도 아니고, 전통음악의 어법을 충실히 따른 곡도 아니었지만, 대중적인 지명도를 업고 20세기 중반을 거치면서 경기명창들의 연주곡목에 포함되어 지금은 누구나 한국민요를 대표하는 노래의 하나로 인식하게 되었다.[38] 이 곡의 명칭이 〈본조아리랑〉으로 된 것은 이 곡과 여타의 아리랑계 악곡을 구분하기 위한 것일 뿐, 모든 아리랑의 '본조(本調)'라는 의미는 아니다.

남한사회에서도 전문 국악인들이 특별히 다른 곡과 구별하기 위하여 '본조아리랑'이라는 곡명을 사용할 뿐, 일반적으로는 〈아리랑〉이라고만 하는 것과 같이 북한의 자료에서도 이 곡은 흔히 〈아리랑〉이라 기록되었다. 북한의 악보자료에서는 '본조아리랑'이라는 표기를 전혀 찾을 수 없으며, 음원자료도 대부분 〈아리랑〉이라고만 표기되었는데, 「북한아리랑명창전집」에 수록된 최청자(1938~ , CD1-01), 왕수복(1917~2003, CD1-02), 태영숙(CD1-04)의 노래는 〈본조아리랑〉이라 곡명이 표기되었다. 이 곡과 선율과 가사가 동일한 악보가 『민요편3』 225쪽에 〈아리랑〉이라는 제목으로 실려 있으며, 같은 최청자의 음원으로 편집된 「북

---

38) 김영운, 「전통음악 입장에서 바라본 아리랑」, 『한국문화와 그 너머의 아리랑』, 한국학중앙연구원출판부, 2013, 90쪽.

아 리 랑

<악보 6> <아리랑(본조아리랑) ②>

한아리랑(1999)」08과 「남북아리랑의전설(2003)」02가 모두 <아리랑>으로만 표기된 점으로 보아 <본조아리랑>이라는 제목은 남한 음반회사의 편집과정에서 붙여진 것으로 짐작된다.

북한 음원의 <본조아리랑> 중 왕수복의 노래는 양악반주에 창가풍의 발성을 사용하고, 마지막 절에서 고음의 카덴차풍 가락을 삽입하였으며, 태영숙의 노래는 양악반주에 북한식 발성을 쓴다. 반면에 최청자의 노래는 전통악기의 반주에 북한식 발성을 구사하는데, 『민요편3』225쪽 악보(②)와 선율은 비슷하지만, 노랫말은 다르게 부르고 있다. 그 밖에도 김순영의 노래는 양악반주, 석란희는 피아노반주에 북한식 발성을 구사하고, 석룡진의 노래는 극 중 삽입곡처럼 배경음향이 있는데, 바리톤 음역의 벨칸토 발성을 구사하고 있다.

북한 음원에 <본조아리랑> 또는 <아리랑>으로 표기된 악곡은 남한의 <본조아리랑>과 같은 곡이다.

5) 경기 긴아리랑계 악곡

경기 <긴아리랑>은 남한에서도 전문국악인들의 공연종목에 포함된 곡으로, 일반인들에게는 널리 알려지지 않은 곡이다. 전문가들의 음악인만큼 고음역에서 매우 느리게 부르며 화려한 장식음 등의 음악적인

<악보 7> <경기도 긴아리랑㊱>

기교를 구사하는 노래이며, 박자도 매우 자유롭게 처리한다.

북한의 악보자료 중 『민요편3』 255쪽에 〈긴아리랑〉이라 실린 곡㊱
은 윤수동의 『조선민요 아리랑』에서는 〈경기도 긴아리랑〉으로 제목이
수정되었다. 이 곡의 악보에는 지역을 경기도, 창 김관보, 채보 차승진
으로 소개하였는데, 이 악보 채보 당시 제보자는 서도명창으로 유명했
던 공훈배우 김관보였던 것으로 보인다.

북한 음원의 〈긴아리랑〉은 3인의 가창자가 부른 것이 소개되었다.
이 중 왕수복의 노래는 『민요편3』의 악보㊱와 선율은 대동소이하지
만, 노래 가사가 차이를 보인다. 왕수복의 노래는 전통적인 민요발성에
가깝고, 반주형태도 전통 관악기에 의한 수성가락을 구사하고 있어서
남한의 경기 〈긴아리랑〉과 가장 많이 닮아 있다. 강응경의 노래는 『민
요편3』의 악보와 선율과 가사가 같으며, 반주형태도 왕수복의 노래와

같지만, 창법은 북한식 발성에 가깝다. 그리고 전인옥(1970~)의 노래는 선율과 가사가 악보(㊱)와 같지만 반주형태는 개량악기 합주에 의한 반주이며, 전문작곡가에 의하여 창작·편곡된 반주를 구사하고 있는 점이 다르다.39)

북한에서 경기도의 〈긴아리랑〉으로 통용되는 곡은 남한 경기명창의 공연종목인 경기 〈긴아리랑〉과 같은 곡이다.

6) 기타 아리랑계 악곡

이 절에서는 경기명창의 공연종목인 〈밀양아리랑〉과 〈해주아리랑〉, 남도명창의 공연종목에 포함되어 있는 〈진도아리랑〉, 그리고 남한사회에는 알려지지 않았던 〈온성아리랑〉의 면모를 살펴보고자 한다.

(1) 밀양아리랑계 악곡

〈밀양아리랑〉은 흔히 경상도지방의 민요로 취급되고, 밀양지방의 영남루와 아랑의 전설과 관련하여 이해되고 있지만, 통속민요에 속하며 주된 연행담당층은 경기명창들이다.

비교적 이른 시기인 1920년대의 자료에 밀양아리랑의 존재가 엿보이지만, 이 노래의 발생과 관련하여 밀양 현지에서도 박남포 창작설40)이 확인되며, 선율 일부가 〈해주아리랑〉과 유사하다는 점이 지적된 바 있다.41)

---

39) 〈경기긴아리랑〉, 왕수복, 「북한아리랑명창전집」 CD1-03; 강응경, 「북한아리랑명창전집」 CD1-09; 〈긴아리랑(北)〉, 강응경(공훈배우), 「남북아리랑의전설(2003)」 04; 〈경기긴아리랑〉, 전인옥, 「북한아리랑명창전집」 CD3-03; 〈긴아리랑〉, 전인옥, 「북한아리랑(1999)」 10.

40) 밀양의 옛 노인들은 대중가요 작곡가 박시춘의 부친인 박남포는 권번을 운영한 바 있는데, 그가 〈밀양아리랑〉을 지었다고 하였다. 1988년 가을, 밀양지역 현지조사 때 밀양백중놀이보존회 사무실에서 필자가 들은 바 있다.

밀양아리랑(1)

밀양아리랑(2)

<악보 8> <밀양아리랑⑪, ⑫>

북한의 악보자료에 보이는 〈밀양아리랑〉은 두 가지이다. 〈악보 8〉의 〈밀양아리랑(1)〉(⑪)은 『민요편3』 260쪽 상단에 실렸으며 mi-선법이고, 〈밀양아리랑(2)〉(⑫)는 하단에 실려 있으며 la-선법이다. 현재 남한지역에서 불리는 〈밀양아리랑〉은 주로 la-선법으로 된 곡이다.

북한 음원의 〈밀양아리랑〉은 3종이 있다. 이 중 신우선의 노래는 la-

---

41) 김영운, 「아리랑 형성과정에 대한 음악적 연구」, 『한국문학과 예술』 제7집, 숭실대학교 한국문예연구소, 2011, 14쪽.

선법이며, 전통악기의 반주와 민요식 발성으로 연주하였다. 반면에 고종숙과 김연옥의 노래는 배합편성의 반주를 사용하고, 북한식 발성을 구사하며, mi-선법으로 노래하였다. 비록 mi-선법으로 부르는 변화는 확인되지만 북한의 〈밀양아리랑〉은 남한의 것과 별 차이가 발견되지 않는다. 그리고 동일 악곡을 mi-선법과 la-선법으로 다르게 이해하는 경우는 우리음악에서 더러 발견되는 현상이다.

(2) 해주아리랑계 악곡

〈해주아리랑〉은 이창배가 『한국가창대계』에서 "근간 없어져 가는 것을 필자가 다시 찾아 재현하였다"[42]고 한 만큼 최근에 불리게 된 노래이며, 경기명창들의 공연 종목에 포함되어 있다.

북한 악보자료에는 『민요편3』 232쪽에 〈악보 9〉의 악보(⑨)가 실려 있다. 이미 알려진 바와 같이 이 곡은 〈밀양아리랑〉과 유사한 점이 있다. 〈악보 9〉의 제2행은 전렴(후렴)의 후반부이며, 제4행은 본절의 후반부이다. 이 부분은 〈밀양아리랑〉 후렴 후반부, 본절 후반부와 매우 유사하다.

<악보 9> 〈해주아리랑〉

---

42) 이창배, 『한국가창대계』, 홍인문화사, 1976, 838쪽.

〈해주아리랑〉의 북한 음원자료는 장애란이 부른 하나뿐이다. 「북한아리랑명창전집」 CD3-14에 실린 이 곡은 『민요편3』 232쪽의 악보(⑨)와 선율·가사가 동일하다. 양악기의 반주에 북한식 발성으로 녹음되었는데, 특이한 것은 이 노래의 후렴과 본절의 가사가 뒤바뀌어 불리는 점이다. 즉, 〈악보 9〉에서 보듯이 "1. 아리아리 얼싸 아라리요 아리랑 얼씨구 넘어 가세"가 1절이고, 이어지는 "아리랑 고개는 웬고갠가 넘어갈 듯 넘어올 듯 근심이로다"가 후렴으로 불린다. 『민요편3』에는 이어서 2~4절의 가사가 제시되어 있다. 그러나 남한에서는 "아리아리 얼쑤 아라리요 아리랑 얼씨구 노다 가세"가 후렴이고, "아리랑 고개는 웬 고갠가 넘어갈 적 넘어올 적 눈물이 난다"가 1절이다. 이창배의 『한국가창대계』에는 총 10절의 가사가 제시되어 있다.[43]

〈악보 9〉에서 보는 바와 같이 이 곡은 후렴과 본절의 가락이 동일하기 때문에 본절과 후렴을 어느 선율에 얹어 부르던 그 결과는 마찬가지이다. 그러나 매 절이 반복되면서 동일한 가사를 반복하여 부르는 후렴의 가사가 남북한에서 서로 바뀌어 불린다는 점은 특이하다.

(3) 진도아리랑계 악곡

〈진도아리랑〉은 1930년대 초반, 박종기·김소희 등에 의하여 만들어진 노래이다.[44] 최근의 연구결과에 의하면 전라도지방의 향토민요 〈산아지타령〉에 아리랑계통 노랫말을 갖는 후렴을 붙여 만든 것이라 한다.[45]

『민요편3』 256쪽에 실린 악보(㊲)는 최옥삼의 노래를 한시형이 채보한 것이다. 북한 음원의 〈진도아리랑〉의 선율은 이 악보와 동일하고,

---

43) 위의 책, 837쪽.

44) 이보형, 「아리랑소리의 根源과 그 變遷에 관한 音樂的 硏究」, 『한민국민요학』 제5집, 한국민요학회, 1997, 114쪽.

45) 김혜정, 「진도아리랑 형성의 음악적 배경」, 『한국음악연구』 제35집, 한국국악학회, 2004, 269~284쪽.

진도아리랑(1)

<악보 10> <진도아리랑㊲>

가사는 조금 다르지만 대체로 같은 내용을 엮어 부른다. 김설희는 여창이고, 김종덕은 남창이라는 차이만 있을 뿐, 모두 양악기반주에 북한식 민요발성으로 노래한다.46)

　북한의 악보자료집에는 또 하나의 〈진도아리랑〉 악보가 보이는데, 『민요편3』 257쪽에 실린 이 악보(㊳)는 윤수동의 『조선민요 아리랑』에서 〈진도아리랑(2)〉로 명명된 곡이다. 최옥삼 제보의 〈진도아리랑〉이 12/8박자 중모리장단에 '애조를 띠고' 노래하도록 하는데 비하여, 〈진도아리랑(2)〉는 9/8박자 양산도장단이며, '흥취있게' 노래하도록 표기되었다. 이 두 곡의 선율선과 후렴 가사는 같지만, 본절에 올려 부르는 가사는 아주 다르다. 두 노래의 가사를 비교하면 〈표 4〉와 같다.

　〈표 4〉에 정리된 〈진도아리랑〉 가사 중 최옥삼 제보의 노랫말은 요즈음 남한사회에서는 자주 듣기 어려운 것인 데 비하여 윤수동 채보의 노랫말은 남한의 〈진도아리랑〉 연주에서 흔히 들을 수 있는 노랫말이

---

46) 〈진도아리랑〉, 김설희, 「북한아리랑(1999)」 11; 「북한아리랑명창전집」 CD2-14; 김종덕, 「북한아리랑명창전집」 CD2-01.

<표 4> <진도아리랑> 두 곡의 노랫말 비교

최옥삼 제보 <진도아리랑(1)>㊲	윤수동 채보 <진도아리랑(2)>㊳
1. 저놈의 가시내 눈매를 보소 　속눈만 감고서 방긋 웃네 2. 저건너 앞산에 봉화가 떴네 　우리 님 오시는가 마중가세 3. 달밝네 백사전에 달이 떴네 　배띄여라 저 건너로 굴따러 가자 4. 천리로구나 만리로구나 정든 고향 　돌아갈 길이 막연하구나 5. 무정한 백마는 유정한 님 실어다 놓고 　동서각분이 웬 말인가	1. 문경 새재는 웬 고갠가 　구부야 구부구부 눈물이 난다 2. 만경 창파 둥둥둥 떴네 　어기여차 어야디여라 노를 저라 3. 노다 가소 노다나 가소 　저달이 떴다지도록 노다 가소 4. 청청 하늘엔 잔별도 많고 　이내 가슴속엔 희망도 많다.

다. 제보자 소개가 없이 단순히 '전라남도 진도'라고만 소개된 이 곡이 어떠한 경위를 거쳐 확보된 음원을 채보한 것인지 확인할 수 없다.

(4) 온성아리랑

남한에서는 전혀 불리지 않으며, 그 곡명조차도 생소한 <온성아리랑>이 북한의 악보자료와 음원자료에 보인다. <악보 11>에 제시된 악보는 『민요편3』236쪽 하단에 실린 것(⑯)인데, 지역을 함경북도 온성으로, 제보자를 김용삼으로 분명하게 밝혔으며, 한시형이 채보하였다고 소개되었다. 「북한아리랑명창전집」 CD3-11에 홍인국의 노래로 수록된 <온성아리랑>은 이 악보와 선율 및 가사가 거의 같다. 양악반주에 북한식 발성을 구사하는 이 곡은 북한사회에서 중시되는 아리랑계 악곡의 하나로 보이는데, 음원자료가 있을 뿐만 아니라, 그 악보도 『천곡집』과 『조선민요 아리랑』에 지속적으로 실리고 있다.

그러나 이 곡을 함경북도 온성지방의 향토민요로 보기는 어려울 듯하다. <악보 11>에 보이는바와 같이 이 곡은 Sol-선법의 노래이며, 대부분의 선율이 순차진행을 하고 있어 전형적인 진경토리의 악곡으로 보인다. 따라서 이 곡은 진경토리로 된 경기 구조아리랑, 즉 북한에서는 <서도아리랑>이라 부르는 곡과 음계구조가 같으므로, 함경북도의

온성아리랑

함경북도 온성
창 김용삼
채보 한시형

서정적으로(양산도장단)

1. 앞남 산   국   화 —는—   릴락-말락 하는-

데 — 넘 하 고   나 하 고   는—

※ mp (후렴)

징들락말락 한— 다 — 아리 랑   아리 아리랑

아라 리 로구— 나   아 — 리 —랑

고—개   로— 넘어 넘어 간— 다 —

<악보 11> <온성아리랑⑯>

향토적인 노래라기보다는 〈구조아리랑〉계 악곡의 변주곡이나 새롭게
창작된 악곡의 하나가 아닐까 추측된다.

이 밖의 아리랑계 악곡으로 북한 음원자료에 소개된 곡으로는 배윤
희가 노래한 〈아리랑세상〉(한오백년)과 국립민족예술극장여성중창의
〈원산아리랑〉이 있다.47) 주지하다시피 〈아리랑세상〉은 통속민요 〈한
오백년〉과 같은 곡이며, 〈원산아리랑〉은 통속민요 〈어랑타령〉이다. 이
두 곡은 아리랑계 악곡으로 보기 어렵다.

7) 창작아리랑

북한 음원자료에 보이는 아리랑계 악곡 중에는 〈아리랑〉(본조아리랑)
을 다양한 악기편성이나 중창·합창 등으로 편곡한 작품이 많다. 이 책
에서는 이 같은 작품은 논의의 대상으로 삼지 않았다.

---

47) 〈아리랑세상(한오백년)〉, 배윤희, 「북한아리랑명창전집」 CD2-11; 〈원산아리랑〉, 국립
민족예술극장여성중창, 「북한아리랑명창전집」 CD2-05.

그 밖에 음원자료가 있는 노래로 「북한아리랑명창전집」 CD2-09에 계춘이의 노래로 실린 〈경상도긴아리랑〉이 있다. 이 곡은 『민요편3』 258쪽과 『천곡집』 345쪽에 〈긴아리랑〉이라는 곡명으로 악보(㉟)가 실렸는데, 두 악보는 같으며, 음원자료와 선율 및 가사가 동일하다. 이 악보에는 지역이 전라도로, 제보자는 한경심으로, 채보자는 김선일로 소개되었다.

계춘이의 노래는 양악기 반주에 do'-si의 하행 반음을 '꺾는 음'으로 처리하여 부르고 있어서 이 노래의 지역을 전라도라 한 것과는 맞지만, 제목을 〈경상도긴아리랑〉이라 한 점과는 맞지 않는다. 이 노래에는 '아리랑'이나 '아리아리' 등의 아리랑계 후렴이 전혀 나타나지 않는다. 따라서 이 곡을 아리랑계 악곡으로 보기는 어려울 듯하다.

북한의 음원자료가 존재하지만, 지금까지 이 글에서 논의하지 않은 곡으로 〈본조아리랑〉계통의 변주곡이 아닌 것은 〈표 5〉에 정리하였다.

〈표 5〉에 정리된 악곡 중 〈랭산모판(큰애기)아리랑〉의 '랭산모판'은 '랭상모판(보온못자리)'이 와전된 것인데, 주로 가야금병창으로 불리는 이 곡은 9/8박자의 경쾌한 느낌의 곡인데, 그 선율은 9/8박자 la-선법의 〈영천아리랑〉(『민요편3』 264쪽, ㊻)과 같다. 다만 〈영천아리랑〉의 후렴 "아라린가 스라린가 영천인가 아리랑 고개로 날 넘겨주소"를 "아라린가 스라린가 염려를 마오 큰애기 가슴도 노래로 찼소"로 바꾸고, 본

〈표 5〉 창작 아리랑계 악곡 정리표

곡명	연주자	음반정보
랭산모판아리랑(北) 랭산모판아리랑 랭산모판큰애기아리랑	국립민족예술단가야금병창단 국립민족예술극장가야금병창단 가야금병창단+김옥선	남북아리랑의전설(2003)-10 북한아리랑명창전집CD2-06 북한아리랑(1999)-05
강원도엮음아리랑(北) 강원도엮음아리랑	국립민족예술단남성중창단 국립민족예술극장남성중창	남북아리랑의전설(2003)-12 북한아리랑명창전집CD2-04
삼아리랑(北) 삼아리랑	전인옥(공훈배우) 전인옥	남북아리랑의전설(2003)-14 북한아리랑명창전집CD3-05
신아리랑 신아리랑	고명희 전인옥	북한아리랑명창전집CD2-12 북한아리랑명창전집CD3-04

절의 가사를 새로 지은 노래이다. 앞서 자진아라리계 악곡에서 살펴본 바와 같이 〈영천아리랑〉은 리듬구조와 음계가 서로 다른 두 곡이 있었는데, 〈랭상모판(큰애기)아리랑〉은 그 중 9/8박자 la-선법 노래를 바탕으로 편·작곡한 노래이다.

〈강원도엮음아리랑〉 역시 새롭게 만든 노래인데, 처음부터 '장타령'처럼 엮어서 시작하는 점이 특이하다. 뿐만 아니라 후렴에 "아무렴 그렇지 그러하구 말구 ~"가 들어 있고, 아리랑계 후렴은 부르지 않는다. 따라서 이 곡 역시 전통적인 아리랑계 악곡은 아니고, 민요풍으로 창작된 노래로 보아야 한다. 〈삼아리랑〉48)과 〈신아리랑〉49)은 일제강점기에 작곡된 음악50)이다.

이 밖에도 북한에서는 〈강성부흥아리랑〉이나 〈군민아리랑〉처럼 정치적인 내용을 담은 다양한 아리랑들이 만들어져 불리고 있으나, 이 글에서는 다루지 않았다.

4. 맺는말: 북한 아리랑계 악곡의 종류

필자는 우리나라의 아리랑계 악곡과 그 전승과정을 이해하기 위하여 남한지역에 전승되는 각종 아리랑 악곡을 분석한 바 있다.51) 이 같은 선행 연구를 통하여 아리랑계 악곡은 강원도지역의 향토민요 〈긴아라

---

48) 각주 13) 참조.

49) 이 곡은 『천곡집』 574쪽에 김영환 작곡으로 소개되었는데, 〈표 5〉에서 고명희·전인옥이 부른 〈신아리랑〉과 선율과 노랫말이 같다. 그런데 김영환 작곡이라면 신민요 〈최신아리랑〉일 가능성이 높은데, 《동아일보》 1933년 11월 20일자 광고에 의하면 이 곡은 Polydor 19095-B에 신민요 〈最新아리랑〉으로 수록되었으며, 연주 金龍煥·王壽福, 반주 포리돌재즈밴드로 소개되었다. 그러나 이 음반은 아직 발견되지 않았다(한국음반아카이브연구소, 「한국 유성기음반」, http://sparchive.dgu.edu/v2/ 참조).

50) 〈삼아리랑〉과 〈신아리랑〉은 『천곡집』에서는 「신민요편」에 분류되었다.

51) 김영운, 「아리랑 형성과정에 대한 음악적 연구」, 『한국문학과 예술』 제7집, 숭실대학교 한국문예연구소, 2011, 5~55쪽.

리〉·〈엮음아라리〉·〈자진아라리〉가 모곡이며, 이들 음악의 영향으로 경기지역에서 〈구조아리랑〉·〈긴아리랑〉 등이 만들어졌고, 이를 바탕으로 영화 주제가인 〈본조아리랑〉이 탄생하였으며, 〈밀양아리랑〉·〈진도아리랑〉·〈해주아리랑〉등이 발생하여 오늘에 이르고 있다고 하였다.

지난 2012년 12월 5일, 아리랑의 유네스코 인류무형유산목록 등재를 계기로 아리랑에 대한 관심이 높아졌을 뿐만 아니라, 한민족이 공유하고 있는 아리랑계 악곡 전반에 대한 바른 이해가 필요하게 되었다.

이 책에서는 이를 위하여 북한지역에 전승되는 다양한 아리랑을 분석하고, 이를 남한의 아리랑계 악곡과 비교하여 보았다. 그 결과 북한에서 다양한 곡명으로 불리는 아리랑계악곡이 남한의 어느 곡과 같은 곡인지를 살펴보았다. 이를 정리하면 〈표 6〉과 같다.

이 책을 통하여 향토민요에 해당하는 〈아라리〉(긴+엮음)와 〈자진아라리〉는 남북 사이에 별다른 차이점을 발견하기 어려웠으며, 북한지역에서도 동부 산악지역에 주로 분포하고 있음을 알게 되었다. 또한 남한에서는 주로 경기명창들에 의하여 통속민요로 불리는 노래들이 북한에서는 북한식의 독특한 발성에 양악기나 개량 전통악기의 반주 또는 배합편성의 반주로 편곡되어 연주되는 경우가 많았다.

이 연구에 활용된 악보자료와 음원자료는 많은 한계를 지니고 있었다. 현재의 남북관계에서 북한 측의 자료를 충분히 구득하기 어려울 뿐만 아니라, 음원자료는 남한에서 편집된 자료만을 활용할 수밖에 없었다. 이 연구는 이 같은 자료 활용의 한계를 가지고 있으므로, 향후 충분한 자료가 확보된 연후에 보완이 필요하다. 또한 정치적 내용을 지니고 있거나 최근에 창작된 아리랑계 악곡들은 대부분 이 연구에서 제외되었으며, 악보자료는 있으나, 음원자료가 구비되지 않은 곡들 중 다수의 악곡은 논의과정에서 깊이 있게 다룰 수 없었다. 북한에서 채보된 악보만으로는 그 악곡의 본 모습을 충분히 살펴보기 어려웠기 때문이다.[52] 이 역시 향후 자료가 갖추어지는 대로 보완되어야 할 부분이다.

<표 6> 북한 음원자료의 아리랑과 남한 아리랑의 곡명 비교

북한자료의 곡명	남한의 곡명	비고
아리랑(북녘땅⑤) 아라리(북녘땅②③) 아르래기(북녘땅④) 강원도아리랑(⑲) 통천아리랑(⑳)	강원도 엮음아라리 (서울제)정선아리랑	
아르래기(북녘땅⑥, ⑦) 자진아라리(북녘땅⑧) 아리랑타령(북녘땅⑨) 경상도아리랑(⑩) 초동아리랑(㊾, ㊿) 영천아리랑(5/8박자)(㊻, ㊼) 삼일포아리랑(㉕)	자진아라리 강원도아리랑	
아리랑(구아리랑, 구조아리랑)(①) 서도아리랑(③) 단천아리랑(⑬) 평안도아리랑(⑤, ⑥)	구조아리랑	
아리랑(②)	본조아리랑	
경기도긴아리랑(㊱)	(경기)긴아리랑	
밀양아리랑(la-선법)(㊷) 밀양아리랑(mi-선법)(㊶)	밀양아리랑	
해주아리랑(⑨)	해주아리랑	
진도아리랑(㊲, ㊳)	진도아리랑	
온성아리랑(⑯)	–	남한에서는 불려지지 않음
경상도긴아리랑	–	
아리랑세상	한오백년	아리랑계 악곡이 아님
원산아리랑	어랑타령(신고산타령)	
랭상모판(큰애기)아리랑	–	영천아리랑(㊻)의 변주곡
강원도엮음아리랑	–	1960년대 창작된 민요풍 악곡
삼아리랑	–	일제강점기의 신민요
신아리랑	–	

※ 표의 원문자는 악보자료 번호이며, 고딕체로 표기

---

52) 이들 악곡은 말미 〈참고자료 2〉의 맨 마지막 '남한의 곡명'란에 필자의 견해를 참고로 제시하였다. 즉 현재의 자료만으로는 판별이 곤란한 경우는 '?'표만 표시하였고, 남한의 악곡과 유사한 점이 다소라도 발견되는 경우는 '○○○○ 似'로 표기하였다. 필자는 이들 악곡이 북한의 민요채록 과정에서 매우 드물게 채록된 자료일 것으로 추측한다. 그 이유 는 이들 악곡의 대부분이 『조선민요 1,000 곡집』에서 제외된 곡이기 때문이다. '연구자료' 임을 표방하며 "가창성이 좋고 유산적가치가 있는 대표적인 작품들을 선곡하고 편집하 여" 편찬한 『조선민요 1,000 곡집』에서 이들 노래가 제외되었다는 점은 이 노래들이 북 한지역 아리랑계 악곡에서 주목할 만한 노래가 아니었기 때문으로 보인다.

예술교육출판사편, 『조선민족음악전집: 민요편3』, 예술교육출판사, 1999.

윤수동, 『조선민요 1,000 곡집』, 문학예술교육출판사, 2000.

김보희, 「한인 디아스포라 〈아리랑〉의 음악학적 연구」, 『한국문학과 예술』 제6집, 숭실대학교 한국문예연구소, 2010.

김영운, 「민요 아리랑에 대한 북한의 인식 태도」, 『제1회 대한민국 아리랑 학자대회 결산보고서』, 강원일보사, 2013.

김영운, 「아리랑 형성과정에 대한 음악적 연구」, 『한국문학과 예술』 제7집, 숭실대학교 한국문예연구소, 2011.

김영운, 「전통음악 입장에서 바라본 아리랑」, 『한국문화와 그 너머의 아리랑』, 한국학중앙연구원출판부, 2013.

김혜정, 「진도아리랑 형성의 음악적 배경」, 『한국음악연구』 제35집, 한국국악학회, 2004.

엄하진, 「〈노래 따라 삼천리〉: 조선민요 〈서도아리랑〉」, 『예술교육』 2호, 문예출판사, 2002.

윤수동, 『조선민요 아리랑』(국내 영인본), 국학자료원, 2012.

이보형, 「아리랑소리의 根源과 그 變遷에 관한 音樂的 硏究」, 『한국민요학』 5집, 한국민요학회, 1997.

이창배, 『한국가창대계』, 홍인문화사, 1976.

이창식, 「북한 아리랑의 문학적 현상과 인식」, 『한국민요학』 9집, 한국민요학회, 2001.

한상일, 「북한아리랑의 음악적 분석」, 음반 『북한 아리랑』 해설서, 신나라뮤직, 1999.

한국음반아카이브연구소, 「한국 유성기음반」, http://sparchive.dgu.edu/v2/

디지털북한인명사전, http://www.kppeople.com/

<참고자료 1> 북한 음원자료에 의한 남한 발매 음반 수록곡 정리자료

「민족의 노래 아리랑 시리즈 <북한 아리랑>」(NSSRCD-011, 1CD), 신나라뮤직(1999)

* 이 음반 중 제목에 고딕 강조된 악곡이 북한 음원으로 보인다.

1. 아리랑(남북한 단일팀 단가)	1:18	*연주: KBS교향악단 *편곡: 김희조
		*지휘: 금난새
2. 아리랑 합창	4:09	*연주:TOKYO필하모닉 교향악단
		*지휘: 한재숙
		*합창:재일민족연구회, 도쿄T.C.F 합창단, 동경 T.C.F합창단
3. 아리랑(이태리 제끼도루 가요제 1등 입상)		
	3:01	*노래: 홍희진
4. 영천아리랑	1:50	*노래: 김종덕
5. 랭산모판 큰애기 아리랑	2:45	*노래: 김옥선
6. 경상도아리랑	3:34	*노래: 태영숙
7. 경상도아리랑	2:25	*노래: 김종덕
8. 아리랑	2:31	*노래: 최청자
9. 강원도아리랑	5:08	*노래: 강운자
10. 긴아리랑	5:10	*노래: 전인옥
11. 진도아리랑	2:35	*노래: 김설희
12. 밀양아리랑	2:44	*노래: 고종숙
13. 나의 아리랑	2:39	*작사: 남훈 *작곡: 이철우 *노래: 남훈
14. 아리랑(독창과 합창)	4:53	*독창: 리경숙
15. 아리랑을 주제로 한 변주곡	5:18	*편곡: 김연희 *피아노독주: 김연희
16. 아리랑 환상곡(관현악곡)	8:26	*작곡: 김영규 *연주: 교또교향악단
		*지휘: 김홍재

총:59:23

「한국의 소리 시리즈 5 <남북 아리랑의 전설>」(NSC-065 , 1CD), 신나라뮤직(2003)

1. 본조아리랑(南)	3:58	이춘희(인간 문화재)
2. 아리랑(北)	2:37	최정자(공훈배우)
3. 정선아리랑(南)	7:27	김남기 외 토속명창들
4. 긴아리랑(北)	5:14	강응경(공훈배우)
5. 구조아리랑(南)	3:31	이춘희(인간 문화재)
6. 영천아리랑(北)	1:57	김종덕(인민 배우)
7. 어랑타령(南)	3:10	이춘희(인간 문화재)
8. 초동아리랑(北)	1:43	김옥성(인민 배우)

9. 진도아리랑(南)	4:47	진도 아리랑 보존회
10. 랭산모판아리랑(北)	2:53	국립민족예술단 가야금창단
11. 밀양아리랑(南)	2:59	밀양아리랑 보존회
12. 강원도 엮음아리랑(北)	2:19	국립민족예술단 남성중창단
13. 봉화아리랑_상주아리랑 또는 통일아리랑(南)		
	4:32	김소희(인간문화재)
14. 삼아리랑(北)	3:05	전인옥(공훈배우)
15. 영화 〈아리랑〉 해설(南)	12:57	유성기음반 Regal/1930년대 녹음/노래:강석연

총 63:32

「북한민요전집 1 <북녘 땅, 우리소리>」(10CD), 서울음반/MBC(2004)

평안남도(2)/평양시/남포시편:

4. 아르래기(1)	1:15	평안남도 맹산군 기양리/정기숭(58세)/1972년 녹음
5. 아르래기(2)	1:48	평안남도 맹산군 주포리/현필삼(63세)/1978년 녹음
6. 아르래기(3)	2:03	평안남도 대흥군 덕흥리/최용주(69세)/1973년 녹음

황해남도(2)편:

27. 아리랑	2:48	황해남도 룡연군 몽금포리/배홍(67세)/1975년 녹음
28. 아리랑타령	2:04	황해남도 삼천군 수교리/리명길(71세)/1974년 녹음

함경북도/함경남도편:

24. 아리랑	4:28	함경북도 회령시 궁심동/전동욱(67세)/1981년 녹음
36. 자진아라리	0:38	함경남도 함주군 신덕리/리윤녀(58세)/1979년 녹음

자강도/량강도/강원도/경기도편:

8. 아라리	4:59	량강도 삼지연군 신무성로동자구/리용서(62세)/1979년 녹음
17. 아라리	1:51	강원도 김화군 김화읍/주두환(63세)/1974년 녹음

[북한아리랑명창전집](NSC-154-1/3 , 3CD), 신나라(2006)

CD 1:

01 최청자 – 본조아리랑	2:34	09 강응경 – 경기긴아리랑		2:44
02 왕수복 – 본조아리랑	2:46	10 강응경 – 강원도아리랑		5:06
03 왕수복 – 경기긴아리랑	4:42	11 김관보 – 경상도아리랑		3:15
04 태영숙 – 본조아리랑	5:03	12 김연옥 – 밀양아리랑		2:01
05 태영숙 – 구조아리랑	2:25	13 국립민족예술단 혼성중창 – 아리랑		2:20
06 김순영 – 아리랑	4:16	14 석란희 – 아리랑		2:19
07 석룡진 – 아리랑	0:50	15 전통악기반주 – 아리랑 I		2:17

08 김정화 - 경상도아리랑　　2:29

　　　　　　　　　　　　　　　　　　　　　　　　　총 45:13

CD 2:

01 김종덕 - 진도아리랑　　2:32　　07 계춘이 - 단천아리랑　　1:52
02 김종덕 - 영천아리랑　　1:53　　08 계춘이 - 아리랑타령　　2:34
03 신우선 - 밀양아리랑　　2:12　　09 계춘이 - 경상도긴아리랑　　3:28
04 국립민족예술극장 남성중창　　　　10 배윤희 - 구.아리랑(헐버트채보)　1:03
　　 - 강원도엮음아리랑　　2:19　11 배윤희 - 아리랑세상(한오백년)　2:15
05 국립민족예술극장 여성중창　　　　12 고명희 - 신아리랑　　1:40
　　 - 원산아리랑　　2:15　　13 고명희 - 통천아리랑　　2:12
06 국립민족예술극장 가야금병창단　　14 김설희 - 진도아리랑　　2:40
　　 - 랭산모판아리랑　　2:44　15 고정숙 - 밀양아리랑　　2:44

　　　　　　　　　　　　　　　　　　　　　　　　　총 34:32

CD 3:

01 전인옥 - 경상도아리랑　　3:35　　10 김성일 - 단천아리랑　　2:04
02 전인옥 - 서도아리랑　　2:25　　11 홍인국 - 온성아리랑　　1:32
03 전인옥 - 경기긴아리랑　　5:10　　12 리성훈 - 영천아리랑　　2:28
04 전인옥 - 신아리랑　　3:07　　13 리복희 - 경상도아리랑　　3:06
05 전인옥 - 삼아리랑　　2:57　　14 장애란 - 해주아리랑　　2:11
06 렴직미 - 영천아리랑　　3:26　　15 국립민속예술단 선창과 합창
07 렴직미 - 서도아리랑　　2:21　　　　 - 영천아리랑　　5:34
08 김옥선 - 초동아리랑　　1:41　　16 전통악기반주 - 아리랑 II　　2:26
09 김옥선 - 영천아리랑　　2:02

　　　　　　　　　　　　　　　　　　　　　　　　　총 46:11

　　　　　　　　　* 일본 신세계레코드 보유 북한음악 음원.

<참고자료 2> 북한지역 아리랑 음악요소 분석정리표

번호	『민요편3』(1999), 『천곡집』(2000)			윤수동 『조선민요 아리랑』(2011)		음반자료			박자	종지음	지역	창자	채보자	남한의 곡명
	『민요편3』수록면	『천곡집』수록면	곡명	수록면	곡명	명창전집	남북아리랑전설	북한아리랑						
①	224	333	아리랑	198	아리랑	2-10(배윤희)			3/4	솔	-	-	힐버트	구조아리랑
②	225	334상	아리랑	196	아리랑	1-01(최청자) 1-02(왕수복) 1-04(태영숙) 1-06(김순영) 1-07(석룡진) 1-14(석란희)	02(최청자)	08(최청자)	3/4	도	-	김관보	한시형	본조아리랑
③	227	336하	서도아리랑	199	서도아리랑	3-07(렴직미) 3-02(전인옥)			9/8	솔	평양	계춘이	윤수동	구조아리랑
④	228	334하	아리랑	-		1-05(태영숙)			3/4	솔	평양	김옥선	차승진	구조아리랑
⑤	229상	335	아리랑	200	평안도아리랑				9/8	솔	평안도	최서분	최기정	구조아리랑
⑥	229하	-	아리랑	201	평안도아리랑				9/8	솔	평남	리대성	연구실	구조아리랑
⑦	230	-	신아르래기	-					9/8	도	평남 대흥	조판규	차승진	?(해주아리랑 ⑨)
⑧	231	336상	아리랑	202	전천아리랑				9/8	솔	자강도 전천	리보월	최기정	?(구조아리랑 ⑬)
⑨	232	337	해주아리랑	204	해주아리랑	3-14(장애란)			9/8	라	황남 해주	김옥순	윤수동	해주아리랑
⑩	233상	-	아리랑	203	해주아리랑				9/8	도	황남 해주	-	김현태	?
⑪	233하	-	긴아르래기						10/8	솔	황남 안악	강학신	최기정	?
⑫	234	-	아르롱						12/8	솔	황북 곡산	최시익	차승진	?
⑬	235상	338	단천아리랑	205	단천아리랑	2-07(계춘이) 3-10(김성일)			9/8	솔	함남 단천	신우선	차승진	구조아리랑
⑭	235하	-	아일령랑	-					6/8	솔	함북 화대	-	김기명	?
⑮	236상	339하	아리랑	206	무산아리랑				9/8	라	함북 무산	유창률	김기명	해주아리랑
⑯	236하	339상	온성아리랑	207	온성아리랑	3-11(홍인국)			9/8	솔	함북 온성	김용삼	한시형	※ 남한부전민요
⑰	237	-	구아리랑	208	회령구아리랑				9/8	솔	함북 회령	강상권	김경수	?
⑱	238	-	아리랑동	-					6/8	솔	함북 은덕	허송	강수산	?
⑲	239	340	강원도아리랑	209	강원도아리랑	1-10(강응경)		09(강운자)	9/8	미	강원도	김관보	차승진	엮음아라리
⑳	240	341	통천아리랑	214	통천아리랑	2-13(고명희)			9/8	미	강원도 통천	-	김기명	구조아리랑
㉑	241	342	고성아리랑	215	고성아리랑				5/8	라	강원도 고성	최현봉	한시형	자진아라리
㉒	242	-	엮음아리랑	217	고산엮음아리랑				자유	라	강원도 고산	김영달	리보필	?(엮음아라리 ㉑)
㉓	243	-	아리랑	211	평강엮음아리랑				9/8	미	강원도 평강	김장덕	최기정	엮음아라리

㉔	244	–	엮음아리랑	212	평강엮음아리랑				9/8	미	강원도 평강	김추억	최기정	엮음아리랑
㉕	246 상	344 상	삼일포아리랑	218 상	삼일포아리랑				5/8	라	강원도 금강	–	김현태	자진아라리
㉖	246 하	–	아리랑	216	고성아리랑				9/8	도	강원도 고성	최동이	최기정	?
㉗	247 상	–	긴아리랑	218 하	강원도긴아리랑				9/8	미	강원도	최의순	최기정	?
㉘	247 하	–	아리령동	–					6/8		강원도 법동	김승하	홍혜석	?
㉙	248	–	강원도아르래기						15/8	도	강원도 판교	정기순	김광조	?
㉚	249	–	아리랑						9/8	미	강원도 강릉	박재봉	최기정	?
㉛	250	343	정선아리랑	219	정선아리랑				9/8	미	강원도 정선	최현봉	한시형	엮음아리랑
㉜	251	–	정선아리롱	–					9/8	미	강원도 정선	김봉수	최기정	?(긴아라리 似)
㉝	252	–	아리랑						9/8	미	강원도	리용서	최기정	?(엮음아라리 似)
㉞	254 상	–	아리랑	220	정선아리랑				9/8	미	강원도 정선	김추억	최기정	?(긴아라리 似)
㉟	254 하	–	아리랑	221	양양아리랑				9/8	미	강원도 양양	김옥순	한시형	?(긴아라리 似)
㊱	255 하	344 하	긴아리랑	222	경기도긴아리랑	1-03(왕수복) 1-09(강용경) 3-03(전인옥)	04(강웅경)	10(전인옥)	9/8	솔	경기도	김관보	차승진	긴아리랑
㊲	256	346	진도아리랑	224	진도아리랑(1)	2-01(김종덕) 2-14(김설희)	11(김설희)		12/8	라	전남 진도	최옥삼	한시형	진도아리랑
㊳	257	347	진도아리랑	226	진도아리랑(2)				9/8	라	전남 진도	–	윤수동	진도아리랑
㊴	258	345	긴아리랑	–		2-09(계춘이)			9/8	라	전라도	리수정	심선일	※ 非아리랑계 악곡
㊵	259	348	경상도아리랑	228	경상아리랑	1-11(김관보) 1-08(김정화) 3-01(전인옥) 3-13(리복희)	06(태영수) 07(김종덕)		5/8	라	경상도	한경심	차승진	?(자진아라리 似)
㊶	260 상	351	밀양아리랑	231	밀양아리랑(1)	1-12(김연옥) 2-15(고정숙)	12(고정숙)		9/8	미	경남 밀양	–	한시형	밀양아리랑
㊷	260 하	352 상	밀양아리랑	232	밀양아리랑(2)	2-03(신우선)			9/8	라	경남 밀양	홍탄실	차승진	밀양아리랑
㊸	262 상	–	아리랑	234	경주아리랑				5/8	라	경북 경주	최영민	차승진	?(자진아라리 似)
㊹	262 하	–	아리랑	235	청도아리랑				9/8	라	경북 청도	홍린기	황지철	?
㊺	263	–	긴아리랑	236	영천긴아리랑				9/8	미	경북 영천	정희봉	김현태	?
㊻	264 상	350 상	영천아리랑	237	영천아리랑	3-09(김옥선)			9/8	라	경북 영천	선우일선	차승진	자진아라리
㊼	265	350 하	영천아리랑	238	영천아리랑	2-02(김종덕) 3-06(렴직미) 3-12(리성훈) 3-15(예술단)	08(김종덕)	04(김종덕)	5/8	도	경북 영천	윤봉식	한시형	?(자진아라리 似)
㊽	266	–	아리랑	230	경상도아리랑				5/8	미	경상도	전명선	최기정	?(자진아라리 似)
㊾	267 상	349	초동아리랑	240	초동아리랑				5/8	라	경상도	김진명	윤수동	자진아라리
㊿	267 하	–	초동아리랑	241	초동아리랑	3-08(김옥선)	08(김옥성)		5/8	라	경상도	안기옥	안성현	자진아라리(?)

북한판 〈춘향전〉을 통해 본 민족문화유산 전승의 함의

전영선

1. 〈춘향전〉을 북한식으로 이해한다는 의미

〈춘향전〉은 한 편의 고전문학이기 이전에 남북이 공유한 민족 문화유산의 하나이다. 〈춘향전〉은 남북의 사랑을 받으면서 여러 장르로 재창작되었다. 하지만 오늘날 남북이 알고 있는 〈춘향전〉은 하나의 '춘향전'이 아니다. 남북한의 이질적인 정치체제 차이만큼 남북의 〈춘향전〉은 차이가 있다. 정치체제의 차이 때문에 〈춘향전〉에 대한 인식과 평가가 달라졌기 때문에 발생한 결과이다. 북한의 문학은 철저히 정치체계 아래 존재한다. 문학 자체의 의미보다 정치와 연관된 맥락 속에서 더 큰 존재를 인정받는다.[1] 북한 정권수립 이후에 창작된 작품은 물론 민족이 공유한 고전 작품을 수용하는 태도에서도 분명한 차이를 드러낸다.

남북이 공유한 문화유산에 대해 남북이 보이는 차이는 남북의 정서

---

[1] 북한 문화의 특징에 대해서는 김재용, 『북한 문학의 역사적 이해』, 문학과지성사, 1994; 신형기, 『북한소설의 이해』, 실천문학사, 1996; 전영선, 『북한의 문학예술 운영체계와 문예 이론』, 역락, 2002.

적 거리를 확인시켜 준다. 우리는 민족 문화유산에 대해서만큼은 공통점이 있을 것으로 기대한다. 물론 공통성이 상당하다. 하지만 차이점도 분명하고, 차이의 간극도 커지고 있다. 남북 문화의 접점을 찾아나가지 못한다면 문화적 차이는 더욱 커질 것이다. 남북 사이에 현실적으로 존재하는 문화적 차이를 줄이기 위해서는 표면으로 드러나는 차이와 함께 이러한 차이를 작동시키는 원리에 대한 탐구가 병행되어야 한다. 이 글에서는 이러한 문제의식으로부터 출발한다. 남북이 공유한 민족 고전 〈춘향전〉에 대한 북한의 인식과 접근 태도를 분석하여 북한의 민족문화에 대한 인식을 도출하고자 한다. 이를 통해 전통문화 수용의 기본자세를 파악할 수 있을 것이다.

분석 대상으로 삼은 것은 조령출이 윤색하고 주해한 〈춘향전〉(문예출판사, 1991)이다. 일반적으로 북한 춘향전이라고 할 때는 북한 내에 소재한 '춘향전' 이본을 떠 올린다. 북한에서도 춘향전은 현재 김일성종합대학 도서관의 〈리도령 춘양전〉, 인민대학습당의 〈춘양전 단〉, 사회과학원 도서관의 〈춘향전〉을 비롯한 여러 도서관에 소장되어 있는 것으로 알려져 있다. 하지만 이 글에서 텍스트로 삼은 조령출 본은 북한의 입장이 반영되어 현대적으로 해석한 판본이다. 조령출 개인이 윤색하였다는 점에서 북한의 공식적인 입장으로 볼 수 있는 가의 의문이 들 수 있다. 이를 이해하기 위해서는 먼저 조령출이 윤색한 〈춘향전〉에서 '윤색'의 의미를 살펴볼 필요가 있다.

조령출이 윤색한 〈춘향전〉은 기본적으로 여러 〈춘향전〉 중에서도 가장 폭넓게 읽히는 〈열녀춘향수절가〉의 기본 구도를 충실히 따르고 있다. 본문에 이어 〈렬녀 춘향 수절가〉 상하권 원문이 77페이지에 걸쳐 실려 있으며, 고어나 한자어에 대한 100페이지의 주해가 붙어 있다. 이러한 편집체제로 볼 때 조령출 윤색의 〈춘향전〉은 윤색에 초점에 둔 것이 아니라 쉽게 이해시키기 위한 것임을 알 수 있다.[2] 하지만 모든

---

2) 이점은 북한의 출판체제를 이해할 때 분명해 진다. 북한에서는 모든 전적들이 출판될

부분이 단순하게 현대화된 것이 아니다. 〈열녀춘향수절가〉와는 의미 있는 차이가 있다. 조령출 개작이 특별한 의미를 갖는 것은 사건 구성 이나 인물 설정, 묘사 등에서 차이 때문이다. 이 차이가 바로 고전문학 에 대한 북한의 인식과 접근 태도를 보여주는 부분이다.

북한 체제의 특성상 모든 출판사는 국영조직으로 철저한 검열과 통 제를 받는다. 북한에서 출판은 당 정책을 전달하고 대중을 교양하기 위한 중요한 수단으로 인식하고 그 기능에 초점이 맞추어져 있다. 모든 출판보도물은 당으로부터 인민에 이르는 일 방향으로 전개된다. 또한 국가 통제에 의해서 전문 분야 별로 출판 기능이 분화되어 있다. 출판 에는 엄격한 검열과 통제가 따르는 만큼 개인적인 의견이나 당의 지침 에 어긋나는 출판물은 존재할 수 없다.[3] 개인의 의견을 개진할 수는 없다.

검열은 작품의 창작 단계부터 이루어진다. 북한의 작가들은 연간 계 획을 미리 보고하고 승인을 얻은 다음 다시 중앙으로부터 주어진 창작 계획에 따라서 공동으로 작품을 창작한다. 이 과정에서 작품의 주제, 당의 비준, 집체적 검열(검토, 비판), 재검열 등의 통제과정을 거친 출판 보도물에 대한 검열은 기관마다 약간의 차이는 있지만 크게 4단계로 이루어져 있다. 검열은 오탈자와 맞춤법을 포함하여 사상성에 이르기 까지 노동당의 직접 관할 하에 매우 엄격하게 이루어진다.

때 절대적으로 지켜야 할 기준이 '인민성'이다. '인민성'이란 간단히 말해서 모든 인민이 읽을 수 있도록 한다는 것이다. 북한에서 출판물은 단순한 서적 이상의 의미, 즉 인민을 위한 교양의 자료로 활용되고 있다. 따라서 인민들이 읽지 못하는 서적은 의미가 없는 것으로 평가한다. '조선왕조실록'을 비롯하여 북한에서 출판된 고전 전적들은 인민성에 원칙을 두고 번역하기 때문에 일반인들이 읽을 수 있도록 어려운 용어나 한자어 등을 해석하거나 용어를 바꾸어서 출판한다. 이러한 측면에서 윤색은 작품의 의도적인 변형 이나 첨삭을 통해 작가의 개성을 드러내기 위한 것이라기보다는 출판의 가장 기본적인 속성인 인민성에 의거한 것으로 이해해야 한다.

3) 〈춘향전〉을 펴낸 문예출판사는 1960년대 초부터 북한의 모든 문예지의 출판을 담당하는 출판사이다. 1961년 3월 2일 문학예술총동맹이 결성되면서 문예출판사가 설립됨에 따라 서 문학예술 관계의 출판물을 문예출판사에서 출판하였다.

노동당은 모든 국가 기관과 사회단체, 인민의 위에서 지도, 감독하면서 당의 노선과 이념이 관철될 수 있도록 권한을 발휘한다. 특히 언론 출판 사업은 당원과 인민대중들의 사상교양과 직접 관련된 사업으로 인식하여 특별한 검열을 받게 하였다. 이처럼 자체 검열과 함께 출판지도총국의 검열과 노동당의 검열을 받는 것은 사상통제를 위해서이다. 당의 사상 외의 다른 사상을 차단하여 사상의 오염과 확산을 방지하기 위한 조치이다. 검열은 "위대한 수령님께서는 이미 오래전에 복잡한 군중과의 사업에서 지켜야 할 원칙과 그 관철방도를 구체적으로 밝"혀 주신 것을 실천하는 것이며, "사람들을 (…중략…) 검열하며 교양하여 개조하는 것은 복잡한 군중과의 사업에서 우리 당이 일관하게 견지하고 있는 방침"4)으로 이해한다. 이러한 출판체계의 특성과 검열의 과정을 살펴볼 때 조령출의 윤색의 〈춘향전〉은 조령출 개인의 견해가 아니라 〈춘향전〉에 대한 북한의 공식적인 인식을 보여주는 것이라 할 수 있다.

2. 민족문화에 대한 북한의 수용 자세

1) 민족문화 재평가의 정치·사회적 배경

북한은 사회주의 국가이면서도 여타 사회주의 국가와는 달리 일찍부터 민족주의를 강조하였다.5) 그러나 북한에서 〈춘향전〉을 비롯한 민족문화에 대한 재평가가 본격적으로 추진되기 시작한 것은 1970년대부터

---

4) 김정일, 「복잡한 군중과의 사업을 잘할데 대하여: 조선로동당 중앙위원회 조직지도부, 선전선동부 일군들과 한 담화」, 1971.12.28.
5) 북한정권수립 초기에는 일제 잔재청산과 함께 정권의 정통성 확보를 위한 차원에서 민족주의를 강조하였으며, 이후에는 민족주의의 개념 속에 김일성의 항일무장혁명투쟁의 역사를 포함시키면서 사회주의와 민족주의 결합을 추진하여 왔다. 김일성 사망 이후에는 김일성부자의 우상화 정책을 민족적 차원에서 추진하기 위한 정책으로 강조하고 있다.

였다. 1970년대 들면서 김정일이 권력의 전면에 부상하기 시작하면서 김정일 주도로 민족문화정책이 수립되고 실천되었다. 김정일은 1970년 3월 4일 민족문화유산을 옳은 관점과 입장을 가지고 바로 평가 처리할 데 대하여 라는 담화에서 민족문화유산의 계승과 발전의 기본 입장을 밝힌다.

> 지난날의 문학작품에 봉건적이며 자본주의적 요소가 있다고 하여 그것을 덮어놓고 다 빼버린다면 우리의 역사는 남을 것이란 하나도 없을 것이며, 인민은 과거 아무것도 창조해 놓은 것이 없는 민족이 된다. 과거가 없는 현재가 있을 수 없고, 계승이 없는 혁신을 생각할 수 없듯이 사회주의 민족 문학예술은 결코 빈터 위에서 생겨나지 않는다. 사회주의 민족문학예술은 지난날의 문학예술 가운데서 낡고 반동적인 것을 버리고 진보적이며 인민 적인 것을 시대의 요구와 계급적 성격에 맞게 계승발전시키는 토대 위에서 건설하고 발전시켜 나갈 수 있다. 이것은 사회주의 민족발전의 합법칙적 과정이다. 민족문화유산을 평가할 때 개별적 일꾼들의 자기의 주관적인 판 단에 따라 하지 말고 해당 부문 일군들이 집체적으로 모여 그 유산이 만들 어진 시대와 사회역사발전 환경, 혁명의 요구를 연구한 기초 위에서 신중하 게 해야 한다. (…중략…) 선조들이 이룩해 놓은 민족문화유산을 그저 허무 주의적으로 대할 것이 아니라 귀중히 여길 줄 알아야 한다.6)

김정일이 제기한 전통의 복원은 혁명전통의 재현과 고전문학 등의 전통문화 복원을 동시에 의미하였다. 이 두 가지는 다른 것처럼 보였지 만 하나로 결합하면서 민족주의로 수렴되었다. 결국 북한의 민족주의

---

6) 김정일, 「민족문화유산을 옳은 관점과 입장을 가지고 바로 평가 처리할데 대하여, 조선노 동당 중앙위원회 선전선동부 일군들과 한 담화, 1970년 3월 4일」. 이 교시는 김일성의 교시 「력사 유적과 유물 보존 사업에 대한 당적 지도를 강화할 데 대하여, 1970년 2월 17일」이 나온 지 한 달도 채 되지 않아 발표한 실무지도이다. 김일성의 교시에 이어 문화 유산 관련 사항을 더욱 체계화함으로써 김정일의 정치적 위상을 높여주었다.

란 북한 문학예술의 이론적 바탕이 되는 '사회주의 리얼리즘'의 원칙을 바탕에 두면서 주체사실주의를 결합한 형태로 진행되었다. 이러한 민족주의는 1980년대 중반을 지나면서 1990년대에 들면서 민족성에 대해 강조하면서 무게 중심을 옮겨갔다.

사회주의적 사실주의는 가장 선진적이고 혁명적이며 과학적인 창작 방법이다. 사회주의적 사실주의 같이 그처럼 과학성과 혁명성으로 일관되어 있으며 거대한 형상적 위력과 무궁무진한 생활력을 가지고 있는 창작 방법은 력사에 있어 본적이 없으며 또한 있을 수도 없다.[7]

인민 대중의 자주적 요구와 근본리익에 맞게 사회주의 문학예술을 건설하려면 우리 식의 창작 방법에 철저히 의거해야 하며 문학 예술에 대한 당의 령도를 확고히 보장하고 혁명적 문학 예술 전통을 굳건히 옹호 고수하고 빛나게 계승 발전 시켜 나가야 한다. 주체 시대 사회주의 문학예술의 유일하고 옳은 창조 방법론인 주체 사실주의는 주체의 철학적 세계관에 기초하여 인간과 생활을 보다 진실하게 그려냄으로써 문학예술로 하여금 인민대중을 참답게 복무할 수 있게 하는 방법론이다.[8]

위의 두 글은 각각 1991년과 1992년에 나왔다. 1년 사이에 사회주의적 사실주의를 강조하던 것에서 주체사실주의로 방향을 전환하였다. 이처럼 짧은 시간에 사회주의적 사실주의를 포기하고 새롭게 주체사실주의를 표방한 것은 두 가지의 관점에서 이해될 수 있다. 사회주의적 리얼리즘이 역사적 존재 가치를 다했다는 문학 외적 사실과 외부 변화에 대한 한계에 대한 모색이었다.[9]

7) 김정웅, 「문학예술에 있어 사회주의적 사실주의의 기치를 고수하기 위하여」, 『조선어문』 1991년 3호, 3쪽.
8) 고철훈, 「문학예술 창작에서 사회주의 원칙을 철저히 견지하자」, 『조선어문』 1992년 4호, 23쪽.

1980년대 중반의 동구 사회주의 국가의 체제전환은 북한으로서는 상당한 위협요인이었다. 동구 사회주의의 몰락에 대응하여 논리 개발이 시급했다. 동구 사회주의와 북한의 사회주의를 차별하는 일환으로 민족주의를 강조하기 시작하였다. 즉, 북한의 민족주의는 민족문화 자체에 대한 강조라는 본연의 의미보다는 1980년대 중반 이후 동구의 민주화, 소련과 중국의 개혁개방정책 추진, 소연방의 해체 등의 민주화 물결을 차단하고 제국주의 침투에 대한 대응으로서 출발한 것이다. 이러한 출발에서 시작한 민족주의는 '조선민족제일주의'로 이론화되고 국가지도 이념으로 채택되면서 북한사회 전반으로 확장되었다.

우리의 문학은 조선민족제일주의 정신을 높이 발양시키는데 적극 기여해야 한다. 문학이 조선민족제일주의 정신을 발양시키는데 이바지하는 것은 그 사상 교양적 기능을 높이는데 중요한 의의를 가진다. 문학은 조선민족의 위대성을 실감있게 형상화하여 우리 인민으로 하여금 조선사람으로 태어난 긍지와 자부심 자기 민족의 훌륭한 창조근로가 자기 민족의 힘과 지혜에 대한 긍지와 자부심 민족 장래에 대한 굳은 확신을 가지고 혁명투쟁과 건설 사업을 더 잘해 나가도록 하여야 한다. 조선민족 제일정신으로 교양하는 것은 오늘날 제국주의자들이 사회주의 제도를 내부로부터 와해시키려고 더욱 악랄하게 책동하며 사회주의를 건설하던 일부 나라들에서 혁명에 대한 신심을 잃고 사회주의를 자본주의로 되돌려 세우고 있는 조건에서 더욱 절실하게 제기된다.[10]

구체적인 방법으로는 문화예술에서 사회주의와 민족문화와의 결합을 시도하였다. 민족문화라고 하여 모든 문화가 전승의 대상이 된 것은 아니었다. 사회주의 원칙에 맞는 작품이면서 인민의 교양에 도움이 될

---

9) 김동훈, 「북한 문예이론의 역사적 변모와 김정일의 주체 문학론」, 『북한문화연구』 2집, 한국문화정책개발원, 1995, 25쪽.
10) 김정일, 『주체문학론』, 조선로동당출판사, 1992, 17쪽.

수 있는 작품이 선별적으로 수용되었다.11) 평가에서 경계한 것은 복고주의와 허무주의이다. 복고주의는 과거의 것을 무조건 따르는 태도, 허무주의는 과거의 것을 배척하는 태도를 의미하였다. 특히 복고주의에 대해서는 '지난날의 온갖 불건전한 문화가 머리를 쳐들게 되며 근로자들의 인식 속에 낡은 사상이 되살아나게 될 것'을 염려하면서 강하게 거부하였다.

민족문화 계승에서는 이러한 자세를 버리고 "진보적이고 인민적인 모든것을 비판적으로 계승발전시키는 방법을 사용해야만이 이에서 벗어날 수 있으며, 이런 토대 우에서만 사회주의의 새 문화와 생활기풍이 창조될수 있다"12)는 원칙이 세워졌다. 인민의 요구가 명분이었고, 고유의 민족적 형식을 살리면서 사회주의 내용을 결합시키는 것이 목표였다. 문제는 복고주의와 허무주의의 객관적 기준이 설정되어 있지 않았다는 점이다. 무엇을 어떻게 해석하는 지는 최고지도자의 자의적 판단에 의지했다. 현대성의 원칙을 지키는 것과 허무주의자로 비판받는 경계는 불투명했다.

고전소설 작품 중에서는 〈춘향전〉 먼저 선택되었다. 〈춘향전〉에 대한 윤색 작업과 재창조 작업이 이루어질 수 있었던 것은 〈춘향전〉이 다른 작품보다 높은 평가를 받았기 때문이다. 모든 작품이 현대화의 대상이 된 것이 아니었다. 〈춘향전〉에 대한 적극적인 평가와는 달리 고전소설인 〈심청전〉은 찬반의 평가를 동시에 받았었다. 〈심청전〉에서 심청이 임당수에 빠져 용궁에 들어가는 장면과 심봉사의 개안 장면은 허황되면서 미신적인 이야기로 평가를 받았다. 이에 따라서 연극 〈춘향전〉에서 이 대목은 다른 장면으로 연출되기도 하였다. 이후 김일성의 지시 「원작과 다르게 만들어 놓은 현상을 없앨 데 대하여」가 있은 이후 민족가극으로 재창작 될 수 있었다.13)

---

11) 김일성, 「민족문화유산계승에서 나서는 몇가지 문제에 대하여: 과학교육 및 문학예술부분일군협의회에서 한 연설」, 1970.2.17.
12) 김일성, 『김일성 저작선집』 4, 조선로동당출판사, 381쪽.

2) 고전문학 윤색·현대화의 전제

〈춘향전〉이 재창작되기 시작된 것은 시기적으로 전통문화의 현대화 작업이 본격적으로 추진되기 시작한 1980년대였다. 〈춘향전〉에 대한 평가는 긍정적이었다. 고전문학가들은 "주인공들의 사랑 문제를 중심에 놓고 취급하면서도 사상적 내용에서 조선 녀성의 고고한 도덕적 풍모와 봉건적 신분제도에 대한 비판정신이 두드러지게 표현되어 있는 사상예술성이 가장 높은 작품"으로 평가했다. 〈춘향전〉의 주제를 "인간은 그 어떤 경우에도 절개를 지키며 배신하지 말아야 한다"는 것으로 해석하면서, "〈춘향전〉의 주제인 사랑의 문제가 순수한 사랑에 떨어지지 않고 사회적 성격으로 부각될 수 있었던 것도 죽음 앞에서도 굽히지 않는 우리 민족의 훌륭한 기질이 구현된 작품"이라는 평가를 내렸다.[14]

긍정적인 평가 속에서 〈춘향전〉은 다른 장르로 재창작되었다. 1980년에는 백인준의 영화문학(시나리오)으로 조선예술영화촬영소에서 영화로 만들었다. 1988년 12월 19일에는 김정일이 직접 〈춘향전〉을 민족가극으로 창조할 것을 지시하였다. 김정일의 지시를 받아 평양예술단에서 민족가극으로 창작하였다.

고전작품개작 과정의 핵심은 일단 작품의 사상적 측면을 부각하여 그 주제를 이루는 종자를 잡아 기본 형상의 틀을 세우는 것이었다. 종

---

13) 김정일, 「민족문화유산을 옳은 관점과 립장을 가지고 바로 평가 처리할데 대하여: 조선 로동당 중앙위원회 선전선동부 일군들과 한 담화, 1970년 3월 4일」, 『김정일선집』 2, 조선로동당출판사, 1993, 59쪽: "민족고전작품을 현시대의 요구와 마감에 맞게 재현한다고 하여 그 작품이 창작된 사회력사적환경을 무시하고 덮어놓고 현대화하여서는 안됩니다. 해방직후에 창작가들은 연극《심청전》을 만들면서 심청이 아버지의 눈을 띄워주기 위해 공양미 300섬에 팔려 림당수의 깊은 바다에 빠졌으나 죽지 않고 룡궁에 들어가 사랑하는 어머니를 만나고 다시 세상에 나오는 장면을 비과학적인 허황한 이야기라고 하면서 빼버렸으며 심청과 아버지가 상봉하는 장면에서 심봉사가 눈을 뜨는것도 미신적이라고 하여 다르게 처리하였습니다. 위대한 수령님께서는 그때 이 연극을 보시고 우리 인민들에게 널리 알려진 민족고전작품을 원작과 다르게 만들어놓는 현상을 없앨데 대하여 가르치시였습니다."

14) 『고전소설해제』, 문예출판사, 1991, 434~435쪽.

자는 계급적 관점에서 해석되었다. 〈심청전〉의 종자는 '봉건사회의 착취상'으로 규정하고, 〈심청전〉의 주제는 봉건사회에서도 희망을 잃지 않는 대중정신이라고 하였다. 〈춘향전〉의 주제사상은 "봉건사회에서는 남녀 간의 진정한 사랑은 이루어질 수 없으며, 계급적 각성과 투쟁을 통하여 봉건사회의 모순을 극복해야 한다"는 것으로 규정하였다.

재창작의 원칙 역시 당적 입장이 반영되었다. 고전문학 작품들은 주체사실주의의 문예사상에 입각하여 시대의 요구에 맞게 수정되었다. 수정의 목적은 빈부의 차이와 신분적인 귀천이 존재하는 낡은 착취사회 신분제도의 모순과 불합리성을 보여주는 것이었다. 아울러 인민들의 근로의식을 표현하여 노동의 가치를 부각시키는 것이었다. 김정일이 민족가극 〈춘향전〉의 창작을 지시하면서 규정한 지침과 기준은 가극창작에 국한되지 않았다. 문화예술 모든 장르에서 고전문학의 현대화 기준이 되었다.15)

고전작품의 개작에서 가장 강조된 것은 인물형상화였다. 북한 문학에서 인물형상화는 주체사상의 골격이며 '인민의 혁명정신과 계급의식 무장'의 핵심 문제이다. 인물형상화에서도 핵심은 계급문제였다. 김정일은 계급의 갈등을 개인적인 문제에 국한하지 말고 사회전반의 문제로 확대할 것을 지시하였다. 인물형화에서 하층민의 인물은 인정미를 잘 묘사하고, 지배층은 부도덕하고 비인간적인 인물로 형상한다. 이를 통해 지배층과 피지배층의 도덕성을 극대화하여 대비시키는 것이다. '주체문예이론'과 '종자론'이 고전과 접목되면서 북한식의 개작과 윤색

---

15) 민족가극 〈춘향전〉은 이후 민족 유산을 현대화하는 신호탄으로서 이후 〈심청전〉, 〈박씨부인전〉 등의 민족가극 창조의 시발점이자 전형이 되었다. 북한에서는 문화예술작품은 어느 하나의 전형적인 작품이 완성되면 이를 모범으로 창작방식을 충실히 따른다. 혁명가극의 경우 〈피바다〉를 창작하면서 전형이 완성되었고, 연극의 경우에는 〈성황당〉으로 그 전형성이 완성되었다. 따라서 이들 작품 이후에는 '피바다식 혁명가극', '성황당식 혁명연극' 등등의 수식어가 붙게 된다. 이런 점에서 민족가극 춘향전은 곧 고전의 현대화에 대한 이론적 틀과 창작 방식이 완성되어 작품으로 옮겨진 시발점이자 전형적인 작품인 것이다.

이 이루어졌다. 이는 곧 고전문학에서 계급성과 인민성의 문제를 어떻게 풀어갈 것인가의 문제와 직결되는 문제였다. 고전문학의 윤색과 개작의 기본 방향은 '리얼리즘을 바탕으로 계급적 문제를 인민들이 쉽게 알 수 있도록 하는 것'이었다.

3) <춘향전>(조령출본) 윤색의 기본 방향

<춘향전>에 대한 개작이나 주해 작업은 남한에서도 활발하게 진행되었다. 그 결과 다양한 장르에서 색다른 작품이 창작되었다. 남한에서 이루어진 <춘향전>의 개작은 다양하게 이루어졌다. 크게 작품의 리얼리티를 높이는 방향, 시대 분위기에 맞게 고치는 작업, 현대적 의미를 살리는 방향, 해학적인 분위기를 살리는 방향 등으로 다양하게 진행되었다. 사회적인 의미보다는 개작자의 창작의도가 반영된 결과이다. 반면 북한의 <춘향전> 윤색은 개인적인 의미보다는 주체문예이론과 김일성·김정일의 교시와 현지지도의 지침에 따라 진행되었다.

<춘향전>이 처음부터 긍정적인 작품으로 평가를 받았던 것은 아니었다. 1970년 초까지만 해도 <춘향전>에 대한 평가는 긍정적이지만은 않았다.

<춘향전>에 대하여 말한다면 이 작품은 량반의 아들이 신분적으로 천한 사람의 딸과 련애를 하는 것을 주제로 하고있습니다. 이것은 봉건사회에서 잘사는 사람들과 어렵게 사는 사람들사이, 량반과 상민사이의 불평등을 비판하고 남녀청년들이 재산과 신분에 상관없이 서로 사랑할수 있다는 것을 보여준것으로서 그 당시에는 진보적인 작품이였다고 말할수 있습니다. 그러나 이 작품에서 량반계급의 신분적차별을 반대하는 사람자체가 다름아닌 량반의 아들이며 이 작품에 그려진 인간들의 정신세계는 우리 시대 청년들의 정신세계와는 너무나도 거리가 먼것입니다.[16]

주제에 대해서는 일부의 긍정적으로 평가하였다. 하지만 계급적 문제를 않고 있으면서 우리 시대 청년들의 정신세계와는 거리가 먼 작품으로 평가하였다. 이 같은 평가를 받던 〈춘향전〉에 대한 의미와 해석의 기본 방향을 제시한 것은 김정일이었다. 김정일은 민족가극 〈춘향전〉의 창작 지침과 관련하여 새로운 평가를 내렸다. 김정일은 "〈춘향전〉이 봉건사회의 신분적 제약에 반대하는 남녀간의 사랑을 통하여 조선조 봉건사회의 부패상과 관료들의 전횡을 폭로하고 비판한 수준 높은 작품"이라고 평가하였다. 그리고 "이 기본 핵을 틀어쥐고 작품의 사상적 대오를 세우며 주인공 춘향과 함께 그의 어머니인 월매의 형상적 지위를 바로 정하고 성격창조에서 계급적 원칙을 지키며 현대성의 요구를 구현하"는 방향으로 작품화할 것을 주문하였다.

우리 식의 민족가극예술의 시원으로 된 ≪춘향전≫에서 원작의 내용을 새로운 시대적높이에로 개조하고 발전시킨 혁신적성과는 우선 작품의 기본 핵을 정확히 밝힌데 기초하여 빈부귀천의 신분으로써 사람의 지위와 운명이 규정되는 반동적인 봉건사회에서는 남녀간의 참다운 사랑도 뜻대로 이루어질수 없다는 사상적대오를 뚜렷하게 세워준 것이다.17)

민족가극으로 재창작하는 과정에서 적용된 원칙은 '당의 문예사상의 과점에서 시대의 요구에 맞게 각색하여, 빈부의 차이와 신분적인 귀천이 존재하는 신분제도의 모순과 불합리성을 보여주는 것'이었다. 결과에 대한 평가에서도 이러한 관점은 분명하게 확인된다. 민족가극 〈춘향전〉의 성과에 대해서는 '춘향을 비롯한 인물들의 형상과 인간관계에서 계급적 선을 명백히 하여 준 것이다'고 평가하였다.

---

16) 김일성, 「교육사업에서 사회주의교육학의 원리를 철저히 구현할데 대하여」, 『김일성저작집』 24, 340쪽.
17) 『문학예술사전』, 과학백과사전종합출판사, 1993, 97쪽.

3. <춘향전> 윤색의 특성

전통문화의 현대화 작업에서 첫 작품으로 <춘향전>을 택한 것은 앞서 언급하였듯이 몇 가지 단점에도 불구하고 <춘향전>이 북한에서 요구하는 조건을 잘 갖추고 있기 때문이었다. <춘향전>에 대한 긍정적인 평가는 세 가지였다. 첫째, 계급적 갈등을 잘 보여주었다. 둘째, 등장인물의 다양한 성격을 보여주었고, 묘사의 진실성이 있다. 셋째, 제재와 묘사가 현실적인 상황을 잘 반영하였다.[18]

가장 중요한 것은 계급간의 갈등 문제였다. <춘향전>의 기본 갈등 구조는 '낡은 봉건 사회의 근본 모순과의 투쟁', '새로운 사회세력의 지향과 요구 제시'였다. 춘향이가 겪는 고난을 통해 봉건사회의 계급적 한계를 보여주고, 변학도의 행동을 통해 봉건 악질관료배의 성격적 특질을 체현한 전형적인 인물로서 인민들과의 적대적 관계 속에서 '불피코 사멸해갈 밖에 없다는 것을 설득력 있게 보여' 주는 것이었다. 또한 제재와 묘사에 있어서 한국을 배경으로 서민들의 생활을 사실감 있게 묘사하고 있다는 점에서 긍정적인 평가를 받았다.

한편에서 <춘향전>은 앞뒤의 정황에 맞지 않은 상황의 설정, 한문투의 문체, 상투적인 서두부분과 후일담 부분은 시대적 한계로 지적되었다.[19] 개작을 통해 긍정적인 부분이 더욱 확대되고, 부정적인 면은 수정되었다. 민족고전 <춘향전>에서 북한 인민에게 교양이 되는 북한식 <춘향전>으로 다시 태어난 것이다.

---

18) 김하명, 「고전소설 '춘향전'에 대하여」, 『춘향전』, 문예출판사, 1991, 5쪽: "<춘향전>은 그 제재의 현실성에 있어서 묘사된 사회생활의 넓이와 갈등의 심각성에 있어서, 등장인물의 다양한 성격과 묘사의 진실성에 있어서 이 시기의 가장 우수한 사실주의 작품의 하나이다. 이 작품에는 붕괴기에 들어선 봉건조선의 사회생활이 다면적으로 진실하게 반영되어 있다."

19) <춘향전>의 평가에 대해서는 김하명, 위의 글 참고.

1) 계급전형적 인물 형상화

북한에서 문학은 인민을 투쟁에로 복무하도록 하는 데 목적이 있다. 김일성은 교시 「우리 혁명에서의 문학예술의 임무」에서 "우리의 새로운 민주주의적 예술은 반드시 깊은 사상성을 가져야 하며 인민에게 투쟁의 무기로서 복무하여야 합니다. 높은 예술성과 결합된 고상한 사상성 이것은 예술작품의 가치를 규정함에 있어 유일하고 정당한 기준입니다"[20]라고 하였다. '투쟁의 무기로 복무'하는 문학예술로서 자기 정체성과 사상성과 예술성의 결합만이 작품의 가치를 규정하는 기준이 된다는 것을 분명히 하였다.

작품을 통해 투쟁으로 나서도록 교양하는 데서 가장 중요한 것은 인물이었다. 독자들은 작중 인물을 통해 계급적 모순을 체험하게 되기 때문이다. 인물을 통해 모순을 보여줌으로써 투쟁에 나서도록 해야 하는 것이다. 북한에서 〈춘향전〉을 높게 평가했던 이유의 하나도 등장인물의 다양한 성격과 묘사의 진실성이었다.[21] 〈춘향전〉에서 '춘향이'의 언행은 상대하는 대상의 계층과 연령에 따라서 달라진다는 것을 예로 들었다. 즉, 방자와 이몽룡, 변학도 앞에서 하는 언행이 각각 다른데, 이를 통해 사실성을 얻을 뿐만 아니라 심리적 운동까지도 실감 있게 전달한다는 것이다. 〈춘향전〉의 인물 평가는 비슷한 시기에 나온 〈심청전〉이나 〈흥부전〉과 비교할 때 차이가 분명하게 드러난다.

북한 〈춘향전〉의 인물 가운데에 춘향·월매·방자·향단 등은 판소리에서 보여주었던 해학성보다는 윤리적이면서 진지한 인물로 그려졌다. 이들은 당대의 암울한 상황 속에 무기력하게 좌절만 하지 않는다. 적극

---

20) 사회과학원 문학예술연구소 편, 『주체사상에 기초한 문예이론』, 1975, 13쪽.
21) 김하명, 앞의 글, 11쪽: "〈춘향전〉의 인물들의 형상창조에서 당시로서는 참으로 놀라운 사실주의적전형화의 솜씨를 보여주고 있다. 모든 등장인물들은 내부적으로 긴밀히 연결되어 있으며, 통일적 화폭속에서 생활과 성격의 론리에 맞게 행동하고있으며 각기 일정한 계급적성격을 뚜렷이 체현하고있으면서 아주 개성적이다."

적으로 현실에 개입한다. 옥에 갇힌 춘향을 위해서 탄원까지 하는 적극적인 모습을 보여준다. 하층민을 적극적이면서 윤리성을 지닌 인물로 윤색한 것은 하층민의 건강성을 부각시킴으로써 역사의 주체로서 인민성을 강조하기 위해서였다.

<표 1> 북한 <춘향전>의 인물 형상화 방향

인 물		인물 형상화 방향
선인	춘향	여념집처녀이면서 기생, 노동하는 춘향
	이도령	적극적인 인물로 의식의 변화를 통해 계급적으로 자각
	월매	사려깊고 신중하면서 계급적 모순을 인식
	방자·향단	성실하고 건전하면서 충직한 인물
	농민·부녀자	당대 현실에 대한 불만을 표출하고, 춘향에 대한 적극적인 탄원을 행동으로 보여줌
악인	변사또	일자무식에 신분덕으로 출세
	이방·행수기생	계급적 현실에 안주하면서 양반층을 위해 봉사
기타	화자	1인칭·3인칭 복합시점의 차용

(1) 주체적 인간 춘향

북한 <춘향전>에서 춘향의 신분은 기생의 딸이다. 신분은 기생의 딸이지만 행실은 기생의 딸에서 그치지 않는다. 행실이 바른 여염집 처녀이다.[22] 춘향은 예의범절이 바르고 글재주가 있다. 뿐만 아니라 노동에도 적극적이다. 모친 월매를 정성껏 모시면서 음식 만드는 것에서부터 베짜기에 이르기까지 적극적으로 가사활동에 참여한다.

춘향 어머니는 초당마루 끝에 앉으며 '밤이 깊었는데 무엇을 그리 또 쓰느냐? 어제는 온종일 열두새베를 짜고 오늘은 광한루에 다녀와서 쉬지도 않고 또 이 늙은 어미를 위해 명절음식으로 백설기를 한다. 잉어찜을 한다

---

22) <춘향전>에서 여염처자로 표현된 곳은 17, 19, 31, 51, 93쪽이다.

피곤하겠는데 그만 자거라' '음식솜씨를 배우느라고 한것이온데 뭐.' (42쪽)

이때 안에서 춘향이 술과 음식을 차려내왔다. (47쪽)

부엌에서 행주치마를 두르고 팔소매를 걷고 음식상을 차리느라고 돌아치던 춘향의 이마에는 땀방울이 송글송글 솟기까지 하였다. (54쪽)

이때 춘향은 초당마루 한옆에 베틀을 놓고 고운 명주를 짜고있었다. (64쪽)

춘향의 인물이 이렇게 형상된 것은 춘향의 예절바른 행동을 통해 하층민의 올바른 생각과 건강성을 보여주기 위한 것이다. 동시에 주인공으로서 춘향의 신분이 기생으로 규정할 경우 계급적인 모순을 적확하게 보여줄 수 없다는 점도 고려되었다.[23] 하층민의 건강성을 대표하는 춘향으로 설정하고 당대의 계급 모순을 부각시키기 위한 설정인 것이다.

(2) 긍정적 주인공 이몽룡

북한 〈춘향전〉에서 가장 극적이면서 긍정적인 인물로 그려진 것은 이몽룡이다. 이몽룡은 양반의 자제로 태어났다 하지만 이조봉건사회 말기의 시대적 사조에 눈뜨기 시작한 진보적 양반으로 설정되었다. 이몽룡은 양반계급의 한계와 당대 모순을 인식하는 인물이다. 춘향에 어울리는 인물로서 긍정적으로 평가되어야하기 때문이다.

이몽룡의 성격적 특성이 잘 드러나는 부분은 기존의 윤리에 대한 거부 부분이다. 계급적 모순과 당대 사회에 대한 인식은 부친인 이한림과 대비된다. 이몽룡은 아버지가 강조하는 윤리의 문제에 대해 의미를 두

---

23) 북한에서 '기생'은 '낡은 사회에서 술집주인이나 업자에게 매여 술노리를 하는 자리에서 노래를 부르고 춤을 추는 것을 업으로 하는 여자'이다. 이에 대해서는 '기생' 『현대조선말 사전』, 과학백과사전출판사, 1981 참고.

지 않는다. 당시 양반으로서 지켜야 할 금과옥조(金科玉條) 같은 '오륜'의 덕목도 심각하게 받아들이지 않는다. 춘향과의 사랑이 좌절되면서 어머니와 갈등을 일으킨다. 이몽룡과 이몽룡의 부모의 갈등은 당대 사회의 모순이 극적으로 드러나는 부분이다. 이몽룡 일가의 갈등은 어사가 된 이후 당대 사회의 사회적 문제의식으로 확대된다.

한림이 많은 책을 읽었으되 그가 자식의 머리에 심어주는 것은 크게 이 다섯가지 오륜에서 벗어나지 않았다. 리도령은 하루 세끼 밥을 먹듯이 량반이 지켜야 할 이 륜리에 대하여 매양 귀가 아프게 들어왔고 이제는 아버지의 엄한 훈계도 잔소리로 들리게 되었다. (22쪽)

어머니의 목소리는 단호하였다. '네 량반의 자식으로 기생의 딸과 백년가약을 했단 말이냐?' '못한단 법이 있소이까?' '량반의 자식으로 장가도 들기 전에 그런 말이 나면 네 신세 망치고 집안을 망친다.' 도령은 춘향의 뛰어난 인품과 재질 아름다운 덕행을 들어 두 번세번 간청해 보았으나 꾸중만 실컷 들었다. (63~64쪽)

세상일이 이리 변할줄 몰랐구나. 봉밭이 푸른 바다가 된다는 말이 이를 두고 한 말인가. 죄없는 사람이 옥중에 울고 죄많은 놈들이 잔치상을 벌린다니… 도령은 담배재를 툭툭 털며 치미는 울분을 가라앉히면서 말하였다. (129쪽)

이몽룡이 긍정적 주인공으로 설정한 것은 곧 북한 〈춘향전〉에서 보여주려는 계급 모순을 극대화하기 위한 설정이다. 즉 당시의 계급 문제가 어느 한 계층만의 문제가 아니라는 점을 부각시킬 수 있다. 계급문제는 계급 제도 자체의 문제라는 점이 부각된다.

소설에서 인물의 각성하는 모습은 작품 창작의 기본 전제이다. 소설에서 주인공은 인간관계의 중심이다. 다른 인물을 제약하기도 하고 화해하기도 하며 줄거리를 끌고 간다. 북한문예이론에서는 이러한 주인공을 어떤 인간 전형으로 내세우는가는 작품의 질적 가치를 평가하는 기준이다. 특히 소설에는 주체사상을 체현한 주인공을 내세워 주체형의 참다운 인간형을 보여준다. 긍정적 인물을 창조하여 대중을 주체사상으로 교양하고, 물론 소설 자체가 주체사상을 체현하는데 이바지하도록 한다. 이때 주체사상을 체현한 인물이 긍정적 주인공이다. 긍정적 주인공은 북한의 대표적인 문예 작품인 〈피바다〉나 〈꽃파는 처녀〉를 비롯하여 모든 작품에서 지켜야 할 기본이다.

북한 문화예술에서 긍정적인 인물이란 당대사회의 모순을 체험하고 각성해 가는 인물이다. 북한 문학에서 보여주고자 하는 것은 처음부터 각성한 인물이 아니라, 사회현상을 통해 사회모순을 각성하는 의식의 변화를 보여주는 인물이다. 김정일은 '인민대중을 형상의 중심에 놓고 긍정적 주인공의 형상을 창조하는 것이 소설에서 중요한 문제'라고 강조하였다. "인간학인 문학의 기본사명은 작품의 중심에 본보기로 되는 전형적인 인간성격을 형상하여 사람들에게 생활과 투쟁의 진리를 가르쳐주는데 있습니다"[24]고 하였다. 이후 문학예술에서 긍정적 인물 창조는 불변의 원칙이 되었다. 고전문학의 윤색 과정에서도 주체형의 긍정적인 인간형 창조의 원칙이 적용된 것이다.

(3) 착취사회의 피해자: 월매, 방자, 향단

북한 〈춘향전〉의 인물은 선악이 분명하게 구분된다. 북한문학 자체가 선악의 대립적 인물 구도를 통해 계급적 갈등을 드러낸다. 이는 민족가극 〈춘향전〉의 창작 과정에서도 일관된 원칙이었다. 사회주의적 리얼리즘에서는 신분이 낮은 인물들의 삶이 구체적이고 생동하며 긍정적으로 그려진다. 월매와 방자, 향단 등의 하층민은 〈열녀춘향수절가〉에서 나타나는 해학적인 모습이 아니다. 그대신 도덕적이면서 순수한

---

24) 김정일, 『연극예술에 대하여』, 1988, 34쪽.

감성을 지닌 인물로 형상화되었다. 이들이 도덕적인 인물이기에 대척점에 있는 지배계층의 인물은 부정적으로 그려진다. 악한 지배계층과 선한 피지배계층의 구도는 계급사회의 모순을 직접적으로 느낄 수 있도록 하는 인물 구성이다.

특히 월매는 퇴기라는 신분에 어울리지 않을 만큼 신중하며 계급적인 모순을 직시하는 인물로 설정 되었다. 월매를 만난 이몽령은 "월매의 미모와 인덕, 행동을 보고 칭찬을 아끼지 않는다"(43~44쪽). 또한 월매는 청혼하는 이몽룡에게 혼사의 중요함을 들어 거절하면서 가야금이라 한 곡 듣고 가라며 달래서 보낼 정돌 예술에도 일가견이 있다(47쪽). 월매의 인격과 품성이 자연스럽게 드러나는 대목이다. 월매에 대한 긍정적 인물형상화는 민족가극 〈춘향전〉의 창작에서도 찾을 수 있다.

> 월매의 형상을 계급적으로 명백하게 하여줌으로써 다정다감한 인정미와 깨끗하고 대바른 사랑의 지조를 체현한 춘향의 성격을 가정적울타리에서 벗어나 당대 인민들의 생활, 특히 고유한 미풍량속과 밀착시켜 철학성도 있고 예술적품위도 있게 일반화하였다. 또한 월매와 춘향의 관계를 퇴기로서의 처지와 그와 같은 운명을 면치 못할 불쌍한 춘향의 관계로 발전시키였고 이들 모녀와 향단, 방자와의 관계도 천민이라는 처지의 공통성으로부터 서로 의지하고 동정하며 진심으로 도와주는 관계로 개조함으로써 인간관계에서 인정선도 자연스럽게 살려지고 인민성도 더욱 높아지게 되었다.25)

춘향과 월매의 성품이 선(善)하게 그려지면서 이몽룡과 혼사를 이룰 수 없는 봉건 사회의 계급적 모순은 더욱 확대된다. 춘향의 사랑은 개인의 문제가 아닌 계급의 문제가 되고, 춘향의 고충은 특정한 개인의 아픔이 아닌 당대 사회 민중의 아픔으로 체감된다.

---

25) 『문학예술사전』(하), 과학백과사전종합출판사, 1993, 67쪽.

량반님네를 믿었다가 우리 모녀신세 눈물로 살아와서 (55쪽)

사람도 같은 사람 꽃도 같은 꽃이련만 어느 가지 핀 꽃은 귀한 꽃이며
어느 가지 핀 꽃은 천한 꽃이랴 아아 원쑤로구나 원쑤로구나. 빈부귀천이
원쑤로구나. (74~75쪽)

'네가 내 신세가 되는게로구나.' (…중략…) '아이고 이것아, 네 말이 천만
번 옳은 말이다만 이 험악한 세상을 어찌 살아간단말이냐. 이번에 내려온
신관사또는 어떤 량반인지? 이번에 또 우리 집에 무슨 앙화나 미치지 않을
년지 걱정이 되는구나. 아이고…' (88~89쪽)

방자 역시 도덕적이고 진중한 인물로 그려져 있다. 방자의 인물 형상
화를 강조하는 과정에서는 방자를 뒷바라지 해주는 인물로 외할머니가
등장한다(22쪽). 방자의 외할머니는 방자를 이몽룡의 말에 넘어가 춘향
의 편지를 보여주는 대목도 달라졌다. 방자가 이몽룡임을 확인하고 평
지를 건네준다(121쪽). 방자를 어리석고 해학적인 인물이 아니라 똑똑
하고 충실한 인물이라는 것을 보여주기 위해서 설정한 것이다.

이들 하층민의 건강성을 드러내기 위한 설정으로 방자와 향단의 사
랑이 설정되었다. 향단과 방자는 방자의 외할머니 통해 만나왔던 알고
있던 사이였다(27쪽). 춘향과 이몽룡이 첫날밤을 치루는 날 방자는 향단
에게 사랑을 고백하는 장면이 정감 있게 그려져 있다(59쪽). 두 사람의
사랑이 설정된 것은 단순한 극적 흥미를 고조하기 위한 것만은 아니다.
두 사람의 사랑은 인간으로서 느끼는 솔직한 감정의 그대로이며, 계급
의 문제를 떠나 인간적 차원에서 이루어지는 사랑 그 자체이다. "우리
두 사람 사이에는 거치는 것도 없고 걸리는 것도 없다. 날이 가고 달이
가도 변치 않겠다는 다짐장이나 증서를 쓸 것도 없다"는 방자의 말대로
두 사람의 사랑에는 양반들이 주고받는 다짐장이나 증서가 필요 없는
순수한 사랑이었다. 이들의 사랑은 춘향과 이몽룡의 사랑이 어려움을

겪는 것과 대비되면서 아름답게 빛난다. 남녀의 사랑을 가로막는 신분 차이를 강조하였다.

(4) 부도덕과 착취의 전형: 변사또, 행수기생, 회계생원

〈춘향전〉에서 변학도와 행수기생은 전형적인 부정적 인물로 설정되었다. 변학도의 인물됨을 설명하면서 "그는 글을 배웠으되 아는 것이 없고 그가 출세한 것은 세도량반에 붙어 아첨한 덕분이라 한다"(80쪽)고 하였다. 〈열녀춘향수절가〉에서 "변학도는 인물풍채가 활달한데다가 글재간도 얼마간 있고 풍류속이 환한 난봉군으로서 성질이 아주 괴벽할뿐 아니라 고집불통이며 행실 또한 바르지 못한자였다"[26]고 한 것과는 대비된다. 전형적인 악인으로 형상화되었다.[27] 변학도의 행실은 백성들을 착취하는 대목에서 더욱 극대화되었다.

'흉년이고 뭐구 군포를 당장 어김없이 받아들이되 내지 안는놈들은 잡아다 볼기를 치고 발악하는놈들은 모두 옥에 가두어라' '예이, 그런데 농군들이 환자쌀을 달라고 야단이온데 어찌 하오리까?' '환자쌀 줄것이 있느냐?' '좀 있소이다.' '좀 있으면 그중에서 요령있게 좀 주되 가을에 가서 한말에 두말가웃씩만 어김없이 받도록 하여라.' '두말가웃씩이오니까?' '왜 적으냐, 그럼 아주 서말씩 받도록 하여라' (83~84쪽)

'두말 가웃씩이나 받느냐'며 많다고 물어보는 회계생원에게 너무 적어서 그러는 줄 알고 더 많은 것을 거두도록 명하는 변학도는 이미 관리가

---

26) 『고전소설해제』, 문예출판사, 1991, 429쪽.

27) 변학도에 대한 극단적인 평가와 인물형상화는 한편으로 모순적으로 보인다. 변학도는 관료로서 나름대로의 체면을 생각하면서 바로 춘향을 부르지 않는다. 변학도는 며칠을 두고서 먼저 급한 공사를 처리한다(83쪽). 변학도의 인물 설정과 비교할 때 일관성이 떨어진다.

아닌 착취자일 뿐이다. 변학도에게 빌붙은 회계생원이나 행수기생도 계급적 속성을 버리지 못한 인물이기는 매 한가지이다. 행수기생은 춘향이가 기생구실하지 않는 것을 아니꼽게 생각한다. 춘향이가 들자 야단을 치면서 수청들 것을 요구한다(91~92쪽). 회계생원 역시 '춘향과 같은 천기배에게 충렬이라는 두 글자가 어디 있느냐'며 춘향을 나무란다(94쪽).

2) 리얼리즘 원칙에 따른 사건 재구성

(1) 현실을 토대로 한 문맥 재구성

인물형상화를 통한 계급갈등의 극대화와 더불어 북한 〈춘향전〉 윤색에 드러난 특색은 사실성의 확대에 있다. 〈춘향전〉에서 부정적인 평가를 받았던 부분은 윤색 과정을 통해 수정되었다. 부정적인 평가를 받은 것은 무엇보다 앞뒤의 정황이 맞지 않는 상황 설정이었다.[28] 부정적 평가는 곧바로 윤색작업에 반영되었다. 어울리지 않은 대화를 고치고, 구성에 맞추어 사건을 첨삭하였다. 사실성은 높아졌다.

고친 부분은 다음과 같다. 이몽룡이 글을 읽다가 춘향이 생각에 소리를 지르는 대목이다. 〈열녀춘향수절가〉에서는 "딱한 일이로다. 나무 집 늙은이는 이롱증도 있나니라마는 귀 너무 밝은것도 예상일이 아니로다. 그러한다 하제마는 그럴 리가 웨 있을고"를 "딱한 일이다. 남의 집 늙은이들은 귀도 좀 먹는다더니만 귀 너무 밝으신 것도 례사일이 아니구나"(38쪽)로 고치였다. 또한 과거에 급제한 이몽룡이 어사 행차 후에 관례를 따르고 어사가 되는 과정이 상대적으로 상세하게 서술되었

---

28) 가령 광한루에 나아갈 때는 "놀기 좋은 삼춘"으로 설정했다가 "이때는 삼월이라 일렀으되 오월 단오일이었다"고 한 것과 같이 앞에서 이야기한 것이 뒤로 가면서 '가을'로 바뀌는 것이다. 또한 양반자제인 이몽룡이 아버지 이한림을 두고서 "딱한 일이로다. 남의 집 늙은이는 이롱징도 있나니라마는 귀 너무 밝은것도 예상일 아니로다" 하였다가 "그러한다 하세마는 그럴 리가 웨 있을고"하고 부정한 것 등을 예로 들었다.

다.[29] 이 부분은 춘향과 사랑에 빠진 이몽룡이 부친을 원망하는 대목이나 과거에 막 급제한 이몽룡이 바로 전라도 어사를 제수 받는다는 대목이 현실감이 낮다고 보고 현실감 있게 수정한 것이다.

반면 옥에 갇힌 춘향이가 꿈속에서 여러 열녀(烈女)를 만나는 장면이나 꿈을 꾸고 이를 해몽하는 꿈 풀이 대목은 빠졌다. 〈열녀춘향수절가〉에서 꿈 풀이 대목은 춘향의 앞날을 예시하는 대한 중요한 복선이다. 하지만 미신을 허황된 것으로 취급하는 북한에서는 이를 그대로 드러낼 수 없어 윤색에서 삭제한 것이다.

이 밖에 사실성을 높이기 위해 개작된 부분은 〈표 2〉와 같다.

사실성을 높이는 과정에서 계급성도 한층 강화되었다. 〈춘향전〉의 개작 과정에서 계급 모순의 주제의식은 오히려 강화되었다. 주제의 전달을 위해서 화자는 적극적으로 참여하여 계급문제를 각성시킨다. 또한 화자는 아니지만 농민들의 대화, 농민들의 민요 개사, 동네 부인들의 탄원 등을 통해서 주제의식을 드러냈다.[30]

(2) 서두·결말부의 인과적 구성

고전소설의 서두와 결말 부분은 시대와 인물의 내력을 보여주는 필수적인 대목이다. 서두부분에서는 주인공의 가계 일가를 보여줌으로써 본격적인 사건 전개에 있어 실마리를 제공한다. 또한 고전문학 대부분의 작품은 해피엔딩으로 끝난다.

---

29) "몽룡은 세번 절하여 나라의 큰 은혜에 사례하고 물러나왔다. 몽룡이 이렇듯 장원급제하고집으로 돌아오는데 참으로 그 위의가 찬란하였다. (…중략…) 몽룡은 과거에 급제한 사람의 례법대로 선배와 친척들을 찾아 인사를 하고 선조들을 모신 사당에 고하고 산소를 찾아 성묘도 한다음 대궐로 들어갔다."(111쪽)

30) 옥에 갇힌 춘향을 두고서 변학도를 비판하면서 양반을 경멸하는 동민의 대화(116쪽), 춘향을 풀어줄 것을 탄원하는 동네 부인들의 탄원(144쪽), 현실 사회에 대한 비판을 담은 농민들의 민요 개사(115쪽), 지방을 탐색하고 돌아온 중방, 서리, 역졸의 보고(136쪽) 등에서 양반계급에 대한 비판과 착취가 구체적으로 드러난다.

<표 2> 사실성 강조를 위한 북한본 <춘향전> 윤색부분과 내용

대목	조령출 주해본	열녀춘향수절가
단오날 외출	시를 지으러 간다는 것을 이유로 아버지인 이한림의 허락을 얻어냄(25쪽)	없음
기생점고	변학도는 부임 즉시 기생을 점고하고 싶었으나 관리로서 체면을 생각하여 육방관속 점고 후 송사를 먼저 처리한 다음에 기생을 점고함(83쪽)	부임하는 날 바로 기생
춘향편지개봉	편지를 보자는 이도령의 주문에 방자는 낯선 이에게 보일 수 없다고 거절하자 이도령은 어쩔 수 없이 자신이 이도령임을 밝히고 편지를 봄(121쪽)	문자로 속이고 편지를 봄
춘향의 꿈풀이	없음	있음
이몽룡에 대한 의심	옥에서 돌아온 이도령은 성문안과 관가를 염탐하다 길청에 들어가 이방, 행수군관 등이 말하는 것을 듣는다. 이방과 행수군관은 이도령을 어사로 의심하면서 조심할 것을 말한다(136쪽)	없음

　북한에서는 서두부분과 결말부분이 올바른 당대사회의 현실을 보여주지 못하였다고 비판한다. 북한의 주장에 따르면 <춘향전>의 서두가 "숙종대왕 즉위초에 성덕이 넓으시사 성자 성손은 계계승승하사 금고 옥촉은 요순시절…"로 되어 있어 태평시대이기한 것처럼 되어 있다고 비판한다. 현실은 계급모순이 가득함에도 불구하고 서술상으로는 마치 태평성대인 것처럼 서술한 것은 잘못이라는 것이다. 또한 결말부분에서 "이 때 리판 호판 좌우령사 다 지내고 퇴사후에 정렬부인으로 더불어 백년동락할새…"라고 후일담을 덧붙였는데, 이것은 '작품의 주제 사상적 과제의 해명에 도움이 되지 못하는 한갓 군더더기에 지나지 않는다'고 비판한다.[31]

　개작에서는 이러한 평가가 반영되었다. 서두 부분은 빠졌으며, 후반부 역시 현대적으로 변용되었다. <열녀춘향수절가>에서는 춘향이 정렬부인이 되었고 삼남이녀의 자녀를 둔 것으로 되었다. 하지만 개작편에서는 마을 사람들과 아쉬운 작별을 하는 것으로 마무리 되었다. 하층민인 춘향이 자신을 위해 탄원해준 마을 사람들과 작별하는 상황 속에서

---

31) 김하명, 앞의 글, 14~15쪽 참고.

자신의 신분을 확인하고 이를 통해 낙관적인 미래를 제시한다. 후반부는 사회주의적 사실주의가 보여주어야 할 미래 사회에 대한 낙관적 전망을 제시하는 방식으로 마무리되었다.

3) 우리(북한) 식의 강조

북한 〈춘향전〉의 윤색에서 나타난 또 다른 특성은 '우리식'이다. 고전소설에서는 흔히 인물됨이나 상황을 극단적으로 묘사하기 위하여 상투적으로 사용하는 인물이나 표현법이 있다. 개작에서는 이러한 표현법은 일체 사라졌다. 그 대신 우리 역사의 인물이나 지명을 차용한다. 북한에서는 기존의 인물묘사나 표현으로는 인물의 개성적인 측면이나 심리적인 면을 전달할 수 없다고 평가하였다. 우리의 역사와 우리의 말과 글로 표현해야 한다는 것을 원칙으로 하였다. 〈열녀춘향수절가〉에서 '풍채는 두목지'에, '문장은 이백'에, '필법은 왕희지'에 비유했던 것을 모두 한국사의 인물로 대신하였다.

그의 아들 리몽룡, 리도령이 또한 나이 이팔인데 인물은 호동(인물이 잘난 고구려 왕자)이요 문장은 정송강(리조 16세기 정철)이요 글씨는 한석봉(리조 16세기 명필)이라 (21쪽)

정송강이 금강산을 보지 않았다면 어찌 그 유명한 〈관동별곡〉을 쓸수 있었으며 정지상이 평양 대동강을 보지 않았다면 어찌 그 훌륭한 〈남포비가〉를 쓸수 있었겠느냐. 백두산에 남이장군의 시가 있고 남해 한산도에 리순신 충무공의 시가 있다. (23쪽)

내가 우리 나라 옛사기를 읽다가 을지문덕장군이 '살수'라 하는 강에서 적의 30만대군을 크게 격파한 대목을 읽따가 너무 통쾌하여 그만 소리를 크게 하였노라고 여쭈어라. (38쪽)

서울에 올라간 리도령 리몽룡은 밤낮으로 경서와 여러 문장가들의 저서를 읽어 통달하였으니 글은 최고운선생을 본받고 글씨는 김생을 따르게 되였다. (109쪽)

〈열녀춘향수절가〉에서는 춘향이 옥중에서 꿈속에서 역사적으로 유명한 정열부인들을 만나는 대목이 있다. 춘향의 절개가 당대에 이름을 남긴 정열부인들과 비교해서 뒤지지 않는다는 것을 강조하는 대목이다. '아황', '여영', '석숭의 애첩 녹주', '한소군', '척부인', '서왕모' 등 당대 열녀가 등장한다. 이들은 중국 고사에 등장하는 인물이다.

북한 〈춘향전〉에서는 "그 부인이 기특이 여겨 친히 춘향의 손을 잡아 오르게 하고 부인들 옆에 앉히며 말한다. (…중략…) 부인네들을 알려주는데 모두 춘향이 마음속에 따르던 충렬부인 정렬부인들이였다. 춘향이 일어나 부인들에게 다시금 절을 하였다"(107쪽)고 처리하였다. 구체적인 인명을 거론하지 않고, '그 부인', '마음속에 따르던 충렬부인'으로 처리한 것이다. 인명뿐만 아니라 묘사에서도 우리 식을 따르고 있다. 〈열녀춘향수절가〉와 비교하면 〈표 3〉과 같다.

4) 한자·한시 배제

〈열녀춘향수절가〉를 비롯하여 고전문학에는 한시가 등장한다. 한시는 극중 분위기를 함축적으로 표현하는 데 활용한다. 한시를 통해 극적인 긴장감을 높이고, 함축인 묘사를 통해 문장의 예술적 가치를 높였다. 그러나 개작 〈춘향전〉에서는 한자의 사용이 극히 제한되어 있다. 철저히 한문 투를 배제한다. 한시가 사용된 몇 곳을 제외하고는 한문시나 한문구절은 한글로 풀어서 기술하였다.[32]

---

32) "고명 오작선이요
　　이름높은 오작의 신선이요
　　광한 옥경루라

<표 3> <열녀춘향수절가>와 북한 <춘향전>의 묘사부분 대조

열녀춘향수절가	북한 <춘향전>
"옥같은 춘향몸에 솟나니 류혈이요, 흐르나니 눈물이라 피눈물 한태 홀러 무릉도원 홍류수라"(열녀춘향수절가)	"옥같은 춘향 몸에 솟는 것은 붉은 피요, 흐르는 것은 눈물이라. 피와 눈물이 한데 홀러 옥당목치마저 로기를 적시고 형틀아래 동헌마당을 적시니 지리산 골짝의 홍류동 붉은 내물이 되겠구나."(99쪽)
-	"<동국여지승람>이란 책을 보면 우리 나라 절승경개 좋은곳에 좋은 시가 없는곳이 없다.… <광한루>라. 그 이름이 좋다. …<광한루>라… 이제 생각난다. <동국여지승람>에도 광한루의 기록이 분명 있었다."(23쪽)
"조선에 유명한 명필글시 부쳐있고 그새 이에 부친 명화 다 후리쳐 던저두고 월선도란 기림 붙였으되 월선도 제목이 이렇던것이였다. 상제고거강절초에 군신조회 받던 기림 청련거사 리태백이 황학전 끌어앉어 황정경 읽던 기림, 백옥루 지은 후에 자기 불러오려 상량문 짓던 기림. 칠월칠일 오작교에 견우직녀 만나난 기림…"	"하늘의 판선녀가 금강산샘담에 내려 목욕을 하다가 여덟 번째 막개선녀가 날개옷을 잃고 혼자 떨어져 금강마을의 마음착한 나무군총각을 만나 아들딸 낳고 살았다는 '금강선녀'의 그림도 있으며 칠월칠석에 오작교에서 일년에 한번씩 만난다는 '견우직녀'의 그림도 있다."(45쪽)
"대양판 가리 찜, 소양판 제육찜, 풀풀 뛰는 숭어찜, 포도동 나는 매초리탕에 동래울산 대전복, 대모장도 드는 칼로 맹산군의 눈섭체로 엇슥비슥 오려놓고"(열녀춘향수절가)	"큰 라주칠반에 가득 놓인 음식들, 향기로운 산나물이며 들나물에 펄펄 뛰는 숭어찜, 포도동 나는 메추리탕, 동래, 울산의 큰 전복을 강계포수의 눈섭처럼 어슥비슥 저며놓고 산적도 구워놓고 랭면조차도 비벼놓고 싱그러운 햇김치엔 빨간 고추가 동동 떠있다."(57쪽)
-	"마음씨 고운 향단은 자그마한 류모소반에 안주 몇 접시 술 한사발, 맛있는 꿀 설기도 한접시 알심있게 놓아주었다. 방자는 술 한사발을 단숨에 마신 다음 '이게 무슨 술인지 맛이 괜찮구나.'하고 묻는다. '해주 박문주라는거야'"(58쪽)

사건구성상 필수적으로 한자를 써야 하는 부분을 제외하고는 일체의 한자투나 한자어를 배제하면서 순 우리말을 적극적으로 활용하였다. 한자를 배제하면서 <열녀춘향수절가>의 한시는 우리말 가요로 대체되

　　광한은 옥경의 루각이라
차문천상 수직녀요
　　묻노니 천상의 직녀는 그 누구인고
지흥금일 아견우로다
　　홍겨운 오늘은 내 견우가 되리로다"(29쪽)
"춘당춘색 고금동(봄못의 봅빛은 예나 지금이나 같도다)"(110쪽)
"천붕우출이라 하늘이 무너져도 솟아날 구멍이 있다 하였느니라."(134쪽)

었다. 한시가 했던 기능을 가요가 대신한 것이다. 이처럼 한시가 가요를 대신하는 것은 가극의 영향과도 관련된 것으로 보인다. 북한식 오페라인 가극의 특징 가운데 하나가 절가와 방창의 적극적인 도입을 통해 극중 인물의 심리적 묘사와 극적 고조의 효과를 높이는 것이다. 민족가극 <춘향전>에서도 가극에서 사용한 가사의 절가화, 방창 등을 적극 활용하였다. 북한 가요의 특징은 절가화이다. 절가화는 가사를 짧고 서정적으로 규칙에 맞추어 쓰는 것이다. 흔히 4·4조의 리듬으로 가사를 나누어 쉽게 따라 부를 수 있다. 북한에서는 이렇게 사용된 노래 가사가 극중 이야기와 어울려 감정적 융합을 통해 극적 고조를 이루고 있다고 주장한다.[33]

4. 북한 <춘향전>을 통해 본 남북문화의 접점과 균열

남북한은 민족문화유산을 공유하면서도 관점과 해석의 잣대는 서로 다르다. 남한이 문화전통과 유산에 대한 철저한 보존에 관심을 둔다면 북한은 전통의 보존보다는 현대적 변용에 초점을 맞춘다. 민족주의를 강조한다고 해서 모든 유산이 수용의 대상이 되는 것은 아니다. 고전의 가치와 의미는 정치사회적 배경에 따라서 결정된다.

1970년대 권력의 중심에 선 김정일은 문화예술을 통해 통치 기반을 공고히 하였다. 혁명전통의 계승을 명분으로 혁명문학예술을 발굴하고

---

33) 『문학예술용어사전(한)』, 과학백과사전종합출판사, 1993, 97쪽: "새 가극에서 ≪량반도 사람이요 천민도 사람인데 사랑에도 귀천있고 빈부가 있다더냐…아 빈부귀천 원쑤로다≫ 라는 월매의 노래와 ≪량반이란 무엇이고 천민이란 무엇이기에 가슴속에 깃든 사랑 꽃 피우지 못하는가≫라는 춘향의 애절한 노래를 생활적으로 더욱 부각시키면서 그처럼 절절하고 진실하게 안겨오며 강한 여운속에 봉건사회의 반인민적본질을 파헤쳐주는것은 빈부귀천의 신분제도에 의하여 인간으로서의 존엄을 유린당한 천민의 눈물겨운 생활 처지와 자식을 위하는 뜨거운 모성애가 정서적으로 융합되여 울리기때문이라고 할 수 있다."

문화예술 분야의 혁명을 통해 북한식 예술을 본격화하였다. 1980년대 중후반 이후에는 민족문제가 강화되었다. 민족주의가 강화된 것은 정치적 이유 때문이었다. 사회주의 체제 변화라는 국제사회의 변화 기류에 대응하기 위하여 민족을 전면에 내세웠다. 민족을 전면에 내세우면서 체제 이데올로기를 만들었고, 체제 단속의 논리를 강화시켜 나갔다. 항일무장혁명 투쟁의 역사를 민족사에 편입시켜 나갔다.

북한에서 〈춘향전〉에 대한 재해석과 현대화 작업이 시작된 것도 민족주의와 연관이 깊다. 민족의 우수성을 확인하기 위한 과정에서 〈춘향전〉이 우선적으로 선택되었다. 〈춘향전〉의 주제와 묘사가 북한의 문예이론에 가장 가까운 작품이라는 평가 때문이었다. 그러나 〈춘향전〉은 과거의 작품이었다. 아무리 훌륭하다고 해도 과거의 작품을 온전히 되새길 수는 없었다. 시대가 발전하면 문화도 사상도 발전해야 하기 때문이다. 그래서 개작에 가까운 윤색 작업이 있었다.

북한 〈춘향전〉의 윤색은 인민성의 기준 하에 판소리 고유의 정서와 민족적 정서보다는 주체사실주의의 틀 안에서 해석하고 평가하는 작업으로 진행되었다. 결과적으로 이러한 과정을 거쳐 윤색된 작품은 사실주의도 고전소설이 아닌 형태, '북한식'이라는 수식어가 붙은 작품이 되었다. 이렇게 수정된 〈춘향전〉은 전형이 되었다. 여러 창작작 개작이 아닌 모든 작품이 기준으로 삼아야 할 모범이 되었다. 북한 〈춘향전〉이 하나의 텍스트 차원을 넘어 민족문화를 수용하는 북한의 입장과 태도를 살필 수 있는 것도 이런 이유 때문이다.

북한 〈춘향전〉은 남북 문화의 소통 지점과 함께 균열의 거리를 보여준다. 소통할 수 있는 자산으로서의 가치와 소통이 어려운 기준이 공존한다. 남북의 문화적 차이가 민족 공동의 문화유산에서도 확인되는 부분이다. 북한의 문화예술 자체가 정치사회적인 배경으로부터 출발한다는 현실을 인식하고 그 근본원리를 이해하는 것에서부터 출발점을 삼아 합의모티브를 찾아가야 할 엄중한 과제를 보여준다.

고철훈, 「문학예술 창작에서 사회주의 원칙을 철저히 견지하자」, 『조선어문』 1992년 4호.

───, 과학백과사전종합출판사, 『문학예술사전』, 과학백과사전종합출판사, 1993.

김경웅, 「북한의 문화」, 『신북한개론』, 을유문화사, 1998.

김동훈, 「북한 문예이론의 역사적 변모와 김정일의 주체 문학론」, 『북한문화연구』 2집, 한국문화정책개발원, 1995.

김일성, 「민족문화유산계승에서 나서는 몇가지 문제에 대하여: 과학교육 및 문학 예술부분일군협의회에서 한 연설」, 1970.2.17.

김정웅, 「문학예술에 있어 사회주의적 사실주의의 기치를 고수하기 위하여」, 『조선어문』 1991년 3호.

김정일, 「민족문화유산을 옳은 관점과 입장을 가지고 바로 평가 처리할데 대하여: 조선노동당 중앙위원회 선전선동부의 담화」, 1970.3.4.

───, 「복잡한 군중과의 사업을 잘할데 대하여: 조선로동당 중앙위원회 조직지 도부 선전선동부 일군들과 한 담화」, 1971.12.28.

───, 『연극예술에 대하여』, 조선로동당출판사, 1988.

───, 『주체문학론』, 조선로동당출판사, 1992.

김하명, 「고전소설 '춘향전'에 대하여」, 『춘향전』, 문예출판사, 1991.

───, 『고전소설해제』, 문예출판사, 1991.

───, 『춘향전』, 문예출판사, 1991.

박상천, 「북한정치체제의 변화와 문학」, 『북한연구』 겨울호, 대륙연구소, 1994.

박재규, 『북한이해의 길라잡이』, 법문사, 1997.

───, 『북한문화론』, 북한연구소, 1978.

───, 북한연구학회편, 『북한의 언어와 문학』, 경인문화사, 2006.

───, 사회과학원 문학예술연구소 편, 『주체사상에 기초한 문예이론』, 1975.

───, 사회과학원 문학연구소, 『조선문학사(고대·중세편)』, 과학백과사전출판사, 1977.

설성경 외, 『북한식문화예술 창작방법론 연구』, 문화체육부, 1998.

설성경·유영대, 『북한의 고전문학』, 고려원, 1990.

송도영, 「통일과 한국문화의 과제들」, 『국제문제논총』 제9집, 부산외국어대학교
　　　국제관계연구소, 1997.

연합뉴스, 『북한용어 400선집』, 연합뉴스, 1999.

윤재근 외, 『북한의 공연예술단체 운영체계 및 프로그램 분석 연구』, 문화체육부,
　　　1997.

임채욱, 「北韓의 傳統文化繼承과 文化的 正統性問題」, 『북방사회연구』 창간호, 북
　　　방사회연구소, 1998.

전영선, 『고전소설의 역사적 전개와 남북한의 춘향전』, 문학마을사, 2003.

＿＿＿, 『북한의 문학예술 운영체계와 문예 이론』, 역락, 2002.

박연에 대한 북한 학계의 연구성과와 평가

배인교

1. 사회주의 북한과 봉건시대 음악가 박연

난계 박연(1378~1458)의 음악 업적에 관한 그간 남한학계의 연구는 1959년에 시작되어 현재는 율학 연구로 이어져 왔으며, 그의 업적은 악서의 편찬, 율관제작, 조회아악 제정, 회례아악 제정, 제향아악 정정으로 요약[1]된다.

이에 비해 분단 이후 북한 학계의 박연 업적에 관한 연구에 대해서는 많이 알려지지 않았다. 현재 확인할 수 있는 박연 업적에 관한 글은 『조선음악』, 『조선예술』, 『음악세계』 등의 음악관련 잡지와 『조선음악명인전』, 『조선음악사』와 같은 단행본, 그리고 『문학예술사전』과 같은 사전류에서 찾아볼 수 있다. 최근까지 북한에서 발표된 박연의 업적과 관련된 글들의 목록을 정리해보면 아래의 〈표 1〉과 같다.

---

1) 송방송, 『증보 한국음악통사』, 민속원, 2007, 228쪽.

<표 1> 북한 박연 관련 논저 출판 시기

박연 관련 논저	형태	저자	발표시기
박연의 음악 창조 활동	잡지글	민족음악분과위원회	
박연의 12률 제정과 세종 악보에 대하여	잡지글	문하연	1958
박연과 악기 제작	잡지글	조운	
박연과 세종보의 악곡에 대하여	잡지글	문종상	
조선음악사	단행본	리차윤	1987
15세기에 활동한 재능있는 음악가 박연	잡지글	필자미상	1990
조선음악사 2	단행본	문성렵·박우영	1990
삼분손익법과 박연	잡지글	리웅진	2000
조선음악명인전 2: 중세조선의 대표적인 음악활동가 박연	단행본	장영철	2000
력사에 이름을 남긴 음악인들 1	단행본	문성렵	2001
조선음악명인전	단행본	장영철	2004
중세조선의 대표적인 음악활동가 박연	잡지글	장영철	2006
박연의 12률관 제정	잡지글	김금실	2008

※ 각 논저의 출처와 수록페이지는 본문의 각주 참조.

위의 〈표 1〉을 보면, 박연의 업적과 관련된 글은 형태별로 보아 잡지에 수록된 글과 단행본으로 나뉘며, 시기별로는 크게 세 시기로 집중되어 있는 것을 볼 수 있다. 박연의 논저검토에 앞서 먼저 북한의 음악 관련 잡지에 수록된 글의 성격을 이해할 필요가 있다. 주지하다시피 북한에는 남한과 같은 학회가 존재하지 않으며, 음악과 관련된 글은 조선음악동맹 기관지인 『조선음악』(1968년 폐간)이나 조선문학예술총동맹 중앙위원회의 기관지인 『조선예술』, 예술교육출판사에서 발행하는 『예술교육』, 그리고 윤이상음악연구소에서 발행하는 『음악세계』 등의 잡지에 수록된다. 이러한 잡지에 수록된 글은 논문의 형태도 있고 소개의 형태도 있으나 논문이라 할지라도 남한의 논문형식과 같은 글은 거의 없다. 다만 평양음악무용대학(현재는 음악대학과 무용대학이 분리됨)과 같은 대학의 졸업논문은 한영애의 『조선장단연구』를 볼 때 남한의 방식과 유사하게 작성되는 것으로 추측된다. 따라서 남한의 논저

기준으로 북한의 논저를 평가하거나 파악하는 방식은 자제해야하며, 외부 연구자의 내적연구라는 관점에서 북한에서의 공유방식에 따를 필요가 있다고 본다.

다음으로 시기적으로 볼 때, 박연 관련 글은 1958년과 1987년부터 1990년, 그리고 2000년부터 현재까지로 나뉘는데, 각 시기별로 나타나는 연구의 내용은 물론이거니와 이렇게 시기별로 연구가 집중되어 나타나는 이유, 그리고 그것이 내포하는 의미가 무엇인지 의미에 대한 검토가 필요하다. 그 이유는 북한의 역사인식으로 보았을 때, 박연은 현대 북한 역사의 정통으로 삼고 있는 항일무장투쟁과도 관련이 없을 뿐만 아니라, 비판해 마지않는 봉건시대의 인물이며, 봉건왕조의 의도에 복무했던 문신에 불과했기 때문이다. 또한 북한사회의 문화예술부문 관련 정책과 활동들이 철저한 계획 하에 이루어지는 점으로 볼 때, 박연 연구 역시 계획 속에서 이루어졌을 것이기 때문이다.

그런데 최근에 박연에 대한 북한 음악계의 평가를 살펴본 글이 발표된 바가 있다. 2007년 9월 난계 국악학 학술대회에서 발표된 「난계 박연선생에 대한 북한 음악계의 평가에 대하여」에서는 『조선음악』에 수록된 박연 특집호의 기사들과 단행본 등에서 서술하고 있는 박연에 관한 평가를 소개해 놓았다. 그러나 이 글은 논문의 저자가 밝힌 바와 같이 "필자가 수집한 북한 관련 문헌에 한하여 박연에 대한 북한 음악학계의 평가에 대하여 소개"[2]한 것에 그칠 뿐 별다른 논지를 찾아볼 수 없을 뿐 아니라 북한 음악사의 입장에서 박연의 음악 업적이 갖는 의의에 대해서는 논지를 피력하지 않은 채 글을 맺고 있다.

따라서 이 글에서는 기존 남한 학계의 박연에 관한 연구성과에 관한 논의는 차치하고, 북한 학계의 박연 관련 글을 앞에서 보았듯이 세 시기로 나누어 검토해볼 것이다. 그리고 이 과정에서 박연의 음악 업적이

---

2) 권오성, 「난계 박연선생에 대한 북한 음악계의 평가에 대하여」, 『한국음악연구』 42집, 한국국악학회, 2007.12, 318쪽.

갖는 북한의 음악사적 의의를 찾아보는 데 목적이 있다.

2. 박연 업적에 관한 북한 학계의 연구성과 검토

1) 1958년의 박연 연구 검토

북한에서 박연의 음악 업적 연구는 1958년 박연 탄생 580주년을 기념하며 시작되었다. 1950년대 중반부터 북한에서는 조선시대의 실학자와 실학사상에 대한 대대적인 연구가 시작되었는데, 이중 음악분야에서는 이론과 실제에 획기적인 변화를 가져온 박연을 연구한 것으로 보인다.

북한의 조선작곡가동맹중앙위원회 기관지였던 『조선음악』 1958년 5월호에 박연탄생 580주년 기념으로 네 편의 논문이 11쪽부터 27쪽까지 17쪽에 걸쳐 실려 있다. 그 목록을 앞의 〈표 1〉에서 확인할 수 있다.

조선작곡가동맹중앙위원회의 민족음악분과위원회에서 제출한 「박연의 음악 창조 활동」이 박연의 업적에 관한 총론적인 성격을 갖으며, 문하연의 글은 「박연의 음악 창조 활동」 중에서 율관제정업적과 신제 향악곡에 대하여 살펴본 글이며, 조운의 「박연과 악기제작」은 박연의 업적 중 율관과 악기 제작에 관련된 일화를 소개한 것[3]이고, 마지막으로 문종상의 「박연과 세종보의 악곡에 대하여」는 세종실록악보 소재 신제 향악곡의 작곡자를 추정하고 이 음악들이 갖는 현대적 의의에 대하여 논하였다. 이제 이를 정리하면 아래와 같다.

박연에 관한 첫 번째 글인 「박연의 음악 창조 활동」에서 제기된 내용을 살펴보면, 그의 생애를 연대기적으로 정리한 후 음악 문화의 전통을 복구 정비한 업적, 새로운 악곡의 창작, 음악이론체계 수립 등에 대하

---

3) 조운의 글은 일화를 소개한 것에 불과하므로, 논저로 정리하지는 않겠다.

여 논하고, 음악 전반에 걸쳐 음악사적 의의를 갖는다[4]고 하였다. 이를 정리해보면 다음과 같다.

첫 번째로, 박연이 음악 문화의 전통을 복구 정비했던 업적의 핵심은 12율관의 제작과 악기 복구 개조, 그리고 악제 정비에 있다고 보았다. 즉, 12율관의 제작을 바탕으로 박연에 의해 복구·개조·완성된 악기로 편종, 편경 등 25종을 제시함으로써 악기사적 관점에서 박연을 높이 평가하고 있다. 또한 박연에 의해 조회악·제례악·연례악 등에서 주악 절차, 악곡 선택, 악기 배열순서 및 위치, 무용수들의 위치와 배열 방법, 연주 장소와 목적에 부합되는 악곡 연주 순서 등과 같은 악제가 정비됨으로써 악기 배합과 악기 편성에서 음향적 결과에 대한 합리성을 획득하였으며, 복식과 정재의 소도구까지도 정비되었다고 평가하였다.

두 번째로, 박연은 주도적으로 정대업, 보태평, 발상, 취풍형, 치화평, 여민락 등의 악곡을 창작하는 데 기여하였다[5]고 보았다. 이러한 음악들은 관현악총보형식으로 구현되었으며, 악곡 구성법과 음악 구조법상에서의 진전, 즉 관현합주로 이루어졌다는데 의의를 가지며, 민족적 정서가 내포되어 있다고 보았다.

세 번째로, 음악 이론면에서 박연에 의해 12율관 제작과 향악의 조에 대한 해명, 정간보의 창안, 음악조기교육체계 확립되었다고 설명하였다. 즉, 박연은 12율 이론과 산출법 및 율관 척도법을 연구한 결과 황종음만 기존 편경의 실제 음고를 기준으로 삼아 척수(尺數)들과 대조하여 확정한 후 나머지 음들은 삼분손익법으로 음정을 산출하여 12율관을 확정하였다고 보았다. 그리고 박연이 향악에 사용하는 조 명칭의 혼란스러움을 밝힌 후 "무역을 기음으로 한 우조(소조적 성격)와 임종을 기음으로 한 치조(대조적 성격)"[6]를 향악에서 사용해야 한다고 주장하였

---

4) 민족 음악 분과 위원회, 「박연의 음악 창조 활동」, 『조선음악』 제5호, 조선음악출판사, 1958, 11쪽.

5) 위의 글, 15쪽.

6) 민족 음악 분과 위원회, 앞의 글, 18쪽.

으며, 이는 혼미했던 민족 음악 기초 이론에 대한 과학적인 해명이자 민족 음악에 대한 깊은 통찰력이 있었기에 가능했다고 본 것이다. 이러한 율과 조에 관한 업적 외에 박연 업적의 중요한 성과로 정간보의 창안과 음악가와 무용가 육성에서 제기되는 조기 교육제의 실시를 중요하게 보고 있었다.

이 글에서 제시된 북한의 평가를 종합해보면, 악기 제작에 대하여 긍정적으로 평가하고 있으며, 박연이 주도적으로 참가했다고 전제한 신제 향악곡에 대하여 박연의 인민음악에 대한 지지와 사랑이 반영되었다고 보고 있다. 또한 박연이 12율 이론체계를 수립할 때 사대주의 사상에 침몰된 형식주의자와 교주주의자들과의 투쟁에 굴하지 않고 이론과 실제 모두에서 탁월한 성과를 얻었음을 높이 평가하였다.

다음으로 문하연의 「박연의 12률 제정과 세종 악보에 대하여」는 개괄적인 글의 성격을 갖는 「박연의 음악 창조 활동」 중에서 율관제정업적과 세종실록악보에 수록된 신제 향악곡에 대하여 집중적으로 검토한 글이다. 다시 말하면, 문하연은 박연의 음악활동 중에서 "12률관(12반음기준관)을 제정하고 거기에 의거하여 여러 가지 악기를 제조 수정하여 대합주 악단을 만들 수 있는 물질적 기초를 축성"[7]한 것에 집중하였다.

문하연은 박연이 12율관의 기준이 되는 황종관을 기존의 중국 황종경에 맞추었음에도 불구하고 나머지 음들은 과학적인 계산에 의해 산출하였다는 점과, 그 과정에서 당시의 사대주의자들과 형식주의자들의 비난을 과학적으로 반박할 수 있었으며, "그 당시까지 부단히 동요하고 있던 음악의 음고들을 이 12율에 고정화시킬 수 있는 기초를 박연은 지어 놓았다는 사실이다. 그것은 마치 이 시기에 이루어 놓은 국문자의 역할과도 같이 우리 음악의 음률을 일정한 음고 체계에로 고착시킬 수 있었다는 이 사실은 실로 그 의의가 거대하다"[8]며, 그의 업적을 높이

---

7) 문하연, 「박연의 12률 제정과 세종 악보에 대하여」, 『조선음악』 제5호, 1958, 20쪽.
8) 위의 글, 21쪽.

평가하였다.

문하연은 이외에 박연의 음악업적 중에서 당시의 악보를 정리하여 출판하였다는 점 역시 높이 평가하고 있다. 『세종실록』 소재 악보 중 〈정대업〉, 〈보태평〉, 〈발상〉, 〈여민락〉, 〈치화평〉, 〈취풍형〉, 〈봉황음〉, 〈만전춘〉 등이 그것인데, 이 음악들에는 박연을 위시하여 피착취계급 출신인 음악가들이 음안 안에 그들의 사상 감정이 담겨 있다고 본 것이다. 그러나 이 음악들을 박연을 비롯한 당시 음악인들의 작품이라고 한 것에 대한 전거9)는 제시하지 않았다.

박연 탄생 580주년 기념 특집 논문의 마지막인 문종상의 「박연과 세종보의 악곡에 대하여」에서는 신제 향악곡이 고려조의 유품이며, "일부 문헌들에서는 세종 17년에 〈정대업〉과 〈보태평〉이 박연에 의하여 창작되었다는 기록도 있기는 하나 (…중략…) 속단을 내리지는 못할 것이지만 어쨌든 이 시기의 전반적인 음악 분야에 걸친 박연의 특출한 사업 행적으로 보아 그가 직접 혹은 자기들의 동료들과 더불어 악곡 창작 혹은 편곡 사업에 참여하였다고 단정하는 것은 결코 독단이 아닐 것"10)이라고 못 박고 있다.

또한 그는 신제 향악곡에 대하여 가극－오라토리오－칸타타의 성격들이 독특하게 결합된 특색 있는 가무극이 발전하고 있다고 보았다. 즉, 조선시대 악가무가 한데 어우러진 종합예술형태의 〈보태평지무〉에 대하여 박연이 악곡의 창작과 편곡 작업에 참여하였음을 전제로 한 후, 이러한 작업으로 만들어진 악곡 중 〈보태평지무〉에 대하여 일정한 구성에 의거하여 11악장으로 구성되었고, 그 성격이 이야기가 있는 오라

---

9) 문하연의 글을 보면, "이 악곡의 작곡자에 대한 문제는 적지 않은 의논들이 있다. 문헌의 많은 재료들은 세종왕 자신의 창작으로 되어 있으나 그것은 악의 제정자는 국왕이라는 그런 사상에서였다고 우리들은 리해한다. (…중략…) 그러기에 당시 전 음악 부서를 책임지고 있었던 박연이 보태평, 정대업, 여민락 등 악곡 창작에 주도적인 역할을 수행하였을 것만은 사실이며 의심할 바가 없다."고 하면서 전거가 없는 점에 대해 부언하였다(위의 글, 23쪽).

10) 문종상, 「박연과 세종보의 악곡에 대하여」, 『조선음악』 제5호, 조선음악출판사, 1958, 24쪽.

토리오의 스타일을 갖고 있는 동시에 특정 사건을 찬양하는 칸타타의 성격을 갖고 있을 뿐만 아니라 무용까지 함께 어우러져 있는 독특한 형태의 음악으로 간주[11]하고 있는 것을 볼 수 있다.

지금까지 1958년에 소개된 박연탄생 580주년 기념 논문들을 정리해 보았다. 이 글들은 수록된 내용으로 보아 1958년 이전에 이미 박연에 관한 연구가 진척되었고 그것이 박연 탄생 580주년·서거 500주년이라는 명목으로 발현된 것임을 알 수 있다. 또한 민족음악분과위원회에서 제시한 박연의 업적을 문하연과 조운, 문종상이 강조하고 부언한 것임을 볼 수 있다. 즉, 12율관의 제작과 악기 복구 개조, 악제(연주양식, 주악절차, 연주방법, 복식제도)를 정비하였으며, 〈보태평〉·〈정대업〉과 같은 악곡을 창작하였고, 정간보를 창안하였으며, 악공제도의 정비를 통해 음악 교육 체계를 수립하였다고 평가하였다. 이는 세종시기의 음악발달이 박연을 비롯한 일부 음악가들의 노고와 장영실 등의 과학자들의 도움으로 이룩된 것이지 세종의 음악적 역량에 의해 이루어 진 것이 아님을 강조하고 있는 것으로 추측된다. 새롭게 건설된 사회주의국가의 입장에서 봉건주의시대 왕권에 대한 비판을 가하고 있는 셈이라고 하겠다.

2) 1987년부터 1990년까지의 연구 검토

1958년 이후 박연에 관한 글은 한 동안 보이지 않다가 사회주의체제의 붕괴라는 거대한 세계 정치사적 변동이 있었던 시기인 1987년과 1990년에 출판된 『조선음악사』에서 박연의 업적에 관한 글을 찾아볼 수 있으며, 1990년 『조선예술』 2호에는 「15세기에 활동한 재능있는 음

---

11) 위의 글, 27쪽. 참고로 문종상(1922~1995)은 쏘련 레닌그라드국립음악대학 작곡학부에서 유학한 후 귀국하여 평양음악대학 작곡학부에서 후진을 양성했다. 작곡과 이론에 능했던 그에게 전통음악은 생소한 음악이었을 것이며, 문종상의 글에서 전통음악 중 악가무가 모두 한데 섞여 있는 작품에 대한 놀라움을 발견할 수 있다.

악가 박연」이라는 글이 실려 있다. 이를 정리하면 다음과 같다.

리차윤, 『조선음악사』, 예술교육출판사, 1987.
문성렵·박우영, 『조선음악사』 2, 과학백과사전종합출판사, 1990.
필자미상, 「15세기에 활동한 재능있는 음악가 박연」, 『조선예술』 2호, 1990.2.

먼저 리차윤의 『조선음악사』 중 제4절의 〈궁중음악의 새로운 발전〉에는 악기의 복구정비 및 새로운 제작사업과 음악연주를 위해 12율을 과학적으로 제정하는 것이 가장 절실한 문제이며, 이러한 문제를 박연이 해결했다[12]고 하였다. 즉, 박연에 의한 12율관의 제작으로 인해 악기들의 음률이 통일됨과 동시에, 독자적인 체계에서 민족적인 특성을 가지고 고착된 계기를 마련하였으며, 이를 통해 음악표기법의 발전과 직업적인 음악창작의 길이 열리게 되었다[13]고 보았다. 또한 박연의 활동에 의하여 궁중관현악단의 연주수준이 비약적으로 발전하게 되었는데, 12율관이 마련됨으로써 모든 악기들의 음률이 통일되어 기악합주의 조화가 이루어졌으며, 악사들의 연주기량에 따라 등급을 정하고 대우하는 새로운 제도를 실시함으로써 전반적인 연주 수준이 향상되었다[14]고 보았다. 또한 이 시기 관현악 합주의 비약적 발전은 정간보 창안으로 귀결되었다고 하면서 이는 박연을 위시한 재능 있는 음악가들의 창조적 탐구와 노력에 의하여 실현되었다[15]고 보고 있다. 리차윤의 박연에 대한 서술과 관점은 1958년에 이루어진 연구성과와 차이를 보이지 않아 기존의 설을 그대로 음악사에 삽입하여 서술한 것을 알 수 있다.

다음으로 문성렵과 박우영의 저서인 『조선음악사 2』를 살펴보면, 조

---

12) 리차윤, 『조선음악사』, 예술교육출판사, 1987, 233쪽.
13) 위의 책, 234~235쪽.
14) 위의 책, 235~236쪽.
15) 위의 책, 269쪽.

선음악사를 두 권으로 나누어 서술하였기에 리차윤의 것보다는 상세하다.『조선음악사 2』의 1편 1장 〈리조전반기 사회력사적환경과 음악개관〉에서는 조선 전기 음악이론 분야에서 12율관의 창안, 새로운 악기 제작, 아악기 개량, 정간보 창안, 악보와 악서의 편찬을 전례가 없는 혁신적 성과가 반영된 큰 의의를 갖는 작업16)으로 보았으며, 이를 박연을 비롯한 음악가들이 이루었다고 평가하고 있다. 즉,『조선음악사 2』는 박연의 활동과 업적을 아악정비, 정간보 창안, 향악곡의 수집정비를 통한 악보의 편찬으로 보고 있음을 알 수 있다. 그리고『조선음악사 2』의 서술 내용은 대체로 1958년의 서술과 일치하나 기존의 서술에 비해 아악에 대한 설명이 많이 늘어나 있고 민족적인 성향을 강조하고 있음을 볼 수 있다.

먼저, 아악정비활동에서 박연 등이 신제아악창제사업과 아악기 마련을 위해 우선적으로 황종율관을 비롯한 율관제작을 하였으며, 12율관이 새롭게 제정됨으로써 "우리 인민의 고유한 성음과 민족악기들의 성률이 자기의 특색있는 형태로 고착되어갔다. 또한 이를 계기로 새로운 악보와 기보법이 창안되고 음악창작과 연주사업이 활발하게 진행되었다."17)고 평가하였다.

『조선음악사 2』에서 박연의 업적으로 꼽는 또 하나의 것은 바로 향악곡 수집정리사업이다. 박연은 1430년에 봉상시의 관리로 있으면서 향악곡을 수집하였으며, 그가 향악곡을 수집정리한 목적은 유실된 향악곡들을 찾아 궁중음악에 이용하고 이러한 향악에 기초하여 신정아악을 창제하기 위함 이었다18)고 보았다. 또한 박연은 수집된 향악곡을 정풍과 변풍으로 구분하고 치조와 우조, 즉 평조와 계면조로 나누었으며, 이를 바탕으로 새롭게 창작되어 궁중음악에 사용된 악곡의 수가

---

16) 문성렵·박우영,『조선음악사』2, 과학백과사전종합출판사, 1990, 15쪽.

17) 위의 책, 93쪽.

18) 문성렵·박우영, 앞의 책, 83쪽.

75곡에 이른다[19]고 보았다. 그리고 리차윤의 『조선음악사』에서처럼 마지막으로 박연이 정간보의 창안에 앞장섰음을 밝혀 놓았다.

이와 더불어 박연 등에 의해서 궁중음악형식의 하나인 '신정아악'이 창제되었는데, 신정아악은 일명 '조선식아악'이며, 종래의 아악과 달리 신정아악의 악기는 향악기를 토대로 개량한 아악기로 이루어졌다[20]고 주장하였다. 또한 신정아악이 왕조의 성립을 찬미하기 위한 음악이었으나 향악을 바탕으로 하였기에 인민적이며 민족적인 정서가 담겨 있다[21]고 보았으며, 신정아악이 창제됨으로써 궁중음악의 모든 분야에서 외래적인 요소들을 극복하고 민족적인 것으로 발전해나가는 전환점이 마련되었다[22]고 강조하고 있어 주목된다.

이렇게 상대적으로 방대하게 서술된 음악사에 비해, 『조선예술』 1990년 2호에 실린 「(소개) 15세기에 활동한 재능 있는 음악가 박연」에서는 박연의 음악 업적으로 12율관의 과학적 제정과 이를 통한 악기제작사업, 그리고 대규모 관현악단의 조직운영을 가능하게 하였음을 들었으며, 박연이 〈정대업〉, 〈보태평〉, 〈발상〉 등의 궁중음악작품들을 창작하고 정간보를 창안하는데 중심적인 역할을 수행하였고, 민간의 음악재보를 수집 발굴하여 계승하였을 뿐만 아니라 음악교육과 악공육성 사업에서 자신의 주장을 실현해 나갔다[23]고 보았다. 이는 1958년의 민족음악분과위원회에서 제시한 문건의 내용과 거의 일치한다. 그러나 박연의 모든 음악이론관련 활동은 모두 반인민적인 봉건유교사상에 기초하고 있다[24]고 평가한 점이 기존의 시각과 달라 주목된다.

지금까지 살펴본 1987년부터 1990년의 박연 관련 논저에서는 기본

---

19) 위의 책, 84쪽.

20) 위의 책, 14~15쪽, 91쪽.

21) 위의 책, 15쪽.

22) 위의 책, 100쪽.

23) 필자미상, 「(소개) 15세기에 활동한 재능있는 음악가 박연」, 『조선예술』 2호, 1990.2, 65~66쪽.

24) 위의 글, 66쪽.

적으로 1958년의 논의를 바탕으로 서술되었음을 볼 수 있으며, 이전에 간과했던 신제아악을 조선식 아악으로 정의하면서 이에 대한 논의가 덧붙여졌음을 확인할 수 있었다. 또한 신정아악이 창제됨으로써 궁중음악의 모든 분야에서 외래적인 요소들을 극복하고 민족적인 것으로 발전해나가는 전환점이 마련되었으며, 새롭게 제정된 향악곡에서도 인민성과 민족성을 강조하고 있어 주목된다. 이에 덧붙여 기존의 입장과는 반대로 박연의 활동이 반인민적 봉건유교사상에 기초하여 이루어졌다는 시각이 제기된 점 역시 주목된다.

3) 2000년부터 현재까지

2000년부터 현재까지 발표된 박연과 관련된 논저는 모두 6종이며, 이는 〈표 1〉에서 확인할 수 있다.

윤이상음악연구소의 기관지인 『음악세계』에 실린 리웅진의 「삼분손익법과 박연」[25]은 박연의 업적 중 12율관의 제작과 삼분손익법에 관한 내용을 바탕으로 기존의 논의를 반복하여 실어놓은 수준에 불과하며, 삼분손익법에 의한 12율관의 제작을 박연의 가장 큰 업적으로 보고 있다.

2000년에 출판된 『조선음악명인전』 2에는 박연과 관련하여 「중세조선의 대표적인 음악활동가 박연」·「스승들의 탄복」·「박연의 12률관 제정」·「편경에 깃든 이야기」를 실어 놓았으며, 「중세조선의 대표적인 음악활동가 박연」이라는 글은 장영철이 『음악세계』 2006년 11호에 발표한 논문과 동일한 제목을 갖고 있다. 「중세조선의 대표적인 음악활동가 박연」에는 박연에 관한 일대기와 업적을 정리해 놓았는데, 우선적으로 꼽았던 것은 역시 12율관제작이다. 이를 통해 "전반적인 민족음악의 음률을 과학적토대우에서 고정화하고 악기복구제작을 본격적으로 추

---

25) 리웅진, 「삼분손익법과 박연」, 『음악세계』 루계 28호, 2000, 78쪽.

진할 수 있는 길이 열리게 되었으며 음악이론 및 음악창작의 새로운 발전을 위한 기초가 마련"[26]되었다고 하였다. 또한 박연은 "1430년대부터 대관현악단의 운영과 음악가후비육성, 음악창작 및 발굴수집"[27] 작업을 진행하였으며, 이를 통해 중세 직업음악발전에 큰 공적을 쌓아 놓은 의의가 있다[28]고 평가하였다. 그러나 박연의 음악활동은 본질적으로 봉건왕조에 대한 충군사상과 봉건유교적인 예악사상, 그리고 봉건통치배의 예악위정사상에 따라 통치배들의 취미와 기호에 맞게 궁중음악을 재정비하고 강화하는데 복무[29]하였던 한계가 있다고 명시하고 있다.

장영철의 이러한 비판은 1990년『조선예술』2월호의 비판과 연관이 있다. 즉, 음악가로서의 업적은 위대하나 시대적 한계에 의해 봉건왕조에 충실한 문신의 역할을 할 수 밖에 없었다는 것이다. 그리고 장영철이 박연의 업적에 대하여 한계를 제시한 점은 1990년『조선예술』에 실린「15세기에 활동한 재능 있는 음악가 박연」의 비판과 상통하는 것으로 보아 이 글을 장영철이 집필한 것은 아닌가 하는 추측도 하게 한다.

다음으로, 2001년과 2004년에 출판된『력사에 이름을 남긴 음악인들 1』과『조선음악명인전』은 모두 사회과학출판사에서 동일 저자인 문성렵의 이름으로 출판된 것이어서 내용이 비슷하므로 비교적 최근의 것인『조선음악명인전』에 실려 있는 글을 살펴보도록 하겠다. 문성렵의 서술은 1990년에 출판된『조선음악사 2』의 내용에서 크게 벗어나지 않았다. 즉, 박연은 외래아악과 구별되는 조선식아악인 신정아악을 창제하고, 연주를 위해 악기제작과 악보를 창안했다고 보고 있기 때문이다. 또한 그는 외래음악과 기존의 이론을 참고하면서도 교조적으로 받아들이지 않고 조선의 성률에 맞는 음을 찾기 위해 노력한 점을 높이

26) 장영철,『조선음악명인전』2, 윤이상음악연구소, 2000, 54쪽.
27) 위의 책, 58쪽.
28) 위의 책, 61쪽.
29) 위의 책, 63~64쪽.

평가30)하고 있으며, 이를 바탕으로 신정아악을 만들었고, 음악의 연주를 위해 총보형태의 새로운 악보인 정간보를 창안하였다고 하였다. 또한 향악곡을 수집 정리하였으며, 새로운 향악곡을 창작한 점 역시 높이 평가31)하였다.

그런데 문성렵의 평가는 앞서 검토했던 장영철의 것과는 상반된 면을 발견할 수 있다. 즉, 장영철은 박연 업적의 긍정적인 측면과 함께 비판을 제시한 반면, 문성렵은 비판과 한계에 대하여 언급하지 않았다. 또한 장영철이 박연은 봉건통치배의 "예악위정"사상에 따라 그들의 기호에 맞게 궁중음악을 강화하고 복무하였다고 본 것에 비해, 문성렵은 "예악위정"사상에 기초하여 향악곡을 수집정리하고 새 악곡을 창작하였다고 평하고 있어 해석과 평가 과정의 변화가 있었음을 짐작할 수 있다.

마지막으로 김금실은 「(자료) 박연의 12률관제정」이라는 글을 『조선예술』 2008년 1월호에 발표하였다. 이 글은 논문이라기보다는 제목 그대로 자료에 가까운 글로 보이며, 박연이 12율관을 만들 당시의 일화를 간단히 소개한 후, "당시 전해오는 악기들 중에서 비교적 소리높이가 황종음에 가까운 편경의 황종경을 참고하면서 마침내 조선음악의 성률에 맞는 표준황종율관을 만들어"32) 냈다고 하였다. 그리고 마지막에 "박연은 여러 차례의 실패를 거듭하면서도 탐구와 노력을 바쳐 12률관을 훌륭히 제작 완성함으로써 우리나라의 독자적인 음률체계를 확립하였으며 악기복구제작을 본격적으로 해나갈 수 있는 길을 열어놓았다"33)고 긍정적으로 평가하였다.

지금까지 북한의 논저에서 볼 수 있는 박연 업적과 관련된 글을 시간 순으로 살펴보았다. 이를 보면, 1958년 민족음악분과위원회에서 제시

---

30) 문성렵, 『조선음악명인전』, 사회과학출판사, 2004, 154쪽.

31) 위의 책, 159쪽.

32) 김금실, 「(자료) 박연의 12률관제정」, 『조선예술』 1호, 2008.1, 31쪽.

33) 위의 글, 31쪽.

한 박연의 업적 검토를 기본으로 하면서 이후의 논의를 전개하고 있음을 볼 수 있었다.

즉, 1958년 민족음악분과위원회는 박연의 활동 범위를 음악 이론의 체계화, 악서의 편찬, 악곡의 창작, 악기의 복구 및 개작, 음악 제도의 정비, 12율관의 제정, 음악 유산의 발굴 및 정리, 악기 편성법의 정비, 정간보의 창안, 음악 교육 체계의 수립, 연주 복식 제도의 정비 등으로 설정하였던 것이다.

1980년대 후반 이후에는 이러한 업적 중 율관제작과 삼분손익법, 그리고 악기의 고정음 확보, 그리고 신제아악에 집중되어 연구되었음을 볼 수 있다. 그러나 천편일률적으로 박연 업적에 대한 긍정적인 평가를 내놓았던 연구들에 비해 1990년『조선예술』의 글에서는 박연 업적의 한계와 비판점을 제시하고 있어 주목되었다.

2000년 이후에는 과거의 연구성과들이 모두 혼합되어 나타났다. 율관과 삼분손익법, 악기제작, 신제아악 등의 내용을 다루고 있을 뿐만 아니라 박연 업적에 대한 비판, 그리고 비판을 뒤집어 긍정적으로 평가하는 양상까지 나타나고 있어 박연에 대한 비판보다는 긍정적 평가가 우선시되고 있음을 알 수 있다.

4) 박연 업적에 관한 북한 학계의 오류

지금까지 북한의 논저에서 박연의 업적에 관한 기술과 평가를 잡지에 수록된 글과 단행본으로 나누고 그것을 시간 순으로 살펴보았다. 북한에서의 박연에 관한 연구는 1958년 무렵『조선음악』에 박연 관련 논문이 실리면서 시작되었으며, 최근 2008년까지 지속적으로 관심을 받았음을 알 수 있다. 잡지에 수록된 글과 단행본의 내용을 검토해본 결과 그 내용이 1958년의 것과 대동소이하며, 잡지에 수록된 글이 단행본에 수록되면서 내용이 확대되는 양상을 살필 수 있었다.

그런데 북한학계의 박연 업적에 관한 주장이 남한의 것과는 약간 다

른 내용이 있어 비교해볼 필요가 있다. 그것은 크게 세 가지이다. 하나
는 박연의 12율관 1990년에 문성렵과 박우영이 제시한 '향악기에 토대
한 아악기'의 제작이며, 두 번째는 박연이 정간보를 창안하였다는 것이
고, 세 번째는 신제향악곡이 박연을 위시한 당시 음악가들의 작업이라
고 보는 관점이다.

먼저, 향악기에 토대한 아악기의 제작은 『조선음악사 2』에서 서술된
내용이다. 아악기를 향악기에 기초하여 만들었다는 발상의 근거는 바
로 종경의 개수 때문이다. 즉, 편종과 편경은 원래 12율 정성에 해당하
는 12개로 이루어져 있으나 새롭게 만들어진 편종과 편경의 종경 개수
는 12율에 4청성을 더한 16개이며, 이는 청성과 탁성이 있는 우리 향악
에 기초하여 편종과 편경을 제작하였기 때문이라는 것이다. 그러나 4
청성을 두고 아악기가 향악기를 토대로 제작되었다고 해석하는 것에는
의심의 여지가 있다. 박연이 편종과 편경 등을 제작할 당시 이 두 악기
는 중국음악스타일인 아악과 당악을 연주하는데 배치되어 향악 연주와
는 거리가 멀다. 또한 종경의 개수가 12개이면 중국스타일이고 옥타브
위의 음이 4개 덧붙여 있으면 향악스타일이라고 주장한다면, 중국 호
북성에서 출토된 편종은 모두 64개의 종이 매달려 있는데 이는 어떤
음악을 연주하는 악기라고 설명할 것인지 궁금하다. 따라서 종경을 향
악에 근거하여 만들었다고 보는 것에는 다분히 정치적 의도가 담겨있
다고 보여진다.

두 번째로, 박연이 정간보 창안했다는 해석은 1958년 조선작곡가동
맹중앙위원회의 민족음악분과위원회에서 제시하였으며, 문종상 역시
민족음악분과위원회에서 제시한 자료를 바탕으로 정간보가 박연의 작
품이라고 전제한 것으로 보인다. 1958년 당시 민족음악분과위원회에
소속된 위원들이 누구인지 확인할 수 없다. 그런데 1956년에 출판된
『해방후 조선음악』을 보면, 1953년 당시 고전음악분과위원회의 위원은
안기옥·박동실·정남희·김진명·조상선이었고, 1955년에도 별다른 변
동이 없었던 것으로 보이며, 1958년까지는 이들 중에 숙청당한 인물이

없는 것으로 보아, 이들이 민족음악분과위원회의 위원들이었음은 짐작할 수 있다. 그렇다면 이들에 의해 「박연의 음악 창조 활동」이라는 논문이 집필되었다고 볼 수 있는지에 대해서는 확언할 수 없으나, 박연 연구에 참여하였을 것으로 추측된다.

1958년 이후 지금까지 북한에서는 박연이 정간보를 창안했다고 주장하고 있으며, 『세종실록』 권50의 12년 윤12월 기록을 근거로 하였음[34]을 밝혀 놓았다. 그러나 『세종실록』 12년 윤12월의 기록들을 검토해 본 바로는 윤 12월 1일에 〈아악보〉가 완성됨에 따라 정인지가 서문을 썼고, 그 서문이 실려 있는 내용밖에 찾을 수 없었다. 따라서 명확한 근거를 제시하지 않은 채 정간보를 박연이 창안했다고 보는 것은 명백한 오류라고 할 수 있다.

세 번째로 박연이 새롭게 향악곡을 창제했다는 평가에 대하여 살펴보도록 하겠다. 앞 절에서 1958년에는 『세종실록』 소재 〈보태평〉·〈정대업〉·〈발상〉 등의 악곡들의 작곡자가 누구인지 의견이 분분하며, 문헌에는 세종의 창작으로 되어 있으나, 박연이 악곡 창작에 주도적인 역할을 수행하였을 것만은 사실이며 의심할 바가 없다고 단언하고 있음을 보았다. 그리고 이후 박연은 의심의 여지없이 향악곡을 창작한 작곡자로 제시되었으며, 신제아악의 정비보다도 신제 향악곡을 창작한 작업에 대해 높은 평가를 하고 있다. 즉, 물증은 없으나 심증만으로도 확실하다고 판단하는 이러한 평가는 정간보를 창안했다는 주장과 함께 재고의 여지가 있다고 본다.

---

34) 문성렵, 앞의 책, 157쪽.

3. 북한 음악사에서 박연의 위치

주지하다시피 북한은 독재체제의 사회이고, 정치가 사회문화 전반에 영향을 끼치는 나라이다. 또한 국가가 계획하고 의도하며 인민들은 그러한 계획과 의도에 철저히 복종하는 곳이기도 하다. 이러한 북한사회의 실정을 볼 때, 논문 하나도 계획적이지 않을 수 없다. 그렇다면 북한의 박연관련 논저의 수록시기가 북한의 정치사회적 의도에 부합하고 있는 것인지, 그리고 무엇을 위해 박연을 연구한 것인지 살펴볼 필요가 있다.

박연에 관한 북한 학계의 연구를 살펴본 바와 같이 박연 연구는 50여 년에 걸쳐 지속된 반면, 시기에 집중되는 경향이 보인다. 즉, 박연 연구는 1958년에 시작되어, 1960년대부터 1980년대 중반까지 보이지 않다가 1980년대 후반부터 1990년, 그리고 2000년 이후에 보이기 때문이다. 그런데 이 시기들이 북한의 정치적 변동시기와 맞물려 있다는 것에 주목할 필요가 있다. 따라서 박연과 관련된 논저가 발표된 시기를 북한의 사회정치적 시점과 관련시켜 살펴보도록 하겠다.

전후복구시기에 해당하는 1958년은 북한사회에서 중요한 시기에 해당한다. 그 이유는 경제적으로 1958년에 농업과 개인 상공업부문에서 사회주의적 개조가 마무리됨으로써 북한은 명백한 사회주의사회가 되었으며,35) 정치적으로는 김일성을 중심으로 한 1인 독재체제가 확립된 시기로 보고 있기 때문이다. 1946년 2월 북조선 인민위원회가 수립될 당시 비록 김일성이 위원장직을 맡았음에도 불구하고 북한의 정치세력은 여러 세력으로 나뉘어져 있었다. 김일성을 중심으로 한 항일무장투쟁 세력과 중국에서 중공군으로 활약했던 연안파, 소련군과 함께 들어온 소련파, 그리고 박헌영을 중심으로 한 남로당계열이 그것이다. 그러나 1953년부터 진행된 종파투쟁이 1956년의 '8월 종파사건'으로 마무

---

35) 이종석, 『새로 쓴 현대 북한의 이해』, 역사비평사, 2000, 77쪽.

리되면서 소련파와 중국 연안파, 그리고 남로당계열이 대거 숙청되면서 1958년 무렵에는 김일성을 중심으로 한 세력이 정권을 잡아 체제를 안정시키고 공고화시켰던 시기인 것이다. 한편 1950년대부터 북한 학계에서는 조선 후기 실학을 연구하기 시작하였는데, 이는 실학의 정신이 북한으로 이어졌다는 학문적, 역사적 정통성을 확보하기 위한 것으로 해석되고 있다. 이러한 여타의 분위기 속에서 북한의 음악계에서도 실학적 관점에서 조선시대 음악이론가인 박연에 관한 연구가 진행된 것으로 보인다.

이후 박연에 관한 언급은 1980년대 후반에 다시 등장한다. 주지하다시피 1985년에는 소련의 고르바쵸프에 의해 페레스트로이카가 선포되면서 사실상 사회주의 체제의 붕괴를 가져왔으며, 이어서 독일과 동유럽의 사회주의체제도 붕괴의 조짐이 보이기 시작하였다. 이러한 세계정세에 대응하기 위하여 북한에서 1986년 7월에 '조선민족제일주의'가 제시되었다. 조선민족제일주의란 조선 민족의 위대성에 대한 긍지와 자부심, 조선민족의 위대성을 더욱 빛내려는 높은 자각과 의지로 발현되는 숭고한 사상 감정을 말하며, 인민이 민족제일주의의 긍지와 자부심을 가질 수 있는 것은 훌륭한 민족문화를 창조해온 민족적 전통 때문이라는 주장[36]이다. 즉, 북한은 사회주의 붕괴 속에서 사회주의국가로 남기 위해 '조선민족제일주의'를 발표하게 되었으며, 이후 문화예술 전반에 '민족'과 '전통'이라는 주제가 난무함을 볼 수 있다. 이 시기 『조선예술』에는 민요나 민족장단, 민족악기, 민족창법, 고악보 등에 관한 글이 많이 실렸으며, 〈피바다〉식 혁명가극에 밀려있던 〈춘향전〉을 위시한 민족가극이 새롭게 제시되는 한편, 30여년 만에 다시 박연이 등장한 것이다.

2000년대에는 1980년대 후반에 제시된 '조선민족제일주의'가 체제수호의 논리에서 생활문화의 전 분야로 확대[37]되었다. 뿐만 아니라

---

36) 위의 책, 196~197쪽.

1990년대 '고난의 행군'이후 등장한 '선군정치'와 함께 '음악정치'라는 용어가 등장하였다. '음악정치'는 1997년 『조선예술』 8월호에 남조선 음악평론가 손정준의 「음악중시의 위대한 정치가」라는 글과 김강혁의 1998년 『조선예술』 3월호의 「(정론) 음악과 정치」, 김강혁의 1999년 『조선예술』 11월호에 실린 「정치와 음악의 호상관계」, 김두일의 『장군님의 음악 정치와 음악성』(평양: 문학예술출판사, 2006) 등에서 보인다. 북한은 '음악정치'라는 단어에 역사의 많은 정치가들이 음악을 통한 선전선동의 중요성에 대해 인식하고 있었음에도 불구하고 정치에 음악을 완벽하게 도입한 적은 없었는데 탁월한 문예적 재능을 가진 김정일이 처음으로 음악과 정치라는 상이한 개념을 완전히 결합시키는 데 성공하였기에 김정일의 독특한 영도예술이라는 개념을 주장하는 것이다. 그런데 이러한 '음악정치'의 기본적인 사상은 조선시대의 예악사상과도 의미가 상통할 뿐만 아니라 문성렵이 박연에 대해 긍정적으로 평가했던 예악위정(禮樂爲政)사상과도 맞물려 있음을 볼 수 있다.

북한의 음악사에 박연 연구의 등장 시기를 정치상황과 관련지어 살펴본바와 같이 정치상황과 무관하지 않음을 볼 수 있었다. 그렇다면, 북한에서 박연연구를 통해 무엇을 얻으려고 했으며, 그것이 갖는 북한 음악사적 의의는 무엇인지 추론해 볼 필요가 있다.

앞서 북한의 논저를 검토한 바와 같이 북한에서 박연 업적관련 연구에 집중적으로 부각된 것은 악기와 향악곡의 수집 및 창작이었다. 북한의 해석에 의하면, 황종율관은 중국의 것을 따랐으나 나머지 율관은 사대주의적이지도 않고 교조적이지도 않은 과학적인 삼분손익법이라는 방법을 통해 만들어졌으며, 이로 인해 전통악기의 피치가 고정되었고, 수많은 악기가 복구되고 제작되었다. 또한 고려조부터 전승되어 오던 음악유산들을 발굴하고 수집하였으며, 이를 바탕으로 새롭게 향악곡을 창작하였는데, 이는 봉건지배층들의 기호가 아닌 인민성에 근거

---

37) 전영선, 『북한 민족문화 정책의 이론과 현장』, 역락, 2005, 117쪽.

한 음악의 창작이라는 점에 주목하였다. 그리고 이렇게 창작된 작품은 악가무가 함께 어우러지는 종합예술형태라는 점을 간과하지 않았다.

실제로 북한에서는 1950년대 후반부터 음악분야에서는 사대주의와 복고주의, 그리고 교조주의에 대한 투쟁과 함께 민족악기 개량사업을 실시하였다. 1961년 조선로동당 제4차대회를 계기로 '민족악기 복구정비'사업이 전면적으로 진행되었으며, 1963년에는 개량된 악기 150여점을 모아 〈민족악기 전람회〉를 개최하여 성과를 과시하면서 국가적 사업으로 확장[38]하였다. 북한의 민족악기 개량사업은 기존의 전통악기 피치를 서양의 평균율에 맞추어 고정시키되 민족적인 음색을 잃지 않게 하며, 음량을 풍부하게 하면서 현시대의 음악을 훌륭하게 형상하는데 주안점을 두고 진행되었다고 할 수 있다. 즉, 민족악기 개량사업은 서양의 것만을 따르는 사대주의도 아니고, 전통적인 것만을 추구하는 복고주의도 아닌 과학적인 방법으로 이루었다고 주장한다. 이는 북한에서 해석하고 있는 박연의 율관제작과 악기 복구사업과 상통한다. 또한 이렇게 개량된 악기는 서양악기와 함께 배합관현악으로 편성되는데, 이는 박연이 새롭게 만든 아악기와 향악기, 당악기를 모두 모아 진설한 악기편성과도 연결된다.

뿐만 아니라 향악곡의 수집과 창작은 북한에서 민요를 발굴하여 현대적으로 새롭게 만들어 연주하는 사업과 맞물려있다. 이것은 1950년대에 이미 『음악유산계승의 제문제』라는 단행본이 출판되었고, 한시형을 중심으로 민요의 발굴 및 채록사업을 국가적으로 지원한 예에서 확인할 수 있다. 북한은 가요 중심의 음악문화가 발달되어 있는데, 북한 가요의 핵심 키워드인 '절가'는 전통 민요의 형식이라고 하였다. 또한 북한에서는 민요를 바탕으로 한 민요식 노래와 민요를 편곡하여 기악화하는 경우가 많다. 이러한 상황들을 통해서 인민의 정서가 담겨있는 민요를 발굴하는 사업은 과거 조선시대의 박연이 향악곡을 수집하여

---

38) 위의 책, 184쪽.

궁중음악으로 편곡하되 인민성을 확보하였다는 평가와 상응한다고 할 수 있다.

한편, 북한에서는 가장 빠르고 확실하게 인민들에게 주지시키기 위해 동원할 수 있는 모든 수단을 사용하여 작품을 형상하는 경우가 다분하며, 음악무용이야기, 음악무용서사시극, 음악무용서사시와 같은 종합예술형식의 극음악이 그 예이다. 그런데 음악무용서사시는 합창과 무용, 시낭송, 관현악 등이 결합한 장르로, 1958년에 인민상계관작품인 ≪영광스러운 우리 조국≫에서 처음 시작된 점이 주목된다. 그 이유는 문종상이 1958년에 〈보태평지악〉에 대해 가극-오라토리오-칸타타의 성격과 무용수단까지 독특하게 결합된 특수한 예술이라고 평가하고 있기 때문이다. 따라서 문종상이 ≪영광스러운 우리 조국≫의 창작 작업에 참여하였는지는 알 수 없으나 그를 위시한 양악작곡가들이 조선시대의 악가무 종합예술형태에 관심을 가지고 있었을 것이라는 추론은 가능하리라고 본다.

이상을 정리해 보면, 박연의 활동에는 봉건시대의 한계가 있으나, 박연이 세종대에 이룩했던 업적으로 한국 음악사의 큰 획을 그었던 것처럼 북한에서 김정일의 주도로 이루어진 민족악기 개량사업과 명곡의 기본인 가요음악의 절가화, 가요를 바탕으로 한 기악곡의 마련 등을 통해 북한에서는 과거의 역사적 사실들을 바탕으로 주체시대의 음악사상과 인민들의 기호에 맞게 음악을 재정비하고 악기를 개량하며, 인민 속에서 음악을 찾아내는 주체사실주의창작방법을 채택하고 있음을 짐작할 수 있다. 결국 북한음악사에서는 현대 북한 음악을 대표하는 일련의 사업에 대한 근거와 정통성을 박연의 업적에서 찾고 있음을 알 수 있다.

4. 김정일 음악정치의 정당성과 박연

이상으로 북한에서 박연 업적에 관한 논저를 시기별로 나누어 업적에 대한 평가와 박연의 업적이 갖는 북한 음악사적 의의에 대하여 살펴보았다. 50여 년에 걸친 박연 연구를 일괄해보면 1958년 민족음악분과위원회에서 제시한 박연의 업적 검토를 기본으로 하면서 이후의 논의를 전개하고 있음을 볼 수 있었다.

즉, 1958년에 민족음악분과위원회는 박연의 활동 범위를 음악 이론의 체계화, 악서의 편찬, 악곡의 창작, 악기의 복구 및 개작, 음악 제도의 정비, 12율관의 제정, 음악 유산의 발굴 및 정리, 악기 편성법의 정비, 정간보의 창안, 음악 교육 체계의 수립, 연주 복식 제도의 정비 등으로 설정하였다.

1980년대 후반 이후에는 이러한 업적 중 율관제작과 삼분손익법, 그리고 악기의 고정음 확보, 그리고 신제아악에 집중되어 연구되었음을 볼 수 있다. 그러나 천편일률적으로 박연 업적에 대한 긍정적인 평가를 내놓았던 연구들에 비해 1990년 『조선예술』의 글에서는 박연 업적의 한계와 비판점을 제시하고 있어 주목되었다.

2000년 이후에는 과거의 연구성과들이 모두 혼합되어 나타났다. 율관과 삼분손익법, 악기제작, 신제아악 등의 내용을 다루고 있을 뿐만 아니라 박연 업적에 대한 비판, 그리고 비판을 뒤집어 긍정적으로 평가하는 양상까지 나타나고 있어 박연에 대한 비판보다는 긍정적 평가가 우선시되고 있음을 알 수 있다.

한편, 박연 업적에 관한 북한 음악계의 오류를 찾아보았는데, 북한 학계에서는 박연이 제작한 편경과 편종이 향악기에 의거하여 제작되었다고 보았고, 박연이 정간보를 창안했으며, 〈보태평〉·〈정대업〉 등의 향악곡을 직접 창작했다고 주장하고 있었다. 그러나 이들이 제시하고 있는 근거 역시 확인되지 않아 재고의 여지가 있다고 하겠다.

다음으로 북한 음악사에서 박연이 갖는 음악사적 의의를 정리하면 다음과 같다. 북한에서 박연의 업적에 관한 연구는 정치적 상황과 맞물리면서 전개되었는데, 북한의 정치적 정통성 확보를 위해 북한에서 실학이 집중적으로 연구되었던 과정 속에서 음악분야의 실질적 업적을 이루어 내었던 박연에 관한 연구는 민족사적 정통성 확보라는 북한 정치권의 의도가 다분히 나타난 것이라고 할 수 있다. 또한 1980년대 후반에 등장한 박연의 연구는 비슷한 시기에 주장되었던 '조선민족제일주의'라는 사상과 맞물려 이루어졌으며, 박연이 사대주의적이지도 않고 복고주의적이지도 않으며, 당시에는 가장 과학적인 방법으로 음악업적을 이뤄낸 것에 초점을 맞추어 연구되었다. 이후 2000년대에는 김정일의 '음악정치'와 함께 연구된 것을 볼 수 있었다.

이러한 정치적 상황과의 관계 속에서 박연 연구가 갖는 음악사적 의의는 박연 업적 연구가 이후 북한 음악사의 여러 작업들의 역사적 기반을 마련했다는 점에 있다. 즉, 박연의 악기제작연구는 북한에서 1950년대 후반부터 있었던 민족악기 개량사업의 정당성을 부여하였으며, 이렇게 개량된 악기와 서양악기를 섞어서 연주하는 배합관현악은 박연의 대관현악편성에 근거한다고 할 수 있다. 또한 북한에서는 인민의 정서가 담겨있는 민요를 바탕으로 한 민요식 노래와 민요를 편곡하여 기악화하는 사업은 과거 조선시대의 박연이 향악곡을 수집하여 궁중음악으로 편곡하되 인민성을 확보하였다는 평가와 상응한다고 할 수 있다. 이에 더하여 조선전기의 악가무 종합예술형태를 높이 평가하고 있는 점으로 볼 때, 1958년에 시작된 음악무용서사시와 같은 종합적인 무대예술의 본보기로 작용하고 있는 점을 추론할 수 있었다.

권오성, 「난계 박연선생에 대한 북한 음악계의 평가에 대하여」, 『한국음악연구』
　　　42집, 한국국악학회, 2007.12.

김금실, 「(자료) 박연의 12률관 제정」, 『조선예술』 1호, 문학예술출판사, 2008.1.

리웅진, 「삼분손익법과 박연」, 『음악세계』 루계 28호, 윤이상음악연구소, 2000.

리차윤, 『조선음악사』, 예술교육출판사, 1987.

문성렵·박우영, 『조선음악사 2』, 과학백과사전종합출판사, 1990.

문성렵, 『력사에 이름을 남긴 음악인들 1』, 사회과학출판사, 2001.

＿＿＿, 『조선음악명인전』, 사회과학출판사, 2004.

문종상, 「박연과 세종보의 악곡에 대하여」, 『조선음악』 제5호, 조선음악출판사,
　　　1958.

문하연, 「박연의 12률 제정과 세종 악보에 대하여」, 『조선음악』 제5호, 조선음악출
　　　판사, 1958.

민족음악분과위원회, 「박연의 음악 창조 활동」, 『조선음악』 제5호, 조선음악출판사,
　　　1958.

송방송, 『증보 한국음악통사』, 민속원, 2007.

이종석, 『새로쓴 현대 북한의 이해』, 역사비평사, 2000.

장영철, 『조선음악명인전 2』, 윤이상음악연구소, 2000.

＿＿＿, 「중세 조선의 대표적인 음악활동가 박연」, 『음악세계』 11호, 윤이상음악
　　　연구소, 2006.

전영선, 『북한 민족문화 정책의 이론과 현장』, 역락, 2005.

필자미상, 「(소개) 15세기에 활동한 재능있는 음악가 박연」, 『조선예술』 2호, 문학
　　　예술종합출판사, 1990.2.

몽골 야탁교본에서 본 북한음악[※]

박소현

1. 북한 가야금과 몽골 야탁의 특별한 인연

1999년부터 몽골음악과 관련된 현지조사 과정에서 몽골의 야탁과 우리 가야금과의 특별한 인연을 발견하였다. 몽골의 야탁과 우리 가야금은 각 민족의 전통악기이다. 그러나 현재 몽골의 야탁과 우리 가야금은 악기형태에 있어서 같다. 예컨대 우리의 산조가야금은 현재 몽골의 야탁이다. 과거 몽골의 전통악기 야탁은 다양한 종류가 존재했으나, 청나라 이후 사회주의 기간 중 단절되어 1961년 북한 가야금 연주자 김종암에 의해 부활되어 오늘에 이른다. 이에 단계별로 총 4편의 논문을 발표하였다.

첫 번째 연구[1]는 몽골에서 목격한 우리 가야금의 모습 때문이었다.

※ 이 논문은 2011년 한국몽골학회 발행 『몽골학』 제30호에 수록된 논문 「몽골 야탁교본 수록된 김종암의 북한음악」을 일부 수정한 것임을 밝혀둔다.

1) 박소현, 「몽골 야탁의 유래와 북한 가야금과의 관계」, 『몽골학』 제19호, 한국몽골학회, 2005, 199~221쪽.

전통음악을 공연하는 공연장에서 몽골의 전통악기와 함께 몽골 연주자의 손으로 연주되는 가야금이 신기할 뿐이었다. 어떻게 똑같은 형태의 악기가 다른 나라의 전통악기로 존재할 수 있을까? 이러한 의문으로 인하여, 여러 해를 거듭하여 현지조사를 하게 되었고, 몽골의 야탁교본에서 한국이름 '김종암(Ким Зон-Ам)'을 발견하여, 추적해 나갔다. 결국 20세기 초 몽골에서 단절된 전통악기 야탁이 북한 가야금 연주자를 통해 재도입된 사실을 확인하였다. 이 연구에서는 한국에 알려지지 않은 몽골의 전통악기인 야탁의 유래, 종류와 구조, 조율체계, 연주자세, 연주법 등을 소개하고, 1950~60년대 정치적 이념으로 인하여 단절된 몽골 전통악기 야탁이 북한 가야금연주자에 의해서 20세기 후반에 다시 복원되어, 현재 몽골 사람들에게 주목받는 몽골의 전통악기로 자리 잡고 있음을 밝혔다.

두 번째 연구[2]는 20세기 중·후반 몽골 전통악기인 야탁의 재건에 지대한 영향을 미친 북한의 가야금 연주자 김종암을 조사 보고하였다. 김종암의 보다 구체적인 자료를 수집하기 위하여, 북한 평양의 현지조사를 착수하였으나 그리 쉽지 않았다. 다만 김종암의 몽골 첫 번째 제자인 째. 바트새항(Ж. Батсай хан)과의 대담을 통해 김종암과 그의 가족들의 사진을 공개하고, 몽골에 수용된 한국의 음악문화에 대한 일고(一考)를 정리하였다.

세 번째, 연구[3]는 김종암이 몽골에서 양성한 첫 번째 제자 16명의 명단을 입수하고, 그들의 거주지를 수소문하여 총 10명의 제자를 찾아냈다. 이들과 만나 현지대담을 하는 과정에서 수집된 자료를 토대로 몽골 음악무용중학교의 야탁 교사로 부임한 김종암의 몽골 활동기, 이후 제자들의 음악활동 상황, 그리고 김종암이 전수한 야탁 음악에 관하

---

2) 박소현, 「20세기 몽골에 수용된 한국의 음악문화」, 『한국음악연구』 제39집, 한국국악학회, 2006, 57~71쪽.

3) 박소현, 「몽골에 수용된 북한가야금과 그 음악」, 『한국음악연구』 제42집, 한국국악학회, 2007, 107~134쪽.

여 고찰하였다. 세 번째 연구를 통해 얻은 소득은 김종암의 몽골제자 중 현재 몽골 음악무용학교의 교사인 데. 알탕토올(Д. Алтантуул)이 김종암에게 배운 악곡들을 1967년, 졸업 직후 수기 악보로 기록해둔 것을[4] 입수한 것이다.

네 번째, 연구[5]에서는 김종암의 몽골 첫 제자 중 데. 알탕토올의 수기악보를 토대로 출판된 몽골 최초의 『야탁교본』[6]과 북한 가야금교본을 중심으로 연주법을 비교해 보았다. 이 연구는 과연, 몽골 야탁의 연주법이 우리 가야금과 어떻게 상이(相異)한지 검토하기 위함이다. 북한 가야금과 몽골 야탁의 교본을 비교한 결과, 현재 몽골 야탁 연주자들은 가야금 연주법을 그대로 수용한 것이 아닌, 몽골 야탁 연주법을 개발한 것임을 밝혔다. 북한의 가야금과 몽골의 야탁은 유형의 매개물인 가야금이란 외형으로서 같다. 그러나 그 내면에 존재하는 각기 다른 연주법은 자국의 전통음악문화로 말미암아 그 독특함을 가지고 있다.

이하에서는 몽골의 야탁과 북한 가야금교본의 수록곡을 비교 분석하여 그 음악적 내용을 검토하는 것이 목적이다. 첫째, 김종암의 첫 몽골 제자인 데. 알탕토올의 수기악보와 몽골 최초의 야탁교본인 체. 체렌허를러의 『야탁교본』의 수록곡을 비교하고 북한음악과 관련된 악곡을 추출하여 둘째, 몽골 야탁과 북한 가야금교본의 수록곡을 비교하고, 김종암이 몽골 제자들에게 전수한 북한음악의 음악적 내용을 분석하려 한다. 여기서 북한 가야금교본은 1958년에 출판된 정남희·안기옥 공저의 『가야금 교측본』[7]과 1966년 권영대의 『가야금 교칙본』[8]을 중심으로 비교하려 한다.

---

4) 위의 책, 126쪽.

5) 박소현, 「몽골 야탁과 북한 가야금의 교본 비교 연구」, 『국악과교육』 제30집, 한국국악교육학회, 2010, 7~27쪽.

6) Ц. Цэрэнхорлоо, Ятга Хөгжмий н сурах бичиг, сэтгүүмий н нэгдсэн редакцын газар, Улаанбаатар, 1987(체. 체렌허를러, 『야탁교본』, 울란바타르, 1987).

7) 정남희·안기옥 공저, 『가야금 교측본』, 조선음악출판사, 1958.

8) 권영대, 『가야금 교칙본』, 조선문학예술총동맹출판사, 1966.

이를 통하여 김종암이 몽골 음악무용학교의 야탁반 학생들에게 교습한 음악적 내용을 파악할 수 있으며, 이후 몽골 야탁음악의 전개과정의 단면을 검토할 수 있을 것이다.

2. 몽골 야탁교본에 수록된 북한음악

북한 가야금 연주자 김종암은 1961년부터 1967년까지 6년간 몽골 음악무용학교 야탁반에서 북한 가야금을 통해 연주법과 음악을 전수하였다. 당시 첫 번째 학생 16명 중 현재 몽골 음악무용학교 야탁반 교사인 데. 알탕토올은 스승인 김종암에게 교습 받은 음악을 졸업 직후 수기악보[9]로 기록하였으며, 이 악보를 통해 몽골 음악무용학교 야탁반 학생들을 교습하고 있다. 이후 데. 알탕토올의 수기악보는 1987년 몽골 『야탁교본』[10]이 최초로 출판되는 데 기초기반이 되었다. 이 교본은 오늘날에도 몽골 음악무용학교를 비롯한 야탁 전공이 설치된 학교 혹은 대학교에서 보편적으로 사용되고 있다.[11]

1987년 체. 체렌허를러에 의한 야탁교본의 출판계기는 몽골의 교육 문화과학부에서 명을 받아 전통음악의 현대식 학교교육을 위해 출판하게 된 것이다.

때문에 김종암의 몽골 첫 번째 제자인 데. 알탕토올의 수기악보와 1987년에 출판된 야탁교본의 수록 악곡을 비교할 필요성이 있다. 비교할 수록악곡은 북한음악 혹은 우리민요[12]와 관련된 악곡으로, 1961~67

---

9) 데. 알탕토올의 수기악보는 1967년 졸업 직후 기록된 것이며, 필자는 2007년 9월 현지조사 중 데. 알탕토올에게서 입수했다.

10) 체. 체렌허를러, 앞의 책.

11) 2007년 9월 23일 몽골 울란바타르 소재 세. 통갈락(C. Тунгалаг)의 자택에서 김종암의 몽골제자 10명과의 대담에 근거한다.

12) 여기서 '우리민요'라 표기한 것은 우리나라 전래 민요인데, 김종암이 몽골에 전한 악곡을 소개하는 과정에서 남한·북한·한국 등의 단어로 표기할 수 없어 '우리민요'라 통일하기

년까지 몽골 음악무용학교 교사이자 북한의 모란봉가무단 연주자였던 김종암이 몽골 야탁반 학생들에게 교습한 음악적 내용을 검토하기 위함이다. 이들의 수록 악곡을 비교하면 다음 〈표 1〉과 같이 정리할 수 있다.

〈표 1〉데. 알탕토올의 수기악보와 1987년 『야탁교본』의 수록 비교

	수록곡명		알탕토올 수록면	야탁교본 수록면
	원문	한국어 번역		
1	"Сан зо" сонатын хэсэгээс/ Allegro`	"산조" 소나타 일부/ 알레그로	30~31	×
2	"Сан зо" сонатын хэсэгээ/ Andante	"산조" 소나타 일부/ 안단테	37	×
3	Хаврын дуу/ Солонгос ардын дуу	봄노래/ 한국민요	44	×
4	Торази/ Солонгос ардын дуу	도라지/ 한국민요	45	65
5	Загасны бүжиг	물고기의 춤	50	64
6	Гён сандо ариран/ Солонгос ардын дуу	경상도아리랑/ 한국민요	52	62
7	Andantino	안단티노	52~53	×
8	Andante	안단테	56~57	×
9	Янсандо/ Ардын дуу солонгос	양산도/ 한국민요	58~59	×
10	Пальганга/ Солонгос ардын дуу	조선팔경가/ 한국민요	×	58
11	Сонатина/ Солонгос ардын дуу	소나티네/ 한국민요	×	60
12	Арирон/ Солонгос ардын дуу	아리롱/ 한국민요(아리랑 변주곡)	×	62
13	Алтан аялгу/ Ким-Зон Амын ая.	황금가락/ 김종암의 가락	×	66
14	Хүүдй ин бүжиг/ Ким-Зон Амын ая.	어린이의 춤/ 김종암의 가락	×	67
15	Онхея/ Солонгос ардын дуу	옹헤야/ 한국민요	×	72

로 한다.

이상 〈표 1〉을 보면, 데. 알탕토올의 수기악보에 수록된 북한 악곡은 총 9곡이며, 1987년 체. 체렌허를러가 저술한 야탁교본에도 역시 총 9곡이 수록되어 있다. 먼저 데. 알탕토올의 수기악보의 수록곡을 보면, 〈"산조" 소나타 일부/알레그로〉, 〈"산조" 소나타 일부/안단테〉, 〈봄의 노래/ 한국민요〉, 〈도라지/ 한국민요〉, 〈물고기의 춤〉, 〈경상도아리랑/한국민요〉, 〈안단티노〉, 〈안단테〉, 〈양산도 /한국민요〉 등이다. 다시 음악 장르별로 구분하면, 가야금산조인 〈"산조" 소나타 일부/알레그로(중모리장단)〉, 〈"산조" 소나타 일부/안단테(안땅 장단)〉, 〈안단티노(양산도 장단, 혹은 중모리와 양산도 장단의 혼합형)〉, 〈안단테(안땅 장단)〉,13) 우리민요인 〈도라지〉, 〈경상도아리랑〉, 〈양산도〉, 북한 창작곡인 〈봄노래〉, 〈물고기의 춤〉 등이다. 이상 데. 알탕토올의 수기악보에 기록된 악곡은 가야금산조, 우리민요, 북한창작곡 등이다.

다음, 체. 체렌허를러의 야탁교본에 수록곡을 보면, 우리민요인 〈도라지〉, 〈경상도아리랑〉, 〈조선팔경가〉, 〈소나티네〉, 〈아리롱〉, 〈옹헤야〉, 북한창작곡인 〈물고기의 춤〉, 김종암의 창작곡인 〈황금가락〉, 〈어린이의 춤〉 등이다. 이상 체. 체렌허를러의 야탁교본에 수록곡은 우리민요, 북한창작곡, 김종암의 창작곡 등이다.

여기서 주목되는 악곡은 〈황금가락〉과 〈어린이의 춤〉이다. 이 두곡은 악보상 악곡의 제목과 함께 '김종암의 가락'이라 명기되어 있어 조사해 보았다. 조사결과 〈황금가락〉은 몽골의 전통악기 여칭(Ёочин, yoochin)14)의 기악 독주곡으로 여칭 연주자 체렌도르츠의 창작곡을 김

---

13) 북한학자 박예섭의 '속도의 의미로서의 장단'에 관한 설명을 보면, "매개 장단은 일정한 기준속도를 가지고 있다 하여, 중모리는 moderato(3/4박자일 때 ♩=92, 12/8박자일 때 ♪=92)이며, 안땅은 Allegretto속도(4/4박자일 때 ♩=108) 정도이다. 안땅 장단(4/4박자)에 Andante로나 vivace로도 될 수 있으며, 중모리장단이 Allegro나 Largo로도 될 수 있다." 이에 근거하여 ( ) 안의 장단 명칭을 악보와 대조하여 본인이 임으로 적었음. (박예섭, 「조선장단의특성과 그의 적용(I)」, 『조선음악』, 조선문학예술총동맹출판사, 1964; 양승희, 『양승희의 안기옥 가야금 산조연구(I)』, 은하출판사, 2003, 386쪽.)

14) 우리나라 양금과 같은 악기.

종암이 야탁 곡으로 편곡한 곡이며, 〈어린이의 춤〉은 김종암이 작곡한 야탁창작곡이다. 이 두곡은 몽골 야탁경연대회에서 자주 연주되는 악곡이기도 하다. 이렇게 김종암은 몽골 제자들을 위해 스스로 야탁음악을 작곡한 점이 주목된다.

〈표 1〉을 보면 데. 알탕토올의 수기악보와 체. 체렌허를러의 교본에 동일하게 수록된 악곡은 3곡뿐이다. 동일 수록곡인 3곡은 우리민요인 〈도라지〉, 〈경상도아리랑〉과 북한의 창작곡인 음악무용 서사시 〈영광스러운 나의 조국〉의 삽입곡 중 하나인 〈물고기의 춤〉이다.

체. 체렌허를러의 야탁교본에는 데. 알탕토올의 수기악보에 없는 우리민요곡인 〈조선팔경가〉, 〈소나티네〉, 〈아리롱〉, 〈옹헤야〉, 창작곡인 〈황금가락〉, 〈어린이의 춤〉 등이 있다. 데. 알탕토올의 수기악보에 수록곡이 아닌, 우리민요곡 혹은 북한 창작곡이 1987년 체. 체렌허를러의 야탁교본에 수록되어 있는 점은 의문이다. 이러한 의문점에 대해 세 가지 실마리를 제기할 수 있다.

첫째, 데. 알탕토올에 의하면 1961년 김종암은 몽골 음악무용학교에 부임하자, 우리민요부터 가르쳤다고 하며, 〈아리랑〉, 〈도라지〉, 〈양산도〉, 〈까투리타령〉, 〈봄노래〉, 〈둥근달〉 등을 열거해주었다. 필자가 김종암의 10명의 제자를 만났던 날에도, 그들은 〈수령님 다녀가신 마을입니다〉15)와 〈아리랑〉을 우리말로 불러주었으며,16) 데. 알탕토올은 김종암에게 배운 야탁음악을 잊지 않기 위해 기록해 두었다고 했다. 이는 김종암에게 배운 악곡들 중에서 이미 몸에 익혀 암기된 악곡을 제외하고 악보를 수기로 정리하였음을 확인할 수 있다.

둘째, 2003년도에 몽골에서 출판된 『야탁교본』17)에는 1987년 체. 체

---

15) 박필모 작사·김덕수 작곡, 〈수령님 다녀가신 마을입니다〉, 『조선의 노래』, 예술교육출판사, 1995, 97쪽.

16) 박소현, 앞의 책, 126쪽.

17) Г. Лхагбасүрэн, Ятга сурах, Улаанбаатар, 2003, 4쪽(게. 일학바수렝, 『야탁 교본』, 울란바타르, 2003).

렌허를러의 『야탁교본』에 수록되지 않은 〈양산도〉18)와 〈도라지〉19)가 수록되어 있다. 2003년도 야탁교본의 저자인 게. 일학바수렝은 몽골 음악무용학교 야탁반 2기생으로 역시 김정암의 두 번째 제자들 중 한명이다. 때문에 게. 일학바수렝이 출판한 야탁교본에는 체. 체렌허를러의 교본에 없는 곡이 수록되어 있으며, 이 곡은 데. 알탕토올의 수기악보의 수록곡과 악보 내용이 일치한다.

셋째, 체. 체렌허를러는 김종암이 몽골 음악무용학교에서 약속한 6년간의 부임기간을 마치고 북한으로 귀국한 후 몽골 음악무용학교 야탁반에 입학했기에, 김종암과의 관계는 무관하다. 김종암 이후 몽골음악무용학교 야탁반 교사는 아. 막나이수렝(А. Магнай сүрэн)20)이다. 체. 체렌허를러는 아. 막나이수렝의 제자이다. 그러나 아. 막나이수렝은 김종암이 몽골 음악무용학교 야탁반 교사로 재직 중 그의 조교로, 학교 수업 중에는 김종암을 보조하였으며, 방가 후에는 김종암에게 야탁을 개인수업 받았다.21) 때문에 김종암에게 개인 수업을 6년간 받고, 몽골 음악무용학교 교사로 재직하게 된 아. 막나이수렝의 제자인 체. 체렌허를러 역시 김종암의 영향을 간과할 수 없다.

이상, 1967년 졸업 직후 작성된 데. 알탕토올의 수기악보와 1987년 체. 체렌허를러의 야탁교본의 수록곡을 비교 정리하면, 북한음악과 관련된 총 15곡의 수록곡을 정리해 볼 수 있다. 15곡의 수록곡은 우리민요, 북한의 창작곡, 가야금산조, 김종암의 창작곡 등이다. 1960년대 작성된 데. 알탕토올의 수기악보에는 가야금산조의 일부인 4곡, 우리민요 3곡, 북한창작곡 2곡 등 총 9곡이 수록되어 있다. 체. 체렌허를러의 야

---

18) 위의 책, 121쪽.

19) 위의 책, 71쪽(위 야탁교본에 악곡명은 〈Солонгос ардын дуу〉, 즉 '한국민요'이라고 명기되어 있으나, 악곡의 내용은 〈도라지〉이다).

20) 아. 막나이수렝을 만나기 위해 2004년부터 수소문을 하였으나, 현재까지 행방불명으로 찾을 길이 없다. 김종암의 제자들에게도 수소문하였으나 학교졸업 후 만난 적이 없다고 한다.

21) Г. Сүрэнцэцэг, Монгол ятгын уламжлал, шинэчлэлий н асуудал, Улаанбаата, 2006, 21~22쪽(게. 수렌체첵, 『몽골 야탁의 개선에 대한 고찰』, 울란바타르, 2006).

탁교본에는 우리민요 6곡, 북한창작곡 1곡, 김종암의 창작곡 2곡이 있다. 1980년대 출판된 체. 체렌허를러의 야탁교본에는 가야금산조가 수록되지 않았다. 그러나 1980~90년대 몽골 음악무용학교 야탁반 학생들은 가야금산조를 복사된 별도의 악보로서 교습 받았다고 한다. 인하여 1961년에 설치된 몽골 음악무용학교 야탁반에서 수학한 야탁전공 학생들은 우리민요, 북한창작곡, 가야금산조 등을 교습 받고 있다.

3. 북한 가야금과 몽골 야탁교본의 수록곡 비교

전장에서 데. 알탕토올의 수기악보와 체. 체렌허를러의 야탁교본에 수록곡을 비교 검토하는 과정에서 세 가지 의문점이 있다.

첫째, 김종암의 음악창작능력이다. 김종암이 몽골에서 만난 첫 번째 제자들은 스승인 김종암이 야탁에 맞는 음악을 만들어 주었다고 회상하였으며, 체. 체렌허를러의 야탁교본에는 김종암의 창작곡인 〈황금가락〉과 〈어린이의 춤〉 2곡 수록되어 있다. 이 중 〈황금가락〉은 몽골 전통악기 여칭의 기악창작곡을 편곡한 곡이며, 〈어린이의 춤〉은 김종암이 작곡한 야탁 창작곡이다.

둘째, 체. 체렌허를러의 야탁교본은 데. 알탕토올의 수기악보에 비해 우리민요 곡이 배로 수록되어 있다. 물론 체. 체렌허를러는 김종암의 몽골제자이자 몽골 음악무용학교 제직 당시 조교였던 아. 막나이수렝의 제자이다. 때문에 김종암의 영향은 체. 체렌허를러에게도 미쳤을 것이다.

셋째, 데. 알탕토올의 수기악보와 체. 체렌허를러의 야탁교본에 수록된 북한음악과 관련된 악곡들은 북한의 가야금교본에도 수록되어 있어, 체. 체렌허를러가 몽골 야탁교본을 저술 한 당시 북한 교본을 간과하지 않았을 것이다. 몽골은 1958년 북한과 수교 이후 북한의 태양절기념 '4월의 봄 친선 예술축전'에 주기적으로 참가하고 있어, 북한음악가들과의 접촉이 종종 있다. 김종암의 제자 중 데. 알탕토올과 게. 척절마도 1971년 평양에서 개최된 북한의 태양절기념 '4월의 봄 친선 예술축전'에 몽골공연단 일원으로 참가하는 중에 김종암을 만났다[22]는 증언이 있었다. 이러한 정황으로 보아 체. 체렌허를러는 몽골 교육문화과학부의 명으로 야탁교본을 최초로 출판하는 과정에서 북한 가야금교본을 참고하였을 수도 있다.

이러한 의문점은 몽골 야탁교본과 북한 가야금교본을 비교하여 그 실마리를 찾을 수 있다. 더불어 김종암의 음악 창작능력과 몽골 야탁교본의 최초 제작 당시 북한 가야금교본이 미친 영향을 파악할 수 있다.

따라서 이하에서는 데. 알탕토올의 수기악보와 체. 체렌허를러의 야탁교본에 수록곡 중 민요곡과 북한 창작곡을 중심으로 각각의 악보를 북한 가야금교본과 비교 분석해[23]보려 한다. 비교를 위한 북한 가야금교본은 1958년에 출판된 정남희·안기옥 공저의 『가야금 교측본』(이하 정남희교본으로 약칭함)[24]과 1966년 권영대의 『가야금 교칙본』(이하 권영대교본으로 약칭함)[25] 두 가지이다. 두 가지 북한 가야금 교본은 1950~60년대에 출판된 것으로 김종암이 몽골 음악무용학교 부임 기간 전후와 일치하기 때문에 비교에 적절할 것이다.

1) 우리 민요곡

먼저, 데. 알탕토올의 수기악보와 체. 체렌허를러의 야탁교본에 수록된 우리민요곡을 정리하여, 북한 가야금교본의 동일 수록곡과 비교하려한다. 데. 알탕토올의 수기악보와 체. 체렌허를러의 야탁교본에 수록

---

22) 박소현, 앞의 책, 2007, 126쪽.
23) 이미 몽골 야탁과 북한 가야금 교본의 연주자세, 연주법 등을 비교한 바 있어, 수록 악곡을 비교하여 그 음악적 내용을 검토하려는 것이다(박소현, 위의 책, 2010 참조).
24) 정남희·안기옥 공저, 앞의 책.
25) 권영대, 앞의 책.

된 우리민요곡은 다음 〈표 2〉와 같이 정리할 수 있다.

〈표 2〉 데. 알탕토올의 수기악보와 체. 체렌허를러 야탁교본의 우리민요곡

	수록곡명		알탕토올 수록 면	야탁교본 수록 면
	원문	한국어 번역		
1	Торази/ Солонгос ардын дуу	도라지/ 한국민요	45	65
2	Гён сандо ариран/ Солонгос ардын дуу	경상도아리랑/ 한국민요	52	62
3	Янсандо/ Ардын дуу солонгос	양산도/ 한국민요	58~59	×
4	Пальганга/ Солонгос ардын дуу	조선팔경가/ 한국민요	×	58
5	Арирон/ Солонгос ардын дуу	아리롱/ 한국민요(아리랑 변주곡)	×	62
6	Онхея/ Солонгос ардын дуу	옹혜야/ 한국민요	×	72

이상 〈표 2〉는 데. 알탕토올의 수기악보와 체. 체렌허를러의 야탁교본에 수록된 우리민요곡으로 총 6곡이다. 이상의 6곡을 각각 북한 가야금교본의 동일 수록곡과 비교하려 한다.

① 〈도라지〉는 데. 알탕토올의 수기악보와, 체. 체렌허를러의 야탁교본에 모두 수록되어 있다. 또한 북한 가야금교본에도 정남희교본과 권영대교본에 모두 수록되어 있다. 이는 〈악보 1〉과 같다.

〈악보 1〉을 보면 ㉠ 데. 알탕토올과 ㉡ 체. 체렌허를러의 악보는 같다. ㉠과 ㉡의 악보를 보면, 전주가 총 16마디 진행된 이후, 원가락인 〈도라지〉의 본 선율이 제17마디부터 시작되며, 두 번 반복 후 원곡의 변주가 이루어지는데, 간간이 2성부 화음을 사용하여 보다 다채로운 음색을 발현하도록 변주되었다. ㉢ 정남희교본은 우리민요 〈도라지〉를 두 번 반복 연주하도록 기보되어 있다. 처음 선율보다 두 번째 반복 선율에서는 약간의 변형을 가하지만 단선율 가락으로 진행한다. ㉣ 권영대교본은 〈황금산의 백도라지〉란 명칭을 써서 원곡인 〈도라지〉를 2중주곡으

<악보 1> 도라지

로 편곡한 것이다. 위 악보 ㄹ은 〈황금산의 백도라지〉 일부이다.

---

26) 데. 알탕토올, 『수기악보』(1967년 이후 기록, 2007년 입수), 45쪽.

27) 체. 체렌허를러, 앞의 책, 65쪽.

28) 정남희·안기옥 공저, 앞의 책, 23쪽.

29) 권영대, 앞의 책, 38~43쪽.

정남희교본은 보편적인 민요연주법을 그대로 사용하지만, 몽골과 권영대교본은 다르다. 몽골의 경우는 악곡 진행 사이에 2성부의 음정을 간간히 발현하도록 하여 다채로운 연주곡으로 변주되었으며, 정남희교본은 보편적인 가야금 연주와 같이 단선율로 진행된다. 권영대교본은 가야금 2중주곡으로 수록되어 있다.

②〈경상도 아리랑〉은 데. 알탕토올의 수기악보와, 체. 체렌허를러의 야탁교본에 모두 수록되어 있으며, 북한 가야금교본에는 정남희교본에만 있다. 이는 다음 〈악보 2〉와 같다.

<악보 2> 경상도 아리랑

〈악보 2〉를 보면, ㉠ 데. 알탕토올과 ㉡ 체. 체렌허를러의 악보는 동일

---

30) 데. 알탕토올, 앞의 책, 52쪽.

31) 체. 체렌허를러, 앞의 책, 1987, 62쪽.

32) 정남희·안기옥 공저, 앞의 책, 1958, 66쪽.

하다. 그러나 ⓒ 정남희교본은 다르다. 정남희교본의 〈경상도아리랑〉은 원곡의 선율을 그대로 연주하며, 약간의 간음이 첨가된 방식이지만, ㉠ 데. 알탕토올과 ⓛ 체. 체렌허를러의 악보는 〈악보 1〉의 〈도라지〉 악곡의 변주방식과 같은 선율진행을 하고 있다.

③ 〈양산도〉는 데. 알탕토올의 수기악보에만 수록되어 있으며, 정남희교본과 권영대교본 모두 수록되어 있다. 이는 다음 〈악보 3〉과 같다.

〈악보 3〉의 ㉠ 데. 알탕토올, ⓒ 정남희교본, ㉣ 권영대교본 등에 수록

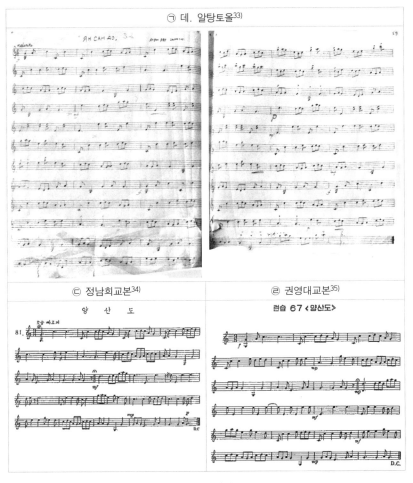

〈악보 3〉 양산도

된 〈양산도〉의 악보는 모두 완전히 똑같다. 이 점에서 김종암이 몽골 음악무용학교에 부임하기까지, 북한에서 현대식 전통음악교육을 받았음을 추정할 수 있다.

④〈조선팔경가〉는 체. 체렌허를러의 야탁교본과 정남희교본, 권영대교본에 수록되어 있으나, 동일곡인 3가지 악보가 모두 다르다. 이는 다음 〈악보 4〉를 보면 알 수 있다.

<악보 4> 조선팔경가

이상 〈악보 4〉의 3개에 악보는 같은 곡이지만, 그 선율이 다르다. ㉠

---

33) 데. 알탕토올, 앞의 책, 58~59쪽.

34) 정남희·안기옥 공저, 앞의 책, 53쪽.

35) 권영대, 앞의 책, 47쪽.

데. 알탕토올의 악보는 〈도라지〉와 같이 주제 선율을 변주하며, 간간히 2부 화음을 삽입한 방식이다. ⓒ 정남희교본은 2중주로 편곡되어 있다. ㉣ 권영대교본은 〈조선팔경가〉의 주제선율을 약간의 간음처리 방식으로 선율을 진행한다.

⑤ 〈아리롱〉은 체. 체렌허를러의 야탁교본, 정남희교본, 권영대교본에 모두 수록되어 있으나, 그 선율은 조금씩 다르다. 이는 〈악보 5〉를 보면 알 수 있다.

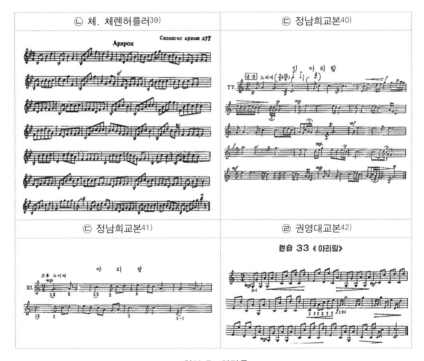

<악보 5> 아리롱

---

36) 체. 체렌허를러, 앞의 책, 58쪽.

37) 정남희·안기옥 공저, 앞의 책, 18~20쪽.

38) 권영대, 앞의 책, 21쪽.

39) 체. 체렌허를러, 앞의 책, 62쪽.

이상 〈악보 5〉를 보면 ⓛ 체. 체렌허를러의 악보는 분산화음과 같은 아르페지오(arpeggio) 주법으로 서정적인 선율진행을 하고 있다. ⓒ 정남 희교본에는 두 가지 악보를 볼 수 있는데, 〈긴아리랑〉과 〈아리랑〉 두 곡으로 주로 우리민요 가락을 노래하듯 노래선율 그대로 진행을 한다. ⓔ 권영대교본은 두개의 음을 순차적으로 연주하는 연주법 설명 후 제 시된 연습곡으로 주어진 연주법에 맞도록 선율을 변형하여 진행한다.

⑥ 〈옹헤야〉는 체. 체렌허를러의 야탁교본과 권영대교본에 수록되어 있다. 권영대교본에는 두 가지 악보가 있다. 이는 다음 〈악보 6〉과 같다.

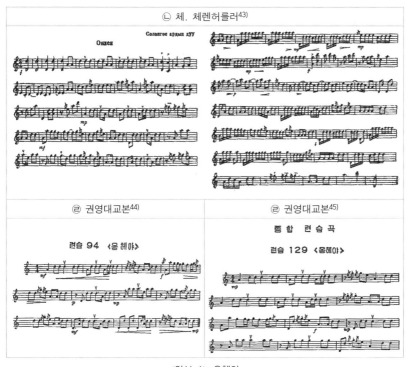

〈악보 6〉 옹헤야

---

40) 정남희·안기옥 공저, 앞의 책, 51쪽.

41) 위의 책, 18쪽.

42) 권영대, 앞의 책, 27쪽.

위의 〈악보 6〉을 보면 ⓛ 체. 체렌허를러와 ⓒ 권영대교본의 〈옹헤야〉가 비교된다. 권영대교본의 〈련습 94 옹헤야〉는 우리민요 〈옹헤야〉 선율을 노래하듯 연주하도록 기보되어 있으나, 〈련습 129 옹헤야〉는 보다 가야금의 기교를 가해 연주하도록 연주곡으로 편곡되어 있다. 참고로 위의 악보 중 〈련습 129 옹헤야〉는 일부만 제시하였다. ⓛ 체. 체렌허를러의 악보도 마찬가지이다. 다만, 체. 체렌허를러의 악보에는 간간히 2부 화성을 연주하는 간음이 첨가되어 보다 강한 악센트를 강조하고 있다.

이상 북한 가야금교본과 몽골 야탁의 우리민요곡을 비교해보면, 김종암이 몽골 제자들에게 우리민요곡을 교습할 당시 분산화음인 아르페지오 주법과 2부 화성을 사용한 편곡을 해주었다. 이는 북한 가야금교본과는 다른 방식이며, 우리나라 가야금 연주에서도 뒤늦게 시작된 연주방식이다. 우리 전통음악은 주로 단선율 위주이기에 화성을 사용하는 것은 현대식 작곡기법이 수용된 이후의 일이다. 때문에 김종암이 몽골에서 교습한 우리민요곡은 현대식 작곡 혹은 편곡 기법이 가미되어 있다.

2) 북한 창작곡

김종암이 몽골제자들에게 전한 북한창작곡은 데. 알탕토올의 수기악보와 체. 체렌허를러의 야탁교본에 보면 두 곡이 있다. 이는 〈봄노래〉와 〈물고기의 춤〉이다. 이외에도 김종암의 몽골제자들의 기억 속에 〈수령님 다녀가신 마을입니다〉와 같이 북한사회적 이데올로기가 반영된 창작곡도 포함되어 있었다. 여기서 북한창작곡은 몽골 야탁교본에

---

43) 체. 체렌허를러, 앞의 책, 71쪽.

44) 권영대, 앞의 책, 71쪽.

45) 위의 책, 95~97쪽.

수록된 것을 중심으로 비교 분석해본다. 다음 〈표 3〉은 데. 알탕토올의 수기악보와 체. 체렌허를러 야탁교본에 수록된 북한창작곡이다.

〈표 3〉 데. 알탕토올의 수기악보와 체. 체렌허를러 야탁교본의 북한창작곡

	수록곡명		알탕토올 수록 면	야탁교본 수록 면
	원문	한국어 번역		
1	Хаврын дуу / Солонгос ардын дуу	봄노래/ 한국민요	44	×
2	`Загасны бүжиг	물고기의 춤	50	64

먼저 봄노래는 데. 알탕토올의 수기악보와 권영대교본에 수록되어 있으며, 악보의 음악적 내용은 똑같다. 이는 다음 〈악보 7〉을 보면 알 수 있다.

〈악보 7〉 봄노래

---

46) 데. 알탕토올, 앞의 책, 44쪽.

다음은 〈물고기의 춤〉이다. 이곡은 데. 알탕토올의 수기악보, 체. 체렌허를러의 야탁교본, 권영대교본에 수록되어 있는데, 〈봄노래〉와 마찬가지로 악보의 음악적 내용은 서로 같다. 이는 〈악보 8〉을 보면 알 수 있다.

<악보 8> 물고기 춤

---

47) 권영대, 앞의 책, 76~77쪽.

48) 데. 알탕토올, 앞의 책, 50쪽.

49) 체. 체렌허를러, 앞의 책, 64쪽.

50) 권영대, 앞의 책, 88쪽.

지금까지 몽골 야탁교본에 수록된 우리민요곡과 북한창작곡을 북한 가야금교본과 비교해 보았다. 북한창작곡은 몽골 야탁교본에 수록곡 악보의 음악적 내용이 모두 같다. 그러나 우리민요곡은 좀 다르다. 북한 연주자 김종암의 몽골 제자들에 의해 제작된 몽골 야탁 악보는 북한 가야금교본과 같은 것은 〈양산도〉 단 1곡뿐이다. 이외의 5곡은 북한 가야금교본에 수록된 악보와 다르다. 특이점은 몽골 야탁교본의 악곡은 우리민요의 주선율을 중심으로 변형 반복 진행형이 대부분이다. 특히 분산화음인 아르페지오 주법을 자주 사용하며, 간간히 2부 화음을 연주하도록 하여 원곡보다 화려하고 다채로운 발현을 하도록 편곡되어 있다. 인하여 음악적 강약이 보다 명료하다. 반면, 북한 가야금교본은 우리민요의 원가락을 충실하게 연주하도록 제시된 악곡 혹은 가야금 2중주로 편곡되어 있다.

여기서 주목되는 점은 북한 가야금교본과 몽골 야탁교본의 악보들이 같은 곡임에도 불구하고 각 악곡의 선율진행이 다수 다르다는 점이다. 또한, 몽골 야탁교본에 수록된 우리민요곡들은 보편적으로 같은 방식으로 편곡되어 있는데, 자주 사용되는 방식은 분산화음의 아르페지오 주법을 삽입하고, 2성부의 화음을 첨가하여 명료하고, 강한 악센트를 첨가한 점이다.

4. 북한 가야금 연주자 김종암에 의한 몽골 야탁음악

지금까지 몽골 야탁교본과 북한 가야금교본의 수록곡을 비교 분석했다. 이는 1961년부터 1967년까지 북한의 가야금 연주자 김종암이 몽골 음악무용학교 교사로 부임하여, 몽골 전통악기인 야탁의 부흥에 음악적으로 어떠한 영향을 미쳤는지 관찰하기 위함이다. 그 결과를 다음과 같이 정리한다.

첫째, 1967년 졸업 직후 작성된 김종암의 첫 번째 몽골 제자인 데.

알탕토올의 수기악보와 이를 기반으로 출판된 1987년 체. 체렌허를러의 야탁교본의 수록곡을 비교 정리하여, 북한창작곡, 우리민요와 관련된 악곡을 추출하였다. 북한음악 혹은 우리민요와 관련된 악곡은 총 15곡으로, 우리민요, 북한창작곡, 가야금산조, 김종암의 창작곡 등이다.

둘째, 추출된 악곡 중 가야금산조를 제외한 북한창작곡과 우리민요를 1950~60년대 출판된 북한 가야금교본의 수록곡과 비교 분석했다. 북한창작곡은 몽골 야탁교본에 수록된 악보의 음악적 내용과 모두 일치한다. 그러나 우리민요곡 중 〈도라지〉, 〈경상도아리랑〉, 〈조선팔경가〉, 〈아리롱〉, 〈옹헤야〉 등 5곡은 북한 가야금교본에 수록된 악보와 다르다. 북한 가야금교본의 우리민요곡은 원가락을 충실하게 연주하도록 제시된 혹은 가야금 2중주로 편곡된 악곡인데 반하여, 몽골 야탁교본은 악곡의 주선율을 중심으로 변형 반복 진행하면서, 분산화음인 아르페지오 주법과 2부 화음을 삽입하여 보다 화려하고 다채로운 발현을 함으로서 음악적 악센트가 명료하게 표현되어 있다.

이러한 점에서 김종암은 서양음악이론과 작곡기법을 공부한 자일 것이다. 때문에 김종암은 〈황금가락〉, 〈어린이의 춤〉과 같이 몽골 제자들을 위해 야탁 음악을 작곡한 전적이 있는 것이다. 김종암은 몽골 제자들에게 단순히 우리의 가야금 음악을 전한 것만 아니라, 몽골 야탁음악에 풍성함을 더해주었다. 김종암은 북한 모란봉가무단의 가야금연주자이며, 북한에서 현대식 민족음악 교육을 받은 민족음악가였다.

참고문헌

권영대, 『가야금 교칙본』, 평양: 조선문학예술총동맹출판사, 1966.

박소현, 「몽골 야탁의 유래와 북한 가야금과의 관계」, 『몽골학』 제19호, 한국몽골
학회, 2005.

_____, 「20세기 몽골에 수용된 한국의 음악문화」, 『한국음악연구』 제39집, 한국
국악학회, 2006.

_____, 「몽골에 수용된 북한가야금과 그 음악」, 『한국음악연구』 제42집, 한국국
악학회, 2007.

_____, 「몽골 야탁과 북한 가야금의 교본 비교 연구」, 『국악과교육』 제30집, 한국
국악교육학회, 2010.

양승희, 『양승희의 안기옥 가야금 산조연구(I)』, 은하출판사, 2003.

정남희·안기옥 공저, 『가야금 교측본』, 조선음악출판사, 1958.

_____, 『조선의 노래』, 예술교육출판사, 1995.

Г. Лхагбасүрэн, *Ятга сурах*, Улаанбаатар, 2003.

Г. Сүрэнцэцэг, *Монгол ятгын уламжлал, шинэчлэлий н асуудал*, Улаанб
аата, 2006.

Ц. Цэрэнхорлоо, *Ятга Хөгжмий н сурах бичиг*, сэтгүүмий н нэгдсэн редак
цын газар, Улаанбаатар, 1987.

제2부

기억의 심상과 표상

남북 역사소설에 형상화된 '간도'의 심상지리적 인식과 심상지도

임옥규

1. 남북 역사소설과 간도

역사소설에서 장소는 삶이 구현되는 구체적인 토대에 해당되며 공시성과 통시성의 의미를 지닌다.

역사소설이 역사적 체험과 기록을 바탕으로 이를 재조직하여 문학으로 형상하였을 때 역사소설 속에 반복되어 나타나는 장소 표상의 의미는 역사에 대한 해석의 지평을 넓혀주고 문학적 심미 기능을 향상시킨다. 체험과 기록의 소설화는 장소라는 기표를 통해 지리적 실체를 이미지화하고 심리적으로 변형시키는 방법론을 보여주기도 한다. 여기에서 어떤 장소를 상상하거나 인식하는 것을 심상지리라고 할 수 있으며, 심상지리적 인식은 이념적 의미에서 개인과 민족과 국가의 정체성을 확립해주는 요인이[1] 될 수 있다.

---

1) 김양선, 「옥시덴탈리즘의 심상지리와 여성(성)의 발명: 1930년대 후반 소설을 중심으로」, 『민족문학사연구』, 민족문학사연구소, 2009.

이-푸 투안(Yi-Fu Tuan)은 인류학·문학·신학 등에서 다양한 연구성과들을 수집하고 그 속에서 지리적 경험들을 추출하여 공간과 장소가 가지는 의미를 풀이한다. 투안은 공간과 장소를 환경을 구성하는 근본 요소로 보고 세 가지 주제를 중심으로 '인간이 어떻게 세계를 경험하고 이해하는가'를 탐구한다. 그에 의하면 인간은 직간접적으로 다양한 경험을 하며, 이러한 경험을 통하여 미지의 공간은 친밀한 장소로 바뀐다고 한다.[2] 또한 인간의 장소는 극적으로 표현됨으로써 생생한 실재가 되고 장소의 정체성은 개인적·집단적 삶의 열망, 필요, 기능적인 리듬을 극적으로 표현함으로써 성취된다고 한다.[3]

이 글에서 살펴보는 '간도(間島)'라는 장소는 조선시대 말기와 일제강점기[4])를 다룬 역사소설들에서 반복적으로 등장하여 상징적 의미로 작용한다. 이에 관련해서는 근대 이후 로컬리티 위계의 탈구축과 심상지리의 형성의 과정은 '제국과 식민지의 체험으로부터 비롯한 지정학적 혼란으로부터 질서를 구축하고 공동체의 자기 정체성을 정의'하는 데에 반드시 거쳐야 했던 것으로 보이며 또한 이것은 근대적인 의미의 민족주의의 형성 과정이기도 하다는 논의[5]를 참고해볼 수 있다. 역사소설 속 장소는 다양한 심상지리적 인식을 통해 가시화될 수 있다. 특히 남북 역사소설에서 간도는 여러 가지 의미로 형상된다. 간도는 가난과 억압을 극복하기 위해 이주와 이산 체험을 하는 민족의 수난사적인 공간으로, 한편으로는 일제에 대한 투쟁과 민족의 공간을 확대하는 장소로 형상화된다. 이 글에서 주목하는 남북 역사소설은 일제강점기를 다루면서 간도지역을 주요한 역사적 배경으로 삼고 있다. 이에 이 글은

---

2) 이-푸 투안(Yi-Fu Tuan), 구동회·심승희 옮김, 『공간과 장소』, 대윤, 2011, 6~7쪽.

3) 위의 책, 286쪽.

4) 일제강점기(1910~1945): 한일합방으로 대한제국(조선왕조)이 망한 이후부터 1945년 8월 15일 광복에 이르기까지 35년 동안 일본이 한국을 식민지로 통치한 시기. 한국사사전편찬회 엮음, 『한국근현대사사전』, 가람기획, 2005.

5) 구인모, 「한국 근대시와 '조선'이라는 심상지리」, 『한국학연구』 제28집, 고려대학교 한국학연구소, 2008, 84~85쪽.

간도지역이 주요한 배경이 되는 남북 역사소설에서의 간도의 심상지리적 인식을 고찰하고 심상지도를 구축하고자 한다. 남북 역사소설은 대부분 장편소설로 구성되어 있으며 방대한 서사와 빈번한 장소 이동을 특징으로 한다. 이에 이 글에서는 주요 텍스트를 선정하고 대표성을 부여하여 분석하고자 한다. 남북 역사소설 중 간도지역이 주요한 장소로 등장하는 남한 역사소설『토지』, 북한 역사소설『두만강』, 남한에서 발표되었지만 재만 조선인 출신 작가의 작품인『북간도』를 주요 텍스트로 선정하여 이 소설들의 심상지리적 인식을 분석하고 이를 바탕으로 하여 심상지도를 구축하고자 한다.

2. '간도' 형상화한 남북 역사소설의 심상지리적 인식

개화기와 일제 식민시대를 다룬 남북 역사소설은 근대 전환기에 한민족이 겪었던 수난사를 형상하고 있는데, 간도가 주요한 역사적 장소로 등장한다. 간도의 의미는 그 명칭의 역사적 유래나 지형적 특성을 통해서 살펴볼 수 있으며 문학적 형상 속에서도 찾을 수 있다. 간도(間島)라는 명칭6)은 두만강 중간의 종성과 온성 사이에 있는 삼각주가 매우 비옥하여 1870년경부터 부근의 주민이 이곳을 개간하기 시작하면서 부르게 되었다고 한다. 그 후 무산, 온성 사이의 주민이 도강하여

---

6) 간도되찾기운동본부, 「간도역사」, http://www.gando.or.kr/ 참고. 그 유래에 따라 감터, 간도(墾島), 간토(墾土), 간토(艮土)·곤토(坤土), 간도(艮島), 간도(間島), 알동(斡東)·간동(斡東), 가강(假江)·강통(江通) 등으로 지칭되어 왔다. 간도에 대해 역사적으로 살펴보면 원래 초기 국가였던 읍루와 옥저의 땅이었다가 후에 고구려와 발해의 영토가 되었다고 한다. 고려시대와 조선시대에는 여진족이 머물면서 조공을 바치기도 하였다. 그러나 이후 청나라의 봉금령(封禁令)으로 1677년부터 200년 동안 다른 민족들이 출입을 하지 못하게 되었다. 1864년 전후로 당시 학정과 궁핍을 피해 조선인들이 압록강과 두만강을 건너 간도에서 밭농사를 짓게 되고 1883년 조선서북경략사 어윤준이 북선 6진을 시찰할 때 월강봉금령이 폐지되어 조선인들은 압록강 중상류와 두만강 중하류에 합법적으로 이주한다.

백두산 동면 기슭의 비옥한 토지를 개간하고 이곳을 모두 일컬어 간도라 부르게 되었는데 한민족(韓民族)이 개간하였다 하여 간도(墾島)라 부르기도 하였다고 전해진다. 1909년 간도협약7) 이후 간도지역은 독립운동의 근거지로서의 역할을 하였으며, 독립군이 청산리·봉오동 전투에서 일본군을 대패시키기도 하였다. 일제강점기에는 독립운동가, 강제 이주된 노동자와 농민들로 인해 간도 이주민이 대폭 증가하였다.

간도의 지리적 범위는 정확히 규정되어 있지 않다. 대체로 만주 동남부, 즉 현재 두만강 북쪽 옌벤(延邊) 조선족자치주에 해당하는 지역을 일컫는데, 주로 '북간도'라고 불러왔다. 그리고 백두산 서쪽의 압록강 이북지역과 쑹화장(松花江) 상류, 압록강의 중국 측 지류인 훈강(渾江) 일대가 '서간도'이다.8)

한민족에게 '간도'의 의미는 무엇인지 문학적 형상 속에서 찾아볼 수 있다.

간도는 일찍이 식민지하에서의 궁핍과 비참을 견디지 못한 서해가 생의 최저요건을 충족시키고자 찾아들었지만 끝내 희망조차 찾지 못한 곳이자, 제국주의로부터의 해방이라는 새로운 가능성을 찾아 포석과 설야가 이념적 방랑을 했던 곳이었으며, 민족해방의 신념을 위해 육사가 생의 비극적 황홀을 맛보았던 곳이기도 했다. 그래서 간도는 한민족에게 결코 낯선 곳일 수 없었다. 때로 그곳은 이 땅의 비참한 땅이 연장된 지리적 장소이었으며, 때로 그곳은 실존적 완성을 위한 통과 제의적 성격을 지닌 상징적 공간이었으

---

7) 간도협약은 일본의 대륙 침략 계획을 위해 1909년 9월 간도 지방의 영유권을 청나라에 넘겨준 협약이다. 1905년 을사조약 체결 이후 대한제국의 외교권을 박탈한 일본이 한국을 대신해 한국과 청국 간의 국경을 확정한 조약이다. 당시 일본은 청나라로부터 남만주 철도부설권과 무순탄광개발권을 얻는 대가로 간도의 한민족을 청나라 법률 관할하에 두는 것을 허락하였다. 그 결과, 협약에 직접적으로 간여하지 못했던 우리 정부는 불법적으로 영토를 빼앗겼다. 유수정, 「잡지 『조선』(1908~1911)에 나타난 간도·만주 담론」, 『아시아문화연구』 제19집, 경원대학교 아시아문화연구소, 2010.

8) 아리랑문학관 홈페이지 참고 http://arirang.gimje.go.kr/.

며, 때로 그곳은 현실을 초월할 수 있는 낭만적 비약이 가능했던 이념적 성소였던 것이다.[9]

간도가 형상화된 남한 역사소설로 『토지』, 『아리랑』, 『야정』, 『혼불』, 『먼동』 등이 있으며 재외한인 문학의 특징을 보이는 『북간도』가 있다. 북한의 경우 『두만강』 역사소설과 총서 〈불멸의 력사〉 '항일혁명문학 투쟁시기 편'과 「피바다」, 「꽃 파는 처녀」, 「한 자위단원의 운명」 등의 '항일혁명문예'가 있다. 북한의 역사소설을 살펴볼 때 항일혁명문학과의 연관성을 인식할 필요가 있다. 이는 항일혁명투쟁이 북한의 역사와 문학예술에서 중요한 위상을 지니며 북한의 전통과 혁명 원리의 핵심으로 작용하기 때문이다. 그런데 북한의 역사소설을 분석하면서 항일 독립투쟁의 장을 다루고 있는 항일혁명문학은 다른 층위에서 논할 수밖에 없다. 북한의 항일혁명문학에 대해 남한에서는 김일성의 역사에 대한 왜곡과 신화 만들기[10] 김일성 중심의 편향된 기억의 정치화[11]로 해석한다. 특히 총서 〈불멸의 력사〉 '항일혁명투쟁시기 편'은 17편의 장편소설로 구성되어 있어 총서 자체만으로도 방대한 규모를 지녀 이에 대한 연구는 별도로 다루어져야 할 필요성이 있다.[12] 또한 북한의 4·15문학창작단에서 김일성 중심의 항일혁명 역사를 창조·재현한 총서를 역사소설로 볼 수 있는가에 대한 문제가 제기된다. 이러한 점을 감안하여 총서 〈불멸의 력사〉가 '간도'에 대한 북한의 심상지리적 인식과 심상지도 구축에서 중요한 역할을 하지만 별도의 논문으로 다루고

---

9) 김종욱, 「유토피아와 역사, 그리고 현실: 김주영의 『야정』」, 『작가세계』 제31호, 세계사, 1996, 427~428쪽.

10) 신형기, 『북한소설의 이해』, 실천문학사, 1996, 101~102쪽; 서재진, 『김일성 항일무장투쟁의 신화화 연구』, 통일연구원, 2006, 217쪽.

11) 남원진, 『이야기의 힘과 근대 미달의 양식』, 도서출판 경진, 2011, 383쪽.

12) 총서 〈불멸의 력사〉에 대한 심도 있는 연구성과로는 강진호, 『북한의 문화정전, 총서 불멸의 력사를 읽는다』, 소명출판, 2009; 강진호, 『총서 불멸의 력사 해제집』, 소명출판, 2009; 강진호, 『총서 불멸의 력사 용어사전』, 소명출판, 2009 등이 있다.

자 한다. 다음에 제시되는 〈표 1〉과 〈표 2〉는 '간도'가 형상화된 남북 역사소설과 문학을 정리한 것이다. 〈표 1〉과 〈표 2〉를 살펴보면 일제강점기를 배경으로 하는 남북 역사소설에서 '간도'는 많은 역사적 사건을 체험하는 장소로서 민족사적 궤적을 주요하게 보여준다. 간도를 둘러싼 이러한 문학작품이 취하고 있는 정서적 특성은 시대배경과 연결되어 한민족의 특성을 의미화하고 있다. 이 논문에서는 이를 심상지리적 인식의 측면에서 살펴보고 남북 역사소설에 형상화된 간도를 다음과 같이 유형화해 보고자 한다.

〈표 1〉 '간도'를 형상화한 남한 역사소설

	남한			역사적 시기	장소	심상지리
1	토지 (박경리, 솔출판사, 1판 6쇄, 1995) (1판1쇄 1993)	1부 2부 3부 4부 5부	1 2 3 4 5 6 7 8 9 10 11 12 13 14 15 16	1897 한가위~ 1945 (1908.6~ 1911.4 생략)	평사리-간도-평 사리, 서울, 진주, 만주-간도-일본 -평사리	자유, 생명, 사랑, 한, 민족혼
2	북간도 (안수길, 사상계, 1959~1967)	1부 2부 3부 4부 5부		1865~1945	압록강, 두만강 국 경지방-간도(비 봉촌, 명동촌, 용정 촌)	북간도 개척사, 이농민(移農民)의 의 지 형상화, 민족운동의 형태(실력양 성의 종교, 민족운동 교육, 무장독립 투쟁의 항일운동)
3	아리랑 (조정래, 해냄, 1994~1995)	1부 2부	1 2 3 4 5	1904~1945	김제(죽산)-군산 -목포-서울-만 주·간도-동경· 홋가이도-하와 이·샌프란시스코 -상해·북경-블라 디보스톡(해삼 위)-중앙아시아-	탈식민, 건국서사(근대 민족주의 희 망) 무장투쟁론, 반일감정 극대화 무정부주의, 복벽주의 대 공화주의, 공산주의 독립 염원, 정신적 저항/국제공산주 의 정신/파벌싸움 공산주의=혁명국제연대

4		6		동남아시아	독립운동사
	3부	7			
		8			
		9			
	4부	10			
		11			
		12			
4	먼동 (홍성원, 동아일보사, 1991)	1 2 3 4 5	구한말~ 3.1운동 직후	경기도 남양부의 성주골, 수원, 비 봉, 서울-만주	반일투쟁, 국권수호, 부국강병
5	야정 (김주영, 문학과지성 사, 1996)	1 2 3 4 5	조선 말기	강계-압록강-이 호산, 양차향환회 령-청하-청구자 촌-삽사도구-탑 전-강계	유토피아 공간 인식, 만주 이민 1세대 겁부제민의 휴머니즘 지향
6	혼불 (최명희, 매안, 제2판 9쇄, 2012, 1판1쇄는 1994)	1 2 3 4 5 6 7 8 9 10	일제강점기 1930~ 40년대	전라북도 남원 상 민마을 거명굴-만 주	전통적 삶의 방식을 지켜나간 양반 사회의 기품, 평민과 천민의 고난과 애환, 만주에서의 조선사람 등의 비 극적 삶과 민족혼의 회복/ 호남지방 의 혼례와 상례의식, 전래풍속, 남원 지역의 방언 구사/민속학, 국어학, 역사학, 판소리 분야에 활용

<표 2> '간도'를 형상화한 북한 역사소설과 총서 『불멸의 력사』[13]

북한		역사적 시기	장소	심상지리
1	두만강 리기영선집10 (제1부, 조선작가동맹출판사, 1961) 리기영선집11 (제2부, 조선작가동맹출판사, 1961) 리기영선집 13 (제3부 상) 리기영선집15 (조선문학예술총동맹출판사, 1964)	1부 2부 상 3부 하	구한말 ~1930년대	송월동-함경북도 무산 7소-만주 동 북지방(용정, 화룡 현, 명동촌, 연길)	반봉건·반외세, 건국 서사(공산주의 희망) 만주에서의 논농사(수 리와 개간, 조선 벼농 사의 우수성), 항일무 장투쟁, 노동계급 영 도 하의 민족해방투 쟁, 간도 이주와 개척
2	닻은 올랐다 (김정, 1982)		1925~1926	지린성 화성의숙	'타도제국주의동맹' 결성까지의 투쟁
3	혁명의 려명		1927~1928	길림	학생들의 반일투쟁

	(천세봉, 1973)		
4	은하수 (천세봉, 1982)	1929~1930 길림	주체적 혁명노선 제시의 과정
5	대지는푸르다 (석윤기, 1981)	1930~1931 길림, 국내	조선혁명이 무장투쟁으로 발전되기 위한 과정
6	봄우뢰 (석윤기, 1985)	1931~1932 연길	추수투쟁, 조선인민혁명군 창건까지의 투쟁
7	1932년 (권정웅, 1972)	1932~1933 길림성 안도현~통화현	김일성의 첫 원정길인 남만원정, 조선독립군과 중국항일부대와의 합작
8	근거지의 봄 (리종렬, 1981)	1933~1934 두만강 연안	유격근거지 창설과 보위를 위한 투쟁
9	혈로 (박유학, 1988)	1934~1936 북만주	제1차 북만원정, 항일투쟁사로서의 유격활동
10	백두산기슭 (현승걸, 최학수, 1978)	1936 백두산 지구	조국광복회 창립 선포
11	압록강 (최학수, 1983)	1936~1937 길림성 무송현	항일무장투쟁 전성기
12	위대한 사랑 (최창학, 1987)	1937 홍두산	항일혁명의 계승
13	잊지못할 겨울 (진재환, 1984)	1937~1938 몽강현(중국 동북 지방의 정우현)	마당거우 밀영에서의 동기군정학습
14	고난의 행군 (석윤기, 1976)	1938~1939 몽강현 남패자~ 압록강 연안 장백 현 북대정자	항일 시기 '고난의 행군' 과정
15	두만강지구 (석윤기, 1980)	1939 두만강	조선인민혁명군의 국내 진공작전
16	준엄한 전구 (김병훈, 1981)	1939~1940 백두산	대부대선회작전 과정
17	붉은 산줄기 (리종렬, 2000)	1939~1945	항일무장투쟁
18	천지 (허춘식, 2000)	1940~1941 백두산	백두산 진군 과정

---

13) 〈표 2〉에서 2번부터 18번까지는 총서 〈불멸의 력사〉 '해방 후 편'에 속하는 장편소설이
다. 이에 관한 정보는 남원진, 「현대적 이상과 북조선 문학의 근대적 문법」, 『이야기의
힘과 근대 미달의 양식』, 도서출판 경진, 2011을 참고하였다.

1) 자유, 생명, 사랑, 민족혼: 남한 역사소설 『토지』

『토지』(박경리)는 구한말에서 해방까지 20세기 전반 한국과 동아시아 전역을 구체적인 배경으로 한다. 이 소설에는 지리산과 평사리라는 공간이 대비되어 전개되며 경남 하동 평사리에서 시작하여 지리산, 서울, 전주, 통영, 부산, 간도, 연해주, 중국, 일본까지를 공간적 배경으로 삼고 있다.

『토지』는 1969년 9월 『현대문학』지에 게재된 이후 현재까지 여러 판본을 거치면서 수정 및 개작이 이루어졌다.14) 이 중 이 글에서는 솔출판사에서 발행한 최초의 완간본 5부 16권을 『토지』의 원본 대상으로 삼고자 한다. 이 작품 줄거리의 커다란 틀은 장소 이동에서 찾아 볼 수 있는데, 농경사회인 고향(정적 사회)으로부터 시장경제 사회(동적 사회)로 변하는 만주로의 대이동과15) 고향으로의 귀환(하동, 진주, 평사리)이라고 볼 수 있다.

『토지』 1부는 1897년 한가위부터 1908년까지의 약 10년간의 이야기로 경상남도 하동군 안악면 평사리 마을의 최 참판 댁을 중심으로 진행된다. 역사적 배경으로는 동학운동, 개항, 갑오개혁 등이 등장한다. 1부에서는 최 참판 댁 가족사의 비극을 통해 당시 정치적 변화와 양반 계급 이념의 몰락을 그리고 있다. 이 중심에 있는 평사리지역은 양반 소유주와 마름, 소작농들의 관계를 통해 당시 농경사회의 모습을 형상화한다. 일제 세력이 강화되고 가족의 연이은 죽음으로 어린 서희만 남게된 최 참판 댁에 조준구가 등장하여 토지를 빼앗자 서희는 윤씨 부인이 물려준 금괴를 가지고 간도로 이주한다.

---

14) 최유찬, 「『토지』의 성립과 판본의 변이 양상」, 『토지의 문화지형학』, 소명출판, 2004. 『토지』 판본: 작가의 초고 원고, 잡지 및 신문 연재본, 문학사상사본, 지식산업사본, 삼성출판사본, 솔출판사본, 나남출판사본, 영문출판사본, 동서문화사본, 솔출판사에서 삽화를 넣어 1부만을 간행한 판본 등.

15) 정현기, 「2부만으로 읽은 박경리 『토지』론: 나와 너의 관계거리와 나의 나됨 찾기 〈토지문학공원〉」, 『하이데거 연구』 제15집, 한국하이데거학회, 2007, 825쪽.

『토지』 2부는 1910년부터 약 7~8년간 간도에 정착한 서희 일행의 이야기로 전개된다. 2부에서는 간도 이주로 인한 생활 변모와 민족교육의 양상, 식민지 자본주의 비판, 독립 운동가들의 활약 및 친일분자들의 암약, 가치관의 변전 등 서희 일행이 용정에 도착한 이후의 이야기를 담고 있다. 2부의 주요 공간인 용정은 1911년 5월 대화재 이후 서희가 공 노인의 도움으로 대상(大商)으로 성장하고 길상과 혼인하여 계급사회에 대한 인식 전환을 보여주게 되는 장소이다. 이후 구시대를 대표하는 김 훈장의 죽음, 임이네의 탐욕스러운 물욕과 이에 대비되는 용이와 월선의 사랑과 죽음 등이 전개된다.[16] 서희는 간도 땅을 소유와 투자의 개념으로 간주하고 사고파는 일을 능숙히 처리하여 큰 부를 축적한다.

그렇다고 하여 세차게 몰아치는 근대의 바람 앞에 퇴락한 빈집 같은 형식을 고수하는 사양(斜陽)의 후예들하고는 다르다. 서희는 과감하게 껍데기를 찢어발기고 핵을 보존키 위해 오히려 양반의 율법에 반역하지 않았던가. 이를테면 하인과 혼인한 것이 그것이며 소위 오랑캐들이 사는 북방에 가서 주린 창자를 움켜쥐고 대의를 부르짖는 청빈한 선비들, 언 손에 총대 들고 야음을 타고 선만(鮮滿) 국경을 넘나드는 꽃 같은 젊은이들, 그리고 결빙한 두만강을 수없이 건너오는 우직한 백성들의 짚신, 무수한 발을 외면한 채 용정촌에서 장사와 투기로써 수만 재산을 모으고 일본에서는 새로운 재벌들을 탄생케 했으며 중국에서는 민족 자본의 숨구멍을 트게 한 저 세계대전

---

16) 1911년 5월 용정에 대화재가 발생, 거리가 거의 불탔다. 일제는 조선총독부의 명의로 2만 5,000원의 자금을 내어 용정에 '구제회'를 설립하고 부동산을 담보로 대부해주었다. 이에 사방에서 사람들이 몰려들어, 남북으로 뻗은 한족 거리와 연계된 조선족 거리에 새 주택과 잡화점, 여관, 음식점 등이 들어섰으며, 일본 상부지에는 일본 양행, 조선은행 출장소, 구제회, 각종 회사 등 건축물이 들어섰다. 거리가 번창함에 따라 가로세로 뻗은 골목들이 마치 거미줄처럼 생겨나 이 골목을 '아흔아홉골목'이라 불렀다. 이렇게 해서 용정에는 5개의 시장이 형성되었고, 1928년 통계에 따르면 용정지역의 시장 무역총액은 연변에서 가장 높았다. 박청산·김철수, 『이야기 조선족력사』, 연변인민출판사, 2000, 55~56쪽.

의 호경기, 그것을 만주서 맞이했던 최서희는 곡물과 두류(豆類)에 투자하여 일확천금을 얻은 것이 그것이며, 빼앗긴 가산도 가산이려니와 수모에 대한 보복과 사문의 재기를 위하여 교활무쌍한 술수를 서슴지 아니했던 것이 그 것이며 진주로 돌아온 후에도 최서희가 호적상 김서희로 둔갑하고 김길상 이 최길상으로, 그리하여 두 아들에게 최씨 성을 가지게 한 것 등등……. (『토지』 7권, 182~183쪽)

이 시기에 해당되는 주요 역사적 사건으로는 한일합방, 토지조사 사 업, 용정 대화재, 간도협약데라우치 마사타케(寺內正毅) 총독 암살 미수 사건(105인 사건), 무술정변, 신민회 창립과 해체, 안악 105인 사건, 토지 조사 사업 등이 있다. 그런데 이러한 역사적 사건은 소설 속에서 등장인 물들의 행동이나 사건을 통해서가 아니라 대화나 논의 속에서 등장한 다. 또한 장소의 의미도 전반적으로 인물의 구체적 행동에서 발로되는 것이 아니라 등장인물들의 논의 속에서 지명된다. 특히 지식인들은 대 화나 토의를 통해 역사적 사실과 이에 대한 역사의식을 선보이고 있다.

이 작품에서 역사에 대한 맥락을 형성하는 것은 대개가 인물들의 토 론 마디이고, 거기에서 이루어지는 역사적 사건의 재구성이다. 이에 대 해서는 역사의 징후들을 서사적 개연성으로 얽어내거나 역사적 기표에 대한 기의의 무한 번식을 허용하는 관점으로 재구성하는 데『토지』는 바로 그런 관점을 보여주는 독특한 소설이라는 평가를 내린다.[17]

간도 용정촌의 의미는 용이의 아들인 홍이를 통해 살펴볼 수 있다. 그럼 에도 용정촌은 홍이에게는 지순한 정신의 고향, 소중한 것을 묻어두고 온 곳이다. 용정촌이 가지는 의미, 송장환 선생은 간도 땅은 말할 것도 없이 남만주 일대는 옛날에 잃은 조선의 땅이라 했다. 땅과 더 불어 잃은 그 수많

---

17) 이상진, 「『토지』 속의 만주, 삭제된 역사에 대한 징후적 독법」, 『현대소설연구』 24권, 한국현대소설학회, 2004, 249쪽.

은 백성들의 피는 지금 만주족 속에도 맥맥이 흐르고 있을 것이라 했었다. 그리고 또 공노인은 말했었다. 울창한 원시림에 묻혀 있던 용정촌에 처음 낫과 도끼질을 한 사람은 조선인이었었다고. 유림계(儒林契)에 모여들던 기개 높고 학덕으로 신선같이 보이던 선비들이며 절(節)을 굽히지 아니하고 죽음을 택하였던 수많은 의병장, 의병들 소식이며 정착민들의 뿌리 깊은 자긍심은 물론이거니와 유랑 동포조차 왜인들에겐 추호 비굴하지 아니했던 곳. 이조 오백 년 동안 심은 삼강오륜, 그 윤리 도덕에 길들여진 상민들은 비록 의복이 남루했을지언정 예의범절을 모르는 왜인들을 짐승 보듯 했으며 적개심을 지나 차라리 모멸이요, 정복자에게 오히려 우월감을 맛보는 그런 곳. 그러한 날품 팔이 나그네들을 홍이는 국밥집 월선옥에서 얼마든지 보았었다. (…중략…)

더럽고 염치없고 상스러웠던 그 왜인들이 또다시 만주 바닥까지 달려왔으니. 항거를 맹세코 떠나온 사람들, 어리석어서, 힘이 없어서 살던 고향을 왜인들에게 빼앗기고 떠나온 백성들, 상호 갈등이야 없을까. 그러나 석양의 마지막 아름다움 같은 선비들의 그 윤리의 향기나, 새로운 문물에 눈뜬 젊은 이들의 강인하고 열정적인 투쟁심이나, 신분의 질곡에서 풀려났지만 그러나 나라 잃은 비애를 안을 수밖에 없었던 이율배반의 심적 상황에서도 상부상조의 구심점으로 모여들던 상민이나, 척후병이요, 약탈자인 일본의 무뢰한과는 유(類)가 다른 것이다. 그러한 곳, 이조 오백년 사상의 마지막 정수(精髓)가 옮겨지면서 그 정신적 토양에서 미래를 향해 새로운 싹이 돋아나는 곳, 자긍심이 팽배하고 항일 정신이 투철했던 용정촌에서 홍이는 피부 가까이 무엇을 느끼며 보았는가. (『토지』 7권, 229~230쪽)

홍이는 생모 임이네와 월선의 틈바구니에서 겪은 곤혹과 갈등으로 괴로워하고 아버지인 용이의 분노, 슬픔, 절망이 빚은 행패로 집안을 지옥으로까지 여기지만 용정촌을 정신적 고향으로 여긴다. 이는 홍이 마음 속에 영원한 어머니인 월선의 희생적인 보살핌에 의한 것이기도 하고 용정촌에서 만났던 조선인의 도도한 기상과 청빈한 가풍, 자랑스러운 기질 등을 존경하게 되었기 때문이다. 이 소설에서 간도가 고토 회복지역으로 인식되고 있다면 한편으로는 인간의 자유와 생명에 관한 고찰도 담고 있다. 하나하나의 생명은 전체 우주의 운명만큼이나 중요한 것이고 그 소우주들의 창조적인 역할에 대해서 생각하게 하는 생명사상, 무한히 지속되는 우주적 진행에 대해서 단절감을 느끼는 유한자인 인간의 희구, 생명의 고유한 정서이자 소망으로서의 한을 부각시킨다.[18] 길상은 서희와 결혼하지만 계급과 애증의 질곡 속에서 벗어나고 싶어 한다.

공상은 옥이네에 대한 애정 때문이 아니다. 연민 때문도 아니다. 자유, 사랑의 고통, 사랑의 질곡에서 빠져 달아나고 싶은 마음, 옥이네는 아무것도 길상에게 걸어놓은 것이 없다. 만주의 벌판은 넓다. 황사(黃砂)가 나는 공간은 무한하며 말굽 소리가 가슴을 떨리게 하는 대륙이다.
강물도 산림도 얽매이기에는 삭막하고 광활하다. 길상은 또 하동의 지리산, 그 지리산 속의 절을 생각할 때가 있다. (『토지』 5권, 310~31쪽)

풍전등화 같은 목숨, 하루살이 같은 인생의 이들. 연해주를, 만주 땅을 유랑하는 백성들이 품팔이 일꾼뿐일까마는 독립지사든 장사꾼이든 혹은 서희 같은 자산가, 심지어 김두수 등속의 앞잡이까지 풍전등화의 목숨이며 하루살이 같은 인생임엔 대동소이한 것, 남의 땅 위에 뿌리박기도 어렵거니와 뿌리가 내린들 튼튼할 까닭이 없다. 길상은 끝까지 살아남을 사람은 두만아비 같은 그런 사람일 거라고 생각한다. (『토지』 5권, 340~341쪽)

그리고 길상은 김환의 외침으로 오히려 자신이 굳어지고 있다는 것을 느낀다. 인간의 한계를 인정하고 나서는 그 자신을. 그것은 생명의 유한(有限)

---

18) 최유찬, 「빅뱅이론과 생명사상으로 읽은 박경리의 토지」, 『말』 통권 126호, 월간 말, 1996, 210쪽.

이다. 죄(罪)에 얽매인 것 아닌 삼라만상, 모든 것은 생명이 있고 또 생명이 없는 유한, 역설이라면 기막힌 역설이겠으나. 어느 시기까지 유지될 안정(安定)일지는 모르지만 길상은 서희와 아이들에게로 향하는 사랑이 담백한 상태로 자리 잡는 것을 느낀다. (『토지』6권, 391~392쪽)

이 소설은 일제강점기 식민지 자본주의 정책과 문화에 대해서도 비판한다. 간도의 용정촌 사람들은 대부분 농민이 아닌 상인이다. 그런데 이들은 조선인이라는 이유로 차별을 받는다. 일제의 식민 정책 속에서 자본주의의 폐해를 겪는 조선인들의 이야기는 민족 자본 육성으로까지 이어진다.

결국 그러니만큼 자본가들은 권력과 결탁하지 않는 이상 존재할 수가 없고 필연적으로 군소자본가들을 잡아먹는 것이 그들 생리고 보면, 그리고도 권력층과 이윤 분배를 위해서도 군소자본가들을 잡아먹고서 자신이 비대해질 수밖에 없는 것이 존재하는 자들의 운명이기도 하니까. (…중략…) 결국 힘의 보강인데 화급해지면 외세를 끌어들이는 것도 어렵잖은 일이요 그 넓은 저변에 우글거리는 개미떼를 소모하기 위한 전쟁도 불사 아니겠나? (『토지』6권, 166쪽)

<토지>

2) 탈식민 건국 서사: 북한 역사소설 『두만강』

『두만강』(이기영) 1부는 19세기 말에서 1910년까지, 2부는 1910년 이후부터 3·1운동 전후까지, 3부는 1920년대 초부터 1930년대 초에 이르는 시기를 배경으로 충청도 송월동에서 함경도 무산, 간도로 이주하는 농민의 삶을 통해 민족의 수난사를 그리고 있다. 특히 간도지역이 중심이 되어 민족해방투쟁이 무장투쟁으로 변모하는 과정을 형상한다. 작가는 제3부를 쓰기 위해 만주를 답사하고 작품 속에서 이 일대를 항일무장투쟁의 근거지로 형상화하였다. 이 작품은 농민봉기, 의병운동, 애국계몽운동, 독립군운동, 3·1운동, 노동운동, 농민운동 등 광범위한 민족해방운동의 현실을 총체적으로 실감 있게 보여주었다는 점에서 민족해방운동의 기념비적 작품이라고 평가받는다. 19세기 말엽부터 1930년대까지의 당대 사회를 총체적으로 형상화한 『두만강』은 1954년에 제1부, 1957년에 제2부, 1961년에 제3부가 발표되었으며 1960년에는 북한에서 '산 역사 교재'라고 평가받으면서 인민상을 수상하였다. 『두만강』은 역사적 사건과 시대 배경에 따라 내용을 전개하는데 장소의 이동에 주목해 볼 수 있다. 장소 이동 경로 중심으로 내용을 살펴보면 1부에서는 충청도 두메산골인 송월동을 배경으로 농민들의 봉기와 의병투쟁, 애국계몽운동 등의 역사적 사건을 전개한다. 2부에서는 1910년 무렵부터 3·1운동이 일어난 1919년 전후 시기에 송월동, 함경북도 무산, 간도 지방으로의 이동을 통해 농민과 항일무장세력의 연대를 보여준다. 3부에서는 곰손의 아들인 씨동이 안무의 지휘 아래 봉오동 전투와 청산리 전투에 참여하는 것을 보여주며 농민들의 계급적 각성을 통해 추수폭동이 일어나는 과정을 보여준다.

『두만강』 2, 3부에서는 간도라는 장소에 가족의 이산과 민족의 고난이 존재하는 것으로 그려지며 한편으로 의병활동과 독립투쟁을 위한 거점으로 형상화된다. 씨동이는 아버지 곰손과 함께 고향을 떠나 만주로 가다가 무산에서 곰손이 일제 경찰에 잡혀 고문으로 몸이 상하자 전통적 지식인으로 일제에 항거하던 이진경의 부탁을 대신 전달하는 임무를 맡는다. 이 임무를 통해 반제투쟁에 관심을 갖게 된 씨동에게 만주는 민족해방 투쟁의 시원이 되는 장소가 된다.

『두만강』2부의 주요무대는 간도의 명동촌[19] 일대이다. 명동촌은 씨동이 김약연과 독립운동가 안무를 만나고 이들을 통해 항일무장투쟁에 참여하게 되는 계기를 마련하는 곳이다. 당시 명동촌은 민족 교육의 장소이자 독립운동가들의 거처로 북간도의 한인공동체를 이루고 있었다. 『두만강』3부에서 용정은 고향에서 땅을 잃고 쫓겨난 빈농들이 넘어오는 곳으로 소개된다. 일제의 탄압과 지주들의 착취를 견디지 못한 빈농들은 고향을 등지고 살 곳을 찾아 간도로 넘어 온다. 그러나 간도에서의 삶도 고향과 별반 다르지 않다.

조선 이주민들은 중국의 토호들과 만청 정부 관리들의 박해를 당하였다. 그 외에도 이주민들의 호적이 조선 내에 있는 것을 빙자하여 리조 관리들은 해마다 가을 봄으로 찾아 와서 세금을 받아 갔다. 이래저래 뜯기는 것이 너무 많아서 그들은 간도에서도 살 수 없었다. 그런데 로일 전쟁 이후부터 일제의 세력이 커짐에 따라 그들은 왜놈들한테까지 박해를 당하였다. (『리기영 선집(11)』, 66쪽)

참으로 그들이 이 땅의 주인이요, 대지의 아들이다. 과연 그들에게 진정한 자유가 있어서 마음놓고 살 수만 있다면 얼마나 행복할 것인가. 그런데 왜놈들은 간도까지 쫓아 와서 그들을 못 살게 굴었다. 또한 길림성 정부 밑의 탐관오리들을 그들을 「사간민」이라고 압박하며 략탈하였다. (『리기영 선집(1)1』, 644쪽)

---

19) 소설 『두만강』의 주요한 무대이기도 한 명동촌은 1899년 김약연을 중심으로 한 전주 김씨 31명, 김하규를 중심으로 한 김해 김씨 63명 등 총 142명이 북면 땅 종성에서 두만 강을 건너와 만든 마을이다. 유병문, 「이기영의 『두만강』: 눈물과 한, 그보다 억센 겨레의 투쟁으로 흘렀던 두만강」, 『민족21』제39호, 2004, 145쪽.

<두만강>

『두만강』3부는 씨동이 김일성의 소식을 듣고 그의 항일유격대의 일원이 되어 민족 해방을 꿈꾸는 것으로 마무리하고 있다. 『두만강』은 투쟁을 통해 사회를 변화시키고자 하며 새로운 민족국가 건설을 염원한다. 이 소설에서 주요하게 다루는 사건은 조선 후기 민란, 동학, 항일 의병투쟁, 3·1만세운동, 항일무장투쟁 등이다. 이 소설은 이러한 흐름 속에서 항일무장투쟁의 역사적 정통성을 확립하고자 하며 그 투쟁을 통해 새로운 국가를 염원하고 있다.

3) 북간도 이주와 개척사: 재외한인 역사소설 『북간도』

『북간도』(안수길)는 1865년에서 1945년까지를 시대 배경으로 하여 만주라는 '민족의 고토(故土)'에서 겪는 이주민의 삶을 그리고 있다.[20]

이 소설은 재만 조선인이었던 작가의 간도 체험의 산물로서 일제강점기 간도 만주 등으로의 이주와 개척을 통해 민족의 수난과 민족 자주권 투쟁에 관한 역사를 담고 있다.

이 소설은 4대에 걸친 유이민의 삶을 형상한다. 이한복(1대)은 월강(越江)이 금지된 두만강 건너편 토지를 개간하여 농사를 짓다가 관가에 잡혀 곤욕을 치르지만 백두산정계비의 내용을 전하고 결국 북간도로 이주하게 된다. 이한복 일가가 북간도 비봉촌으로 이주한 뒤 장손(2대)과 창윤(3대) 세대는 청국 관헌과 토호들의 횡포로 고된 이주민의 삶을 겪는다. 창윤와 정수(4대)는 용정으로 거처를 옮기는데 창윤은 기와 굽는 일이 잘되고 정수는 민족학교에서 교육을 받게 된다. 1차 세계대전이 발발하면서 조선인들의 항일운동이 전개되고 정수도 이에 동참한다. 정수는 감옥에 갇혔다가 1945년 광복과 함께 출감한다.

『북간도』는 압록강, 두만강의 국경 지방에서 먹고살기 위해 사잇섬 농사를 짓던 일가가 월강하여 4대에 걸쳐 피와 땀으로 간도를 개척하고 항일운동에까지 참여하게 되는 과정을 그리고 있다. 이 작품은 세대에 따라 간도로 이주하게 되는 원인과 정착 과정, 민족주의 독립운동 과정을 전개한다. 『북간도』에서 간도는 민족의 고유한 영토였지만 다른 민족에게 빼앗기고 압박을 받는 곳으로 형상화된다.

그리고 한복이는 어렸을 때 할아버지에게서 들은 이야기를 생각했다. 아득한 옛날, 만주는 우리 민족의 발상지였고 천여 년 전의 고구려와 그 뒤를 잇는 발해 때에는 우리 판도의 중심지였다. 지금은 청국의 영토로 되어 있으나 사실은 우리나라 땅이라고 할아버지는 말했다. 그 증거로 할아버지는 150여 년 전에 세운 정계비를 보면 알 일이라고 했다. (『북간도』, 29쪽)

---

20) 만주를 "우리의 선조가 가장 먼저 자리를 잡았고 3,000년 이상이나 살아온" 그래서 "우리가 반드시 돌아가야 할 옛터", 즉 민족의 고토로 보는 담론. 신형기, 「민족 이야기의 두 양상」, 『남북한 역사소설 비교연구』, 계명대출판부, 2006, 138쪽.

여기 용드레촌에 모여든 사람들은 각지 부락에서 청국 관헌과 악질토호와 입적자의 불법 압박에 시달리다 못해 동포들이 많이 모여 있는 곳을 찾아온 사람들이 대부분이었다. 처음에 발을 붙였던 곳에 안착할 수 없는 까닭이 무엇임을 뼈저리게 알고 있는 사람들이었다. 그것은 실력이었다. 우리가 우리를 지킬 수 있는 힘, 그것이 없기 때문에 그들에게 압제를 받았고, 마침내 쫓기게까지 된 것이 아니었던가? (『북간도』, 95~96쪽)

유랑민들이 살기 좋은 고장을 찾아 남부여대해 돌아다니다가 용드레 우물이 있는 이곳을 발견하고 그 우물을 중심으로 집을 짓고 밭을 이루고 논을 풀고 한 것이 용정촌의 기원이었다고 했다. 처음에는 여느 촌락과 같이 농사가 위주인 마을에 지나지 않았으나, 차차 회령 지방의 상인들이 간도 방면의 곡식을 무역하기 위해 용정촌을 그 근거지로 삼았다. 주변의 농촌에서는 곡식을 용정촌으로 운반해다 무역하는 사람에게 팔지 않아서는 안 되었다. 용정촌은 자연히 농촌을 겸한 상업지로 변해 갔다. (『북간도』, 96쪽)

만주에서 청국 관헌이 구축당하고 그 세력이 약화되자 조선 정부에서는 해결을 보지 못한 채 내려오던 영토 문제를 갑자기 떠메고 나서게 되었다. 간도 지방은 우리 영토다. 그러므로 우리가 관리해야겠다. 당당한 주장이었다. 그러나 그것도 말꼬리에 붙은 파리가 아닐 수 없었다. 임오군란 때에는 청국의 세력이 강대했으므로 거기에 기울어졌던 조선정부는 러시아가 그 후 일본, 청국과의 관계로 두 세력을 내리누르는 것을 보았다. 그래서 대두한 것이 친로 정책이었다. 청일전쟁 후부터의 일이었으나 을미사변(1895) 때에는 고종과 세자가 아관에 파천한 일까지 있어 러시아의 세력이 청국을 대신해 조선을 끼고 일본과 대립하게 되었던 것이었다. (『북간도』, 97쪽)

그리고 마침내 9월 4일(1909) 간도에 관한 일곱 항으로 된 「간도협약」이 체결되었다. 두만강을 청·한 양국의 국경으로 할 것, 용정촌, 국자가, 두도구, 백초구를 외국인의 거주와 무역을 위해 개방하고, 일본은 그 지방에 영사관이나 영사관 분관을 설치할 것, 그리고 개방지 이외의 조선 사람은 청국에 복종하고 청국 지방 장관의 재판을 받으며 납세 그 밖의 행정 처분을 청국 사람과 같이할 것 (…중략…) 이렇게 해 일본은 두만강 이북의 간도, 그 영토와 조선 주민을 송두리째 청국에 넘겨주고만 것이었다. 원한의 통감부 파출소는 물러갔다. 그러나 그것은 원한을 걷어간 것은 아니었다. 오히려 더 큰 원한의 씨를 심어 놓고 간 것이다. 그 뒤엔 무엇이 올 것인가? 이젠, 여기가 우리 땅이라고 영 입 밖에 낼 수 없게 되었다. 북간도의 조선 농민들은 완전히 남의 나라에 온 '이미그런트' 유랑의 이주민이 되고 말았다. (『북간도』, 210~211쪽)

민족 고유의 영토인 간도에서 개척을 시도하다가 이주민이 되어버린 등장인물들은 열강의 이해관계에 의해 생존과 민족을 위한 투쟁에 나서게 된다. 이 작품에는 간도를 둘러싼 역사적 사건들로 중국과 러시아 정세, 간도관리사로 파견된 이범윤의 사포대 조직과 훈련, 청일전쟁, 노일전쟁, 일본의 간도 패권 인정, 15만 원 사건, 105인 사건, 용정 화재 사건, 중국과 조선인들의 감정 악화, 일본군에 의한 샛노루 바우 예배

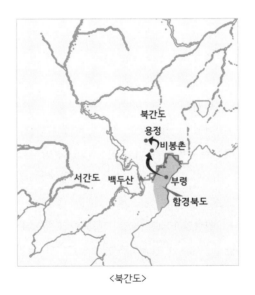

〈북간도〉

당 몰살사건 등이 전개된다.

이 작품은 유이민들의 장소 이동 경로를 통해 식민지하 하층민인 농민들의 비참한 삶을 그리는 한편 민족교육, 종교운동, 독립투쟁까지 다루고 있다.

3. 장소이동에 따른 '간도'의 심상지도

장편 역사소설인 『토지』, 『두만강』, 『북간도』는 일제 식민지 시기 민족의 이동과 근대 전환의 모습을 형상화하고 있다. 이 세 작품은 작가의 집필 환경과 창작 배경이 다르면서도 '간도'라는 장소에서의 한민족의 모습을 형상화한다는 공통점을 지닌다. 박경리는 1969년부터 1994년까지 『토지』를 집필하면서 역사적인 사건과 시대적 배경을 바탕으로 인간의 존엄과 소외, 낭만적 사랑과 생명사상을 다루었다. 한말과 일제 강점기에 인간의 존엄성과 생명의 본능을 지키기 위한 주인공들의 의지를 통해 시대와 체제, 인간의 욕망에 대해 비판하고 있다.[21] 『토지』 2부의 주요장소는 1910년대 초·중반의 간도 용정으로 당시 한민족에게 희망의 땅으로 표현된다. 간도는 주인공 서희에게 고향으로 다시 돌아가기 위해 부를 축적하는 장소로, 길상에게는 독립운동의 장소로 인식된다. 또한 여러 등장인물들을 통해 인간의 근원적인 욕망과 사랑, 생명사상을 표출하고 있다.

간도에 대한 역사적 인식은 『토지』의 용정학교 강의에서 찾아볼 수 있다.

"안시성에서 훨씬 내려온 이곳이 지금의 대련(大連)입니다. 그리고 올라간 여기가 요동성이며 한참을 더 올라가서 지금의 장춘(長春)이지요. 부여성

---

21) 2004년 마산 MBC 특집프로그램으로 기획한 '서울대 교수 송호근과의 대담' 참고.

(夫餘城)은 장춘 후방에 있고 지금의 하얼빈은 여기, 대련, 요동성, 장춘, 할
때마다 만주 지도 속에는 동그라미 하나씩 늘어난다. 그러면 다음 이면을
보십시오. 우리 조선 땅과 아라사, 그리고 청국, 이 세 나라의 국경이 모여
있는 이곳은 연해주로 넘어가는 길목인데 여기 훈춘 방면에서 보기로 합시
다. 훈춘에서 북면으로 사뭇 올라가면 송화강(松花江)⋯⋯" 송선생은 강줄기
를 죽 그어나갔다. 역사를 가르치는지, 지리를 가르치는지 어쩌면 그 두 가
지를 다 가르치고 있는지도 모른다. "훈춘에서 송화강까지 그 사이의 거리
는 족히 이천리는 될 것입니다. 우리 조선 땅의 길이를 삼천리라 하는데
여러분들도 지도상으로 대개는 짐작이 될 줄 압니다. 자아 그러면 그 당시의
국경선을 그어봅시다." 안시성과 요동성 밖에 있는 요하(遼河)를 따라 백묵
이 힘찬 줄을 그어나간다. 부여성 외곽으로 해서 하얼빈까지 왔을 때 백묵이
부러졌다. 나머지 짧아진 백묵이 송화강을 따라 시베리아로 쭉 빠져나간다.
"어떻습니까, 여러분! 압록강 두만강 밖에 있는 이 땅덩어리의 크기 말입니
다. 오늘날 우리의 잃어버린 강토, 조선의 땅덩어리만하다고 여러분은 생각
지 않습니까?" "예! 그렇습니다!" "그러니까 오늘날 우리의 강토 조선, 조선
의 땅덩어리만한 것이, 어쩌면 더 클지도 모르는 땅덩어리가 압록강 두만강
너머에 또 하나 있었다고 생각한다면 틀림없을 것입니다. 아시겠습니까, 여
러분!" "예! 알겠습니다아!"(『토지』 4권, 124~125쪽)

간도를 잃어버린 강토로 설명하는 송장환의 강의는 간도가 민족의
고토로 회복되어야 할 대상임을 강조하는 것이다. 이와 연관하여 작가
박경리가 작품 속에서 드러내는 간도에 대한 고토 의식은 물질적인 것
이기보다 우리의 정신적 원류를 찾으려는 방향을 향해 있다는 논의를
참고해볼 수 있다. 이 논의에서 작가가 만주와 한반도의 지리적 유사성
을 중심으로 한 묘사는 경험 범위 내에서 묘사하는 안일성이라기보다
우리의 영토의식이며, 동시에 정신적인 원류를 찾으려는 의식적인 노
력의 소신이라고 해석한다.[22]

이기영의 『두만강』은 1954년에서 1961년까지 발표되었는데 이 소설

의 창작 배경은 북한 문학의 특성상 당시 문예정책과 무관할 수 없다. 1950년대 북한은 '전후 복구 건설과 사회주의 기초 건설'을 위해 이에 부응하는 문예창작방법론과 창작 실천을 전개하였다. 『두만강』은 혁명 투사로 성장하는 주인공의 창작 문제와 1930년대 항일무장투쟁을 기리기 위한 '대작 장편' 창작방법 논쟁과 연결된다. 1959년에 이르면 당 문예정책의 중심은 공산주의 교양과 문학에서 공산주의자의 전형을 창조하는 문제로 모아졌다.23) 이에 부응하여 『두만강』은 주인공이 혁명 투사로서 성장하는 과정과 국내 노동자와 농민들이 만주에서 김일성의 항일무쟁투쟁에 합류하는 과정을 그린다. 『두만강』에서 간도와 만주의 지역적 의미는 이러한 북한의 역사적 전망을 형상하고 있다고 볼 수 있다.

이외에 『두만강』에 대해서는 한국 근대 농민의 문학적 재현과 수리복합체라는 관점에서 분석한 글을 참고해볼 필요가 있다.24) 이 글은 식민지 속 농민들의 삶을 '수리(水利)−논의 개간−이주'에 초점을 맞추고 있다. 『두만강』에서는 논의 개간 방법으로 산간지역의 냇가를 이용하는 방법(1부), 제언 개수 공사(2부), 넓은 평야 지대의 진펄을 개간하는 방식(3부)이 소개된다. 여기에서 간도의 논 개간의 방법은 조선의 벼농사 기술의 우수성을 표상하는 것이다. 곰손은 송월동에서 옮겨와 함경도 무산에서 논을 개간하는데, 농업공동체를 이루면서 수리관개의 중요성을 일깨운다. 『두만강』 2부는 씨동이 활약하는 간도 일대의 이야기를 담고 있는데 한편으로는 북방 사람들의 삶의 모습과 풍속을 통해 북방인들의 기질과 지혜를 담았다. 특히 이주한 농민들은 개간하고 벼농사 짓는 법을 중국인에게 가르쳐주는데 오히려 그곳 지방 관리의 가렴잡세로 핍박을 받는 내용이 전개된다.

---

22) 이상진, 앞의 글, 240쪽.

23) 김성수, 『통일의 문학, 비평의 논리』, 책세상, 2001, 342쪽.

24) 윤영옥, 「한국 근대 농민의 문학적 재현과 수리복합체」, 『한국언어문학』, 한국언어문학회, 2009.

명동촌은 아늑한 오봉산 속에 싸여 있다. 그러나 서면으로는 광활한 평원과 통하였다. 이 처녀지에서 이주민들은 작년부터 논을 개척하는 관개 공사를 시작하였다. (『리기영 선집(11)』, 642쪽)

롱정은 간도의 '서울'이라 하여 왜놈들은 거기에다 온갖 시설과 기관을 확장하고 있다.—동척 회사 지점과 식산은행 등 금융기관을 설치하는가 하면 일본 령사관 경찰망 확장과 길회선 철도의 부설계획이며 소위 만주 개발을 표방하여 만선 척식회사의 창설 등은 놈들의 대륙 침략정책을 한 걸음씩 구체화함이 틀림없었다. 그와 반면에 국내에서는 땅을 떼우고 고향을 쫓겨난 빈농민들이 떼를 지어 국경을 넘어오고 있다.—그들은 남부녀대로 매일과 같이 압록강과 두만강을 건너온다. (『리기영 선집(13)』, 11쪽)

말하자면 이 명동촌은 조선의 이주민들이 한 호 두 호 모여들어서 농지를 개척하고 부락을 이루어서 오늘의 발전을 가져오게 한 것이었다. (『리기영 선집(11)』, 644쪽)

재만 조선인 출신인 안수길은 해방 후 월남하여 1959년부터 1967년까지 『북간도』를 창작하였다. 이 소설은 작가의 만주체험 문학을 결산하고 후대의 소설들로 나아가는 의미를 지닌다는 점에서 주목을 받았으며[25] 작가의 이력과 1950~60년대 시대적 특징과 관련되어 반공이데올로기의 검열이 작용하고 있다는 평가를 받는다.[26] 『북간도』는 간도로 이주한 한민족이 외세의 탄압과 억압을 극복하는 과정을 전개하면서 민족주의적 관점을 제기한다. 이 작품은 일제강점기에 간도에서의 생존 문제가 주체적인 민족 수호의 문제로 귀결되는 과정을 보여준다. 남북 역사소설에서의 간도의 의미를 정리해 보면 민족의 수난사 체

---

25) 박상준, 「『북간도』에 나타난 형식과 역사의 변증법」, 『상허학보』 제24집, 상허학회, 2008, 230쪽.
26) 김재용, 「안수길의 만주체험과 재현의 정치학」, 『만주연구』 제12집, 만주학회, 2011.

험과 민족 공간의 확대라는 공통점을 지님을 알 수 있다. 간도는 한민족의 이산으로 인해 디아스포라(diaspora)가 생성되는 곳이며 벼농사 전파로 수전 농민의 우수한 기질이 발휘되는 곳이다. 간도는 명동촌, 용정촌을 중심으로 실력양성의 종교, 민족교육운동, 무장독립의 항일운동이 전개되는 곳이며 봉오동 전투, 청산리 대첩 등의 독립투쟁을 통해 한민족의 위상이 높이 성립되는 곳이다. 남한 소설에서 독립투쟁은 1920년대 봉오동 전투, 청산리 대첩 등이 있으며 북한 소설에서는 1930년대 중후반의 빨치산 투쟁을 항일무장투쟁으로 다룬다.

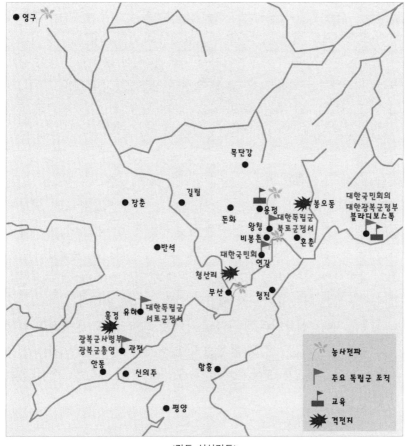

<간도 심상지도>

4. 남북 역사소설에서 '간도'의 장소적 의미

이 글은 이데올로기적 기반을 달리하는 남북 역사소설에 형상화된 간도의 심상지리적 인식을 살펴보고 심상지도를 구축하였다. 역사소설 속에 구현된 간도의 장소적 의미는 심상지리적 인식에 의해 유형화할 수 있었는데 남한 역사소설『토지』에는 자유, 사랑, 생명, 민족혼이, 북한 역사소설『두만강』에는 탈식민 건국 서사, 재외한인 역사소설의 특징을 지니는『북간도』에는 이주와 개척의 역사가 인식되었다.

『토지』는 간도를 일제의 식민지 정책에 의한 근대 자본주의 형태를 비판하는 장소로 인식한다.『두만강』은 간도를 중심으로 민족해방투쟁이 무장투쟁으로 변모하는 과정을 형상화하고 있다.『두만강』은 저항과 투쟁의 탈식민적 인식을 두드러지게 나타낸다. 이 작품은 민중이 주체가 된 민족해방을 위해 탈식민화를 위한 무장투쟁을 옹호한다.『북간도』는 북간도로 이주한 조선인들의 삶을 그리고 있으며 일제강점기에 간도에서의 생존 문제가 주체적인 민족 수호의 문제로 귀결되는 과정을 보여준다.

남북 역사소설에서 간도는 근대 농민의 삶을 구현하는 장소로, 일제 식민지 정책에 의한 근대 자본주의 형태를 비판하는 장소로, 역사적 정통성의 흐름을 규정하고 민족적 상상력을 부여하는 장소로 나타난다. 이러한 남북 역사소설은 일제강점기의 역사 이면에 존재했던 한민족의 삶의 이야기와 역사 공간을 되돌려주는 역할을 한다. 남북 역사소설의 공통항은 민족의 수난사 체험과 민족 공간의 확대라는 점으로 장소 이동에 따른 심상지리적 인식의 차이를 보이면서도 공통적인 심상지도를 구축하고 있다. 간도 표상은 민족 공간이 확대된 곳이자 교육과 독립운동의 근거지로 농사 전파 등의 한민족의 기질적 우수성 등으로 나타난다.

====== 참고문헌 ======

1. 북한 자료

리기영, 『리기영 선집(11)』, 조선작가동맹출판사, 1961.

_____, 『리기영 선집(13)』, 조선문학예술총동맹출판사, 1963.

_____, 『리기영 선집(15)』, 조선문학예술총동맹출판사, 1964.

2. 국내 자료

1) 단행본

강진호, 『총서 불멸의 력사 용어사전』, 소명출판, 2009.

_____, 『북한의 문화정전, 총서 불멸의 력사를 읽는다』, 소명출판, 2009.

_____, 『총서 불멸의 력사 해제집』, 소명출판, 2009.

김성수, 『통일의 문학, 비평의 논리』, 책세상, 2001.

남원진, 『이야기의 힘과 근대 미달의 양식』, 도서출판 경진, 2011.

민현기 외, 『남북한 역사소설 비교 연구』, 계명대학교출판부, 2006.

박경리, 『토지』 1~16권, 솔출판사, 1994.

박덕규, 『문학공간과 글로컬리즘』, 서정시학, 2011.

신형기, 『북한소설의 이해』, 실천문학사, 1996.

안수길, 『북간도』, 중앙일보사, 1993.

이-푸 투안(Yi-Fu Tuan), 구동회·심승희 옮김, 『공간과 장소』, 대윤, 2011.

조정래, 『아리랑』, 해냄, 1994~1995.

최명희, 『혼불』, 매안, 2012.

최유찬 외, 『토지의 문화지형학』, 소명출판, 2004.

한국사사전편찬회 엮음, 『한국근현대사사전』, 가람기획, 2005.

2) 논문

구인모, 「한국 근대시와 '조선'이라는 심상지리」, 『한국학연구』 제28집, 고려대학교 한국학연구소, 2008.

김양선, 「옥시덴탈리즘의 심상지리와 여성(성)의 발명: 1930년대 후반 소설을 중심으로」, 『민족문학사연구』, 민족문학사연구소, 2009.

김재용, 「안수길의 만주체험과 재현의 정치학」, 『만주연구』 제12집, 만주학회, 2011.

김종욱, 「유토피아와 역사, 그리고 현실: 김주영의 『야정』」, 『작가세계』 제31호, 세계사, 1996.

박상준, 「『북간도』에 나타난 형식과 역사의 변증법」, 『상허학보』 제24집, 상허학회, 2008.

서재진, 「김일성 항일무장투쟁의 신화화 연구」, 『통일연구원 연구총서』, 통일연구원, 2006.

유병문, 「이기영의 『두만강』: 눈물과 한, 그보다 억센 겨레의 투쟁으로 흘렀던 두만강」, 『민족21』 제39호, 민족21, 2004.

유수정, 「잡지 『조선』(1908~1911)에 나타난 간도·만주 담론」, 『아시아문화연구』, 제19집, 경원대학교 아시아문화연구소, 2010.

윤영옥, 「한국 근대 농민의 문학적 재현과 수리복합체」, 『한국언어문학』, 한국언어문학회, 2009.

이상진, 「『토지』 속의 만주, 삭제된 역사에 대한 징후적 독법」, 『현대소설연구』 24권, 한국현대소설학회, 2004.

정현기, 「2부만으로 읽은 박경리 『토지』론: 나와 너의 관계거리와 나의 나됨 찾기 〈토지문학공원〉」, 『하이데거 연구』 제15집, 한국하이데거학회, 2007.

최병우, 「한국현대소설에 나타난 두만강의 형상과 그 함의」, 『현대소설연구』 제39호, 한국현대소설학회, 2008.

최유찬, 「『토지』의 성립과 판본의 변이 양상」, 『토지의 문화지형학』, 소명출판, 2004.

_____, 「빅뱅이론과 생명사상으로 읽은 박경리의 토지」, 『말』, 통권 126호, 월간 말,

1996.

3. 국외 자료

박청산·김철수, 『이야기 조선족력사』, 연변인민출판사, 2000.

남북한 전쟁영화와 민족 표상

: 〈돌아오지 않는 해병〉과 〈월미도〉를 중심으로

정영권

1. 남북한의 전쟁영화

남북한 극영화에서 한국전쟁[1]이 하나의 소재가 되었던 것은 이미 전쟁시기부터였으며, 종전 직후부터 현 시기까지 비교적 꾸준히 만들어져왔다고 할 수 있다. 체제와 이념이 다르듯이 남한과 북한이 영화 속에서 한국전쟁을 바라보는 시각 역시 다를 수밖에 없다. 1980년대까지 남한영화에서 전쟁영화라는 장르는 반공영화라는 '상위 장르'에 포함되는 경향이 있었다. 물론 반공영화의 범위를 어디까지로 설정할 수 있을 것인가 하는 문제는 학문적 엄밀성을 요구하는 것이지만 반공성은 전쟁영화·액션영화·스릴러영화·문예영화를 불문하고 많은 장르영

---

1) '한국전쟁'이라는 용어는 1950년 6월~1953년 7월까지 한반도에서 있었던 전쟁을 가리키는 국제 용어 'Korean War'의 번역어이다. 남한에서는 주로 '6·25 동란', '6·25 사변', '6·25 전쟁'이라는 말이 많이 쓰였고, 북한에서는 '조국해방전쟁'이라 지칭된다. 이 글에서는 남한의 진보 학계에서 주로 쓰이고 있는 '한국전쟁'이라는 용어를 쓰기로 하며, 따로 북한 영화를 가리킬 시에만 '조국해방전쟁'이라는 용어를 쓴다.

화 속에 각인되어 나타났다. 특히, 한국전쟁을 배경으로 한 전쟁영화는 남한과 북한이 적과 아로 나뉘어 전면전을 벌였던 역사적 경험을 소재로 했기에 반공성이 가장 극명하게 드러나는 장르였다. 전쟁영화는 전쟁시기인 1950년대 초반부터 만들어졌지만 1960년대 들어와 전성기를 누렸고 1970년대까지 꾸준히 이어져왔다.[2] 1980년대 들어 '반공 전쟁영화'는 거의 소멸된 것이나 다름없었고, 1990년대 이후 〈남부군〉(1990), 〈그 섬에 가고 싶다〉(1993), 〈아름다운 시절〉(1998) 등의 한국전쟁 소재 영화는 반공영화로서보다는 '분단영화'라는 용어로 더 널리 통용된다.

북한의 경우 '조국해방전쟁' 소재의 '예술영화'[3]는 전쟁 시기 〈소년 빨치산〉(1951), 〈또 다시 전선으로〉(1952), 〈향토를 지키는 사람들〉(1952), 〈전투기 사냥군조〉(1953), 〈정찰병〉(1953) 등 5편의 영화가 만들어진 이래, 전쟁 직후에 〈빨치산 처녀〉(1954), 〈다시는 그렇게 살 수 없다〉(1955), 〈어랑천〉(1957) 등이 제작되었다. 1960년대 이후 1990년대에 이르는 시기에도 〈우리는 이렇게 싸웠다〉(1964~65, 2부작), 〈최학신의 일가〉(1966), 〈전사의 맹세〉(1968, 2부작), 〈적후의 진달래〉(1970), 〈영원한 전사〉(1972), 〈돌아설 수 없다〉(1983), 〈붉은 단풍잎〉(1990~97, 7부작) 등 조국해방전쟁 소재 예술영화는 꾸준히 이어져 왔고, 특히 1990년대 중후반에 들어와서는 '수령결사옹위정신'으로 김정일의 선군정치를 지탱하는 선군영화들 속에서 재현되었다. 이 시기 선군영화 중 조국해방전쟁을 다룬 영화로는 〈명령만 내리시라〉(1996)가 있다.

1980년대까지 남한의 전쟁영화가 반공적 성격을 띠듯이, 북한의 전

---

2) 전쟁영화는 1968년을 기점으로 뚜렷한 감소세를 보였다. 조준형은 전쟁 스펙터클 영화가 반공영화에 대한 정권의 보상이나 특별한 지원이 없었더라면 1970년대 초반 소멸했을 것으로 보고 있다. 그리고 전쟁 스펙터클 영화의 감소와 함께 국제간첩물이 크게 부상하기 시작했다고 논한다. 조준형, 「한국 반공영화의 진화와 그 조건」, 차순하 외, 『근대의 풍경: 소품으로 본 한국영화사』, 소도, 2001, 345쪽.

3) 북한은 형상수단 및 형상수단 방법에 따라 영화를 예술영화(극영화에 해당), 기록영화, 과학영화, 아동영화로 분류하고 있다. 민병욱, 『북한영화의 역사적 이해』, 역락, 2005, 65쪽. 이하의 북한 전쟁영화 정리는 이 책을 바탕으로 했다.

쟁영화는 반미, 반제국주의, 김일성·김정일 부자의 우상화 작업과 깊은 관련을 맺는다. 남한의 '반공 전쟁영화'가 1960년대 박정희 군사정권의 등장과 전개, 몰락의 과정과 그 궤를 같이 하는 것처럼, 북한의 전쟁영화는 조국해방전쟁의 정당성 부여, 반미의식 고취, 1960년대 중반 이후 김일성의 유일지도체제가 성립되는 시기와 맞물려 김일성 부자의 우상화 정책과 그 맥을 같이 한다.

이 글에서는 한국전쟁을 다룬 두 편의 영화 〈돌아오지 않는 해병〉 (1963, 남한)과 〈월미도〉(1982, 북한)를 분석한다. 두 영화는 모두 1950년 한국전쟁이 개전된 직후 인천상륙작전을 전후한 상황을 다루고 있는 작품들이다. 〈돌아오지 않는 해병〉이 인천상륙작전에 참전한 대한민국 해병대의 일개 부대가 작전을 성공적으로 수행한 이후, 그 해 겨울 밀려오는 중공군[4]에 맞서 악전고투를 펼친 끝에 거의 전멸하는 이야기라면, 〈월미도〉는 인천상륙작전 당시 월미도에서 연합군의 상륙을 지연시키기 위해 3일 간 결사항전을 펼쳤던 조선인민군 해군포대의 장렬한 최후를 다룬 영화이다.

두 영화를 장르적으로 규명하자면, 두 편 모두 전쟁영화(war film)의 하위 장르인 전투영화(combat film)라 할 수 있다. 전투영화란 전쟁을 소재로 하면서 특히 전투에 초점을 맞추는 영화를 가리킨다.[5] 물론, 이 두 편은 남북한 영화의 특수한 장르 규정에 의해서도 거론될 수 있다. 〈돌아오지 않는 해병〉은 전쟁영화, 전투영화이면서 또한 얼마간 반공영화의 성격도 띤다. 〈월미도〉는 북한의 예술영화 중 전쟁영화에 해당한다.[6]

---

4) '중공군'이라는 용어는 '중국공산군'의 약어로서 한국전쟁 이후 1980년대까지 한국이 중화인민공화국을 중국역사의 전통에서 인정하지 않으려는 냉전적 의식의 소산이다. 이 당시에 중국은 대만, 즉 당시 용어로는 '자유중국(중화민국)'을 지칭하는 것이었다. 그러나 이 글에서는 당시의 시대적 관례와 한국영화 속 대사 등에서 '중공군'으로 불렸다는 것을 고려하여 중공군이라고 표기한다.

5) Steve Neale, *Genre and Hollywood*, London & New York: Routledge, 2000, p. 126.

6) 북한의 극영화인 예술영화는 생활 내용의 성격에 따라서 '력사영화', '전쟁영화', '혁명영

두 편의 영화를 분석하면서 이 글은 두 영화에 나타나는 민족 표상 문제에 초점을 맞춘다. 두 영화는 한국전쟁을 어떤 시각으로 보는가? 두 영화에서 민족 표상은 확연히 나타나고 있는가? 나타난다면 그 성격은 어떠한가? 아울러 두 영화가 제작시기의 시대적 상황과 맺고 있는 관계는 무엇인가? 이러한 쟁점이 이 글의 관심사가 될 것이다.

2. 숙명론적 영웅주의와 혁명적 낭만주의

1) <돌아오지 않는 해병>: '숙명론적 영웅주의'와 부재하는 민족

<돌아오지 않는 해병>에 대한 작품 분석에 들어가기 전에 짚고 넘어가야 할 것은 이 영화가 제작·개봉되었던 시기이다. 이 영화는 1961년 5·16 군사 쿠데타가 일어난 후, 박정희가 국가재건최고회의 의장으로 군정을 펼치던 시기인 1963년에 개봉되었다.[7] 이때는 남한영화 장르에서 전쟁 스펙터클 영화가 발흥하던 때였다. 조준형에 따르면, 1961년 5·16 군사 쿠데타 이후에 개봉된 <5인의 해병>(1961)의 성공을 시발점으로 개시된 전쟁 스펙터클 영화는 1962년 4편, 1963년 3편, 1964년 2편, 1965년 7편, 1966년에는 9편에 이르렀다.[8] 또한, 전쟁 스펙터클 영화를 포함해 전쟁 소재의 영화들이 공보부 우수국산영화상(1961)과 그 후신인 대종상(1962년 이후)에서 꾸준히 주목받으며 주요 부문을 수

화', '탐정영화', '과학환상영화' 등으로 분류한다. 전영선, 「북한영화의 유형과 학문 분류 체계」, 단국대학교 한국문화기술연구소 편, 『북한 문학예술의 장르론적 이해』, 도서출판 경진, 2010, 103쪽.

7) 1963년은 박정희가 군정연장과 민정이양 발표를 되풀이하며 그 해 10월 대선과 11월 총선을 향해 숨 가쁘게 질주하던 시기이다. 이 시기 정치상황에 대한 자세한 논의는 이완범, 「박정희와 미국: 쿠데타와 민정이양 문제를 중심으로, 1961~1963」, 한국정신문화연구원 편, 『박정희시대 연구』, 백산서당, 2002를 보라.

8) 조준형, 앞의 글, 345쪽.

상하기도 했다.9) 물론, 남한영화에서 한국전쟁을 소재로 한 전투영화들이 이때 처음 만들어진 것은 아니었다. 1950년대 중반 〈출격명령〉(1954), 〈자유전선〉(1955), 〈격퇴〉(1956) 등의 영화들이 있었다. 그러나 탱크와 대규모 병력 이동, 교각 폭파 등을 보여주는 스펙터클한 규모의 전투영화들이 1960년대에 들어와 하나의 붐을 이루었다는 것은 엄연한 사실이다. 그것은 이영일의 지적대로 "민족상잔이라는 기막힌 비극적인 체험이 어언 10여 년이라는 세월이 흐르는 동안 그 전쟁의 실감을 스펙터클하게 재생한"10) 것이기도 하고, 박정희 정권이 '우수영화'로서 장려하는 시책을 통해 촉진된 것이기도 하다. 어쨌든 〈5인의 해병〉에 이어 〈돌아오지 않는 해병〉, 〈빨간 마후라〉(1964)로 이어지는 전쟁 스펙터클 영화는 흥행 면에서도 대대적인 성공을 거두었고 군사정권의 정부시책에도 부합함으로써, 정권 차원에서는 대중성과 국책성을 동시에 확보하는 일거양득인 셈이었다.

한 편의 영화를 한 시대의 정치·사회상황과 이데올로기로 재단하는 것은 어찌 보면 쉬운 일이다. 거시적인 차원에서 볼 때, 〈돌아오지 않는 해병〉은 물론 당시의 지배 이데올로기에 부합하는 영화이다. 제작적인 측면에서 이 영화는 해병 2개 연대, 탱크 10대, 뇌관 5천 발, TNT 1천5백 발 등 대한민국 군대의 전폭적인 지원을 통해 만들어진 영화였다.11) 또한, 영화가 개봉한 이후에 수많은 군부대가 단체 관람했다는 사실은 익히 알려져 있다. 5·16 군사 쿠데타에서 해병대가 중추적인 역할을 했다는 것을 굳이 상기하지 않더라도 이 영화와 군사정권의 긴밀한 연계를 파악하는 것은 그리 어려운 일이 아니다. 그러나 현재의 시점에서 당대의 영화 텍스트에 대하여 미시적인 분석을 하는 것은 한 편의 영화를 단순히 지배 이데올로기의 반영물이 아니라 새롭게 재평가할 수 있

---

9) 박지연, 「박정희 근대화 체제의 영화정책: 영화법 개정과 기업화 정책을 중심으로」, 주유신 외, 『한국영화와 근대성: 〈자유부인〉에서 〈안개〉까지』, 소도, 2001, 195쪽.

10) 이영일, 『한국영화전사』(개정증보판), 소도, 2004, 368쪽.

11) 『영화세계』 4월호, 1963; 조준형, 앞의 글, 362쪽에서 재인용.

는 가능성을 제공해 준다. 〈돌아오지 않는 해병〉도 그런 경우이다.

영화는 인천상륙작전을 감행하는 한국 해병대의 활약상으로 시작한다. 분대장 강대식(장동휘)을 비롯한 분대원들은 최후의 항전을 펼치는 인민군을 격퇴하고 건물 안으로 진입한다. 병사들이 건물 안에 진입하자마자 발견하는 것은 집단으로 처형된 양민들의 모습이다. 구일병(이대엽)은 그 속에서 자신의 여동생 숙희의 주검을 발견하고는 오열한다. 그리고 포로로 잡힌 인민군을 향해 분노와 저주의 말을 퍼붓는다. 이 영화가 장면 상으로 반공영화적 성격을 띠는 것은 인민군의 잔혹한 만행의 결과를 보여주는 이 장면 한 번뿐이다. 그 외에 내러티브상으로 구일병 가족이 동료 병사인 최일병(최무룡)의 '빨갱이' 형에 의해 몰살당하다시피 했다는 것이 구일병의 어린 여동생 영희(전영선)의 입을 통해 전달되는 것이 있다. 이 설정은 대사를 통해 전달될 뿐 영화 속에서 시각적인 영상을 통해 제시되지는 않는다. 또한 중요한 것은 이 설정이 영화 속에서 별다른 내러티브적 기능을 하지 않는다는 것이다. 구일병은 전출 온 최일병을 보자 격분해 그에게 주먹을 날리지만, 둘의 반목은 영화가 진행됨에 따라 점차 누그러진다.

상륙작전의 성공 이후 중공군이 진격해 들어오는 중반부까지, 영화는 전쟁영화라고는 믿기 힘들 정도로 밝은 웃음과 여유를 전달한다. 이것은 당시 인기 코미디언이었던 구봉서와 영희 역을 연기하는 전영선의 존재에 의해 구축된다. 구봉서가 연기하는 병사는 영화에서 웃음을 전달하는 기능을 한다. 그의 너스레 섞인 농담과 우스꽝스러운 행위는 전투로 지친 동료 병사들에게 심리적 위안과 삶의 활력소가 되어 준다. 또한 순진무구한 소녀 영희의 존재는 병사들로 하여금 두고 온 가족을 생각하게 하며, 전쟁이 끝나면 돌아갈 고향을 상기시키게 한다.[12]

영화의 전반부에서 흥미로운 것은 중공군과의 일전을 앞두고 가진

---

12) 전쟁에서 보호하고 지켜줘야 할 '순수'의 설정은 〈돌아오지 않는 해병〉 이후에 나온 전투영화 〈수색대〉(1964)에서도 반복되는데, 이 영화에서는 엄마가 죽어 어쩔 수 없이 버려진 갓난아이로 설정되며, 병사들은 이 아이를 거둔다.

크리스마스 포상외출에서 병사들이 가게 되는 '양공주'들의 바(bar) 장면이다. 한국군들의 출입이 금지되어 있는 그 곳에서 병사들은 자신들을 가로막는 양공주들에게 거세게 항의한다. 양공주들이 그들을 받아주지 않자 기물을 파손하기까지 한다. 거기에 더해 파손된 기물에 대해 변상하라는 양공주들의 말에, 갖고 온 돈을 내밀며 계속해서 파손을 일삼는다. 결국 양공주들이 두 손 들고 "오늘은 국산품 애용의 밤"이라며 이들을 받아들이지만, 이 장면은 남한의 남성들이 미군과 양공주 사이에서 느끼는 남성적 열패감을 잘 보여준다. 실제의 남한사회에서도 그러했지만, 이 영화 속에서 양공주는 경멸의 대상이면서 한 편으로는 남성적 쾌락의 대상이다. 최일병은 항의하는 한 양공주에게 "우린 너희 같은 것들을 위해서도 죽어가고 있단 말이다"라고 항변한다. 물론, 이것은 국가의 운명을 짊어진 것은 자신들 남성들이며, 너희(일부 여성)들은 외국군대에게 몸이나 팔고 있지 않느냐는 말과도 같다. 그러나 이러한 입장은 '순결한 민족성'을 저버리고 '양키'들을 상대하는 여성들에 대한 민족주의/국가주의적 항변이기보다는, 미군은 되는데 우리는 안 되냐는 남성적 열등감과 더 깊은 관련을 맺는다. 이것은 국산품 애용을 운운하며 그들을 받아들인 양공주들과 밤새워 노는 것을 암시하는 설정을 통해서도 확인된다. 여기서 더 재미있는 것은 미군이 바를 찾아와 선물을 전달하는 대목이다. 한국군들과의 하룻밤을 위해 양공주들은 휴업을 선언하고, 그 와중에 미군이 찾아온다. 그들을 맞는 것은 구봉서인데, 그는 엉터리 영어로 미군들을 상대한다. 미군들은 구봉서의 엉터리 영어와 바디 랭귀지를 통해 그의 의사를 알아차리고, 단지 크리스마스 선물을 주기 위해 왔다며 그에게 선물을 전달하고 간다. 이것은 전후의 남한이 미군 상대 기지촌 여성들로 대변되는 성산업과 미국의 경제원조에 의해 지탱되는 사회였다는 것을 은연중에 암시하는 것 같아 의미심장해 보인다. 과격하게 말하자면, 이 나라는 자국의 여성들을 미국에 '팔아' 국민을 먹여 살린 것이다.

영화의 중반부 이후는 중공군과의 혈전에서 병사들이 느끼는 고통과 자기 연민, 전쟁에 대한 회의로 채워져 있다. 전투를 거듭할수록 전우들은 죽어 나가고, 병사들은 그런 전우들을 보며 흐느껴 운다. 그것은 자신의 목숨도 언제 어디서 앗아갈지 모르는 전쟁 상황에 대한 두려움과 자기 연민에서 온다. 〈돌아오지 않는 해병〉에서 중대장급 이상의 지휘관이 부수적인 캐릭터로 등장한다는 사실은 중요해 보인다. 정말로, 이 영화에서 병사들을 이끄는 것은 장교가 아니라 같은 사병의 위치에 있는 분대장이다. 그는 여느 전투영화의 지휘관들처럼 조국이나 민족, 국가와 같이 목숨을 바쳐야 할 더 큰 무엇을 강변하지 않는다. 병사들은 물밀 듯이 밀려오는 중공군에 맞서 14시까지 버티라는 임무를 부여 받는다. 그리고 14시가 넘어서도 살아있다면 집으로 돌아가도 좋다는 명령을 하달 받는다. 그러한 임무 수행 도중 수많은 병사들이 죽고, 예정된 14시가 지나자 병사들은 조금씩 동요한다. 자신들의 임무는 끝났으니 이제 전투를 그만두어도 되지 않겠느냐는 것이다. 그들은 계속 싸울 의사를 피력하는 분대장에게 "분대장은 전투를 기분 좋은 운동쯤으로 생각하지만 우리는 아닙니다"라고 말한다. '불굴의 해병대 정신'에 입각해 볼 때 이런 '나약한' 태도는 적잖게 당혹스럽다. 여기에 대해 분대장은 자신 역시도 "삽을 들고 흙과 싸워 효도하고, 좋은 남편, 좋은 아버지가 되고 싶다"는 소박한 의견을 말할 뿐이다. 그가 도망가지 않고 결사항전을 계속 수행하는 이유는 국가와 민족을 위해서가 아니라 "죽어지지 않아 살 뿐이야"라고 말하는 것에서 잘 드러난다. '숙명론적 영웅주의'와 '준비론적 패배주의'라고 명명할 수 있는 그의 태도[13]는 인간에게

---

13) 이러한 태도와 양식은 장동휘라는 배우가 갖고 있는 특별한 이미지와도 관련이 있어 보인다. 그는 〈수색대〉, 〈04:00 1950〉(1972) 등 많은 전투영화에서 경험 많은 군인 역할을 했다. 〈04:00 1950〉에서도 그는 한국전쟁 발발 당시 최전방 초소를 지키는 중사로 나오는데, 인민군이 쓸고 간 이후에도 그는 최후까지 남아 초소를 사수한다. 그것은 조국과 민족에 대한 애국심이라기보다 일종의 준비론적 패배주의처럼 보인다. 이러한 태도는 그를 1960년대 등장한 할리우드의 '전문가 웨스턴(professional western. 〈황야의 7인 (The Magnificent Seven)〉, 〈와일드 번치(The Wild Bunch)〉 등)'이나, 전쟁영화의 순수 오락적 기능에 충실했던 '특공대 영화(special-mission narrative. 〈나바론의 요새(The Guns of Navarone)〉, 〈독수리 요새(Where Eagles Dare)〉 등)'의 프로페셔널한 주인공들처럼 보

전쟁이 필요한 것인가를 묻는 회의적인 대사에서도 전달된다. 전쟁에 대한 회의적인 태도는 영화 속에서 여성스러움 때문에, 영희에게 '언니'라고 불리는 한 병사를 통해서도 드러난다.14) 통신이 끊긴 본대에 지원 요청을 하기 위해 왔을 때, 그는 중대장에게 "우리가 개죽음을 당해야 합니까? 억울합니다. 살아야 합니다"라고 절규한다.

영화 전편을 통해, 국가, 민족, 조국, 애국 등의 단어가 단 한 번도 등장하지 않으며 호명하는 주체, 명령하는 지휘관이 없거나 미약한 〈돌아오지 않는 해병〉은 영화를 국가나 민족이 없는 서사로 만들어 버린다. 이종은은 "이만희 영화에서 민족주의 서사가 재현될 수 없는 것은 분단 이후 성립된 남한의 국가 체제 자체가 하나의 통일된 민족을 매개로 할 수 없음을 환기시키는 것과 다름없다"고 지적했다.15) 이것은 이만희의 영화가 민족을 언급하기 시작할 때, "생사를 걸고 처절하게 전투를 벌인 끝에 생겨나는 전우애가 아니라 혈육을 나눈 친형제와 부모가 살상을 벌이는 참사를 낳는"16) 이유와 맞닿아 있다. 바로 그것이 〈군번 없는 용사〉(1966)에서 배신자 아버지를 죽여야만 당에 대한 자신의 충성심을 인정받을 수 있는 인민군 아들의 이야기이다. 〈돌아오지 않는 해병〉에서 국가와 민족은 괄호 쳐진 채로 남아 있으며, 이는 병사들이 싸워야 하는 대상이 인민군이 아니라 중공군이라는 사실에서

이게 한다. '전문가 웨스턴'에 대해서는 토마스 샤츠, 한창호·허문영 역, 『할리우드 장르의 구조』, 한나래, 1995, 99~106쪽; '특공대 영화'에 대해서는 James Chapman, *War and Film*, London: Reaktion Books, 2008, pp. 204~227을 보라.

14) 그러나 이상하게도 그의 여성스러움은 그를 '언니'라고 부르는 대사를 통해 전달될 뿐, 실제의 여성스러운 행동이나 태도는 시각적 영상으로 제시되지 않는다. 물론, 여성성을 지각하는 것은 관객 자신의 개인적 판단의 문제일 수도 있겠지만, 그보다는 남성성을 요구하는 전쟁영화에서 여성성을 억압하기 위한 장치로 여겨진다. 그는 지원 부대 요청을 위해 본대로 가면서 "성공하면 날 남자라고 인정하십쇼"라고 말한다. 즉, 영화는 전쟁을 통해 '남자'가 되어가는 병사는 필요했지만, 그의 여성성을 명시적으로 드러내고 싶지는 않았던 것이다.

15) 이종은, 「이만희의 〈귀로〉: 내셔널 시네마와 젠더 정치학」, 『영화언어』 복간 4호, 2004, 194쪽.

16) 위의 책, 194쪽.

도 드러난다.17) 물론, 한국전쟁은 한국군·미군 중심의 UN군 대 소련의 지원을 받는 북한군·중공군 사이의 국제전 양상을 띠었지만 한반도 내에서 남과 북이 벌인 내전의 성격도 없지 않았다. 그렇다고 할 때, 맞서 싸워야 할 적으로서 인민군을 불러내는 것이 아니라,18) 중공군을 불러냈다는 사실은 의미심장해 보인다. 그것은 민족을 언급하는 순간, 결국 마주해야 할 것은 자신의 부모·형제이며 싸워야 할 대상 역시 그들이라는 것을 나타낸다. 〈돌아오지 않는 해병〉은 결국 전쟁을 회의하는 영화이자, 민족성을 제거함으로써 동족상잔의 비극을 애써 떠올리지 않으려는 트라우마의 영화인 것이다.

2) 〈월미도〉: '혁명적 낭만주의'와 '아버지 민족'의 표상

〈월미도〉는 1982년 조선2.8예술영화촬영소(후신 조선인민군4.25예술영화촬영소)가 제작한 영화로 각본에 해당하는 '영화문학'을 리진우(원작은 황건의 단편소설 「불타는 섬」)가, 연출은 인민배우 조경순이 맡고 있다.19) 영화는 1950년 9월 연합군이 인천상륙작전을 감행했을 당시 조선인민군의 전략적 후퇴를 위해 3일 동안 결사항전을 펼치며, 최후까지 싸우다 죽어갔다고 북한 당국으로부터 추앙받는 조선인민군 해군포대의 이야기를 다루고 있다. 이 영화가 역사적 사실을 충실히 재현하고 있는가의 문제는 이 글의 관심사가 아니다. 단, 4문의 포로 '맥아더의

---

17) 구일병 역을 맡았던 이대엽은 2003년 『필름 2.0』과의 인터뷰에서 해병들이 인민군이 아니라 중공군과 싸우다 전사하는 것은 특별히 신경 쓴 설정이었다고 회고했다. 신강호, 「이만희의 스타일과 장르에 대한 접근」, 우리 영화를 위한 대화 모임 편, 『만추, 이만희』, 커뮤니케이션북스, 2005, 146쪽과 후주 6)에서 인용.

18) 초반부에 인민군과 싸우는 장면은 아주 미약하게 드러날 뿐이며, 인민군의 역할은 반공영화로서 이 영화가 갖춰야 할 필수요건, 즉 공산주의자들의 만행을 드러내는 하나의 장치로서만 기능한다.

19) 2006년 5월 6일 EBS TV에서 방송된 신상옥 감독 추모 특집 '거장 신상옥, 영화를 말하다'의 인터뷰에 따르면 신상옥 감독은 북한에 거주하던 시절, 자신이 김정일에게 '월미도 항전'의 영화화를 제안했다고 한다.

5만 대군'을 상대로 싸웠다는 것은 믿을 수 없는 과장이지만, 영화뿐
아니라 한 사회에서도 특정 전투를 신화화시키는 것은 비일비재한 일
이다. 1990년대 이후 구소련과 중국의 비밀문서들이 공개되기 이전까
지, 인천상륙작전이 적의 허를 찌른 완전한 기습작전이었다는 남한 및
미국을 비롯한 '자유우방국'의 신화도 존재했었다.[20]

영화는 인천 앞바다를 보여주면서 전지적 내레이션으로 시작하고 있
다. 인민군 해군 병사들이 해안을 정찰하는 것이 보이고, 그 위에 30여
년 전 월미도에서 무슨 일이 있었는지를 관객에게 묻는 내레이션이 흐
른다. 영화는 플래시백을 통해 1950년 9월로 거슬러 올라간다. 월미도
해군 포대는 비교적 평화로운 나날을 보내고 있다. 이들은 개전 이후
한 번도 제대로 된 전투를 벌인 적이 없다. 부대의 중대장인 리태운(최
창수)은 다른 부대로 전출될 예정이었으나, 인천 앞바다에 맥아더의 5
만 대군이 상륙을 준비하고 있다는 소식을 듣고 부대에 머물기로 한다.
영화에서 태운의 역할은 매우 중요하다. 〈돌아오지 않는 해병〉에서 분
대장은 병사들의 '큰 형'과 같은 역할을 하지만, 그는 결코 지휘관이
아니다. 그에 비해서 태운은 부대를 이끌고 있는 지휘관이자 병사들의
정신적 지주와도 같다. 그는 자신을 환송하려고 모인 이임식 자리에서,
자신은 떠나지 않을 것이며 여러분과 함께 월미도를 최후까지 사수할
것이라고 엄숙히 선언한다. 그의 영웅성은 지휘관으로서의 철저한 책
임의식, 병사들을 자식같이 돌보는 따뜻한 마음을 통해 제시되는데, 그
를 중심으로 전개 되는 줌-인 & 아웃은 영웅으로서의 그의 이미지를

---

20) 인천상륙작전의 신화화는 작전 성공의 당사자였던 남한과 미국에서 더 많은 관련 영화들
   이 나왔다는 것을 통해서도 알 수 있다. 남한 영화로는 〈인천상륙작전〉(1965), 〈아벤고
   공수군단〉(1982), 〈블루하트〉(1987) 등이 있으며, 미국의 전기 영화 〈맥아더(MacArthur)〉
   (1977), 남한과 미국의 합작영화 〈오! 인천(Inchon)〉(1981)이 있다. 특히 〈오! 인천〉은
   북한당국이 인천상륙작전을 왜곡했다고 비판한 영화이다. 노재승 편, 『북한영화계 1977~
   1988』(격월간 『영화』 125호 별책부록), 영화진흥공사, 1989, 87쪽. 따라서 〈오! 인천〉은
   〈월미도〉가 제작되는데 직간접적인 역할을 했을 것으로 보인다. 1990년대 구소련, 중국
   의 비밀문서 공개 이후 인천상륙작전의 역사적 논의에 대해서는 박명림, 『한국 1950:
   전쟁과 평화』, 나남출판, 2002, 395~442쪽을 보라.

강화해 준다. 이것은 북한의 인기 배우 최창수의 이미지 덕분이기도 하다. 그는 1966년 〈최학신의 일가〉로 데뷔한 이래 대중들이 범접할 수 없는 불멸의 영웅 신화 속 인물이 아니라 친숙한 대중적 영웅으로 각광받아왔다.21) 그가 일반 병사들과 정신적인 공감대를 형성한다는 사실은 한 병사의 언급을 통해 확인된다. 그는 해군군관 학교의 최우수 졸업생이면서도, 일본에서 부역살이의 경험이 있는 노동계급으로 제시된다.

미군의 첫 번째 포격이 있기 전, 연대는 17세의 무전수 소녀 영옥을 중대에 파견한다. 그녀가 오자마자 전 중대는 오랜만에 보는 '여자 구경'에 호들갑을 떤다. 그러나 그녀는 성적 매력을 가진 성숙한 여성이라기보다는, 아직은 앳된 소녀의 이미지를 갖고 있다. 즉, 영옥은 〈돌아오지 않는 해병〉의 영희와 같은 역할을 한다. 영옥은 병사들 앞에서 〈나는 알았네〉22)라는 노래를 부르는데, 병사들은 "순결한 영옥의 눈부신 웃음을 거울삼아 자신을 비춰본다"(중대장 태운이 3포장 민국을 따로 불러 적의 포탄 투하를 염두에 두지 않고 자신의 허락 없이 모여 있는 중대를 나무라는 것에 민국이 대답하는 대사).

〈돌아오지 않는 해병〉의 병사들이 국가와 민족, 조국이라는 개념이 희박한 군인들이라면 〈월미도〉의 병사들은 하나 같이 아버지의 조국(fatherland)을 이야기한다. 민국은 전쟁 직전 자신이 광산 노동자로 있을 때, 김일성 '장군님'이 광산을 방문했던 경험을 태운에게 말한다. 광산 노동자들이 국가과제 수행의 어려움을 호소하자, 장군님은 "어려울 때 사람들의 정신을 보라. 노동계급을 불러일으키면 이 세상에 못 해 낼 일이 없다"며 설비보다는 사람을 먼저 보라고 전했다는 것이다. 이것은 명백하게 "사람이 모든 것의 주인이며 모든 것을 결정한다"는 주체사상의

---

21) 최연용, 「북한 인기 배우의 스타성 연구: 인민배우 오미란, 최창수 분석을 중심으로」, 동국대 석사논문, 2001, 81쪽.

22) "나의 조국이 장군님의 그 품인 줄 나는 나는 알았네"라는 가사의 이 노래는 조선영화문학창작사 영화가사창작조가 만든 창작곡이다. 민병욱, 앞의 책, 80쪽.

철학적 원리를 가리킨다.23) 또한 이향진이 언급한 대로 1970년대 중반 이후 심화되기 시작한 북한의 경제상황을 반영하는 것이기도 하다.24) 생산성을 높이기 위해 땀 흘려 일하는 노동자들을 격려하는 아버지의 자애로움은 또한 농민에게도 해당된다. 영화에서 취사원은 딸 같은 영옥에게 자신의 고향 땅에 대해 이야기한다. 그는 장군님께서 주신 고향 땅에서 장군님을 모시고 농군의 자식들이 활짝 날게 될 날을 꿈꾼다.

아버지 조국에 대한 끝없는 사랑은 대대장이 격려 차 월미도를 방문했을 당시 그가 태운에게 하는 말에서 최종적으로 확인된다. 대대장은 어떤 책에서 조국의 의미는 아버지의 뼈가 묻힌 산천이자 종달새가 우짖는 곳이라는 구절을 읽었다고 말하며 태운의 의견을 묻는다. 태운은 그 의미는 뭔가 부족한 것 같다고 대답한다. 대대장은 그 말을 기다렸다는 듯, 아버지의 뼈가 묻힌 산천은 이전에도 있었지만 그것은 진정한 조국이 아니며, 장군님께서 찾아 주신 조국이 아니라면 무슨 의미가 있겠느냐고 반문한다. 결국 조국이란 '우리의 장군님'이라는 것이다. 1960년대 중반 이후 김일성 부자의 정치적 기반이 확고해짐에 따라 북한의 통치 이데올로기는 가족 관계의 언어로 표현되었다. 김일성은 말 그대로 민족의 아버지로 표상되었다.25) 가장은 수령이며, 국가는 혁명의 대가정이며 사회는 사회정치적인 생명체로 설명된다. 가족구성원인 인민은 수령에 대해 무조건적으로 복종해야 하며 사실상 동일한 개념인 충성과 효도가 북한사회의 가장 중요한 덕목이 되는 것이다.26)

1차 공격시 희생된 취사원의 죽음 이후, 미군의 2차 공격이 전개되는 9월 14일 영옥은 통신이 두절된 상태에서 포격을 받으면서도 전선을

---

23) 고유환, 「통치 이데올로기: 주체사상」, 전국대학북한학과협의회 편, 『북한 정치의 이해』, 을유문화사, 2001, 95쪽.

24) Hyangjin Lee, *Contemporary Korean Cinema: Identity, Culture and Politics*, Manchester & New York: Manchester University Press, 2000, p. 116.

25) 찰스 암스트롱, 「가족주의, 사회주의, 북한의 정치 종교」, 임지현·김용우 편, 김지혜 역, 『대중독재 2: 정치 종교와 헤게모니』, 책세상, 2005, 169쪽.

26) 김동춘, 『근대의 그늘: 한국의 근대성과 민족주의』, 당대, 2000, 335쪽.

잇기 위해 나섰다가 전사한다. 전사자와 부상자는 점점 늘어나고, 상급부대의 포탄 지원도 끊긴 상태에서 중대는 고립무원의 상태에 직면한다. 그러나 전사자가 속출할수록 전쟁에 대한 회의와 고통 섞인 자기연민에 시달리는 〈돌아오지 않는 해병〉에서의 병사들과 달리, 〈월미도〉의 병사들은 아버지 조국에 대한 들끓는 사랑을 '혁명적 낭만주의'로 돌파한다. 두 편의 영화 모두 패기 넘치는 군가를 삽입하고 있지만, 뒤로 갈수록 비감 어린 음악이 나오는 〈돌아오지 않는 해병〉과는 달리 〈월미도〉는 "동무여 미제를 때려부수자, 수령님 위하여, 당을 위하여 원수를 치자"는, 더욱 비장한 군가로 나아간다.

흥미로운 것은 〈월미도〉 역시 남한군을 전쟁 상대로 상정하고 있지 않다는 것이다. 그러나 이 영화에서 한국군이 등장하지 않는 것은 〈돌아오지 않는 해병〉처럼 동족상잔의 비극을 되도록 떠올리지 않으려는 몸부림이 아니라, 애초에 이 전쟁이 '미제의 침략'에 맞선 '조국해방전쟁'이기 때문이다. 〈돌아오지 않는 해병〉에서 미군은 원조경제의 공여자이자 남성적 열패감을 자극하는 콤플렉스의 대상이라면, 〈월미도〉에서 미군은 무찔러야 할 적인 것이다. 영화는 조국해방전쟁의 도덕적 정당성을 부여하기 위해 생포된 미군 장교 제임스 크로비로 하여금 속죄하고 참회하도록 이끈다. 처음에 인민군을 멸시하던 그가 예정된 최후를 준비하며 결사항전에 나서는 인민군을 보고, 동료에게 보내는 편지를 통해 침략자는 맥아더 자신이었으며 미국이었다고 고백하게 만드는 것이다. 심지어, 그는 이토록 조국을 사랑하는 진실한 인간들을 본적이 없고, 이 전쟁에서 미국은 승리할 수 없을 것이라는 말과 함께, "맥아더에게 저주가 있으라"는 북한의 수사학까지 사용한다. 매우 작위적으로 보이는 이러한 설정은 이 전쟁이 '미제의 침략'에 맞선 '조국해방전쟁'이라는 도덕적 우월성을 한층 강화시키는 서사 전략에 다름 아니다.

영화는 모든 지원이 끊긴 월미도에서 남아 있는 포탄을 다 써 버린 후, 태운을 비롯한 병사들이 소총과 수류탄으로 최후의 항전의 길에 나아가는 것으로 끝난다. 그 위로 프롤로그에서처럼 전지적 내레이션을 통해 월미도 항전이 남긴 역사적 의미를 오늘날 되짚어 봐야 하는 이유가 설명된다. 〈월미도〉는 개봉 이후 북한 당국과 인민들 사이에서 폭발적인 관심을 촉발했다. "예술영화 〈월미도〉는 당원들과 근로자들의 투쟁과 생활에서 큰 실효를 나타내고 있다."27)는 평가나 "주체의 인생관에 대한 심오한 예술적 일반화와 혁명적 낭만성의 결합, 극적인 인간관계에 기초한 치밀한 구성조직, 주인공들의 성격의 개성화와 대중적 영웅주의의 유기적인 통일 등으로 하여 높은 사상예술성을 구현하였다"28)는 평가 등이 그것이다.

〈월미도〉는 김일성 장군으로 대변되는 상징적 부성(symbolic father hood)에 관한 영화이다.29) 영화 속에서 '아버지'는 민족의 태양이며, 민족은 물론 조국이고, 조국은 곧 장군님인 것이다. 따라서 조국을 방어하는 것은 곧 장군님을 지키는 것이다. 영화는 김일성이 북한사회에서 민족의 아버지로서 추앙되는 역사적 시기와 그 궤를 같이 한다. 주체사상을 통한 유일지도체제가 성립된 이후의 북한 영화, 특히 1973년 김정일의 『영화예술론』이 발간된 이후의 북한영화는 김일성 가계의 혁명역사와 혁명 활동을 형상화한, 소위 '수령형상영화'가 발흥하던 시기였다. 〈누리에 붙은 불〉(1977), 〈첫 무장대오에서 있은 이야기〉(1978), 〈사령부를 멀리 떠나서〉(1978), 〈백두산〉(1979, 2부작) 등이 그 대표작이다.30) 〈월미도〉는 북한 영화사에서 이러한 전통의 맥락 속에 있으며, 주체사상과 유일지도체제가 최종적으로 정착되는 역사적 시기와 맞물려 있다. 김정일은 이 영화가 개봉되던 해인 1982년 3월 31일 김일성 탄생 70돌 기념 전국주체사상토론회에 보낸 논문인 「주체사상에 대하여」에서 주체사상에 대한 종합적 체계화를 시도하였다.31)

---

27) ≪로동신문≫, 1983.3.22; 최연용, 앞의 논문, 81쪽에서 재인용.
28) 백지한 편, 『북한영화의 이해』, 친구, 1989, 34쪽.
29) Hyangjin Lee, *Op. cit.*, p. 136.
30) 민병욱, 앞의 책, 163~165쪽.

3. 영화와 이데올로기, 그 충돌의 지점

두 편의 남북한 전쟁영화를 통해 민족 표상의 측면을 미약하게나마 살펴보았다. 〈돌아오지 않는 해병〉이 국가와 민족에 대한 관념을 애써 외면함으로써, 동족상잔의 비극을 떠올리고 싶어 하지 않는 영화라면, 〈월미도〉는 끊임없이 아버지로 상징되는 조국을 불러내는 영화이다. 전자는 남한 국민의 재통합을 위해 민족이라는 기표를 필요로 하지만, 실질적으로 남한 국민에 포함되지 않는 나머지 '민족'은, '비국민'은 물론 '비인간'이 되어야 했던 시대적 상황을 반영한다.[32] 민족을 호명하는 순간, 이 영화는 화해할 수 없는 모순에 봉착하게 되는데 그것은 바로 부친 살해의 죄의식에 시달려야 하는 아들의 운명과 같은 것이다 (〈군번 없는 용사〉). 그래서 〈돌아오지 않는 해병〉은 분단이라는 원죄를 외면하는 대신, 전쟁 자체에 대한 회의로 점철된 '숙명론적 영웅주의'를 택한다. 조국은 이들을 호명했지만, 이들에게는 돌아가고 싶은 고향은 있어도 돌아갈 수 있는 조국은 없어 보인다. 조국을 불러낼 때 이들은 또 다시 죄의식에 사로잡혀야 하기 때문이다. 이에 비해 〈월미도〉는 아버지와의 일치와 합일을 통해 끊임없이 조국을 불러낸다. 이들에게 조국은 태고 적부터 있어 왔던 '내가 태어난 땅'이 아니라 '아버지의 뼈가 묻어 있는 산천'이며, 무엇보다 장군님이 찾아 주신 조국이다. 이런 그들에게 장군님은 물론 아버지이며, 조국해방전쟁은 곧 아버지를 지키기 위한 전쟁이다. 그들이 '미제의 침략에 맞선 성전'에서 두려워할 것은 아무 것도 없다. 그들은 '분단의 원흉, 민족의 원수'를 처단할 사명을 짊어지는 대신, 목숨을 버릴 만큼 열정이 가득한 '혁명적 낭만주의'를 택한다.

서두에서도 언급했듯이 〈돌아오지 않는 해병〉은 박정희 군사정권

---

31) 고유환, 앞의 글, 111쪽.
32) 이종은, 앞의 글, 195쪽.

초기 시절에 만들어진 전쟁 스펙터클 영화이며, 어느 정도 반공성이 담긴 반공영화이다. 그러나 영화는 반공 그 자체보다는 전쟁에 대한 비관주의, 허무적 반전주의의 태도를 취한다. 이것은 1966년 2차 영화법 개정 이후의 검열 강화, 외국영화 쿼터를 미끼로 쏟아져 나왔던 숱한 반공영화들과는 성격을 달리 하며, 1972년 유신 체제 이후에 나왔던 '체제 이행기' 영화들[33]과도 그 성격이 다르다고 할 수 있다. 비록, 이 영화를 비롯한 일련의 전쟁 스펙터클 영화(전투 영화)가 거시적인 차원에서 박정희 군사정권의 통치이념에 부합하는 측면이 있었다는 것은 부정할 수 없는 사실이지만, 전쟁 스펙터클 영화라는 장르 사이클이 아니라 〈돌아오지 않는 해병〉이라는 독립적인 텍스트만을 놓고 볼 때, 다른 해석을 부여할 수 있는 여지는 충분히 있어 보인다.

〈월미도〉 역시 마찬가지이다. 이향진은 이 영화가 의도하지 않게 북한의 계급 사회적 성격을 드러낸다고 주장했다. 태운으로 대변되는 군사 엘리트 계급과 일반 병사들은 영화 속에서 같은 노동계급 출신이라는 점으로 공감대를 형성하지만, 지각 있는 관객이라면 군사 엘리트와 낮은 서열의 병사간의 화해할 수 없는 틈새를 간과할 수 없다는 것이다. 그리고 1980년대 초반 이 군사 엘리트 계급은 김일성이 권력 통제를 지탱하는 데 있어 결정적인 역할을 했다는 것이다.[34] 이러한 해석은 지나치게 주관적으로 흐를 수 있는 소지가 있어 보이기도 하지만, 통치 이데올로기를 명시적으로 반영하는 북한 영화에서도 텍스트적 분열과 균열의 조짐을 읽어낼 수 있을 것이라는 암시를 던져준다.

---

33) 이명자·황혜진은 남한의 유신체제, 북한의 유일지도체제가 성립되던 1970년대 남북한 영화를 연구하면서, 남성적 민족주의에 기반 한 강력한 국가이데올로기가 동원된 영화들을 체제 이행기 영화라고 규정짓는다. 남한 영화로는 〈아내들의 행진〉(1974), 〈낙동강은 흐르는가〉(1976), 〈난중일기〉(1977) 등이 이에 해당되며, 북한 영화로는 〈영원한 전사〉(1972), 〈농민영웅〉(1975), 〈백두산〉(1979) 등이 여기에 속한다. 이명자·황혜진, 『70년대 체제 이행기의 남북한 비교 영화사: 지배 이데올로기와 영화적 재현 사이의 변형과 충돌』, 영화진흥위원회, 2004.

34) Hyangjin Lee, *Op. cit.*, p. 117.

한 시대의 국가가 요구하는 이데올로기와 영화가 만나는 충돌의 지점을 읽어내고, 텍스트의 균열이 가져오는 틈새를 포착하는 것, 그것이 역사와 영화를 연구하는 이의 과제이며 이는 남북한 영화 모두에 해당하는 것이라 할 수 있을 것이다.

고유환, 「통치 이데올로기: 주체사상」, 전국대학북한학과협의회 편, 『북한 정치의 이해』, 을유문화사, 2001.

김동춘, 『근대의 그늘: 한국의 근대성과 민족주의』, 당대, 2000.

노재승 편, 『북한영화계 1977~1988』(격월간 『영화』 제125호(7월호) 별책부록), 영화진흥공사, 1989.

민병욱, 『북한영화의 역사적 이해』, 역락, 2005.

박명림, 『한국 1950: 전쟁과 평화』, 나남출판, 2002.

박지연, 「박정희 근대화 체제의 영화정책: 영화법 개정과 기업화 정책을 중심으로」, 주유신 외, 『한국영화와 근대성: 〈자유부인〉에서 〈안개〉까지』, 소도, 2001.

백지한 편, 『북한영화의 이해』, 친구, 1989.

신강호, 「이만희의 스타일과 장르에 대한 접근」, 우리 영화를 위한 대화 모임 편, 『만추, 이만희』, 커뮤니케이션북스, 2005.

이명자·황혜진, 『70년대 체제 이행기의 남북한 비교 영화사: 지배 이데올로기와 영화적 재현 사이의 변형과 충돌』, 영화진흥위원회, 2004.

이영일, 『한국영화전사』(개정증보판), 소도, 2004.

이완범, 「박정희와 미국: 쿠데타와 민정이양 문제를 중심으로, 1961~1963」, 한국 정신문화연구원 편, 『박정희시대 연구』, 백산서당, 2002.

이종은, 「이만희의 〈귀로〉: 내셔널 시네마와 젠더 정치학」, 『영화언어』 복간 4호, 2004.

전영선, 「북한영화의 유형과 학문 분류체계」, 단국대학교 한국문화기술연구소 편, 『북한 문학예술의 장르론적 이해』, 도서출판 경진, 2010.

조준형, 「한국 반공영화의 진화와 그 조건」, 차순하 외, 『근대의 풍경: 소품으로 본 한국영화사』, 소도, 2001.

찰스 암스트롱, 「가족주의, 사회주의, 북한의 정치 종교」, 임지현·김용우 편, 김지혜 역, 『대중독재 2: 정치 종교와 헤게모니』, 책세상, 2005.

최연용, 「북한 인기 배우의 스타성 연구: 인민배우 오미란, 최창수 분석을 중심으로」,
　　　동국대 대학원 연극영화학과 석사학위논문, 2001.
토마스 샤츠, 한창호·허문영 역, 『할리우드 장르의 구조』, 한나래, 1995.

Chapman, James, *War and Film*, London: Reaktion Books, 2008.
Lee, Hyangjin, *Contemporary Korean Cinema: Identity, Culture and Politics*, Manchester
　　　& New York: Manchester University Press, 2000.
Neale, Steve, *Genre and Hollywood*, London & New York: Routledge, 2000.

분단 상처와 치유의 상상력

: 하근찬 소설을 중심으로

오창은

1. '한국전쟁', 비극의 체험

식민지 조선에는 15개의 사범학교가 있었다. 그 중 경성사범, 평양사범, 대구사범, 전주사범, 신의주사범이 명문으로 꼽혔다.[1] 『월간중앙』 1972년 6월호에 발표한 하근찬의 「삼십이매의 엽서」[2]는 일제 말기 전주사범의 풍경을 담아냈다.

1945년 봄, 소설가 하근찬[3]은 전주사범에 입학했다. 그의 소설은 일

---

[1] 이기훈, 「일제하 식민지 사범교육」, 『역사문제연구』 제9호, 역사문제연구소, 2002.12, 43~45쪽.

[2] 하근찬, 「三十二매의 엽서」, 『산울림』, 흔겨레, 1988, 212쪽(원작은 『월간중앙』 1972년 6월호에 발표했다).

[3] 하근찬은 1931년 10월 21일 경북 영천읍 금로동에서 출생했다. 아버지가 당시 공립 보통학교 교사였기에 근무지를 따라 이사하며 문경·칠곡·대구 등에서 유년시절을 보냈다. 초등학교 2학년 즈음에 전라북도로 이주해 전주사범에 진학했다. 그는 신동엽과 함께 전주사범에서 동문수학했으며, 전북 장수군 산서면에 있는 초등학교에서 교사생활을 했다. 한국전쟁 때 아버지를 여의었고, 국민방위군에 징집되어 전쟁의 참혹상을 경험하기도 했다. 하근찬은 1957년 ≪한국일보≫ 신춘문예에 단편 「수난이대」가 당선되어 등단했

제말 사범학교의 교육상황을 세세하게 묘사하고 있다.

「삼십이매의 엽서」는 현재의 시점(1972)에서 유년시절(1945)을 회상하는 방식으로 전개된다. 소설 속 화자인 '나'는 가보(家寶)처럼 서른 두 장의 엽서를 소중하게 간직하고 있다. '나'를 숙연하게 하는 엽서는 가친(家親)이 "1945년 4월부터 7월까지 4개월 동안" 보내준 것들이다. 산술적으로 대략 4일에 한 번씩 아버지가 아들에게 엽서를 띄운 셈이다.

도대체 어떤 사연이 있었던 것일까? '나'는 이 시기에 중학교에 입학해 기숙사에서 생활했다. 전시 체제 아래였기에 학교 편성 또한 군대식이었다. 사범학교 생활은 혹독하기 이를 데 없었다. 첫날만 풍족한 식사가 주어졌고, 이후에는 팥밥이 옥수수밥으로 바뀌었고, 반찬도 '다꾸앙 몇 쪼가리'가 놓이는 게 전부였다. 시시때때로 사역(使役)이었고, 심지어 3, 4, 5학년생 전원은 비행장 닦는 공사에 동원되기까지 했다. 전쟁의 여파로 교육현장까지 피폐해진 것이다. '나'를 인간적으로 괴롭히는 이도 있었다. 2학년 선배인 미우라(三浦)는 '후꾸로다다끼'(기합)[4]를 가하겠다고 위협해 '나'를 공포에 빠뜨리곤 했다. 학년별 위계를 폭력적으로 강제하는 방식이 '후꾸로다다끼'이다. 이는 일본식 군대문화가 학교폭력으로 변화한 것이기도 하다. '나'는 아버지의 엽서에 담긴 격려로 '후꾸로다다끼'의 공포를 극복해냈다. 당시 아버지는 공립 보통학교 훈도였다. 아버지는 일상을 이야기하며 '나'의 건강을 염려했고, 항

다. 같은 해 스물일곱이라는 늦은 나이에 군대에 입대하여 1958년 폐결핵으로 의병 제대했다. 1959년에 교육주보사 기자, 1961년에는 교육자료사 편집기자, 1963년부터는 대한교육연합회 ≪새교실≫ 편집부 기자로 일하다, 1969년 직장을 그만두고 전업작가로 활동했다. 한국문학상(1970), 조연현 문학상(1983), 요산문학상(1984), 유주현 문학상(1989) 등을 수상했다. 2007년 11월 25일 75세의 나이로 세상을 떠났다.

4) '후꾸로다다끼'에 대해서 하근찬은 다음과 같이 설명했다. "우리 1학년생들에게 가장 공포감을 자아내게 하는 것은 〈후꾸로다다끼〉라는 기합이었다. 자루나 보자기 같은 것으로 얼굴을 덮어 씌워 놓고 여러 사람이 빙 둘러서서 마구 두들겨대는 기합이었다. 한 사람이 여러 사람에게 전체 기합을 주는 수는 흔히 있었지만, 여러 사람이 한 사람에게 집단으로 기합을 준다는 것은 기합이라기 보다도 일종의 잔혹 행위가 아닐 수 없었다." (위의 책, 229쪽)

상 '열심히 하라'고 격려했다. 이 엽서가 배고픔과 노동, 그리고 억압적 학교생활을 극복하는데 큰 힘이 되었다.[5]

그런데, 하근찬의 아버지는 한국전쟁기에 인민군에게 비극적인 학살을 당했다. 「삼십이매의 엽서」는 작가의 자전소설이면서, 아버지에 바치는 지극한 '헌사'이다. 그렇다면, 아버지의 비극적 죽음은 작가에게 어떤 상처를 남겼을까?

하근찬은 「인간에 대한 끝없는 절망」이라는 산문에서 1950년 한가위날 전주형무소에서 인민군에 의해 학살당한 아버지에 관해 기록해 놓았다. 면소재지에 있던 인민위원회가 면당 서류를 불태우고 철수했다는 소식을 듣고 하근찬은 당시 국민학교 교장이었던 아버지가 풀려났으리라고 기대하고 전주형무소로 마중 나갔다. 하지만, 형무소 뒷마당에서 아버지는 이미 살해당한 뒤였고, 어머니와 둘이서 인근 야산에 시신을 매장해야 했다. 하근찬은 "사람이 만든 지옥"을 보았고, "끝없는 절망"에 빠졌다고 당시 심경을 토로했다. 그리고는 "아버지의 그와 같은 처참한 죽음은 그 뒤 나의 문학적 성향에 적지 않은 영향을 주었다"고 회고했다.[6]

역사적 경험과 개인적 경험이 중첩된 현장에서 하근찬 문학은 어떤 문학적 언어로 자신의 감성을 승화시켰을까? 전쟁과 분단의 상처를 형상화한 그의 소설은 어떤 특징을 갈무리하고 있을까? 그의 작품을 통해 분단의 상처를 문학의 영역에서 치유하는 방식을 의미화하고, 그것

---

5) 하근찬은 자신의 첫 수필집에서 「삼십이매의 엽서」에 얽힌 사연을 밝힌 바 있다. "아버지는 그 무렵 초등학교 선생이었다. 시를 좋아하셨던 모양으로 엽서에 자작 '하이쿠(俳句)'(일본 고유의 짧은 시가)가 적지 아니 눈에 띈다. 그리고 글씨가 어찌나 달필인지 나는 지금도 감탄을 금치 못한다. 어느덧 40년이라는 세월이 흘러서 그 32매의 엽서도 빛이 누렇게 바래었다. 그리고 아버지가 돌아가신 지도 30년이 훨씬 지났다. 그러나 그 엽서 속에 담긴 아버지의 아들에 대한 애정은 조금도 퇴색되지가 않고, 오히려 세월이 흐를수록 더욱 절실한 것으로 나의 가슴에 다가온다. 말하자면 그 32매의 엽서는 나에게 있어서는 무엇보다도 값진 보물인 셈이다."(하근찬, 「아버지의 편지」, 『내 안에 내가 있다』, 엔터, 1997, 32쪽)

6) 하근찬, 「인간에 대한 끝없는 절망」, 위의 책, 38쪽.

을 역사적 성찰로까지 승화시킬 수는 없을까?

하근찬 문학은 분단의 상처와 문학적 치유가 만나는 지점에서 생성되었다. 논자는 바로 이 부분에 주목했다. 전쟁과 분단의 상처는 크게 세 영역으로 나누어 살필 수 있다. 첫째, 개인이 어쩔 수 없는 운명적이고 역사적인 상처, 둘째, 분단체제로 인한 이데올로기적 적대감과 분단국가 내부의 폭력에 의해 발생하는 상처, 셋째, 분단체제와 국가 폭력이 개인에게 내면화되면서 발생하는 집단적 감수성의 왜곡으로 인한 상처이다. 첫 번째 상처는 개인의 운명에 개입하는 불가항력적인 힘에 의해 발생한다. 두 번째 상처는 체제와 국가의 폭력이 개인을 압도하면서 생긴 것이다. 세 번째 상처는 개인에게 내면화된 것으로, 공적 영역이 사적 영역에까지 침투하면서 발생하는 무의식적인 것이다. 하근찬 문학의 경우, 역사적 상처로 전쟁을 다루면서도, 징집의 공포와 같은 분단체제의 폭력을 서사화한다. 특히, 반공주의와 관련해 하근찬 문학의 특이성에 주목할 필요가 있다. 1950~60년대 문학에서 전쟁과 관련된 서사는 반공주의와 밀접한 영향관계를 형성했다. 유임하는 "반공주의의 규정력은 작가들에게 공포와 자기검열이라는 심리적 현실을 창출했다"고 보았다.7) 이러한 이데올로기적 상황에서 하근찬은 반공주의적 억압과 상대적 거리를 유지한 작품을 발표했다.8) 아버지가 인민군

---

7) 유임하는 이에 대해 다음과 같이 설명한다. "처벌의 확신을 사회 성원들의 내면에 기입된 생체권력은 작가들에게, 금기에 대한 공포증을 야기하는 초자아로 자리 잡는 것이다. 이 '마음의 검열관'은 작가의 전의식과 의식의 세계를 검열한다. 그런 맥락에서 반공주의는 처벌의 사법적 권능을 '정신'까지도 관장하는 규율체제로 전환시킨 근대 국가장치의 이데올로기적 기반인 셈이다."(유임하, 「마음의 검열관, 반공주의와 작가의 자기 검열」, 『상허학보』 제15집, 상허학회, 2005.8, 131쪽)

8) 이정숙은 하근찬의 전쟁서사를 '한국전쟁'과 '태평양전쟁'으로 나누어 '기억재현의 문제'와 연결시켰다. 반공주의와의 거리두기라는 측면에서 이정숙의 문제설정과 필자의 문제설정은 유사하다. 이정숙은 하근찬 문학과 반공주의의 관계에 대해 다음과 같은 견해를 제출했다. "한국전쟁을 다루면서 하근찬이 이렇게 기억투쟁의 문제를 제기할 수 있었던 것은 그가 반공주의 논리에 순응한 작가가 아니라는 점을 시사한다. 하근찬은 전후의 반공주의 이데올로기 아래에서 선택적으로 고착화되어가던 기능기억과 투쟁하는 역할을 담당한 것이다."(이정숙, 「전쟁을 기억하는 두 가지 방식: 하근찬의 전쟁서사 연구」, 『현대소설연구』 42호, 한국현대소설학회, 2009.12, 411쪽)

에 의해 반동으로 몰려 학살당한 개인적 상처를 갖고 있는 작가가 이데 올로기적 규정력을 객관화한 것이다. 이는 분단의 상처를 문학적으로 치유한 하나의 사례로서도 의미가 있다.

2. 민중문화의 전통과 낙천성

소설가에게 '등단작'은 영예이면서, 극복해야 할 대상이다. '등단작 콤플렉스'는 자신의 작품세계가 등단작을 위주로 규정되거나 '등단작'만 높게 평가되는 상황을 일컫는 용어이다. 뛰어난 작가들은 등단 이후 진일보한 문학세계를 개척함으로써 '등단작 콤플렉스'를 극복해 자신의 문학세계를 정교화해 간다.[9] 하근찬의 문학세계를 다룬 기존의 연구는 「수난이대」의 완고한 규정력에 포박되어 있다. 2007년 11월 25일 하근 찬의 부음을 전한 대부분의 신문들은 '「수난이대」 소설가 하근찬씨 별

---

9) 하근찬의 문학세계는 큰 틀에서 네 부분으로 나눌 수 있다. 첫 번째 소설 경향은 교사로 서의 경험을 형상화한 작품이다. 사범학교 시절 감내해야 했던 어려움을 그린 소설로는 「그 욕된 시절」(1964)과 「32매의 엽서」(1972)가 있고, 구호급식을 둘러싸고 벌어지는 갈 등을 그린 작품으로는 「온혈적」(1960)과 「바람속에서」(1966)가 있다. 또한, 섬에서 벌어 지는 학교와 교회의 갈등을 그린 「낙도」(1965)와 교사의 경제적 어려움을 그려낸 「숭부」 (1964) 등이 주목할 만하다. 두 번째 소설 경향으로는 '전쟁의 상처'에 관한 작품들이다. 이 계열에 속하는 작품으로는 「수난이대」(1957), 「나룻배 이야기」(1959), 「흰종이 수염」 (1959), 「흥소」(1960), 「분」(1961), 「왕릉과 주둔군」(1963), 「산울림」(1964) 등이 있다. 이 계열의 이들 작품들은 전쟁에 시달리는 시골사람들의 이야기를 민중적 시각에서 그려낸 공통점을 갖고 있다. 신체훼손 모티프를 활용하는가 하면, 몸을 특징화해 과장되게 표현 하기도 한다. 일부 작품은 공동체에 가해지는 가학적 폭력을 민중적 '웃음'으로 대응하기 도 한다. 세 번째 작품 경향으로는 '식민지 시대를 기억하고 재구성하는 작품'을 들 수 있다. 하근찬의 식민지 기억 소설은 「족제비」(1970), 「그 해의 삽화」(1970), 「일본도」 (1971), 「죽창을 버리던 날」(1971), 「32매의 엽서」(1972), 「조랑말」(1973), 「필례이야기」 (1973), 「노은사」(1977) 등의 단편을 거론할 수 있다. 장편연재소설로는 『월례소전』 (1973~75)과 『산에 들에』(1981~1983)가 이 계열을 대표하는 작품들이다. 네 번째 작품 경향은 비교적 말년의 장편 역사소설들을 꼽을 수 있다. 이 계열의 작품으로는 한국전쟁 을 개인의 운명과 접맥해 그려낸 『작은 용』(1989)과 한일관계를 역사적 맥락에서 재구성 한 『제국의 칼』(1995) 등이 있다.

세'라고 보도했다.[10] 분단과 전쟁의 상처 치유라는 측면에서 「수난이대」
를 둘러싸고 있는 하근찬 소설을 폭넓게 조명하고, 그의 문학세계를
새롭게 재구성할 필요가 있다. 학위논문을 기준으로 하근찬을 연구대상
으로 한 작가론 연구는 일반대학원 석사논문이 8편, 교육대학원 석사논
문이 17편 발표되었다. 하근찬만을 대상으로 한 박사논문은 아직까지는
발표되지 않았다.[11] 이 장에서는 기존의 평가작인 「수난이대」와 「흰종
이 수염」을 '민중문화의 전통' 속에서 재해석하고, 「산중고발」과 「위령
제」를 통해 분단의 상처를 치유하는 글쓰기 방식을 의미화하려 한다.

「수난이대」[12]는 하근찬의 대표작일 뿐만 아니라, 분단 이후 한국 단
편문학의 구조적 완결성을 보여주는 성과작으로 꼽힌다. 공간적 이동
경로에 따라 각각의 사건이 결합하는 방식이나, 인물간의 갈등이 화해
에 도달하는 과정이 감동적으로 형상화되어 있다. 용머리, 산모퉁이,
들판, 개천의 외나무 다리, 주막, 신작로, 장거리, 정거장에 이르는 길을
따라 아버지 만도의 희망은 증폭된다.[13] 그러다, 기차역에서 상이군인
이 된 아들 진수를 만난 후의 감정적 화해가 공간이동의 역순을 따라

---

10) 《동아일보》는 "전쟁이 아버지와 아들에게 안겨준 고통을 통해 민중의 애환을 담은
   '수난이대'의 소설가 하근찬(사진)씨가 25일 오후 경기 안양시 한림대성심병원에서 노환
   으로 별세했다. 향년 76세"(2007.11.27. A31면)라고 보도했고, 《조선일보》는 "수난이대
   를 쓴 소설가 하근찬(76세)씨가 25일 오후 9시30분쯤 안양시 평촌 한림대성심병원에서
   노환으로 별세했다"(2007.11.27. A30면)고 기사화했다.

11) 학위논문 연구성과는 2011년을 기준으로 한 것이다. 하근찬 소설을 전후 휴머니즘이라는
   주제론적 측면에서 김성한·손창섭·선우휘와 함께 논의한 박사논문으로는 정문권의 「한국
   戰後小說의 휴머니즘 연구」(한남대 박사논문, 1995)가 있고, '귀향문학'이라는 테마로 한국
   문학과 독일문학을 비교한 박사논문으로는 홍인숙의 「獨逸 歸鄕文學(Heimkehrerliteratur)硏
   究: Wolfgang Borchert와 河瑾燦의〈受難 二代〉를 비교하여」(고려대 박사논문, 1986)가 있다.

12) 하근찬, 「수난이대」, 『수난이대』, 정음사, 1972.

13) 김동혁은 「수난이대」의 주요공간으로 '용머릿재→외나무다리→주막집→시장→역→주막
   →외나무다리'로 파악했다. 그는 미망인의 증언과 답사, 지도를 통해 영천의 '마현산 일
   대'가 '용머릿재'라는 결론을 도출했다. 김동혁의 연구는 지리적 공간의 재구성에 맞춰져
   있어, 공간과 작품의 서사가 결합하는 양상에 대한 문학적 논의가 보완될 필요가 있다.
   (김동혁, 「'문학적 공간 분석'을 통한 '지리적 공간'의 재구성」, 『어문논집』 제46집, 중앙
   어문학회, 2011.3, 251쪽.)

정교하게 부합되는 방식을 취한다.[14] 일제강점기에 징용에 끌려가 팔을 잃은 아버지(만도)와 한국전쟁에 참전했다 수류탄에 다리를 잃은 아들(진수)이 '육체적 상처'를 상호협력으로 극복한다는 구조적 연결이 자연스럽게 서사화돼 '단편미학의 백미'를 이룬다.

소설의 초반부는 "박 만도는 여느 때 같으면 아무래도 한두 군데 앉아 쉬어야 넘어설 수 있는 용머리재를 단숨에 올라 채고 만 것이다"[15]라고 진술했고, 소설의 마지막은 만도가 진수가 업고 외나무다리를 조심조심 건너는 모습을 "눈앞에 우뚝 솟은 용머리재가 이 광경을 가만히 내려다보고 있었다"[16]고 묘사했다. 공간적 서경이 역사의 격랑 속에서 만신창이가 된 인간들의 모습과 절묘한 조화를 이룬다. 아들은 아버지의 다리에 의지하고, 아버지는 아들의 손을 빌려 온전한 한몸이 된다는 설정 또한 감동적이다. 그 핵심적 장치로 작가는 '외나무다리'를 활용했다. 외나무다리는 2대에 걸친 수난이 '집약되는 아슬아슬한 공간'이다.[17] 「수난이대」는 육체적 상처가 감성적인 화해를 거쳐 상호협력에 이르는 여정을 보여주기에 '도약하는 결말'에 닿을 수 있었다.

---

14) 최현주는 서사학의 거리(Distance) 개념을 원용하여 작중인물의 심리적 거리(Distance psychic)가 변화하는 양상을 살폈다. 「수난이대」의 성취에 대해 그는 "비판보다는 '포용'을 전제로 한 '지켜봄'의 거리"를 형성해 당대 현실을 사실적으로 재현했다는 데 있다고 평가했다. (최현주, 「하근찬의 '受難二代'에 드러난 距離의 양상」, 『한국문학이론과 비평』 제1집, 한국문학이론과 비평학회, 1997.8, 386쪽.)

15) 하근찬, 「수난이대」, 앞의 책, 6쪽.

16) 위의 책, 25쪽.

17) 하근찬은 마지막 결론을 어떻게 처리할 것인가를 놓고 상당히 고심했다고 한다. 당시의 고민을 다음과 같이 기록하고 있다. "무사히 건너가게 하는 것도, 중도에 떨어지게 하는 것도 다 일리가 있는 것 같았다. 중도에 떨어지게 하는 것은 수난을 강조하는 의미가 되어 주제를 더욱 짙게 하는 효과를 이루는 것 같았고, 무사히 건너가게 하는 것은 그런 수난 속에서도 삶에의 의지라 할까, 집념이라 할까, 그런 것을 잃지 않게 하는 것 같았다. 다시 말하면 떨어지게 하는 것은 절망을 상징하는 것이었고, 건너가게 하는 것은 절망의 극복을 상징하는 것이었다. 그렇다면, 문제는 간단했다. 나는 결코 절망에 그치는 쪽을 택하고 싶지 않았다. 절망을 디디고 넘어서려는 의지, 그 강인한 삶에의 집념 쪽을 택하고 싶었다. 이 땅과 겨레의 암담한 운명의 극복을 희망하고 싶었다."(하근찬, 「수난이대, 산에 들에」, 『내 안에 내가 있다』, 앞의 책, 257쪽)

하지만, 그간 「수난이대」에 짙게 갈무리되어 있는 민중문화의 전통에 대해서는 구체적인 논의가 없었다. 이 작품은 체제 밖에서 체제의 폭력을 감내하는 민중의 형상을 담아냈다는데 의미가 있다. 주목할 부분은 만도의 낙관적이고 긍정적인 태도이다. 이는 민중문화의 전통과 연결된다. 유제분은 민중문화의 전통과 관련해 "비정치적이고 역사의식이 없어 보이는 일상 세계에서 '권력의 미시 역학'을 발견하고 억압되고 숨겨진 구조를 드러내는 일은 미시사의 고유한 작업"[18]이라고 설명한 바 있다. 그의 논의에 따르면, 구체적인 일상사 속에서 오히려 국가권력이나 체제의 폭력을 도출해낼 수 있다. 그런 의미에서 「수난이대」에 나타난 만도의 낙천적 태도와 경쾌한 분위기를 주의해서 해석할 필요가 있다. 「수난이대」의 저변에는 일상적 삶의 가치를 강조하는 민중문화적 전통이 흐르고 있다. 그것은 국가나 체제에 포섭되지 않는 삶의 의지이고, 자치와 자립의 태도이기도 하다. 체제 폭력을 몸으로 감내하면서, 부자가 서로 결여된 부분을 해결한다는 설정은 삶에 대한 강렬하면서도 낙천적인 의지 표명인 것이다.

「흰종이 수염」[19]은 작가의 교사체험과 「수난이대」의 문제의식이 융합된 작품이다. 이 소설은 국민학교 2학년생인 동길이의 입장에서 한국전쟁에서 국군 노무자 신분으로 팔을 잃은 아버지를 형상화했다. 어린 화자의 순진한 시선이 투영되어 아버지의 비극적 상황이 더욱 절절하게 드러나지만, 아버지의 삶에 대한 태도와 동길이의 악착같은 오기(傲氣)가 결합되어 절망적이지만은 않은 서사로 나아간다. 아버지가 팔을 잃고 돌아온다는 설정이나, 동길이가 아버지를 바라보는 태도 등으로 볼 때, 「흰종이 수염」은 맥락적으로 「수난이대」의 전사(前史)에 해당한다.

이 작품은 아버지의 부재로 인해 사친회비를 못 내고 학교에서 쫓겨

---

18) 유제분, 「옮긴이 서문」, 『치즈와 구더기』(카를로 진즈부르크), 문학과지성사, 2001, 58쪽.
19) 하근찬, 「흰종이 수염」, 『수난이대』, 앞의 책.

나야 했던 동길이의 일상과 전쟁이라는 비일상적 극한 상황에서 팔을 절단당한 아버지의 예외상황이 절묘하게 겹쳐진다. 또한, '활동사진의 광고판'을 가슴에 걸고라도 일상적 삶을 지속하려는 아버지 세대의 의지와 '외팔뚝이'라는 신기한 존재를 놀림거리로 삼으려는 아이들의 놀이충동이 맞부딪치는 지점도 흥미롭다. 이러한 충돌의 지점에서 동길이는 나무꼬챙이로 아버지의 수염을 건드리는 창식이에게 격렬한 분노를 폭발시킨다. 동길이의 전쟁에 대한 분노가 적절한 대상으로 향하지 못하고, '창식'이라는 가상의 대상을 향해 돌발적으로 터뜨려진 것이다. 「흰종이 수염」은 「수난이대」처럼 정교하게 짜여진 소설적 구조를 보여주거나, 깊은 울림을 주는 희망적 전망을 제시하지는 않는다. 하지만, 누구나 동길이에게 공감할 수 있는 실감을 제공한다. 이 두 작품은 전쟁이 남긴 상처를 감당해야 하는 민중의 이야기이면서, 동시에 어린아이의 단순성에 기반해 민중이 견뎌 내야 하는 전쟁 폭력의 비극성을 극화시킨 것이다. 동길이의 태도를 아이의 순진성과 연결시킴으로써, 오히려 사건의 본질을 단순화해 제시했다. 동길이의 전쟁의 폭력적 양상에 대한 명료한 이해와 분노가 오히려 극적 긴장을 강화시키는 효과를 발휘한 것이다.[20]

「수난이대」와 「흰종이 수염」이 발표되던 시기에 하근찬은 어떤 내적 고민을 안고 있었을까? 아버지를 전쟁의 와중에 잃은 하근찬의 개인적 체험에 비춰볼 때, 「수난이대」와 「흰종이 수염」의 아버지와 아들 모티프는 풍부한 해석을 여지를 남긴다. 하근찬은 반공주의적 적대가 아닌 민중문화의 전통 속에서 화해로 나아가는 길을 선택했다. 그렇다면, 이

---

20) 미하일 바흐찐은 다음과 같이 이야기했다. "답답하고 우울한 기만에 대해서는 악당의 명랑한 속임수가, 탐욕스러운 허위와 위선에 대해서는 바보의 이기적이지 않은 단순성과 건강한 몰이해가, 인습적이고 거짓된 모든 것에 대해서는 풍자적 폭로를 위한 종합적 형식인 광대가 대항하고 있다."(미하일 바흐찐, 전승희·서경희·박유미 옮김, 『장편소설과 민중언어』, 창작과비평사, 1988, 355쪽) 동길은 '이기적이지 않은 단순성과 건강한 몰이해'로 세상을 바라본다. 동길의 분노는 전쟁의 폭력을 권력의 자장내로 끌어들이려고 하는 '위선'을 폭로하는 것이기도 하다.

즈음 하근찬은 세상을 바라보는 자신만의 태도를 어떻게 확립했을까? 바로 이 부분에서 자기 고백적 성격을 지닌 작품인 「산중고발」과 「위령제」를 주목할 필요가 있다. 이 두 작품은 한국전쟁기의 교사·교장 학살 사건을 서사화하고 있다. 하근찬은 아버지가 겪은 비극적 상황을 문학적 상상력을 동원해 재구성했다.

「산중고발」21)은 하근찬에게는 각별한 의미를 지닌 작품이다. 이 작품은 신춘문예에 당선된 뒤, 당시로서는 '국내에서는 가장 권위 있는 종합지'인 『사상계』로부터 청탁을 받아 쓴 것이었다. 하근찬은 1958년 7월에 스물일곱의 나이에 입대해 군의학교에서 위생병 교육을 받던 중 폐결핵 진단을 받았다. 이 작품은 밀양에 있는 육군병동에서 투병 중인 상태에서 썼다. 환자가 병동에서 소설을 쓴다는 것은 불가능한 상황이라 "병동에서 얼마 멀지 않은 곳에" 있는 무덤 옆에서 작업을 했다고 한다.22) 「산중고발」은 한 편의 에세이로 사연을 따로 적을 정도로 그가 심혈을 기울인 작품이었다.

「위령제」23)는 보다 직접적으로 '아버지의 죽음'을 형상화한 작품이다. 작가는 「위령제」에서 "세상이 바뀌는 날, 마침내 유치장은 아비규환의 생지옥이 되"었고, "한교장의 지칠대로 지친 목숨은 다른 여러 몸뚱아리들과 함께 불바다 속에서 시꺼멓게 타버리고 말았던 것"이라고 그려냈다.24) 이는 하근찬의 아버지가 전주형무소에서 비극적인 학살을 당한 상황과 겹쳐진다.

「산중고발」과 「위령제」를 주목하는 이유는 '발화와 치유의 효과' 때문이다. 억압된 고통은 발화를 통해 치유될 수 있다. 고통을 증언하는 것에 대해 억압하고 침묵을 강요면 치유는 유보된다. 그렇기에 발화 자체는 은폐와 억압에 저항하는 투쟁이다. 「산중고발」은 무장공비에

---

21) 하근찬, 「산중고발」, 『사상계』 63호, 사상계사, 1958.10.
22) 하근찬, 「무덤 곁에서의 집필」, 『내 안에 내가 있다』, 앞의 책, 276~278쪽.
23) 하근찬, 「위령제」, 『사상계』 86호, 사상계사, 1960.9.
24) 위의 글, 371쪽.

납치당한 두 교사의 비극적 죽음이라는 측면에서 이데올로기적이다. 하지만, 인배와 달수가 궁극적으로는 토벌대의 총탄에 죽었다는 사실에 주목할 필요가 있다. 이 둘은 무차별적인 경찰의 진압으로 무고한 죽음을 당한 것이다. 뿐만 아니라, 인배의 경우는 '인민군복을 입고 있었다'는 이유로 한통속으로 간주되어 위령제에서도 배제되고 만다. 이는 작가가 반공이데올로기에 대해 양가적 감정을 가지고 있었음을 보여준다.

하근찬은 남북의 이데올로기적 대립 속에서 희생당하는 사람들의 아픔에 눈길을 주었다. 이러한 시각은 아래로부터 체제의 폭력을 바라보려는 태도를 가질 때 가능하다. 민중의 삶, 생명 자체를 존중하는 태도 속에서 남과 북의 대립적 이데올로기를 비판적으로 직시할 수 있었던 것이다. 「위령제」의 경우도 마찬가지다. 자위대의 폭력이 한교장을 죽음으로 몰았다는 측면에서, 이 작품도 인공치하의 비극적 상황을 반공주의적 시각에서 그리고 있는 것으로 볼 수 있다. 하지만, 「위령제」는 단일한 서사로 해석하기에는 곤란한 다성적 목소리를 갈무리하고 있다. 한교장의 죽음이 장학회 양회장의 사주에 의해 발생했다는 설정은 반공주의를 위반하는 서사다. 게다가, 한교장과 양회장이 위령제에서 '일심합력했던 사이'로 거짓 호명되는 것에 대한 국민학생들의 적나라한 폭로는 위태롭기까지 하다. 반공주의를 권위주의적 체제로 바라보고, 이를 야유하는 하근찬의 태도를 이 두 작품에서 읽어낼 수 있다. 그런 의미에서 전쟁 서사의 내면에 갈무리되어 있는 하근찬의 비판정신은 날카롭다.

하근찬은 북을 적으로 간주함으로써 내부의 모순을 봉합하려는 위계화된 정치권력의 모습을 「산중고발」과 「위령제」에서 아이러니의 기법을 활용해 서사화했다. 아이러니가 드러난 것과 실제 사이의 괴리를 통해 진실을 발화하는 것이라고 했을 때, 이 두 작품은 서사적 모순을 통해 전쟁으로 인한 상처를 드러냈다. 특히, 「위령제」는 '한교장의 억울한 죽음'을 직접적으로 기술하면서도, 그 죽음이 체제 폭력에 의한 것이 아니라 사회 내부의 갈등에 기인하고 있음을 제시했다. 이 소설은 하근찬의 아버지가 어떤 상황적 맥락 아래에서 전주형무소로 끌려갔고, 결국 비극적 죽음을 맞이했는가를 유추할 수 있게 한다. 그러면서도 체제에 대한 적의보다, 전쟁의 과정에서 아이러니한 죽음을 맞이한 한교장의 상황을 제시했다. 이는 고통스러운 고백의 서사이다.

「위령제」가 4·19혁명 이후인 1940년 9월호 『사상계』에 발표되었다는 사실도 유념할 필요가 있다. 4·19혁명 이후의 자유로운 분위기 속에서, 하근찬은 반공이데올로기와 긴장하며 아버지의 비극적 죽음을 서사화할 수 있었다. 이러한 소설적 발화는 적극적인 '기억투쟁'이다. 고통스러운 체험은 직접적으로 발화하고, 사건의 진상을 객관화했을 때 내면의 치유에 도달할 수 있다. 하근찬의 전쟁 서사는 자신을 향해 있으면서도, 보편적 경험으로 나아갈 수 있는 문학적 변형 과정을 거쳤다. 자신의 고통스러운 체험의 서사화가 「산중고발」과 「위령제」라면, 그것을 문학적 통합과 화해로 서사화한 것이 「수난이대」와 「흰종이 수염」이다. 「수난이대」와 「흰종이 수염」이 아버지와 아들의 갈등과 화해를 그리고 있다는 사실도 이와 연관해 해석할 수 있다. 즉, 전쟁의 참화 속에서 숨진 아버지를 문학적으로 부활하게 하는 치유의 과정에서 「수난이대」와 「흰종이 수염」이 창작된 것이고, 고통의 근원에 육박하려는 작가의 고통스러운 자기 발화의 노력이 「산중고발」과 「위령제」에 짙게 배어 있다고 할 수 있다.

3. 공동체를 옹호하는 민중서사

한국문학사에서는 논의가 소홀했지만 만만치 않은 의미를 지니고 있는 하근찬의 작품으로 「산중우화」, 「나룻배 이야기」, 「홍소」, 「산울림」, 「분(糞)」 등을 꼽을 수 있다. 이 작품들은 전쟁의 중심인 전투현장을 벗어나 있으면서도, 전쟁의 폭력적 성격을 부각시키는 데 성공했다. 전쟁의 그림자가 드리워진 후방에서 감내해야 하는 참담한 고통, 전장으로 끌려나가는 사람들과 남은 자들의 불안 등이 중요한 주제의식을 이룬다. 그런 의미에서 하근찬 소설은 폭력을 사건화 하는 것이 아니라, 폭력 이후의 상처를 사건화 한다. 사건화는 존재하는 상태가 아니라, 존재가 변화하는 운동성을 전제한다. 그 운동의 과정에서 의미가 기입되고 효과가 발산된다. 하근찬의 소설들도 전쟁이라는 폭력 이후의 상처에 기입된 의미를 파악할 필요가 있다. 그는 전쟁의 변두리에서, 전쟁을 감내해야 하는 이들의 수난을 사건화하고 있다.

하근찬은 '근대 이전의 상태'와 '근대 체제로 인해 발생한 상태'를 대비시킨다. 그는 근대 이전에 자연과 밀착되어 있던 민중의 삶이 전쟁·징병·국가폭력과 대면한 후 변화해가는 양상을 보여준다. 이는 토착적이고 전통적인 자연관이 근대적 폭력에 의해 훼손되는 과정을 서사화한 것으로 의미화 할 수 있다. 자연과 더불어 삶을 영위하던 이들이 전쟁에 의해 파멸되어 가는 과정은 「산중우화(山中寓話)」25)에 잘 나타나 있다. 이 소설은 '우화'라는 제목을 차용하여 낭만적 세계를 제시한다.26) '원숭이' 같은 영감과 '너구리' 같은 할미가 등장하는 이 소설은 '유토피아적 자연'이 '디스토피아적 전쟁'으로 인해 훼손되는 과정을 형상화했다. 자연 속에서 살아가던 영감과 할미는 부상당한 인민군 소년 병사를 극진히 치료한다. 자연 상태에서는 인민군이든, 국군이든 구분이 없다. 그런데, 소설은 '두 마리의 새'(비행기)가 공격해 집이 무너지고, 할미가 총탄에 맞아 비극적으로 죽는 장면을 보여준다.

충격을 받은 영감이 총탄을 돌멩이로 찍어버리는 장면은, 전쟁의 폭력에 대항하는 것으로 읽을 수 있다. 영감의 저항은 무력한 것이지만,

---

25) 하근찬, 「산중우화」, 『한국현대문학전집』 13, 신구문화사, 1967.

26) 하근찬·정연숙·한말숙의 작품을 함께 엮어 간행된 『한국현대문학전집』 13의 말미에 붙은 연보에는 "一九五八 『山中寓話』(原題 山中告發, 思想界 十월호) 발표"라고 적혀 있다. 하지만, 이는 착오다. 「산중우화」와 앞에서 살펴본 「산중고발」은 전혀 별개의 작품이다. 「산중우화」는 『새벽』(1960.7)에 발표한 「山까마귀」의 제목을 바꾼 것이다. 작가는 동화적 상상력이 가미된 것을 의식해 제목을 '우화'로 바꾸었다.

민중의 분노를 표출한 것이기에 상징적 의미를 지닌다. 영감이 전체를 인식하지 못하고, 총탄이라는 부분에 분노를 집중하는 어리석은 행위가 오히려 비극성을 고조시킨다. 그런 의미에서 영감의 상징행위는 인간의 원초적 본능인 생명권을 위협하는 전쟁에 대한 적극적 저항으로 해석할 수 있다.

「나룻배 이야기」와 「홍소」는 보다 현실적인 태도로 '징병과 전쟁, 그리고 민중의 우회적 저항'을 그린다. 『사상계』 1959년 7월호에 게재한 「나룻배 이야기」[27]와 『현대문학』 1960년 9월호에 게재된 「홍소」[28]는 비슷한 주제를 다른 태도로 그리고 있어 비교 분석할 필요가 있다. 「나룻배 이야기」의 사공 삼바우는 마을과 세상을 배로 잇는 역할을 한다면, 「홍소」의 우편배달부 조판수는 삼십여 년 동안 편지로 소식을 전하며 늙어온 처지이다. 그런데 삼바우는 징집되어 '끌려가는 젊은이들을 실어 날라야 하는 처지'가 되고, 조판수는 '육군본부의 전사 통지서'를 배달해야 하는 곤란한 상황에 빠진다. 둘은 모두 큰 아들을 군대에 보낸 상태라 전쟁과 마을을 매개하는 일이 고통스럽게 느껴진다.

주목할 부분은 삼바우와 조판수가 비극적 상황과 대면하면서 취한 행동이다. 삼바우는 뱃길을 끊어버리고, 조판수는 육군본부의 전사통지서 아홉 통을 냇물에 띄워 보낸다. 삼바우가 "총을 멘 사람과 양복장이"[29] 태우지 않고 도망치면서 "마을에서 나룻배를 만들 때는 마을 사람들 편하라고 만들었지 누가 어디 저거 자식 잡아가라고 만든 줄 아나? 홍! 안 되지 안 돼"[30]라고 하는 것이나, 조판수가 "물살을 타고 아홉 장의 육군본부가 종대로 동실동실 떠내려"가는 것을 보고 "오십여 년이라는 세월을 살아왔지만, 이런 통쾌한 맛은 단 한 번도 느껴 보지 못"[31]했다고 한 것은 동일한 맥락에 있다. 삼바우와 조판수의 행위는

---

27) 하근찬, 「나룻배이야기」, 『수난이대』, 앞의 책.

28) 하근찬, 「홍소」, 『현대문학』 1960년 9월호, 현대문학사.

29) 하근찬, 「나룻배이야기」, 앞의 책, 56쪽.

30) 위의 책, 57쪽.

어리석고, 즉흥적이어서, 궁극적인 저항이 아니 '희화화'로 읽힐 수 있다. 전시체제 아래에서 국가기구의 명령은 절대적이다. 이를 위반하는 삼바우와 조판수의 행위는 상당한 정치적 의미를 지니게 된다. 서사적 맥락 속에서 삼바우와 조판수는 명령에 따르는 책임을 회피하는 것이지만, 실질적으로는 자율적 의지에 따라 국가기구의 명령에 저항한 것이 된다. 전쟁에 참여하는 것을 거부하고, 자신의 도덕적 판단에 따라 행위 한 셈이다. 국가기구의 절대적 명령을 우스꽝스러운 상황에서 이뤄지는 어리석은 저항으로 서사화함으로써, 하근찬은 전쟁이라는 폭력적 상황에 항거한 것이다. 바흐찐은 민중의 웃음, 혹은 낙천적 태도를 "성스러운 것, 금기, 과거, 권력 등에 대한 두려움"에서 인간을 해방시켜 주는 것이라고 했다.32) 그런 의미에서 「나룻배 이야기」와 「흥소」는 전쟁을 강요하는 권위주의적 체제에 대해 민중의 어리석음을 가장해 책임회피 했다. 이를 통해 국가기구의 권위주의적 명령을 야유하고 희화화한 것이라고 할 수 있다.

「산울림」은 『사상계』 1964년 1월호에 발표된 작품이다.33) 기본적 구조는 「산중우화」나 「나룻배 이야기」, 혹은 「흥소」와 비슷하다. 제목인 '산울림'은 전쟁의 '포성'이 산마을에까지 미쳐 만들어내는 소란을 지칭한다.

세상으로부터 절연되어 있는 '산마을'이 어떻게 전쟁의 소용돌이 속에 휩싸이게 되는가가 중요한 서사적 줄기를 형성한다. 전체적인 분위기는 동화적 색채를 띤다. 이는 종덕이(누렁이)와 윤이(복실이), 그리고 용갑이(검둥이)라는 아이들을 주요인물로 등장시킨 때문이기도 하고, 또 개들(누렁이, 복실이, 검둥이)을 매개로 사건이 전개되기 때문이기도 하다.

---

31) 하근찬, 「흥소」, 『현대문학』 1960년 9월호, 앞의 책, 105쪽.

32) 게리 솔 모슨·캐릴 에머슨, 오문석·차승기·이진형 옮김, 『바흐친의 산문학』, 책세상, 2006, 760쪽.

33) 하근찬, 「산울림」, 『한국현대문학전집』 13, 앞의 책.

'산마을'은 "임진난 때도 별일이 없었"을 정도로 좋은 피난터였고, "명당터"로 꼽힐 정도로 안온한 곳이다.34) 이곳에는 개가 세 마리 밖에 없을 정도로 적요하고, 개들의 사랑싸움이 마을의 이야깃거리가 될 정도로 평화로운 곳이다. 중심 화자 종덕에게 골칫거리는 심술꾸러기인 용갑의 괴롭힘이다. 그래도 종덕이는 윤이와 더불어 '개사돈'을 맺게 된 것이 좋기만 하다. 다음과 같은 대화는 동화적이면서도 원초적이다.

> "인제 너캉 나캉 개사돈이다 아나?"
> "히히……그래."
> "난 바깥사돈, 넌 안사돈."
> "바깥사돈은 뭐고, 안사돈은 뭐고?"
> "바깥사돈은 남자고, 안사돈은 여자 아니가."
> "지랄, 히히히……"35)

종덕과 윤이의 대화는 성적인 것에 눈을 떠가며 자연의 질서에 자신을 맡기는 조숙함을 내보인다. 종덕과 윤이의 관계는 하근찬의 의도적 투사 속에서 성애적 요소를 발산한다. 이 부분은 하근찬 초기 소설에 공통적으로 들어가는 원초적 감각 같은 것이기도 하다. '산마을'의 세계는 "자연과 인간의 교감이 근원적인 차원"에서 이뤄지고 있는 '신비로운 세계'라고 할 수 있다.36)

먼저, 국군 패잔병 두 명이 마을에 들이 닥친다. 그들은 마을에서 들어오자마자 총질을 해대고, 그 총격에 검둥이가 죽고 누렁이는 다리에 부상을 입는다. 연이어 "달이 좋은 밤"에 인민군 패잔병 세 명이 '산마을'의 윤이 집에 들이닥치면서, 폭력적 양상은 심화된다. 복실이가 새

---

34) 위의 책, 120쪽.

35) 위의 책, 127쪽.

36) 다카기 진자부로, 김원식 옮김, 『지금 자연을 어떻게 볼 것인가』, 녹색평론사, 2006, 195쪽.

끼를 다섯 마리를 낳았다고 동네 사람들이 대견해하고 경사라고 좋아 했는데, 인민군 패잔병들이 복실이와 강아지를 무참히 죽인 것이다. 그 와중에 손노인은 "피에 젖은 한 마리의 강아지"를 건져낸다. 경이롭게 도 아직 살아 있었고, 그 강아지가 암컷이라는 사실에 더욱 감동한다. 손노인이 "어서 커얄 낀데, 어서…… 용케 암컷이 한 마리 살아 남았다 니까."라고 말하는 대목은 생명의 지속 가능성에 대한 암시로 읽힌다. 이는 자연과 생명의 일부로서 인간을 바라보는 태도와 관련이 있다. 생명의 차원에서 식물과 동물, 인간을 일체적 관계로 바라봄으로써 인 간을 자연의 일부로 객관화하고 있는 것이다.[37]

국군과 인민군의 행위를 어떻게 해석해야 할 것인가도 문제적인 지 점이다. 잔혹성 측면에서는 분명 인민군의 행위가 더 부정적이다. 강아 지에게 무차별적인 총질을 해 댄 것이나, 어둠속 익명으로 그려져 구체 성을 띠지 않는 것도 공포심을 고조시킨다. 하지만, 국군 패잔병의 행 위도 긍정적이지만은 않다. 그들이 개가 소란스럽게 짖는다고 총질을 해 검둥이를 죽이자 윤이는 "화가 나면 남의 개를 막 죽이는가?"[38]라고 항변했다. 더군다나 작가는 손 노인이 '살생을 삼가도록 훈계'할 때, "한 사람은 약간 미안한 듯한 표정을 지었으나, 한 사람의 얼굴에는 비웃는 듯한, 못마땅한 표정이 떠오르는 것이었다"[39]라고 묘사했다. 이 는 하근찬이 국군과 인민군을 비교적 동일한 태도로 바라보고 있음을 은연중에 드러낸다. 이 둘은 모두 안온한 '산마을'에 소란을 일으키는 외부적 위협으로 간주된다.

「산울림」은 국가나 이데올로기와는 무관한, '자치공동체 옹호'적 성 격을 보인 작품이다. 민중문화의 전통 속에서 체제와 거리를 두려고

---

37) 바흐찐은 다음과 같이 이야기한다. "인류는 우주적인 자연력(지수화풍)을 자기 것으로 하면서, 자기 자신 속에서, 자신의 사적인 몸 속에서 이들을 발견하고 생생하게 느꼈다. 즉, 사람은 자기 안에서 우주를 깨달았던 것이다."(미하일 바흐찐, 이덕형·최건영 옮김, 『프랑수아 라블레의 작품과 중세 및 르네상스의 민중문화』, 아카넷, 2001, 520쪽)

38) 하근찬, 「산울림」, 앞의 책, 124쪽.

39) 위의 책, 125쪽.

하는 태도는 「나룻배 이야기」와 「홍소」에서도 발견할 수 있는 특징이다. 이들 소설은 어리석음, 혹은 순진함을 가장한다. 이를 통해 '전쟁의 공포'를 희화화하는 치유의 방식을 선택했다. 따라서 민중문화의 전통 속에서 전쟁의 피해로부터 공동체를 옹호하려는 태도는 하근찬 초기소설이 갈무리하고 있는 공통의 특징으로 볼 수 있다.

4. 배설과 치유의 상상력

하근찬의 소설에는 오줌·똥 누기와 같은 배설 장면이 빈번하게 등장한다. 오줌누기 등은 인간이 자연의 일부로서 생리적 욕구를 해소하는 것이면서, 성적 상징행위로도 읽을 수 있다.[40] 하근찬 소설에서는 배설 행위가 웃음과 연결되어 희극적인 분위기를 자아낸다는 사실에 주목할 필요가 있다.

기존 연구에서 오줌을 누는 행위는 카타르시스와 연결시키는 것이 일반적이었다.[41] 카타르시스는 아리스토텔레스의 『시학』에서 유래한 것으로 '비극을 통한 정화'를 강조한다. 비극을 통한 정화는 도덕적 보수주의로 수렴될 수 있는 여지가 있다. 『시학』은 신과 인간의 대결 과정에서 '인간의 비극적 운명'을 비극으로 제시했다. 카타르시스는 인간의 감정을 고양시켰다가 다시 정화시킴으로써 신학적 논리를 다시 확인하는 방식인 것이다. 바흐찐은 아리스토텔레스의 카타르시스와는 다

---

40) 장현은 이를 '배설 모티프'로 의미화했다. 그는 "민중들의 끈질긴 생명력을 우회적으로 드러낸 것"이라고 보았다(장현, 「하근찬 소설의 모티프 연구」, 『한국현대문학연구』 26, 한국현대문학회, 2008.12, 465쪽).

41) 허명숙의 연구는 하근찬 문학에 대한 부정적 평가를 비판하며, "신화적 사고의 표상"이라는 관점에서 "농촌 사람의 눈"으로 전쟁을 형상화하고 있다는 점을 부각했다. 이러한 논의에 입각해 '도피와 배설'을 카타르시스적 측면에서 해석해냈다(허명숙, 「민족수난사의 환유와 신화적 사고의 표상: 하근찬 소설을 중심으로」, 『한국문예비평연구』 제26집, 창조문학사, 2008.8, 86쪽).

른 견해를 제시한다. 그는 "오줌과 똥은 우주의 공포를 유쾌한 카니발의 괴물로 변형시킨다"고 보았다.[42] 수렴적이고 보수적인 일면을 지닌 카타르시스가 아니라, 확산적이고 민중적인 '카니발과 유희'의 측면을 강조한 것이 바흐찐의 견해다.

하근찬 문학에서도 오줌 누기와 같은 배설은 민중문화와 연관해 치유의 상상력과 긴밀하게 상호작용한다.[43] 그의 대표작 「수난이대」는 만도의 오줌 누는 장면이 초반의 희극적 분위기를 만들어낸다. 만도는 "거울면처럼 맑은 물 위에 오줌이 가서 부글부글 끓어오르며 뿌연 거품을 이루니 여기저기서 물고기떼가 모여든다"[44]라면서 배설 행위를 자연과 교감하는 것으로 묘사했다. 반면, 아들 진수가 오줌을 누는 장면은 불균형적이고 위태롭게 형상화했다.[45] 오줌누기는 만도와 진수가 화해하는 중요한 전환점이 된다. 만도가 오줌을 누려고 하자, 진수가 "아부지, 그 고등어 이리 주이소"[46]라고 하면서, 서로의 협력 가능성을 확인하는 것이다. 한쪽 팔이 훼손된 만도가 고등어를 든 채 소변을 볼 수 없다는 사실을 알고, 진수가 고등어를 받아듦으로써 자연스럽게 서로의 결여된 부분이 채워진다. 「나룻배 이야기」와 「산중우화」, 「홍소」 등에도 오줌 누는 행위를 의도적으로 배치한 장면이 곳곳에 나온다.

---

42) 미하일 바흐찐, 이덕형·최건영 옮김, 앞의 책, 519쪽.

43) 게리 솔 모슨과 캐럴 에머슨도 라블레 소설을 논한 바흐찐에 기대 다음과 같이 해설했다. "바흐친이 볼 때 비평가들은 아리스토텔레스의 카타르시스(또는 정화) 개념을 너무 성급하게 도스토예프스키의 작품에 적용해왔다. 물론 개념화된 전체로서의 모든 예술 작품은 어떤 유의(매우 폭넓게 받아들여진) 카타르시스를 가져야 하지만, "(아리스토텔레스적 의미의) 비극적 카타르시스는 도스토옙스키에게 적용될 수 없다"(PDP, 166쪽). "이 카타르시스는 웃음, 카니발, 메니포스적 풍자 등의 종결 불가능성과 일치하지 않으며, 세 가지 잠재력을 모두 펼쳐 보였던 작가인 도스토옙스키와도 일치하지 않는다."(게리 솔 모슨·캐릴 에머슨, 앞의 책, 785쪽)

44) 하근찬, 「수난이대」, 『수난이대』, 앞의 책, 7~8쪽.

45) 몸의 불균형 상태에 대한 부정적 감각을 투영해 다음과 같이 묘사했다. "지팡이는 땅바닥에 던져 놓고, 한 쪽 손으로 볼일을 보고, 한 쪽 손으로는 나무둥치를 안고 있는 꼬락서니가 올씨년스럽기 이를 데 없다."(위의 책, 18쪽)

46) 위의 책, 23쪽.

대낮이 가까와지니 가을이라곤 하지만 볕이 제법 두꺼웠다. 판수는 모자를 뒤로 젖혀 쓰고, 한쪽 손에 편지 뭉치를 든 채 코로 노랫가락을 흥얼거리며 휘청휘청 걸었다. 한꺼번에 막걸리를 세 사발이나 마신 터이라 곧장 오줌이 마려워 왔다. 판수는 서서 아무렇게나 고의 춤을 풀어 헤쳤다. 그리고, 좍좍 냅다 휘둘렀다. 벼 잎사귀에 붙었던 메뚜기들이 물벼락을 피하느라고 토닥토닥 튀어 쌓는다.

「히히히……」

기분이 좋은 것이다.47)

작가는 배설 장면을 소설에서 직접적으로 묘사하며 '기분 좋은 것'이라고 했다. 섭생과 배설은 쾌의 감각과 연결되어 있다. 여기서 더 나아가 배설을 치유와 연결시키는 관념도 존재한다. 전통한방에서도 오줌을 마시는 요로법이 치유효과가 있다고 전해져 온다. 하근찬은 배설 행위와 웃음을 결합시키면서, 비극과 대비되는 희극으로 치유의 감각을 자극한다. 배설과 연관된 웃음은 자연의 일부로 인간을 위치시킴으로써, 계급적 질서나 권위주의적 체제를 무력화시키는 효과가 있다. 이것은 웃음에 내재되어 있는 민중문화적 전통이다. 「산중우화」는 영감이 여성처럼 "쭈그리고 앉아서 오줌을 누"는 장면을 우스꽝스럽게 보여주었고,48) 「나룻배 이야기」에서는 삼바우가 "손에 뿌듯이 힘을 주며 오줌발을 냅다 휘둘러댄다"는 장면을 보여줌으로써 강한 남성 이미지를 제시하기도 한다.49)

「분(糞)」의 경우는 보다 급진적이다.50) 제목부터 직설적인 이 소설은 한 여인이 관공소의 권위주의적 명령과 대결하는 장면을 희화화해 형상화한 문제작이다. 이 작품은 징집을 거부하려 한다는 설정부터 불온

---

47) 하근찬, 「홍소」, 『수난이대』, 앞의 책, 102~103쪽.

48) 하근찬, 「산중우화」, 『한국현대문학전집』 13, 앞의 책, 50쪽.

49) 하근찬, 「나룻배 이야기」, 『수난이대』, 앞의 책, 54쪽.

50) 하근찬, 「분(糞)」, 『한국현대문학전집』 13, 앞의 책.

하며, 면장을 야유하는 권력 비판적 내용을 포함하고 있다.51)

중심인물인 덕이네는 면사무소 앞에 있는 밥집인 '대추나무집'의 부엌데기이다. 덕이네 아들 호덕이와 집 주인 화산댁의 아들 동철이가 동시에 징집영장을 받으면서 사건은 시작된다. 화산댁은 징집보류를 위해 면장과 지서 주임을 구워삶기 위해 술판을 벌이고, 돈으로 매수한다. 그렇지만 덕이네는 돈도 없고, 든든한 후원자도 없다. 이 와중에서 덕이네는 어느 늦은 봄 밤에 면장이 자신의 몸을 범한 것을 상기하며 면장에게 호덕이의 징집을 보류해 달라고 막무가내로 청원한다.

징집 사건의 결말은 상투적이다. 화산댁의 동철이는 징집보류 판정이 받지만, 덕이네 호덕이는 그대로 징집당하고 만다. 하지만, 소설은 마지막 부분에서 다소 엉뚱하고 통쾌한 반전을 만들어낸다. 덕이네는 호덕이를 군대로 보낸 날 밤, '뒤가 마려운' 꿈을 꾸고 깨어난 후에도 면장의 얼굴이 좀처럼 눈앞에서 지워지지 않는다. 덕이네는 "썩을 문둥이 자식"52)라고 하다 기발한 생각을 해낸다. 변소를 가던 길에 생각을 바꿔 바로 면장실 앞의 현관에 볼 일을 보고 뿌듯해 하는 것이다.

볼일을 다 보고 난 덕이네는 일어나 옷을 여몄다. 그리고 현관을 내려와 뒤를 돌아보았다. 네모 반듯한 시멘트의 한복판에 뜨뜻미지근한 것이 한 무

---

51) 하근찬은 징집에 대한 비판적인 태도를 일관되게 표출했다. 특히, 한국전쟁기에 국민방위군에 소집되어 겪어야 했던 고통은 원초적인 것이었다. 한 글에서 국민방위군과 관련된 내용을 다음과 같이 기술했다. "속칭 보따리부대라고 하는 국민방위군에 나가 엄동설한의 서너 달 동안을 별로 노천과 다를 바 없는 그런 숙사에서 굶주림과 싸우며 훈련을 받기도 했었다. 많은 장정들이 추위와 굶주림을 견디지 못하여 죽어 갔는데, 반신불수 비슷한 상태가 되어서나마 귀향을 할 수 있었던 게 다행이라면 다행이었다. 그 서너 달 동안의 고생은 내가 지금까지 살아온 세월 가운데서 가장 혹심했던 고통의 기간이 아니었던가 싶다. 전투를 하는 병사라 하더라도 그처럼 비참하지는 않았으리라고 생각된다. 실제로 그때 우리 장정들은 군복을 제대로 입고, 무기를 제대로 갖춘 현역 군인들을 보면 얼마나 부러워했는지 모른다. 우리는 거의 거지들이었기 때문이다. 지금 생각하니 그 국민방위군의 경험은 어찌 된 영문인지 내 소설에 전혀 소재로 등장한 일이 없는 것 같다. 이상한 일이다. 값진 것을 잊고 빠뜨려 온 것만 같은 느낌이다."(하근찬, 「전쟁의 아픔을 증언한 이야기들」, 『내 안에 내가 있다』, 앞의 책, 293쪽)
52) 하근찬, 「분(糞)」, 앞의 책, 91쪽.

더기 모락모락 김을 올리고 있었다. 달빛이, 그것을 비스듬히 비추고 있었다.

「히히히…… 문둥이 자식, 내일 출근하다가 저걸 물컹 밟아야 될 낀데……」

덕이네는 이제 반분쯤은 풀리는 듯했다. 얼른얼른 걸음을 떼놓았다. 닭우는 소리가 들려 오고 있었다.[53]

물리적 힘을 갖지 않은 민중이 권력자에게 복수할 길은 극히 제한적일 수밖에 없다. 이러한 상징적 야유는 자기표현이라는 측면에서 건강한 일면을 지닌다. 내부로 곪는 자기붕괴적 방식이 아닌, 야유와 풍자와 같은 적극적 배설 행위는 '자기 치유'라는 의미를 지닌다. 배설을 통한 자기 상처의 치유는 그런 의미에서 '삶의 건강성'을 표현하는 것이다. 또한, 「분(糞)」은 4·19혁명의 자장 안에 있던 1961년 6월호 『현대문학』에 발표되었다. 혁명 이후의 자유로운 분위기 속에서 직설적이면서도 유쾌한 형식의 소설이 게재될 수 있었다고 유추할 수 있다.

하근찬은 전쟁의 상처, 징집의 공포, 권위주의의 폭력과 관련된 장면에서 '오줌 누는 행위' 혹은 '변을 보는 행위'를 배치했다. 배설과 서사의 진전을 연결시키는 방식은 곳곳에 등장한다. 소설의 도입부나, 사건의 전환점, 혹은 유쾌한 종결부분에 생리현상을 천연덕스럽게 그렸다. 하근찬은 이를 통해 전쟁이라는 국가 기구의 거대한 폭력을 희화화시켰다. 바흐찐은 프랑수아 라블레의 소설을 통해 권위주의적 질서를 파괴하는 몇 가지 형식을 제시한 바 있다.[54] 인체(몸), 음식·음주, 배설,

---

53) 위의 책, 92쪽.

54) 바흐찐의 소설론과 하근찬 문학을 연결해 논의한 연구자는 하정일이다. 그는 '한국전쟁의 시공간성의 복원'이 하근찬에 이르러 이뤄졌다고 보았다. 하정일의 평가에 의하면 "하근찬 문학이 이룬 시공간성의 복원은 전후소설이 상실했던 서사성, 소설의 소설다움을 회복하는데 결정적 공헌"했다고 한다. 하지만, 하정일은 하근찬의 '민중주의적 서사의 특성' '배설과 치유' '웃음의 해방적 가치' 등에 대해서는 주목하지 않았다. 하정일, 「한국전쟁의 시공간성과 1960년대 소설의 새로움: 하근찬을 중심으로」, 『한국언어문학』 제40집, 한국언어문학회, 1998, 658쪽.

성(性), 죽음 등이 그것이다. 하근찬이 소설 속에서 활용한 배설도 인간을 자연의 일부로 변환시킴으로써 "계급체계를 파괴하"는 효과를 발휘한다.55) 권위주의, 혹은 신분계급적 질서 이전의 상태로 되돌림으로써, 전쟁이 인위적인 국가 폭력이라는 사실을 은연중에 드러내고 있는 것이다. 그의 소설 속에 등장하는 배설 행위는 근대 폭력에 대해 야유하게 하고, 인간이 자연의 일부로 스스로를 생각하게 하는 계기를 마련해준다. 일종의 미학적 치유 효과가 배설행위와 웃음을 연결시킴으로써 발생하고 있는 것이다. 이러한 서사적 대응이 소설 속에서 미약한 효과처럼 보이더라도, 역사적 폭력과 근대적 질서에 대항하는 민중의 세계관과 연결되기에 의미가 있다. 바흐찐은 "똥을 내던지든가 오줌을 퍼붓는" 행위를 "카니발적 총체(總體)의 일부"로 보았다. 똥과 오줌으로 표현된 이미지의 총체는 "낡은 세계의 죽음"과 "새로운 세계의 탄생"을 동시에 표현하는 "웃음의 드라마"이다.56) 바로 이 웃음의 드라마가 하근찬 소설에서 치유와 해방의 효과를 발산하는 것이다.

5. 하근찬 문학과 민중의 언어

하근찬은 자신의 문학세계를 회고한 글에서 "나는 시골 사람들의 전쟁 피해담을 일관된 소설의 기둥"으로 삼아왔다고 쓴 바 있다. 그 이유는 "소년 시절과 청년 시절을 보내며 괴로움을 겪어야 했고, 많은 시골 사람들의 피해와 희생을 목격"했기 때문이라고 밝혔다.57) 하근찬은 소

---

55) 미하일 바흐찐, 전승희·서경희·박유미 옮김, 앞의 책, 386쪽.

56) "똥을 내던지든가 오줌을 퍼붓는 등의 광장의 카니발적 행위나 이미지들을 올바르게 이해하기 위해서는 다음과 같은 것을 고려해야만 한다. 그와 유사한 모든 몸짓과 언어로 표현된 이미지는 통일된 이미지의 논리가 스며든 카니발적 총체(總體)의 일부라는 것을 말이다. 이 총체는 낡은 세계의 죽음과 새로운 세계의 탄생을 동시에 표현하는 웃음의 드라마인 것이다."(미하일 바흐찐, 이덕형·최건영 옮김, 앞의 책, 233쪽.)

57) 하근찬, 「수난이대, 산에 들에」, 『내 안에 내가 있다』, 앞의 책, 258쪽.

년 시절에 전주사범을 다니면서 군국주의 교육의 폐해를 경험했고, 청년 시절 겪은 한국전쟁에서는 반동으로 몰린 아버지의 비극적 죽음을 감당해야 했다. 그는 개인적 상처를 문학적으로 형상화해 자신뿐만 아니라 전쟁과 분단의 상처를 입은 이들을 위무하는 작품을 창작했다. 「수난이대」가 구조적으로 뛰어난 단편미학을 구현하고 있지만, 하근찬의 다른 작품에도 주목할 필요가 있다. 문학사적으로 주목을 받지 못한 「산중우화」·「나룻배 이야기」·「흉소」·「산울림」·「분」 등도 전쟁과 분단의 상처를 치유하기 위해 고투한 작품들이다. 이들 작품은 징병과 같은 국가의 권위주의적 명령과 갈등하며, 민중문화적 전통 속에서 자연과 인간의 관계를 서사화했다.

논자는 서론에서 전쟁과 분단의 상처를 1) 운명적이고 역사적인 상처, 2) 이데올로기 대립과 분단국가 내부의 적대감으로 인한 상처, 3) 폭력이 개인에게 내면화되어 나타나는 무의식적 상처로 구분했다. 이 중 하근찬은 운명적이고도 역사적인 상처 속에서 국가체제의 희생을 강요받는 민중의 삶에 주목했다. 그는 전쟁의 상흔 속에서도 '낙천적 웃음'을 놓치지 않는 민중의 모습을 그림으로써, '치유의 상상력'을 확장해 나갔다.

결론적으로 하근찬 문학은 다음 몇 가지 측면에서 새롭게 의미화할 수 있다.

첫째, 하근찬은 자신의 내밀한 상처를 발화함으로써, 문학을 통한 서사적 치유에 이른 작가이다. 그는 출세작 「수난이대」에서 아버지 만도와 아들 진수의 화해를 공간적 서경과 정서적 화해를 절묘하게 그려냈다. 여기서 더 나아가 「산중고발」과 「위령제」에서 '아버지의 비극적 죽음'의 이면에 존재하는 다양한 사실들을 추적했다. 그는 개인적으로 인민군에게 아버지를 잃은 체험을 안고 있었다. 그가 개인적 적대감을 극복하고 전쟁과 분단이라는 보편적인 문제로 나아갈 수 있었던 것은, 자신의 상처를 직접 대면하고 발화했기 때문이다. 소설을 통한 내면적 고통의 증언은 자기치유 효과를 발휘한다. 그런 의미에서 하근찬 문학은 '문학적 증언을 통해 자기 치유에 도달한 사례'로 볼 수 있다.

둘째, 하근찬은 1950~60년대 반공주의 지배담론과 거리를 두면서 작품 창작을 했다. 「산중고발」과 「위령제」, 「산울림」, 「산중우화」는 인민군의 잔인함이 형상화되어 있어 반공주의 문학의 외피를 갖고 있지만, 국군 또한 긍정적이고 우호적으로만 그리지는 않았다. 민중의 입장에서 분단과 전쟁은 인간의 기본권리인 생명권을 위협하는 체제 폭력일 뿐이다. 하근찬은 1950~60년대 시대 상황에서 '아래로부터의 시선'으로 국가체제의 폭력을 바라봄으로써 민중자치의 입장을 우회적으로 옹호하는 태도를 내비쳤다. 바로 이러한 시선의 차이로 인해 그는 반공이데올로기로 수렴되지 않는 비판적 세계인식에 도달했다.

셋째, 하근찬은 전쟁을 근대의 폭력으로 그리는 개성적 세계관을 펼쳐보였다. 그는 자연의 일부로서 삶을 영위하던 이들에게 들이닥친 갑작스런 불행을 그리면서, 차라리 외부와의 접촉이 없었다면 그러한 불행이 도래하지 않았으리라는 회환의 서사를 펼쳐보였다. 그 대표적인 작품으로 「산중우화」·「나룻배 이야기」·「홍소」·「산울림」 등을 거론할 수 있다. 이들 작품들은 근대 이전의 상태처럼 자연과 밀착되어 있는 삶을 살아오던 민중의 세계가 전쟁·징병·국가폭력에 의해 상처받는 모습을 보여주었다. 이는 토착적이고 전통적인 자연관이 근대적 폭력에 의해 훼손되는 과정을 서사화한 것으로 의미화 할 수 있다.

넷째, 하근찬 문학은 민중문화의 전통 속에서 아이러니와 우화의 기법을 활용해, 민중자치와 반권위주의라는 주제의식으로 구현했다. 그는 불가항력적인 전쟁의 상처를 민중적 낙천성으로 감싸안으면서, 치유적 상상력을 펼쳐보였다. 그의 소설에는 오줌싸기와 똥싸기 같은 배설 행위가 서사의 중요한 매개체로 자리 잡고 있다. 이러한 배설행위는 토착적이면서도 민중적인 문화와 관련을 맺고 있고, 더불어 인간을 자연의 일부로 위치시키는 효과를 발휘한다. 건강한 웃음은 계급적 질서와 권위주의적 체제를 무력화시킨다. 바흐찐이 이야기하듯, 이러한 카니발적인 웃음은 상징적인 차원에서 '낡은 세계의 죽음'을 형상화한다.

하근찬의 소설에 등장하는 배설의 서사는 민중문화적 전통 속에서 체제 폭력에서 자유로운 민중의 건강한 삶을 환기시키고 있는 것이다.

하근찬 문학은 내적 상처의 발화 과정을 거쳐 반공주의와 거리를 둔 채 민중문화의 전통 속에서 체제 폭력을 희화화한 민중서사로 나아갔다. 그는 민중문화적 전통에 입각해 웃음과 치유의 상상력을 펼쳐보인 개성적인 작가였다. 한국문학사의 흐름 속에서 그의 문학세계는 분단과 전쟁의 상처를 문학적으로 치유한 한 사례로 기록할 필요가 있다.

참고문헌

1. 기본자료

하근찬, 「산중고발」, 『사상계』 63호, 사상계사, 1958.10.

_____, 「위령제」, 『사상계』 86호, 사상계사, 1960.

_____, 『내 안에 내가 있다』, 엔터, 1997.

_____, 『산울림』, 흔겨레, 1988.

_____, 『수난이대』, 정음사, 1972.

_____, 『한국현대문학전집』 13, 신구문화사, 1967.

2. 단행본 및 논문

게리 솔 모슨·캐릴 에머슨, 오문석·차승기·이진형 옮김, 『바흐친의 산문학』, 책세상, 2006.

김동혁, 「'문학적 공간 분석'을 통한 '지리적 공간'의 재구성」, 『어문논집』 제46집, 중앙어문학회, 2011.3, 241~266쪽.

다카기 진자부로, 김원식 옮김, 『지금 자연을 어떻게 볼 것인가』, 녹색평론사, 2006.

미하일 바흐찐, 이덕형·최건영 옮김, 『프랑수아 라블레의 작품과 중세 및 르네상의 민중문화』, 아카넷, 2001.

미하일 바흐찐, 전승희·서경희·박유미 옮김, 『장편소설과 민중언어』, 창작과비평사, 1988.

이기훈, 「일제하 식민지 사범교육」, 『역사문제연구』 제9호, 역사문제연구소, 2002.12.

이정숙, 「전쟁을 기억하는 두가지 방식: 하근찬의 전쟁서사 연구」, 『현대소설연구』 42, 한국현대소설학회, 2009.12.

장 현, 「하근찬 소설의 모티프 연구」, 『한국현대문학연구』 26, 한국현대문학회,

2008.12.

정문권, 「한국 戰後小說의 휴머니즘 연구」, 한남대학교 박사논문, 1995.

조봉암, 「평화통일에의 길」, 조대복 편, 『진보당』, 지양사, 1985.

최현주, 「하근찬의 '受難二代'에 드러난 距離의 양상」, 『한국문학이론과 비평』 제1
　　집, 한국문학이론과 비평학회, 1997.8.

카를로 진즈부르그, 「서문」, 김정하·유제분 옮김, 『치즈와 구더기』, 문학과지성사,
　　2001.

하정일, 「한국전쟁의 시공간성과 1960년대 소설의 새로움: 하근찬을 중심으로」,
　　『한국언어문학』 제40집, 한국언어문학회, 1998.

허명숙, 「민족수난사의 환유와 신화적 사고의 표상: 하근찬 소설을 중심으로」,
　　『한국문예비평연구』 제26집, 창조문학사, 2008.8.

홍인숙, 「獨逸 歸鄉文學(Heimkehrerliteratur)硏究: Wolfgang Borchert와 河瑾燦의
　　〈受難二代〉를 비교하여」, 고려대 박사논문, 1986.

김학수의 트라우마, 그 기억 속의 역사※

박계리

1. 머리말

한국문화예술진흥원 주최, 한국예술종합학교 한국예술연구소 주관으로 진행되었던 "2004년도 한국근현대예술사 구출채록사업"을 통해, 필자는 2004년 11월 27일부터 2005년 1월 22일까지 공식적으로 녹화된 만남만을 이야기하면 총 5차례, 12시간 동안 화가 김학수(1919~2009)의 구술을 채록하였다. 필자는 이 프로젝트 전에는 '김학수'라는 작가에 대해 알지 못했고, 구술 작업을 통해 인간 김학수와 그의 작업에 대해 다시 생각해보는 기회를 얻게 되었다.

김학수는, 40년 넘게 하루도 빠짐없이 운동을 해 왔던 사람, 그렇게 얻어진 건강으로 매일 붓을 들고 작업을 하는 화가였다. 단신으로 월남한 그 모습 그대로 가족의 사진들을 벗 삼아 자신의 아파트를 홀로 지

※ 이 글은 「김학수의 트라우마, 그 기억 속의 역사」, 『한국근현대미술사학』, 한국근현대미술사학회, 2011.12을 수정·보완하여 재수록한 것이다.

키는 사람이었다. 새해를 맞아 배달되어 온 그 많은 카드 속, 그 인간적
인 구절들 속에서 살아가는 사람이었다. 인간적이라고 하기엔 너무도
자신에게 철저한 사람. 그 절제 속에 따뜻함을 전파시킬 수 있는 그런
사람이었다. 미술계의 주류였던 김은호의 제자였지만, 미술계의 유행
을 외면했던 작가, 미술계의 중심 담론에서 벗어나 있었던 덕분에 미술
비평·미술사학계의 문헌 기록에서 주목되지 못하였던 화가 김학수에
대한 이야기를 하고자 한다.

2. 평양과 김학수

　김학수는 1919년 평양시에서 태어나, 1950년 12월 4일 32세 나이에
대동강을 건너 단신 월남을 하였으니, 평양화단에서 자라난 화가임엔
틀림없다. 그의 아버지는 필방(筆房)을 운영하시며 붓을 만들어 파는
일을 하였다.[2] 그 속에서 자연스럽게 붓을 잡고 놀면서 그림을 그리기
시작하였다. 15세에 아버지가 돌아가시고, 18세 때인 1936년에 어머니
마저 세상을 뜨자, 13세·18세의 동생과 80세가 다 된 할머니를 모시는
소년가장이 된다.[3] 그는 돈을 벌기 위해 양말 공장 등을 전전하다 가구
점에서 유리화를 그리는 일처럼 공예품에 장식을 하는 일로 돈을 벌며
소년 가장으로서 살기 시작하게 된다.[4] 마침 1937년에는 평양에 평양
시내 서화동호인들의 모임인 '평양서화동호회'가 발족하게 된다.[5] 이
모임의 중추역할은 의사였던 김광업 이었으며, 이외에도 김유택과 김
우범 등 서른 명 정도가 모임에 참여하고 있었다. 김학수가 이 동호회에

---

2) 김학수 구술, 박계리 채록, 『2004년도 한국근현대예술사 구술채록연구 시리즈 38 김학
　수』, 한국문화예술진흥원, 2005, 23~25쪽.

3) 위의 구술채록문, 47쪽.

4) 위의 구술채록문, 47~48쪽.

5) '기성서화회', '기성서화구락부'라고도 불리운다.

참여하면서 그를 기특하게 여긴 회원들이 김학수에게 미술을 지도하기 시작하였다.[6]

또한 한 달에 한 번씩 안과의사를 하던 김광업의 집 사랑방에 모여서, 서로의 작품을 감상하기도 하였다. 김학수는 구술을 통해, "삼팔 이북에서 제일 그림과 글씨를 많이 가지고 있었던" 김광업의 소장품을 감상하기도 했으며, 해방 후에는 평양박물관을 가서 작품을 보라는 어른들의 말씀을 따라 평양박물관에서 전시되고 있는 작품들을 통해 전통을 공부해 갔다고 전했다. 그의 증언에 의하면, 일제강점기 말기에 김성수가 자신의 소장품들을 연천 별장으로 옮겼었는데, 그 소장품들이 평양박물관으로 흡수되어,[7] 당시 평양박물관에는 좋은 작품들이 전시되고 있었다고 한다.[8] 이처럼 김학수는 평양에서 평양서화동호회 화가들의 지도를 받으며 성장하게 된다. 이러한 과정을 통해 그는 일본 동경의 〈남화회전(南畵會展)〉과 〈태동서도원전(泰東書道院展)〉, 〈흥아서도연맹전(興亞書道聯盟展)〉 등에서도 상을 받는 작가로 성장한다. 그러한 과정에서도 그의 배움의 대한 열정은 지속되어, 서울의 김은호를 찾아와 미술수업을 받기도 하였다. 김학수의 이후 작업 태도에서 직접 관찰하고 그리는 '사생'을 강조하는 태도는 스승 김은호의 가르침에 영향을 받은 것이라 판단된다.

평양에서 활동하던 김학수는 6.25전쟁이 발발하는 1950년 월남하게 된다. 이후 남한에서 죽는 순간까지 작업을 하였던 김학수의 작품들은,

---

6) "사람들이 시간을 쪼개서 해서는 서예 잘하는 사람한테는 비석 글씨 잘 쓰는 법, 또 한문 아는 선배 한학자한테는 한문 가서 공부하고, 또 수암 선생이나 석하산인 같은 분한테서는 묵화도 배우고, 석하산인한테는 산수화 그리는 거, 인물화 그리는 것도 초보적으로 배우고 그렇게 됐다."(앞의 구술채록문, 49~50쪽.)

7) 김성수(金性洙 1891~1955) 교육가·언론인·정치가. 본관은 울산. 호는 인촌(仁村). 1915년 4월 중앙학교(中央學校)를 인수하여 1917년 3월에 교장이 되었으며, 같은 해에 경성직뉴 주식회사(京城織紐株式會社)를 맡아 경영하였다. 1920년 4월 동아일보사를 창립하였다. 1929년 2월 재단법인 중앙학원(中央學院)을 설립했다. 1946년 1월에는 송진우의 뒤를 이어 한국민주당의 수석총무(당수)가 되었다. 또, 그해 8월에는 보성전문학교를 기초로 고려대학교를 창립하였다(한국역대인물 종합정보시스템, http://people.aks.ac.kr).

8) 앞의 구술채록문, 56쪽.

주제면에서 보면 서민들의 일상을 그린 역사 풍속화와, 충효위인화, 그리고 기독교 역사화들로 구분해 볼 수 있다. 또한 다룬 시대를 살펴보면, 그의 작품의 무대는 주로 조선시대였음을 알 수 있다. 물론 조선시대만큼의 비중은 아니지만, 작가가 살았던 20세기 전반기의 역사풍속화를 다룬 작품들도 존재한다. 그러나 이들 작품을 관통하는 특징은 사라지는 것들을 사라지기 전에 기록하고자 한 점에 있다고 판단된다. 자신 작업의 아카이브적 요소가 갖는 의의를 높이 평가하는 작가 스스로와는 달리 당대 화단의 평가는 '김학수의 작업은 시대착오적이다'라고 보는 시선이 주를 이루었고, 김학수 스스로도 그러한 화단의 평가를 알고 있었다. 국립중앙박물관에 있으면서 초대 평론가협회 회장을 역임했던 최순우는 늘상 김학수를 만나면 "저 양반이 저만큼 열심으로 하고, 실력도 있는데, 좀 더 새로운 것을 파악했으면 좋겠다."[9]고 이야기했다고 하는데, 이는 이러한 당시 미술계의 평가를 반영하고 있다고 판단된다. 김은호 밑에서 같이 공부했고 이화여자대학교 교수를 역임했던 안동숙은, 김학수에 대해 다음과 같이 회고했다.

"김학수. 혜촌이. 어느 일면으로는 참 존경받을 수 있는 좋은 친구죠. 그좋은 친구 어떤 그니까 인간적인 신앙인. 근데 (…중략…) 예술의 세계는 평가가 좀 달라요. 알아 듣겠어요? (…중략…) 그 내가 늘 만나면 싫은 소리를 옛날에는 막 하죠. 허허 그러지 말라구. 걔도 그래. 이렇게 가는데, 예술의 방향. 요렇게만 돌리면 되는 거야. 한발만 이쪽으로 돌리면. 근데 요 한발을 돌릴 줄을 몰라. 암만 말해줘도. 하 참. 그니까 그것이 그 고집이 혜촌을 맨들은 것이다. 그렇게도 생각하지만. 그 고집 때문에 나에게는 굉장히 불만이다. 그 고집이 조그만 좀 너그럽게 폭넓었더라면 얼마나 좋을까 그랬어요. 요새는 인젠 하두 그래서 인젠 잠잠하는데. (웃음)"[10]

---

9) 위의 구술채록문, 208쪽.

10) 안동숙 인터뷰: 2005년 11월 19일 토요일 09:50~11:40

어느 틈엔가 미술계는 어떠한 작가가 당대의 다른 작가들보다 반보 이상 미래를 향해 앞서 나갈 때, 그 새로운 시도를 높이 평가하는 데에 익숙해져 있다. 그 속에서 미래가 아닌 과거를 부여잡고자 했던 김학수의 작업이 '시대착오적'이라고 읽혔던 것이다. 김학수가 본격적으로 개인전을 열면서 자기 목소리를 내던 시기는, 추상이 화단을 휩쓸던 시대였음을 감안하면 그를 '시대착오적'이라고 평가했던 미술계의 분위기를 상상하긴 어렵진 않다.

3. 역사풍속화

김학수는 왜 역사풍속화가가 되고자 했을까? 이 물음에 그는, 자꾸 변화하는 세상 속에서, 사라지는 것들을 기록하여 역사에 남기고 싶었다고 대답하였다. 20세기 들어와서 서양과의 접촉을 통해 빠르게 변화되어가는, 빠르게 현대화되어가는 추세에 맞추어 낙오되지 않기 위하여, 정신없이 달음박질을 하던 시대에 김학수는 왜 변화하는 세상 속에서 사라지는 것들을 붙잡아 보려고 하였을까?

"가만 생각해보니, 아버지도 없고, 18세에(1936년) 떡장사 하는 어머니도 돌아가시고, 나라도 없고, 사회도 가난하기 짝이 없고, 대동아전쟁이라구 해서 일본사람들이 국민을 못살게 해서 고통 겪고",[11] 이광수나 최남선 책에 그려진 〈무궁화 한반도〉그림을 보곤, "본이 틀려먹었어. 챙피하다. 무슨 저런 그림을 가지고 했나? 내가 한번 한다구"[12] 〈무궁화 한반도〉 그림을 그렸다가 일본 형사한테 걸려 매를 맞고, 한 두달 가까이 피가 나도록 맞고, "해방이 돼서 좋다구선 이제부텀은 정말로 있는 힘을 다해서 뭘 해야 되갔다 그랬는

---

11) 앞의 구술채록문, 119~121쪽.
12) 위의 구술채록문, 82쪽.

데, 또 공산치하가 되니깐 죽을 똥 살 똥하면서는 팔자에 없는 선생 노릇하느라고 쫓아 댕겼지, 먹고 살아야 되갔으니 까니.. 그림도 그렇지. 그러다가 또 1.4후퇴 때 피난 와 가지고....먹고 살 일이.. 그러다가 병이 났어.."13)

평범한 범인의 입장에서는 도저히 한치 앞을 예측하기 어려운 격동의 시절, 살기위해 열심히 성실하게 일상을 달려왔으나, 문득 뒤돌아보았을 때 그 변화의 속도에 현기증을 느끼듯, 도무지 예측 불가능한 미래 앞에서 어느 날 덜컥 김학수는 병이 났다. 사라지는 것들에 대한 두려움이 그를 엄습했다. 분단이라는 어느 날 갑자기 날벼락처럼 자신의 삶을 관통해버린 역사 앞에서, 제대로 인사도 나누지 못하고 닥친 가족과의 생이별은 그렇게 그에게 트라우마를 남겼다.

김학수는 월남 와서, 주로 교회를 중심으로 하는 관계망 속에서 생활해 갔다. 그 속에서 갈 곳 없는 아이들을 돌보고, 또 이들을 책임지기 위하여 정신없이 작업에 매진하다 병이 나게 된 것이다. 병세가 점점 악화되어 2년 가까이 병마와 싸울 때, 그가 꿨다던 악몽들은 그의 트라우마를 드러내고 있었다. 1957년 그의 나이 39세였다.

"그동안 내가 이룬 것이 무엇인지, 앞으로 내가 할 수 있는 일은 또 무엇인지, 학생들과 함께 산다는 것의 의미는 무엇인지, 이들이 언제까지 내 곁에 머물러 줄 것인지(벌써 한 둘씩 보따리는 싸 떠나는데), 그리고 내가 정말 다시 살아날 수 있을 런지 나는 자신이 없었다.

몸과 정신은 더욱 허약하여져, 밤마다 꿈 속 에서는 이북 가족들의 병든 모습, 혹은 멀리 멀리 쫓겨 가는 소식, 다 죽었다는 소식들이 나를 찾아들어 괴롭혔고, 때로는 눈앞에 괴물이 나타나 빈정대며 웃기도 하였다. 뿐만 아니라 어떤 때는 나 자신이 집을 나가 사방을 헤매기도 하였고, 내 앞에 제자들이 상복을 입고 앉아 있는 모습을 보기도 하였으며, 내가 공동묘지의 무덤

---

13) 위의 구술채록문, 119~121쪽.

속에 드러누워 있는 모습을 꿈에서 보기도 하였다."14)

이러한 죽음과의 싸움은 분단의 경험이 준 그의 트라우마를 드러내고 있었다. 그 첫째는 '이별"에 대한 공포였다. 관계 맺었던 사람이 어느 날 자신을 떠나갈 지도 모른다는 것에 대한 걱정과, 자신의 사라짐을 통해 북쪽의 가족들이 겪었을 지도 모를 고통에 대한 죄의식, 그들이 이 세상에서 영영 사라질까봐 갖게 되는 불안함들이 뒤엉켜있다. 이러한 예기치 않았던, 자신의 의지와 상관없이 발생된 사라짐, 부재에 대한 경험과 기억 그리고 상처는 그로 하여금 변화하는 새로운 것에 대한 관심이 아닌 사라지는 것을 붙잡고자 하는 욕망을 키워냈다고 판단된다. 김학수는 죽음의 그림자와 싸우며 그가 간절히 원했던 이러한 욕망에 대해, 그가 믿는 종교의 신이 화답하였다고 믿고 있었다.

내가 낫게만 된대 면은 나는 그림을 그리되 그냥 그림, 거저 전통적인 산수화나 그리고 꽃이나 그리고 적당히 그런 거 하지 말고 어렵고 힘들어도 우리나라에 꼭 있어야 될 역사를 넘기는 작업을 하여야 되겠다. {예} (…중략…) 마침 또 때가 자꾸 급속도루 변하는 땐데 나래뚜 이걸 좀 붙잡아야 되겠다.15)

고 기도하였고, 마침 병이 나았다. 나이 마흔에 한 이 결심을 작가는 죽는 순간까지 지키며 살았던 것이다. 미술계의 평판과 지인들의 충고에도 불구하고 묵묵히 역사풍속화들을 그려내면서, 내가 기록 하지 않으면 사라질 역사들을 찾아 아카이브화하고자 하였고, 평생 홀로 지내면서 북쪽의 가족들이 자신의 인식 지도에서 사라지지 않도록 노력했다.16)

---

14) 惠村會, 『惠村 金學洙 自敍傳: 은총의 칠십년』, 평화의마을, 1989, 71쪽.
15) 앞의 구술채록문, 113쪽.

<도1> 김학수, <장날 그림>, 1977년, 173x400cm

전통적 준법을 갖고 소재를 현대화하는 작가들은 많지만, 김학수처럼 소재를 전통시대에서 찾아 역사화 작업을 하는 작가는 흔치 않다. 그 작업의 어려움은 첫째 고증에 대한 문제일 것이다. 김학수 스스로도 "이 분야(역사풍속화)는 역사적인 고증이 뒷받침 되어야 하고 수많은 인물과 움직이는 동작, 옛날 의복, 집 모양, 생활 모습을 재현하는 등 어려움이 많은 분야다"라고 토로한 바 있다. 그러나 스스로가 자신의 작업의 의미를 아카이브성에 두고 있기 때문에 고증의 문제에 대해 그는 항상 철저하고자 하였다.

〈장날그림〉(〈도1〉)을 보면, 과일장수, 떡장수, 신발장수, 쌀장수, 옷감장수 등 전체를 다해서 한 천 명 가량의 인물들이 그려져 있다. 작가는, 어렸을 때 평양에서 본 무당 굿, 장날, 결혼식 하는 광경을 쫓아다니면서 보았던 기억들이 아직까지도 굉장히 생생해서 그 많은 사람들을 그릴 수 있었다고 구술했다. 동대문 시장 쌀가게에 직접 가서 스케치를 하기도 하고, 노인들을 인터뷰해서 그들의 구술을 참고하기도 하였다 한다.

---

16) "선생님, 이제 38선은 완전히 굳어졌습니다. 언제 다시 그 철조망이 열려 북에 가실 수 있겠습니까? 한 십년 이렇게 사셨으면 되지 않았습니까? (…중략…) 남의 자식 아무리 데려다가 도와주어도 때가 되면 다 달아납니다. 그리고 이렇게 사시는 것도 젊은 시절의 이야기지 정말로 늙고 병들면 그 때에는 어찌 하시려고 그러십니까?" "하시는 말씀 일리가 있습니다. (…중략…) 난 그 사람과 결혼할 때에 평생을 그 사람과 살겠다고 약속했습니다. 더구나 혼자 월남하였으니 어린애들과 고생도 심할테고 헐벗고 굶주리며 살런지도 모르는데 내가 어떻게 재혼하겠습니까"(惠村會, 앞의 책, 69~70쪽)

도2. 김학수, <능행도(陵行圖)>,
91x184.5cm, 1977년

'경희궁'과 같이 변형된 궁궐의 모습들은 <궁궐도>를 참고하였으며, 『고적도보』도 그의 주요한 참고문헌이 되었다. 복식은 같은 평양 출신이라 더욱 친해졌던 석주선의 도움을 받아 고증을 하기도 하였지만, 스스로 옛 서적들을 뒤져 고증을 해내기도 하였다.17)

작품의 고증을 위해 창경궁에 갔을 때 벌어졌던 일은, 김학수가 이러한 작업을 왜 하고 있는지 잘 드러내 준다.

그가 <능행도>(<도2>)와 같이 깃발이 등장하는 그림을 그리는 경우가 종종 있어서, 창경궁 안에 옛날 깃발들을 보러 갔을 때 생긴 재미있는 일이라며 작가가 구술한 내용이다.

거기 가서 자꾸 보니까니 (…중략…) 깃발이 낡아서 다 부스러지구 뭐 그랬더라구. 해서 그리는데. 거기에서 어데 있는 수위들이 와서 보고 못하게 그래선 "왜 못하느냐?"고 했더니 "왜 자꾸 와서 이것 그리고 있느냐?"고 (…중략…) "나는 화가로서 이걸 냄길라고 한다."구. "원 별사람을 다보겠네." 그래서는 할 수가 없어서는 "그럼 안 하구서는 내가 허락 받는다."고. 그래 석주선 씨한테 가서 말했더니, (…중략…) 하라고 그래서 했는데. 그건 좋아요. 건 재미있는 얘긴데. 그 다음에 3년 만에 거기서 연락이 와서 그래서는 "이제 깃발을 새로 해야 되겠는데" 그러니까니 "그걸 어떻게 하느냐구" 내가 일부러 큰소리를 좀 쳤지. 쳤더니 "아, 그거다…" "여보시오. 내가 해달라

---

17) "이건 궁중무용인데, 궁궐에서, 한데 그때에는 이렇게 위에다가 장삼 같은 것을 입었는데, 노란색 아래 입었더라구. 옛날 그림 보니까니 지금은 이거 이제 초록색으로 하는데, 이건 저 노랑색으로 했어."(앞의 구술채록문, 128쪽.)

면 해주기는 하는데, 내가 3년 전에 가서 했을 때, 당신이 그런 게 아니라 거기서 나와서 못하게 했다구." "뭐 책보고 (하시면 되지 않겠습니까?)" "책에는 고저 윤곽만 먹으로 된 거지 색깔을 아느냐구? 크기는 얼마며, 기의 모양은 각도가 어떻게 됐으며, 용을 그리거나 사자를 그리구. 뭐 이렇게 했으며는 그이 색깔이 뭐이냐구 말이야." "거 뭐 알 수 없죠." 그래서 내가 책을 끄집어내서 말야 스케치북을 끄집어내서 보여줬다구. "이거봐 3년 전에 가서 했거라구." "당신네들이 못하게 한 걸 내가. 하니깐 이게 좀 있으면 다 부스러져서 없어지갔길래 이렇게 했다구." 했더니. 그래서 쉰다섯 점인가 석주선 씨가 뭐를 해가지구서는 내가 다 그려주구서는 깃발을 만들고.[18] 그래서 (그게 지금) 창경원에 있는데.

도3. 김학수, 〈장날 그림〉,
116x63cm, 1993년

이처럼 김학수는 사라져가는 것들을 작업을 통해 남기는 것에 대한 정당성을 확인했던 기억들을 구술을 통해 강조했다.

또한 김학수의 역사풍속화에서 주목되는 점은 그가 선택하는 대상의 대부분이 서민들의 일상사를 다루고 있다는 점이다. 〈장날 그림〉(〈도3〉), 〈한양 숭례문 밖 칠패고시〉(〈도4〉), 〈장가가는 날〉, 국립민속박물관에 기증된 〈시장도〉, 〈평생도〉, 〈형벌도〉도 그러하고, 〈경복궁 중건 자재 운반도〉(〈도5〉) 8폭의 병풍 작품도 중건된 경복궁의 위용이 아닌, 자재를 싣고 이동시키기 위해 열심히 노동하는 모습과 이를 구경하고 있는 서민들의 모습을 담고 있다는 점에서도 같은 특

---

18) "석주선 씨가 천으로 빛깔과 형태, 크기를 맞추어 재봉으로 만든 후, 나는 거기에 그림을 그려 주었다."(김학수 보충면담, 2005.2.23; 위의 구술채록문, 129쪽)

징이 보여진다. 특히 〈경복궁 중건 자재 운반도〉에 대해서는 작가 자신이, 조선시대 문인들의 〈탁족도〉와 같이 "그냥 멍청하니 뭐 낚시질이나 하는 게 아니라",[19] 좀 건설적인 그림, 합심협력해서 일을 하는 모습을 역사에 남기고 싶었다고 제작의도를 밝힌 바 있다.[20] 구성의 과정의 살펴보면, 먼저 기록을 토대로 작업하고, 그 기록에 나온 이야기를 화면 윗부분에 적어 놓았다. 이와 같이 그림의 주를 달듯이 관련 기록을 화면 윗부분에 적는 구성 방식은, 일제강점기 역사화를 그렸고, 이후 월북하여 김일성대학 역사학과 교수로 재직한 바 있었던 이여성의 역사화와 유사한 구성이기도 하며,『삼강행실도』구성과도 유사하다. 김학수는 〈경복궁 중건 자재 운반도〉작업의 고증을 위해서 기록 조사도 하였지만, 자신이 일제강점기 때 김은호에게 배우기 위해 서울에 와서 보았던 종로의 거리, 골목길, 초가집, 기와집들, 광화문의 육조거리들에 대한 기억이 주효했다고 구술하였다.[21] 이와 같이 김학수가 그린 조선시대 역사 풍속화에는 당대를 기록한 문헌뿐만 아니라, 20세기를 살았던 화가가 경험했던 기억과, 화가가 노인들을 인터뷰하는 형식으로 알아낸 선배들의 기억이 융합된다. 작업의 의의를 아카이브성에 두었던 작가가 객관성을 담보하기 위해 노력했던 이러한

---

19) 위의 구술채록문, 161쪽.

20) 위의 구술채록문, 161쪽.

21) "내가 일정시대 와서 공부할 때에 그 일대에 있던 그 종로 거리의 이제 그 집들, 또 골목에 있던 초가집, 기와집들, 그런 것들이죠. 저게 이제 광화문 통에는 육조(六曹)*가 있었는데, 그것도 이제 그것 의지해서 그렸구."(위의 구술채록문, 161~162쪽.)

* 고려·조선시대에, 기능에 따라 나랏일을 분담하여 집행하던 여섯 개의 중앙 관청, 곧 이조·호조·예조·병조·형조·공조를 통틀어 이르는 말(NAVER 백과사전).

도5. 김학수, 〈경복궁 중건〉 8폭 병풍, 106x376cm, 1996년

데이터들의 조합은 결국 기억의 지층들 간의 융합이었다. 따라서 그의 작품은, 화면이 얼마나 팩트적 사실성을 담보하고 있는가를 논하는 것도 중요할 수 있으나, 그보다는 그의 작품이 기억 속의 과거와 현재의 관계 양상을 드러내며, 기억의 역사로서 제시되고 있다는 점이 주목되어야 한다고 생각한다.

이러한 역사풍속화 작업은 한강을 그리는 〈한강대전도〉 작업으로도 이어진다. "뭐 관혼상제건 뭐 뭐 사농공상이고 여기서 살아가는 사람들의 생활만 할 게 아니라 이 강산이 자꾸 변해. 강산이 자꾸 변하는데 이걸 좀 하고 가야 되겠다."[22]고 판단한 김학수는, 현대화된 건물들이 들어서기 전의 한강 풍경을 남겨놓겠다고 목표를 세웠다. 그의 의지는 1964년부터 시작하여 2006년도 9월에 세종문화회관 미술관에서 열린 〈혜촌 김학수 초대전: 한강대전도〉 전시까지 약 40년간의 세월 동안 지속적으로 '한강'을 그리게 했다. 150년 전의 한강을 그리려고 하였다는 작가는, 강원도 오대산의 남한강 발원지로부터 정선, 영월, 충주, 단양, 여주, 양수리, 팔당, 광나루, 마포, 행주, 김포, 강화도 앞 한강 하구로 이어지는 긴 여정을 화폭에 담았다. 길이만 350미터에 달한다. 이 작품들은 풍경화적인 요소만 있는 것이 아니라, 우리 선조들의 농사하는 모습과 뱃놀이, 빨래하는 모습 등 소박한 삶이 곳곳에 녹아 있도록 구성되었다. 이 작품도 한강 답사를 통한 고증에 토대를 두고 제작되었다.

---

22) 위의 구술채록문, 119쪽.

박: 답사는 가셨어요?

김: 아니 가는 정도가 아니라 최하가 두 번이구, 다섯 번까지 간 데가 있어. 하다가 맥히면 또 가서 보구, … (두루마리 펼치고 작품의 부분들을 직접 가리키며) 여기 이게 내가 타고 건너간 밴데, 줄나루야. 줄 잡아 댕겨서 대는. 이렇게 이제 여기서는 나루터를 건너가고. 그래서 여기 와서 했는데 여기 둘째 집에서 하룻밤 잤다구. 아이구, 어떻게 뭐 빈대가 많고, 뭐한지. 하룻밤 여기서 자고서는 좀 사례금을 많이 주고서는 요리루 해서 나가서는 건너갔지.[23] 이건 내 이자 전화 완 개, 대학 댕길 땐데, 고 방학 때 같이 가면서 이제 이케 했는데, 걔가 보따리 다 지구, 요기가 제일 얕다고 해서 물을 보구선 건너가는 거, 동네 애들이 재글재글 놀더라구.[24]

이 구술의 내용에서도 알 수 있듯이, 작가는 150년의 한강 모습을 담아내기 위해서, 40년이라는 세월이 걸릴 만큼 철저한 현장 고증을 거쳐 제작하였다. 그러한 과정 속에서, 아직도 현대적인 문명이 엄습하지 않았다고 판단되는 부분에서는 작가 자신이 화자가 되어 화면 안에 등장하기도 한다. 이를 통해 〈한강대전도〉 작품 안에서 150년 전과 현재, 현장의 리얼리티와 기억의 재현이 공존하고 있다.

4. 역사인물화: 충효위인전과 기독교 역사화

나는 80평생을 살아오며 우리 민족이 자랑으로 삼았던 예의와 도덕이 상실되고 물질 만능주의 세상이 되는 것을 안타깝게 생각했다. 경제방면으로는 급성장하고 있지만 도의 방면, 정신 방면은 유약해져만 가고 있음을 볼 때 안타깝기만 했다. 그래서 그동안 꿈을 가지고 있던 윤리화를 그리기로

---

23) 나루를 건너갔지.
24) 앞의 구술채록문, 229쪽.

마음먹게 되었다.

사라지는 것들을 기록하고자 하는 그의 욕망은, 정신과 태도의 문제로 까지 확장된다. 그 토대는 그가 믿었던 종교와 관련된다고 판단된다. 김학수는, 초등학교 과정인 사립소학교 신흥학원만 졸업하였지만, 평양에 있을 때인 1946년 기독교에 뜻있는 사람들이 모여 배움의 길을 잃은 젊은이들에게 기회를 주려고 창립한 평화야간중학교에 교사가 된적이 있으며, 또한 새로 창립된 성화신학교에도 강사로 나가서 학생들을 가르친 바 있다.25) 이때부터 인연이 된 교인들, 제자들 중 월남한 사람들이 월남 이후 김학수의 준거집단이 된다. 이때 제자이었다가 후에 경민대학을 설립한 홍우준은 자신이 학교를 세운 목적은 김학수 선생님 주신 가르침에 기인한 "하나님을 경외하는 겸손한 인간을 만든다."라고 밝힌 바 있다. 이는 그가 세운 학교 설립이념 중의 하나로, 기독교와 효를 매우 중요하게 가르치겠다는 의지를 드러낸 것이라 하겠다. 이에 따라 경민학원에서는 평양에서 김학수가 가르쳤던 과목인 『명심보감』을 만화로 만들어 교과서로 사용하고 있었으며, 김학수의 충효위인 그림들과 기독교 역사화들을 상설 전시하는 '혜촌 김학수 선

도6. 김학수, <불에 들어가 할머니를 구해낸 이광춘>,
60.5x108cm, 1994년

도7. 『동국신속삼강행실도』
효자, '광춘입화(光春入火)'

25) 김학수, 『韓國의 忠孝偉人圖鑑』, 社團法人 韓國道義教育振興會, 1997, 213쪽.

도8. 김학수, 〈충성을 다한 소앙현〉,
104x61.5cm, 1994년

생 기념관'을 운영하고 있었다.

김학수의 〈충효위인〉 시리즈는 『동국
삼강행실도』를 토대로 제작된 작품이다.
조선시대 『삼강행실도』가 세종대왕 때부
터 성종·중종·광해군·정조 때까지 모두
다섯 차례 편찬 작업이 있었지만, 김학수
는 그 책들에는 우리나라 사람뿐 아니라
중국 사람들까지 포함되어 있다는 점에
서 이들 책보다는 우리나라 사람들만 수
록된, 광해군 때 편찬한 『동국삼강행실도』
를 기본으로 제작하였다고 밝혔다. 김학
수는 1994년부터 3년간 이 작업에만 매달
려 모두 100점을 제작하였는데 효자도 30
점, 충신도 25점, 열녀도 20점, 위인도 25
점을 제작해 내었다.26)

특히 각 그림들에는 『상감행실도』류의 책
들이 갖고 있는 구성을 활용하여 그림에 글
을 포함시킴으로써 내용을 보다 적극적으로
전달하고자 하였다. 다만 조선시대 책에서
는 그림과 글의 부분을 구분하고 있음에 비
하여 김학수는 문인화에서와 같이 그림 안
에 글을 삽입하는 구성을 사용한 예가 많다.
〈불에 들어가 할머니를 구해낸 이광춘〉(〈도
6)〉에서와 같이 기본적으로는 『동국신속상

도9. 『동국신속삼강행실도』충신,
'상현충렬(象賢忠烈)'

---

26) 작가는 이 작품을 제작을 고증할 땐 윤백영, 석주선, 통문관 이겸로, 그리고 그림 설명문
번역에는 이선희, 송경재, 오순방의 도움을 받았다고 밝히고 있다(김학수, 「충효위인화
를 제작하며」, 『韓國의 忠孝偉人圖鑑』, 재단법인 韓國道義教育振興會, 1997, 17쪽).

도10. 김학수, 〈성군 세종대왕〉,
108.5x62cm, 1996년

감행실도』의 구성을 토대로 하고 있지만(〈도7〉), 화면 안에 인물들을 더 많이 배치하고, 적극적인 색채의 사용과 선원근법, 공기원근법을 적절히 사용함으로써 화면 안에 서사적 스토리성을 보강하였다. 〈충성을 다한 송산현〉(〈도8〉)의 경우에도 『동국신속상감행실도』에서 출발하고 있지만(〈도9〉), 화면의 서사성과 회화성을 증대시키는 방향으로 재구성하였음을 알 수 있다. 〈성군 세종대왕〉(〈도10〉)에서는 내용을 보다 효과적으로 전달하기 위해서 만화 구성처럼 화면을 구획하고 주인공이 연속적으로 등장하는 방식을 활용 하였다. 이러한 방식의 구성이 사용되는 것은, 작가가 감상자에게 작품의 이야기를 전달하고자 하는 의지를 알 수 있게 한다. 이는 그가 이러한 작업을 하는 주요한 목적이 사회교육이었기 때문이라 판단된다.

1995년 6·27부터 40여 일 간 국립민속박물관에서는 그의 작품 90점으로 〈옛사람들의 삶과 윤리〉라는 전시회를 개최한 바 있다. 김학수는 이 때, 부모들이 어린 학생들을 데리고 와서 그림 설명도 해주며 관람하는 모습을 보고 흐뭇한 마음이 들었음을 구술하였고, 더 나아가 보다 더 많은 학생들이 자신의 이러한 작품들을 보고 부모에게 효도하고 나라를 사랑하는 삶을 갖고 살도록 교육하기 위하여 『한국의 충효도감』을 책으로 제작하기로 하였다고 전했다.

이 〈충효위인〉 시리즈에는 〈거상 능리 임상옥〉[27])과 같은 본받을 만한 남성 상인들

도11. 김학수, 〈조야(朝野)의 사랑을 받은 여류 거상(巨商) 김만덕〉, 50.5x90cm

도12. 김학수, <성산 장기려(1911-1997)>
장기려는 의사, 교육가, 사회운동가였다.
1911년 평북 용천군 출생하였다.

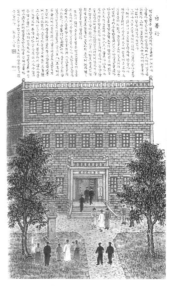

도13. 김학수, <백선행(1848-1928)>
90x51cm

도14. 김학수, <평양 남산현 교회>, 45x68cm, 1998년

27) 임상옥은 1779년 의주 상인의 집안에서 태어나 17세기부터 상업에 종사하여 중국에 드
나들었다. 순조 때 훈련대장, 이조판서를 지낸 박종경과 친해 10년간 인삼 무역의 독점권
을 얻어 인삼과 은자를 중국에 수출하고 비단과 은괴를 수입했는데 그 물량이 대단했기
에 40세 이전에 큰 부자가 되었다. 순조 때 곽산 군수가 되고 의주 일대가 수재를 당하자
사재를 털어 수재민 구제에 앞장섰다. 이 공로로 헌종 원년에 구성부사가 되었다가 사퇴
하고 겸손한 태도와 온화한 성품으로 항상 불우한 사람들을 도왔고 선비들과 책을 읽고
시를 짓는 것을 낙으로 삼았다(앞의 책, 135쪽).

도 15. 김학수, <제암리 교회> 45x68cm, 1998년

뿐만 아니라, 〈조야(朝野)의 사랑을 받은 여류 거상 김만덕〉(〈도11〉)[28]처럼 여성도 포함시키고 있다. 또한 시대도 근대 이후까지 내려오고 있는데, 특히 평양 지역의 인물들을 잊지 않고 포함시켰다. 〈도산 안창호〉는 안창호선생이 평양의 대보산(大寶山)에서 젊은 사람들에게 교육을 해주는 모습을 그린 것으로, 작가가 직접 교육 받았던 경험과, 그때 자신이 찍었던 사진에 의지해서 그렸다고 밝히고 있다.[29] 〈김구〉의 경우도 직접 한 달에 한 번씩 가서 강의를 듣던 자신의 경험을 바탕으로, 민족 지도자를 키워내기 위해 호탕하게 혼내던 선생님의 모습을 기억하며 작업한 작품이다.[30] 피난 시절 무료 치료로 봉사했던 평양출신 〈성산 장기려〉(〈도12〉),[31] 평양에 살 때 가깝게 살며 그녀의 장례식에도 참석했던 백선행, 선한 행실을 많이 했던 백과부 백선행기념관을 그린 〈백선행〉(〈도13〉)[32] 등이 그러하다.

기독교 역사화 작업에서도 자신이 겪어낸 평양지역의 기독교 역사를 기록했다. 〈평양 남산현교회〉(〈도14〉)는 1912년 평양 최초 벽돌예배당

---

28) 만덕은 양가집에서 태어났으나 일찍 부로를 잃고, 어느 늙은 기생에게 양육되어 기생이 되었다. 20여 세에 이러한 사실을 관가에 밝혀 기적(妓籍)에서 빠지게 되었다. 그 후 독신으로 제주도의 해산물과 약초를 육지에 팔고 전라도에서 쌀, 무명을 사다가 팔아 거상이 되었다. 정조 18년 제주도에 태풍으로 큰 흉년이 들자 나라에서 보내는 구호품이 턱없이 모자라게 되었다. 만덕은 사재로 쌀을 사다가 편곡을 이어 구호(救護)하니 정조가 이 사실을 알고 만덕의 소원을 들어주라 명하였다. 만덕의 꿈은 한양의 대궐구경과 금강산 구경이었는데, 자고로 제주도 여인은 육지에 나오지 못하는 국법이 있었다. 정조는 이런 만덕에게 직책을 주어 서울로 오게 했고, 만덕은 여의정 채제공과 왕비를 만나 반년 동안 대궐 내의 수석 의녀로 있다가 금강산 구경을 하고 돌아왔다(앞의 책, 140쪽).

29) 앞의 구술채록문, 169쪽.

30) 위의 구술채록문, 180쪽.

31) 위의 구술채록문, 174쪽.

32) 위의 구술채록문, 175~176쪽.

도 16, 김학수,
〈은재신석구(1874-1950)〉

으로 지어진 교회로, 1919년 평양시내의 장대현교회, 숭덕학교와 같이 기미독립만세운동이 시작된 곳이었다. 이 교회를 역사화의 한 장면으로 선택하였다. 〈제암리교회〉(〈도15〉)는, 3.1운동 때 일본경찰이 만세를 부르던 마을 사람들을 교회에 가두고 무차별 살해 방화한 사건을 선교사들이 확인하고 전 세계에 그 잔악성을 폭로하였던 일을 기록한 작품이다. 이외에도 신사참배를 하지 않는다고 고문당하던 신석구 목사도 그림으로 기록하였다(〈도16〉). 신석구 목사는 김학수가 다니던 교회의 목사였다.

월남한 이후 그의 인간관계의 중심축은 미술계라기보다는 월남한 기독교인들이었다. 이들을 중심으로, 1961년에는 자신이 데리고 살던 자식 같은 사람들과 친구들과 함께 혜촌회를 창설하고, 1963년에는 신우장학회를 창립하여 어려운 이들에게 아버지와 같은 존재가 되어 주었다. 같은 트라우마가 있는 사람들끼리 서로 정신적으로 의지하며 서로의 가족들을 대신하고자 하였던 것이며, 그 돈독한 유대의 중심에 김학수가 있었다. 만날 수 없는 평양의 사람들을 기억하고, 그들과 함께 했던 행복한 순간들을 형상화하며 자신의 트라우마를 치유하면서, 김학수는 자신의 작품이 교육적 자료로 활용되는 순간들을 꿈꿨다.

〈평양 구경도〉(〈도17〉, 〈도18〉)는 자신이 살았던 평양을 그린 작품이다. 구술채록 과정에서 처음 공재된 이 작품은 두루마리 형식의 대작이다.

도 17. 김학수, 〈평양구경하는 그림〉 종이에 수묵 담채, 1986.

평양 남쪽 황주마을 효자가 과부 어머니를 모시고 살았는데, 어머니 회갑을 맞아 어머니를 모시고 평양구경을 시켜드리는 이야기를 화면 위에 구성한 작품이다. 김학수는, 이 작품을 그릴 때는 한강도를 그릴 때처럼 일일이 고증

도18. 김학수, <평양구경하는 그림>(부분),
종이에 채색, 1986년

하기 위해 뛰어다닐 필요는 없었다고 했다. 물론 갈 수도 없지만, 자기 머릿속에 생생히 다 있기 때문에 갈 필요도 없다고 구술했다.

작가 김학수는 현재 북한의 모습을 그리지 않고, 과거의 평양을 그렸다. 그 기억들을 끊임없이 반추하며 사라지지 않도록 화폭에 옮겼고, 미국에 사는 선교하는 제자들의 도움을 받아, 북쪽 가족들의 생사를 확인하고, 살아있는 가족들과 다시 만날 날을 준비하며 살고 있었다. 자신의 피를 받아 화가의 길을 가고 있다는 북한 땅에 남아 있는 자식들의 소식에 기쁘면서도 아버지의 월남이라는 이력 때문에 차별받고 있다는 이야기가 전해올 때면 다시금 상처난 가슴을 확인해야 했던 화가에게 분단은 과거가 아니었다(<도19>).

그 속에 그는 트리우마가 드러나는 현재의 모습이 아닌 상처받기 이전인 과거의 기억들을 붙잡으려 하였고, 그 기억들이 사라지지 않게 아카이브화하고자 하였다.

도19. 아들이 그려서 보내준 김학수와 그의 아내

5. 결론

필자는 이번 구술사 프로젝트를 통해, 문헌사 중심으로 미술사를 연구할 때 미처 떠올리지 못했던 화가 김학수를 만나게 되었다. 그는 당대보다 한발 앞선 미래의 언어, 이전과 다른 새로운 언어로 그릴 것을 요구받던 시대에 과거를 기억하고자 하였던 화가였다.

분단과 이로 인한 가족과의 이별은 그에게 트라우마를 남겼다. 사라짐, 부재에 대한 경험과 기억 그리고 상처는, 그로 하여금 변화하는 새로운 것에 대한 관심이 아닌 사라지는 것을 붙잡고자 하는 욕망을 키워냈다. 작가는 자신이 기록하지 않으면 사라질 역사들을 찾아 아카이브화하고자 하였고, 고증의 문제에 대해 철저하고자 하였다.

김학수가 왜 사라져 가는 것들을 그토록 붙잡으려 했는지 이해하고자 하다면, 우리는 김학수가 살아왔던 20세기. 우리의 파란만장했던 근대사를 만나게 된다. 전쟁으로 파괴되고, 현대화라는 미명 아래 전통과 단절되고, 분단이라는 인위적인 장벽 앞에 북쪽의 땅과 사람들을 자신의 인식지도에서 사라지게 할 것을 암묵적으로 강요받은 시대의 한 복판에, 우리는 서 있다. 그 치열한 현장이 일상의 삶으로 닥쳐온 평범하고 성실한 한 화가의 트라우마가, 내 기억에서 마저 사라지면 영영 사라져버릴 것 같은 삶의 장면들을 붙잡고자 하였음을 확인해 볼 수 있었다. 그것들을 붙잡아 기록할 때 일상은 역사가 되며, 그 역사들이 전통이 된다.

사라지는 것들을 기록하고자 하는 그의 욕망은, 정신과 태도의 문제로 까지 확장되며, 자신이 살았던 당대의 역사를 그린 기독교 역사화로도 나아갔다. 이를 통해 만날 수 없는 평양의 사람들을 기억하고, 그들과 함께 했던 행복한 순간들을 형상화하였다. 이를 통해 자신의 트라우마를 치유하면서, 자신의 작품이 교육적 자료로 활용되는 순간을 꿈꾸기도 하였다. 또한 김학수가 그린 조선시대 역사 풍속화에는 당대를 기록한 문헌뿐만 아니라, 20세기를 살았던 작가가 경험했던 기억과, 작가가 노인들을 인터뷰하는 형식으로 알아낸, 선배들의 기억들이 한 장면 안에서 융합된다. 이러한 데이터들의 조합은 결국 기억의 지층들 간의 융합이었다. 따라서 그의 화면이 얼마나 팩트적 사실성을 담보하고 있는가를 논하는 것도 중요할 수 있으나, 그보다는 그의 작품이 기억 속의 과거와 현재의 관계 양상을 드러내며, 트라우마의 현존과 기억의 융합으로서의 일상과 역사와의 관계를 보여주고 있다는 점에 보다 주목하고자 하였다.

―――――参考文献 ―――――

1. 저서 및 도록

『국립민속박물관』, 국립민속박물관, 1993.

김학수 그림, 윤병상 해설, 『예수의 생애』, 연세대학교 출판부, 1989.

金學洙, 『세종대왕 치적 특별전』, 세종대왕기념사업회, 1990.

―――――, 『풍속화 개인전』, 신세계화랑, 1966년

―――――, 『韓國의 忠孝偉人圖鑑』, 社團法人 韓國道義教育振興會, 1997.

―――――, 『韓國의 忠孝偉人圖鑑』 下卷, 社團法人 韓國道義教育振興會, 2001.

―――――, 『惠村 金學洙 東洋畵集』, 庚美畵廊, 1978.

―――――, 『惠村 金學洙 옛서울 그림전』, 신문회관화랑, 1975.

―――――, 『惠村 金學洙 自敍傳 은총의 칠십년』, 惠村會, 1989.

―――――, 『惠村 金學洙 畵伯 漢江名勝圖展』, 뉴욕 松園화랑, 1982.

『2004년도 한국근현대예술사 구술채록연구 시리즈 38 김학수 1919~ 』, 한국문예
　　　술진흥원, 2005.

『제6회 광주광역시 문화예술상 허백련미술상 수상자 기념초대전 惠村 金學洙』,
　　　광주시립미술관, 2001.

『한국기독교·순교자 기념관』, 한국기독교100주년 기념사업협의회, 1990.

惠村會, 『惠村 金學洙 自敍傳 은총의 칠십년』, 평화의마을, 1989.

2. 논문

김기창, 「혜촌의 『韓國의 忠孝偉人圖鑑』의 예술적 가치」, 『韓國의 忠孝偉人圖鑑』,
　　　社團法人韓國道義教育振興會, 1997.

김학수, 「충효위인화를 제작하며」, 『韓國의 忠孝偉人圖鑑』, 社團法人 韓國道義教育
　　　振興會, 1997.

―――――, 「한국의 忠孝偉人圖를 그리며」, 『韓國의 忠孝偉人圖鑑』 下卷, 社團法人 韓

國道義教育振興會, 2001.

_____, 「한국 풍속화의 거장 김학수」, 『美術新聞』 제259호, 2001.10.20.

김호년, 「길이 400m 〈한강도〉 등 옛 한국 재현에 한평생: 풍속·역사화가 김학수」, 『주간여성』, 1991.2.24.

박대선, 「惠村 畵展에 또 하나의 기쁨을 맞으며」, 『惠村 金學洙 東洋畵集』, 庚美畵廊, 1978.

박용숙, 「잊혀지는 우리의 얼을 찾는 소망의 작업」, 『惠村 金學洙 東洋畵集』, 庚美畵廊, 1978.

박 주, 「한국의 정려(旌閭)」, 『韓國의 忠孝偉人圖鑑』, 社團法人 韓國道義教育振興會, 1997.

백승혜, 「북에 두고 온 아내 그리는 73세 김학수화백의 望婦詞」, 『주간여성』, 1992.1.

서정걸, 「40년만에 다시 본 아내의 얼굴: 김학수화백이 말하는 분단과 이산의 아픔」, 『월간미술』, 1993.3.

신용철, 「생활 속의 유학」, 『韓國의 忠孝偉人圖鑑下卷』, 社團法人 韓國道義教育振興會, 2001.

안병욱, 「感動을 주는 冊」, 『韓國의 忠孝偉人圖鑑下卷』, 社團法人 韓國道義教育振興會, 2001.

이구열, 「총 150점으로 마무리된 惠村의 韓國忠孝偉人圖 업적과 큰 의미」, 『韓國의 忠孝偉人圖鑑下卷』, 社團法人 韓國道義教育振興會, 2001.

_____, 「혜촌의 삼강행실 인물화와 위인화 연작」, 『韓國의 忠孝偉人圖鑑』, 社團法人 韓國道 義教育振興會, 1997.

_____, 「惠村의 예술과 한국사랑」, 『제6회 광주광역시 문화예술상 허백련미술상 수상자 기념초대전 惠村 金學洙展』, 광주시립미술관, 2001.

_____, 「惠村의 옛 서울 主題作品들을 보고」, 『惠村 金學洙 옛서울 그림전』, 신문회관화랑, 1975.

이규화, 「김학수」, 『월간미술』, 1991.2.

이당 김은호, 「역사·풍속화에 뿜어 넣은 예술의 향기」, 『惠村 金學洙 東洋畵集』,

庚美畵廊, 1978.

정창희, 「그림과 결혼, 고난을 이긴 위인」, 『韓國의 忠孝偉人圖鑑』 下卷, 社團法人
　　　韓國道義敎 育振興會, 2001.

최순권, 「조선조 『삼강행실도』의 간행과 보급」, 『韓國의 忠孝偉人圖鑑』, 社團法人
　　　韓國道義敎育振興會, 1997.

최순우, 「조국의 자연경관 속에 펼친 李朝人들의 애뜻한 모습」, 『惠村 金學洙 東洋
　　　畵集』, 庚美畵廊, 1978

제3부

지향과 현실

북조선 소설 연구를 위한 제언[※]

남원진

1. 북조선 소설 연구의 문제성

북조선¹⁾ 소설 연구는 많은 성과를 내어왔다. 필자는 이에 대한 연구를 진행하면서 이 분야의 연구에 전념해 온 선행 연구자들을 만날 수 있는 행운을 가졌다. 또한 이런 선행 연구에서 적지 않은 감명을 받았으며, 같은 시대를 살아가는 한 연구자로서 존경과 감사의 마음을 갖기에 충분했다. 1988년 월북 문인들에 대한 해금 조치 이전에는 관변단체의 자료 협조와 도움을 받아 간행한 냉전적 시각의 몇몇 연구서들이

※ 이 글은 「북조선 소설 연구를 위한 제언」, 『돈암어문학』 26, 돈암어문학회, 2013.12.31을 수정·보완하여 재수록한 것이다.

1) 이 글에서 널리 사용하는 '북한' 대신 '북조선'이라 쓰는 이유는 다음과 같다. '북한'이라는 용어는 북쪽에서 민감한 알레르기 반응을 일으키는 것으로 널리 알려져 있다. 또한 '북한'이란 용어는 '북한'을 타자화함으로써 주체의 자기동일성에 빠질 수 있는 위험성, 또는 주체의 척도에 맞게 타자를 재단하는 남한 중심주의의 함정에 매몰될 수 있다. 이에 따라 '북조선'이라 쓰는 이유는 '북한'이라는 용어 속에 잠재한 남한 중심주의적 시각이나 이에 대한 무감각한 현상을 경계하기 위한 목적에서 사용한 것이다.

간행되었다. 해금 조치 이후엔 월북(재북) 작가 연구와 함께 북조선 소설에 대한 연구도 본격화되었다. 이런 작가 연구가 중심이었던 북조선 소설 연구의 방향은 최근에 이르러서는 북조선 문예이론 및 문학사 연구, 개별 소설의 소개와 분석이라는 방향으로 전개되고 있다.[2] 그런데 이런 활발한 연구에도 불구하고 해방 이후 북조선 소설 연구는 몇몇 작품을 중심으로 한 연구가 큰 비중을 차지하여 식민지 시대 연구에 비해 상대적으로 미흡한 편이었다. 왜냐하면 이는 작가들의 원본 자료 수집의 한계뿐만 아니라 북조선 소설이 갖고 있는 이념적 편향성 때문에 더욱 그러했다.

대부분 국내에 소장된 북조선에서 출판한 소설은 '특수자료'로 분류되는데, 이는 〈특수자료 취급지침〉에 따른 것이다. 〈특수자료취급지침〉은 대통령령 제15136호 〈정보 및 보안업무 기획조정규정〉 제4조 제6호 및 제5조에 의거하여 1970년 2월 16일 제정되어 2011년 7월 1일까지 7번의 개정을 거쳐 전문 13조와 별지 서식으로 구성되어 있다. 이 지침에서 '특수자료'란 "간행물, 녹음테이프, 영상물, 전자출판물 및 전자파일, CD, DVD 등 모든 디지털 방식의 자료(이하 "디지털 콘텐츠"라 한다)를 포함한 일체의 대중전달 매개체로서 관련기관에서 비밀로 분류한 것을 제외한 다음 각 호에 해당하는 자료를 말한다." 이 자료는 ① "북한 또는 반국가단체에서 제작, 발행한 정치적·이념적 자료", ② "북한 및 반국가단체와 그 구성원의 활동을 찬양, 선전하는 내용", ③ "공산주의 이념이나 체제를 찬양, 선전하는 내용", ④ "대한민국의 정통성을 부인하거나 자유민주주의 체제를 부정하는 내용" 등이다.[3]

---

2) 김성수, 「북한문학·통일문학 연구의 현황과 과제」, 동국대 한국문학연구소, 『북한의 문학과 문예이론』, 동국대학교출판부, 2003; 전영선, 「북한문학 연구의 현황과 쟁점: 북한 문학 연구의 비판적 고찰과 문제제기를 중심으로」, 『현대북한연구』 7-3, 경남대학교, 2005.1; 김성수, 「북한 현대문학 연구 쟁점과 통일문학의 도정: 민족작가대회의 성과를 중심으로」, 『어문학』 91, 2006.3.

3) 송승섭, 『북한 자료의 수집과 활용』, 한국학술정보, 2011, 83쪽.

[별지 제1호 서식]

추 천 서

통일부장관   귀중

통일부 『특수자료취급 및 관리에 관한 내규』 제5조에 의거
아래 대출신청자에 대하여 특수자료대출을 신청하오니 협조
하여 주시기 바랍니다.

신 청 자   소 속 :
                 직 책 :
                 성 명 :
                 e-mail :
                 전화번호 : 자택
                          직장
                          핸드폰

기   간 :
목   적 :
자 료 명 :

20   .   .   .

추천기관장   **직인**

통일부 북한자료센터 〈추천서〉

[별지 제6호 서식]

서 약 서

수 신 :

1. 본인은 대출·복사한 특수자료를 신청목적에 부합되게 활용할 것이며

2. 본인의 고의 또는 과실에 의해 대출자료(복사자료포함)가 무단 복제·복사 및 유통되어 국익에 위배되었을 때에는 동 행위가 관계법규에 위반된다는 것을 명심하고 특수자료 취급에 관한 제반규정을 성실히 준수할 것을 서약합니다.

3. 대출후 2주일 이내에 대출자료를 반드시 반납할 것이며 기한내 반납하지 않았을 경우 반납예정일로부터 12개월간, 자료 분실한 경우 반납예정일로부터 12개월간 자료 열람·대출금지 처분을 받겠습니다.

20 . . .

소   속 :

연락처(핸드폰/전화번호) :

주민등록번호 :

주   소 :

성   명 :   (인)

통일부 북한자료센터 〈서약서〉

자 료 이 용 신 청 서

신청인	성명		주민등록번호		
	주소		전화번호	직장/자택	
				휴대폰	
	소속		직업(직위)		
목적			청구기호	대 출	
				일 반	특수
신청목록	1)				
	2)				
	3)				
	4)				

		일반	특수	페이지(p-p)	총매수
복사목록	1)				
	2)				
	3)				
	4)				
	5)				

년 월 일

신청인 (인)

통 일 부 장 관　귀 하

통일부 북한자료센터 〈자료이용신청서〉

따라서 '특수자료'란 '북조선에서 생산하는 정치적·이념적 자료와 반국가 단체에서 발행한 자료로 이적성이 있는 표현물'을 지칭하는 것인데, 대부분 특수자료 취급기관에서는 모든 북조선 자료를 특수자료와 일반자료로 구분하지 않고, 북조선 자료를 '특수자료'와 동일시하는 경향이다.4) 실례로, 가장 많은 북조선 자료를 소장하고 있는 '통일부 북한자료센터'의 경우도 크게 다르지 않다. 여기서 '특수자료'를 이용하기 위해서는 소속 기관의 기관장 〈추천서〉를 받아야 하며, 또한 연구자 본인의 경우 〈서약서〉를 작성해야 하며, 특수자료를 복사하거나 MP, CD, DVD 등을 이용할 때에는 〈자료이용신청서〉를 적어야 하는 등의 복잡한 절차를 거쳐야 한다. 특히, 〈서약서〉에서는 "본인의 고의 또는 과실에 의해 대출자료(복사자료포함)가 무단 복제·복사 및 유통되어 국익에 위배되었을 때에는 동 행위가 관계법규에 위반 된다"는 것을 명시하고 있다. 그런데 통일부 북한자료센터는 이런 규정만 지키면 복사나 대출이 자유로운데, 다른 기관에서는 이마저도 쉽지 않다. 예를 들어, 서울대학교 중앙도서관처럼 재일조선문학예술가동맹 고문인 김학렬이 기증한 '학렬문고'에는 북조선에서 간행된 여러 자료가 있지만5) 열람 외에는 이마저도 불가능하다. 이런 측면에서 북조선 소설은 '특수자료'라는 한계 때문에 접근이 용이하지 않으며, 이에 따라 연구의 활성

---

4) 위의 책, 83쪽.

5) "북한문학서적을 서울대에 기증한 것도 다 통일문학의 일환"이라고 말한 기증자 김학렬의 이름을 딴 개인문고인 '학렬문고'에는 "해방 직후부터 최근까지 북한에서 간행된 시와 소설, 아동문학, 문학평론, 어학, 문학사 연구, 각급 학교 교과서, 문학 및 예술 관련 잡지 등 김 박사가 평생 수집·보관해 온 북한 도서 3천여 종이 포함"되어 있다고 말한다. 실제 서울대학교 중앙도서관에서 작성한 '김학렬 박사 기증자료 목록' 파일에는 '학렬문고'에 소장된 자료가 총 3,879권(단행본: 2,649권, 연속간행물 1,230권)인데, 희귀한 해방기 북조선에 간행한 자료는 없는 대신 1950~1960년대 발행한 중요한 자료들이 소장되어 있다. 그런데 《헤럴드경제》에서 말하듯, '서울대 국내 최대 북한 문학 자료 소장'이라고 하기에는 문제가 있는데, 이는 통일부 북한자료센터의 경우 2009년 기준 특수자료 보유 현황은 10,165종, 21,086건에 달하기 때문이다(이상헌, 「고향에 대한 그리움이 민족의식 출발점: 디아스포라 국제학술회의 참석 김학렬 재일 시인 북한 서적 서울대 기증… 남북 문학 가교 역할」, 《부산일보》 19909, 2008.10.24; 신상윤, 「서울대 국내 최대 북한 문학자료 소장」, 《헤럴드경제》 7991, 2008.10.16; 송승섭, 앞의 책, 235쪽).

李泰俊,『解放前後』, 朝鮮文學史, 1947. (한국 국립중앙도서관 소장)

李泰俊,『농토』, 勞動黨出版社, 1947. (중국 연변대학 도서관 소장)

李泰俊,『첫戰鬪』, 文化戰線社, 1949. (미국립문서기록관리청 소장)

리태준,『고향길』, 문화전선사, 1951. (미국립문서기록관리청 소장)

李泰俊,『蘇聯紀行』, 北朝鮮出版社, 1947. (미국립문서기록관리청 소장)

李泰俊,『革命節의 모쓰크바』, 文化戰線社, 1950. (미국립문서기록관리청 소장)

리태준,『위대한새중국』, 국립출판사, 1952. (러시아 외국문도서관 소장)

화도 기대하기란 어려운 상황이다. 이것이 작금의 현실이다.

또한 국내의 '특수자료' 문제뿐만 아니라 1940~1950년대 희귀한 자료들은 국외 도서관에 소장되어 있는 경우가 많다.6) 위의 리태준의 경

---

6) 국외에 소장된 일부 자료를 소개한 책과 CD-ROM이 있는데, 일본 아시아경제연구소의 『朝鮮語資料所藏目錄』(1978), 『朝鮮文雜誌・新聞綜合目錄』(1987)이나 '미국립문서기록관리청'의 자료를 소개한 방선주 편의 『북한논저목록』(2003), 국사편찬위원회의 『한국사종합논저목록』(2003), 『금병동 문고 도서목록』(2008) 등이 있다(アジア經濟研究所 圖書資料

우처럼,7) 그 동안 국내뿐만 아니라 미국이나 일본·중국·러시아 등의 국외에 소장된 북조선 소설 자료들이 국내에 많이 소개되었지만 북조선 소설에 대한 심층적 연구를 진행할 만큼의 양적으로나 질적으로 충분한 자료들이 집적되었다고 말하기는 힘들다. 또한 이는 대부분 몇몇 대표적 작가나 작품을 중심으로 소개되어 온 데에도 한 원인이 있다. 그래서 북조선 소설에 관한 체계적이고 종합적인 연구를 수행하기 위해서는 국내의 '특수자료'뿐만 아니라 국외에 소장된 희귀한 자료들의 수집은 중요한 한 부분이며, 또한 이런 방대한 작업을 원활하게 하기 위해서는 공동 연구가 절실하게 필요하다. 따라서 이 글에서는 필자가 10여 년 국내외에서 수집한 북조선 자료를 중간 정리 작업을 하는 한편

部, 『朝鮮語資料所藏目錄』, 東京: アジア經濟研究所, 1978; アジア經濟研究所, 『朝鮮文雜誌·新聞綜合目錄』, 東京: アジア經濟研究所, 1987; 방선주 편, 『북한논저목록』, 한림대학교출판부, 2003; 국사편찬위원회, 『한국사종합논저목록(CD-ROM)』, 국사편찬위원회, 2003; 국사편찬위원회, 『금병동 문고 도서목록』, 국사편찬위원회, 2008).

7) 리태준의 해방 후 작품들이 여러 곳에 산재되어 있을 뿐만 아니라 여러 판본이 존재한다는 사실은 잘 알려져 있지 않다. 예를 들어, 『농토』는 1947년 판본(북조선 발행)과 1948년 판본(남한 발행)이, 『쏘련기행』도 남북에서 발행한 1947년 두 판본이, 『신문장강화』도 1949년 판본(북조선 발행)과 1952년 판본(일본, 중국 발행)이, 『고향길』도 1951년 판본(북조선 발행)과 1952년 판본(일본 발행)이 있다. 여기서 리태준의 여러 판본에 대한 수집 및 비교가 필요한데, 특히 「해방전후」는 1946년 7월 『문장』에 발표한 후 1947년 1월 소설집 『해방전후』(남한 발행)에, 1949년 11월 단편집 『첫전투』(북조선 발행)에 실려 있는데, 남한에서 발행한 1946년 판본과 달리 북조선에서 발행한 1949년 판본에서는 '쏘련 군대의 진주'나 '김일성 장군의 영도'가 추가되는 등의 일정 부분 개작된다.

<표 1> 리태준 단행본 목록

작가	작품명	발행지역	발행처	발행년도
리태준	『해방전후』	서울	조선문학사	1947
	『쏘련기행』	평양	북조선출판사	1947
	『소련기행』	서울	조소문화협회, 조선문학가동맹	1947
	『농토』	평양	로동당출판사	1947
	『농토』	서울	삼성문화사	1948
	『신문장강화』	평양	청년생활사	1949
	『첫전투』	평양	문화전선사	1949
	『혁명절의 모쓰크바』	평양	문화전선사	1950
	『고향길』	평양	문화전선사	1951
	『위대한 새중국』	평양	국립출판사	1952
	『신문장강화』	길림성	연변교육출판사	1952
	『고향길』	동경	재일본조선인교육자동맹 문화부	1952
	『신문장강화』	동경	재일본조선인교육자동맹 문화부	1952

문학예술 기관지 및 중편소설, 장편소설, 단편집과 종합작품집의 현황을 재점검해보자 한다.[8]

2. 북조선 문학예술 기관지 현황

남한에서 출판된 북조선 소설을 묶은 작품집은 『북한현대소설선』(1989), 『쇠찌르레기』(1993), 『뻐국새가 노래하는 곳』(1994), 『그날이 오늘이라면』(1999), 『어디서나 보이는 집』(2005), 『북한문학』(2007), 『력사의 자취』(2012), 『북한소설선』(2013) 등 여러 단행본이 있는데, 그 중에서 대표적 성과물이 신형기·오성호·이선미가 엮은 『북한문학』(2007)과 김종회가 묶은 『력사의 자취』(2012)이다.

신형기·오성호·이선미가 편집한 '문학과지성사 한국문학선집 1900~2000' 『북한문학』은 '해방기(1945~1950)'에서 '주체시기(1967~)'까지의 소설과 시를 묶은 작품 선집이다. 이 『북한문학』 선집은 "북한의 '안'으로 들어가보려는 의도와 목적 아래 기획되었"고, "북한문학 읽기를 통해 북한 사람들의 일상과 삶의 여정을 돌아보고, 그럼으로써 그들의 맨얼굴과 대면하게 되리라는 기대가 이 선집을 묶게 했다"[9]고 편자들은 적고 있다. 또한 김종회가 편집한 '북한문학 연구자료총서 III' '북한의 소설' 『력사의 자취』는 '1945~1950 '평화적 민주건설' 시기'에서 '1980~현재 '현실주제문학' 시기'까지 소설 작품을 엮은 선집이다. 편

---

8) (사족이지만) 참고로, 필자가 본문의 '조쏘문화협회' 기관지 도표나 '문예총' 기관지의 도표를 만드는데 걸린 시간이 10여 년 간이나 걸렸다고 해도 과언이 아닐 정도로, 이 기간은 자료 수집의 어려움을 절감하는 시간이기도 했다. 또한 필자는 '문예총' 기관지 『(주간)문화전선』의 수집이나 1960년대 조선작가동맹 분과위원회 기관지 『시문학』, 『극문학』 등을 정리하는데, 10여 년이 걸리지 않을까 예상하며, 또는 사실 불가능하지 않을까도 생각한다. 그만큼 북조선 기관지 수집은 용이하지 않다.

9) 북한문학 편 엮은이 일동, 「기획의 말」, 신형기·오성호·이선미 편, 『북한문학』, 문학과지성사, 2007, 7~8쪽.

<표 2> 신형기·오성호·이선미 편, 『북한문학』, 문학과지성사, 2007[10]

작가	작품	발표/수록(출처)	발표(연구자 수록)
제1부 해방기(1945~1950)의 북한 소설			
이기영	「개벽」	『문학예술』, 1946.3	『문화전선』 1, 1946.7
이북명	「노동일가」	『조선문학』, 1947.6	『조선문학』 1, 1947.9
한설야	「개선」	1948 / 『개선』, 1955	한설야, 『단편집』(탄갱촌), 조쏘문화협회 중앙본부, 1948
이춘진	「안나」	1948 / 『개선』, 1955	한설야 외, 『위대한 공훈』(쏘련군 환송 기념 창작집), 문화전선사, 1949
이태준	「먼지」	『조선문학』, 1950.3	『문학예술』 3-3, 1950.3
제2부 한국전쟁기(1950~1953)의 북한 소설			
김남천	「꿀」	『조선문학』, 1951.4	『문학예술』 4-1, 1951.4
이북명	「악마」	『조선문학』, 1951.4	『문학예술』 4-1, 1951.4
김영석	「화식병」	『조선문학』, 1951.7	『문학예술』 4-4, 1951.7
황건	「불타는 섬」	『화선(火線)』(조선인민군 창건 5주년 기념 소설집), 1953	『로동신문』 1783~?, 1952.1.20~?
제3부 전후복구기(1953~)의 북한 소설			
유항림	「직맹반장」	『건설의 길』, 1954	유항림 외, 『건설의 길』(소설집), 조선작가동맹출판사, 1954
변희근	「빛나는 전망」	『조선문학』, 1954.6	『조선문학』, 1954.6
전재경	「나비」	『조선문학』, 1956.11	『조선문학』 111, 1956.11
김만선	「태봉 영감」	『조선문학』, 1956.12	『조선문학』 112, 1956.12
엄흥섭	「복숭아나무」	『조선문학』, 1957.7	『조선문학』 119, 1957.7
이정숙	「선희」	『조선문학』, 1957.9	『조선문학』 121, 1957.9
제4부 천리마운동기(1958~)의 북한 소설			
김병훈	「'해주─하성'에서 온 편지」	『조선문학』, 1960.4	『조선문학』 152, 1960.4
김병훈	「길동무들」	『조선문학』, 1960.10	『조선문학』 158, 1960.10
류근순	「행복」	『조선문학』, 1960.6	『조선문학』 154, 1960.6
김홍무	「입당 보증인」	『조선문학』, 1961	『조선문학』 162, 1961.2
권정웅	「백일홍」	『조선문학』, 1961.9	『조선문학』 169, 1961.9
진재환	「고기떼는 강으로 나간다」	『조선문학』, 1964.1	『조선문학』 197, 1964.1

......

자는 '북한문학 연구자료총서(I~IV)'는 "남북한 문화통합과 한민족 문학의 정돈된 연구, 곧 한민족 문화권 문학사의 기술을 전제하고, 그 전

<표 3> 김종회 편, 『력사의 자취』(북한의 소설), 국학자료원, 2012

작가	작품	수록(출처)	발표(연구자 수록)
제1장 1945~1950 '평화적 민주건설' 시기			
이기영	「개벽」	≪문학예술≫, 1946.3	『문화전선』 1, 1946.7
최명익	「마천령」	≪문화전선≫, 1947.3	『문화전선』 4, 1947.4
한설야	「개선」	≪개선≫, 1955	한설야, 『단편집』(탄갱촌), 조쏘문화협회 중앙본부, 1948
이춘진	「안나」	≪개선≫, 1955	한설야 외, 『위대한 공훈』(쏘련군 환송 기념 창작집), 문화전선사, 1949
이태준	「먼지」	≪조선문학≫, 1950.3	『문학예술』 3-3, 1950.3
제2장 1950~1953 '조국해방전쟁' 시기			
김남천	「꿀」	≪조선문학≫, 1951.4	『문학예술』 4-1, 1951.4
이북명	「악마」	≪조선문학≫, 1951.4	『문학예술』 4-1, 1951.4
황건	「불타는 섬」	≪화선(火線)≫, 1953	『로동신문』 1783~?, 1952.1.20~?
박웅걸	「상급 전화수」	『상급 전화수』, 조선작가동맹출판사, 1959	황건 외, 『화선』(조선 인민군 창건 5주년 기념 소설집), 국립도서출판사, 1953
윤세중	「구대원과 신대원」	『승리자들』, 문예출판사, 1976	『문학예술』 5-8, 1952.8
제3장 1953~1967 '전후복구건설과 사회주의 기초건설을 위한 투쟁' 시기			
유항림	「직맹반장」	≪건설의 길≫, 1954	유항림 외, 『건설의 길』(소설집), 조선작가동맹출판사, 1954
김형교	「궤도」	≪조선문학≫, 1954.4	『조선문학』, 1954.4
권정룡	「애착」	≪조선문학≫, 1955.3	『조선문학』, 1955.3
김북향	「아버지와 아들」	≪조선문학≫, 1958.11	『조선문학』 135, 1958.11
지봉문	「채광공들」	≪조선문학≫, 1958.12	『조선문학』 136, 1958.12
권정웅	「백일홍」	≪조선문학≫, 1961.9	『조선문학』 169, 1961.9

......

환적 사고와 의욕을 동반하고 있는 북한문학 자료의 선별과 집약이라 할 수 있겠다"11)고 말한다.

---

10) 모든 〈표〉의 '발표/수록(출처)'이나 '창작년도'는 작품집에 수록된 작품의 말미에 적혀 있는 것을 그대로 옮긴 것이며, '발표(연구자 수록)'는 필자가 직접 확인한 것만을 적은 것이다.

11) 김종회, 「남북한 문화통합, 한민족 문화권 문학사의 조망: 북한문학 연구자료총서 전4권

이 선집들은 북조선 소설을 시기별로 묶은 성과물임에는 분명하지만, 몇 가지 점검할 사항이 있다. 첫째로는 북조선 문학예술 기관지의 정리에 대한 것이다. 위에서 보듯, 『북한문학』에서는 해방기 소설과 전쟁기 소설의 경우 선집에 수록된 단편소설의 출처가 잘못된 경우가 많으며, 『력사의 자취』의 경우는 이런 문제를 가중시킨다.12) 즉, 이 문제는 북조선 문학예술 기관지인 『문화전선』, 『문학예술』, 『조선문학』 등의 전체적인 틀에 대한 정리나 연구가 필요함을 시사한다. 둘째로는 원본 확보와 개작 문제에 대한 것이다. 해방기 소설의 경우 1950년대의 중반 이후 개작과 유일사상체계가 성립된 후 1970년대 중반 이후 개작이, 크게 2번 이루어진다. 이런 개작 문제 때문에 최초로 발표한 원본을 확보하는 문제가 시급하다. 즉, 이는 북조선 소설 연구에서 원본 확보뿐만 아니라 개작 문제에 대한 검토도 필요함을 말한다. 또한 북조선 소설 선집 『력사의 자취』가 그러하듯, 잘못된 정보는 자료 확보의 어려움 때문에 무한반복되는 특징까지도 갖고 있다. 이러하듯, 필자는 이런 두 가지 문제 때문에 북조선 문학예술 기관지에 대한 정리와 개작 문제에 대한 점검이 꼭 필요하다고 판단한다.

〈표 4〉의 중요 문학예술 기관지는 '대훈서적'의 영인본 『조선문학』을 제외한, 대부분 국내외에 산재되어 있어 이에 대한 연구가 쉽지 않다. 예를 들어, 해방 후 북조선 문학예술계의 상황을 검토하기 위해서

을 발간하면서」(머리말), 김종회 편, 『력사의 자취』, 국학자료원, 2012.

12) 김종회 편의 『력사의 자취』는 신형기 외 편의 『북한문학』의 성과를 확장시키지만, '평화적 민주건설' 시기 소설이나 '조국해방전쟁' 시기 소설은 많은 부분 『북한문학』에 수록된 자료를 이용하고 있다. 그래서 출처에 대한 동일한 오류를 반복하는 것뿐만 아니라 약호도 잘못 표기하고 있다. 즉, 『력사의 자취』의 '일러두기'에서 '장편소설, 책: 『 』', '신문, 잡지: ≪≫'로 약호를 표기할 것을 정하고 있는데, '≪개선≫' '≪화선(火線)≫', '≪건설의 길≫' 등을 신문이나 잡지의 약호(≪≫)로 표기하고 있으나 단행본 약호(『 』)로 표기하여 『개선』, 『화선』(원본에는 한자가 없는데, 편자가 임의로 넣은 것이다), 『건설의 길』로 수정해야 한다. 또한 『북한문학』과 달리 『력사의 자취』에서 새롭게 추가한 '상급 전화수' 나 「구대원과 신대원」의 경우, 1950년대 판본과 1970년대 판본을 사용하고 있어 개작 문제에 대한 고려가 없다.

<표 4> 북조선 문학예술 기관지명

발행처	기관지명	제호	발행년월일
조쏘문화협회	『문화건설』	창간호	1946.7.17.
북조선예술총련맹	『문화전선』	창간호	1946.7.25.
북조선예술총련맹	『건설』	창간호	1946.7.30.
어린이신문사	『아동문학』	창간호	1947.7.10.
북조선문학동맹	『조선문학』	창간호	1947.9.15.
북조선문학예술총동맹	『문학예술』	창간호	1948.4.25.
조선작가동맹	『조선문학』	창간호	1953.10.25.
조선작가동맹	『청년문학』	창간호	1956.3.5.
조선작가동맹	『문학신문』	창간호	1956.12.6.

는 1946년 7월에 발행된 『문화건설』, 『문화전선』, 『건설』 등을 점검하는 작업이 필요한데, 현재 『문화전선』(『(주간)문화전선』을 포함한 연구는 없지만)을 제외한 『문화건설』이나 『건설』에 대한 연구는 전무하다. 특히 소련과 북조선의 관계 양상을 점검하기 위해서는 〈조쏘문화협회〉 기관지에 대한 검토가 필수적이지만, 〈조쏘문화협회〉 기관지의 창간호인 『문화건설』은 검토된 적도 없으며 또한 제명이 변경된 『조쏘문화』도 완전한 상태로 존재하지 않아서 이 방면의 연구에 많은 어려움을 준다. 또한 〈북조선예술총련맹〉의 '계몽지'로 창간한 『건설』에 대한 소개뿐만 아니라 이에 대해 주목한 연구자도 없는 실정이다. 그리고 북조선 문학을 연구하기 위해서는 조선작가동맹 기관지에 대한 검토도 꼭 필요한데, 『아동문학』, 『청년문학』, ≪문학신문≫ 등의 기관지도 온전한 상태로 소장되어 있지 않다. 이러하듯, 『문화건설』, 『건설』뿐만 아니라 『아동문학』, 『청년문학』, ≪문학신문≫ 등에 대한 수집 및 연구도 북조선 소설 연구에서 필수적인 항목이라 할 수 있다.

〈조쏘문화협회〉는 북조선과 소련의 문화 교류에 있어 가장 핵심적인 단체인데, 1945년 11월 12일 오후 2시 평양시 백선행 기념관에서 열린 창립총회를 통해서 위원장 황갑영(黃甲永), 부위원장 김봉점(金奉

漸)을 중심으로 창립되었다. 이 협회는 일본제국주의 잔재를 숙청하고 진보적 민주주의 문화를 창건하며 조선문화와 소련문화를 연구하고 상호교류함을 목적으로 창립된 단체이다.13) 1946년 4월 〈조쏘문화협회〉 위원장 리기영, 부위원장 한설야로 조직 개편된 후,14) 1946년 7월 17일에 출간한 기관지 『文化建設』 창간호에선 편집 겸 발행인이 리기영이며 발행소가 〈조쏘문화협회〉이다. 이 협회의 강령은 '① 우리는 소련문화의 적극적 섭취와 조소문화의 교류를 기함, ② 우리는 조선인민과 소련인민과의 상호친선을 기함, ③ 우리는 봉건적 제국주의적 파쇼적 사상을 배격하고 선진적 세계문화를 섭취하여 조선 민족문화 수립에 공헌하기를 기함' 등이다.15) 〈조쏘문화협회〉 위원장 리기영의 「창간에 제하야」에서 보듯, 이 협회는 '조선의 민족문화를 창건하기 위하여 소련문화를 적극적으로 연구하고 섭취'하기 위한 단체이다.16)

<표 5> '조쏘문화협회' 기관지

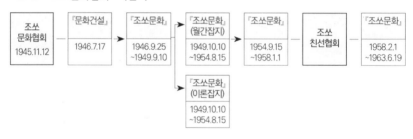

〈조쏘문화협회〉 기관지는 1946년 7월 『文化建設』로 창간된 후 1946년 9월부터 『朝蘇文化』로 제명을 변경하여 출판되었고, 〈조쏘문화협회〉 제2차 중앙상임위원회의 결정에 따라 『조쏘문화』는 1948년 9월호

---

13) 「朝蘇文化協會發足」, ≪정로≫ 3, 1945.11.14.
14) 李箕永, 韓雪野, 「모스크바全同盟文化協會執行委員會 委員長 께메노브 貴下」, 『문화건설』 1, 1946.7, 8쪽; 리충현, 「작가 리기영 선생의 생애와 활동」, 『아동문학』, 1955.5, 58쪽.
15) 朝蘇文化協會, 「綱領」, 『문화건설』 1, 1946.7.
16) 朝蘇文化協會委員長, 「創刊에 際하야」, 『문화건설』 1, 1946.7, 3쪽.

로 종간되었으며, 1949년 10월호부터 이론잡지 『朝蘇文化』와 월간잡지 『조쏘친선』으로 분화되어 발간되었다. 1949년 10월호부터 발간된 월간 잡지 『조쏘친선』은 다시 1954년 9호부터 『조쏘문화』로 개명되어 출간 되었고, 『조쏘문화』는 1957년 1호부터 '루계 111호'로 시작하여 1963년 6호(루계 188호)까지 국외 도서관에서 발간된 사실을 확인할 수 있으며, 또한 〈조쏘문화협회〉 기관지는 『조쏘문화』 1958년 2호(루계 124호)부터 〈조쏘친선협회〉 기관지로 변경되었다.[17]

해방 직후 평양에서는 최명익을 회장으로 한 순수문학단체인 〈평양 예술문화협회〉가 발족된 후,[18] 1946년 3월 10일 오후 2시 조선공산당 북부 조선분국 선전부가 주최한 북조선 예술가 좌담회에서 토지개혁에 관한 문제와 함께 3월 25~27일에 열리는 북조선예술총련맹 결성대회에 관한 문제가 토의되었다.[19] 이에 따라 1946년 3월 25일 〈북조선예술총 련맹〉이 결성되는데, 상임위원회 위원장: 리기영, 위원: 한설야, 부위 원: 박팔양·안막, 제1서기장: 안함광, 제2서기장: 한재덕 등이 임명되었 다.[20] 이 단체의 강령은 '① 진보적 민주주의에 입각한 민족예술문화의 수립, ② 조선예술운동의 전국적 통일조직의 촉성, ③ 일제적 봉건적 민 족반역적 파쑈적 모든 반민주주의적 반동적 예술의 세력과 관념의 소 탕, ④ 인민대중의 문화적 창조적 예술적 계발을 위한 광범한 계몽운동 의 전개, ⑤ 민족문화유산의 정당한 비판과 계승, ⑥ 우리의 민족예술문 화와 소비에트연방예술문화를 비롯한 국제문화의 교류'[21] 등이었다.[22]

---

17) 남원진, 「북조선 문학의 연구와 자료의 현황」, 『이야기의 힘과 근대 미달의 양식』, 도서출 판 경진, 2011, 62~72쪽.

18) 吳泳鎭, 『하나의 證言』, 국민사상지도원, 1952, 190쪽; 吳泳鎭, 『蘇軍政下하의 北韓』, 국토 통일원조사연구실, 1983, 120쪽.

19) 「土地改革의實施는民族文化의大路를開拓: 北朝鮮藝術家會集座談會」, ≪정로≫ 58, 1946.3.14.

20) 「北朝鮮藝術家團結 人民大衆의文化樹立: 北朝鮮藝術總聯盟結成大會」, ≪정로≫ 69, 1946.3.28.

21) 「綱領」, ≪정로≫ 69, 1946.3.28.

22) 지금까지 연구에서는 '북조선예술총련맹'과 '북조선문학예술총동맹'을 혼동하여 사용하 거나, 이 두 단체의 위원장이 누구인가에 대해서도 오류를 범하는 경우가 많았다. 이런 여러 오류의 근본 원인은 '북조선예술총련맹' 결성대회에 관한 당대 자료를 확보할 수

<표 6> '북조선문학예술총동맹' 조직표

			북조선문학예술총동맹 위 원 장 리기영 부위원장 안 막 서 기 장 리 찬			
북조선 문학동맹	북조선 연극동맹	북조선 음악동맹	북조선 미술동맹	북조선 영화위원회	북조선 무용위원회	북조선 사진위원회
위원장 리기영	위원장 송 영	위원장 김동진	위원장 선우담	위원장 주인규	위원장 최승희	위원장 리문빈

1946년 10월 13~14일 로동신문사 강당에서 열린 제2차 북조선예술총련맹 전체대회에서 〈북조선예술총련맹〉을 재정비하여, 위원장: 리기영, 부위원장: 안막, 서기장: 리찬으로 한 〈북조선문학예술총동맹〉이 결성되었는데, 이 단체의 산하에는 위원장: 리기영, 부위원장: 안함광·한효, 서기장: 김사량으로 한 〈북조선문학동맹〉, 위원장: 송영, 부위원장: 신고송·김승구, 서기장: 강호로 한 〈북조선연극동맹〉, 위원장: 김동진, 부위원장: 김태연·리면상, 서기장: 우철선으로 한 〈북조선음악동맹〉, 위원장: 선우담, 부위원장: 문석오·황헌영, 서기장: 최연해로 한 〈북조선미술동맹〉, 위원장: 주인규, 서기장: 신두희로 한 〈북조선영화위원회〉, 위원장: 최승희로 한 〈북조선무용위원회〉, 위원장: 리문빈으로 한 〈북조선사진위원회〉 등을 두었다.[23]

<표 7> '조선문학예술총동맹' 조직표

			조선문학예술총동맹 상무위원회 위 원 장 한설야 부위원장 리태준 부위원장 조기천 서 기 장 박웅걸			
조선 문학동맹	조선 음악동맹	조선 미술동맹	조선 연극동맹	조선 영화동맹	조선 무용동맹	조선 사진동맹
위원장 리태준	위원장 리면상	위원장 정관철	위원장 신고송	위원장 심 영	위원장 최승희	위원장 김진수

없었기 때문이다. 필자가 처음 소개하는 1946년 3월 28일 『정로』의 기사에 따라서, 이 글에서는 '북조선예술총련맹' 결성이나 상임위원명, 강령 등을 기술했다.

23) 「第二次北朝鮮藝術總聯盟 全体大會抄錄」, 『문화전선』 2, 1946.11, 91쪽; 「北朝鮮文學藝術總同盟 各同盟常任委員及部署」, 『문화전선』 2, 50쪽.

1951년 3월 10일 〈북조선문학예술총동맹〉과 〈남조선문화단체총련맹〉 중앙위원회 연합회의에서, 위원장: 한설야, 부위원장: 리태준·조기천, 서기장: 박웅걸로 한 〈조선문학예술총동맹〉 상무위원회가 조직되며, 이 단체의 산하에는 위원장: 리태준, 부위원장: 박팔양, 서기장: 김남천으로 한 〈조선문학동맹〉, 위원장: 리면상, 부위원장: 김순남, 서기장: 리범준으로 한 〈조선음악동맹〉, 위원장: 정관철, 부위원장: 박문원, 서기장: 탁원길로 한 〈조선미술동맹〉, 위원장: 신고송, 부위원장: 라웅, 서기장: 김승구로 한 〈조선연극동맹〉, 위원장: 심영, 부위원장: 윤상렬, 서기장: 윤재영으로 한 〈조선영화동맹〉, 위원장: 최승희, 부위원장: 장추화, 서기장: 박용호로 한 〈조선무용동맹〉, 위원장: 김진수, 부위원장: 리태웅, 서기장: 김은주로 한 〈조선사진동맹〉 등을 두었다.24)

〈표 8〉 '조선작가동맹' 조직표

6·25전쟁 후 1953년 9월 26~27일에 제1차 전국 작가 예술가 대회에서는 〈조선문학예술총동맹〉이 해산되는데, 〈조선문학동맹〉은 위원장: 한설야, 서기장: 홍순철로 한 제1차 〈조선작가동맹〉 상무위원회로 개편되었다.

〈조선작가동맹〉 산하에는 위원장: 황건으로 한 〈소설분과위원회〉(위원: 한설야, 리기영, 박웅걸, 김영석, 윤시철, 리춘진, 리북명, 변희근, 윤세중, 한봉식), 위원장: 민병균으로 한 〈시분과위원회〉(위원: 홍순철, 김북원, 김조규, 박세영, 김순석, 리용악, 조벽암, 리찬, 홍종린, 동승태, 전동혁, 박

24) 「조선문학예술총동맹 및 각동맹 중앙위원」, 『문학예술』 4-1, 1951.4, 35쪽.

팔양), 위원장: 윤두헌으로 한 〈극문학분과위원회〉(위원: 송영, 조령출, 신고송, 김승구, 한태천, 남궁만, 홍건, 박태영, 서만일, 한성), 위원장: 김북원으로 한 〈아동문학분과위원회〉(위원: 송창일, 강효순, 리진화, 신영길, 리원우, 윤복진, 박세영, 리호남), 위원장: 한효로 한 〈평론분과위원회〉(위원: 정률, 김명수, 안함광, 엄호석, 기석복, 신구현) 등을 두었다.25) 그 후 1961년 3월 2~3일 조선문학예술총동맹 결성대회에서 집행위원회 위원장: 한설야, 부위원장: 박웅걸·리면상·리찬·심영으로 한 〈조선문학예술총동맹〉이 재조직되었다.26)

1946년 7월 25일 발간한 『문화전선』 창간호는 〈북조선예술총련맹〉의 기관지로, 『문화전선』 제2호, 제3~5집은 〈북조선문학예술총동맹〉 기관지로 발행되었다.27) 〈북조선문학예술총동맹〉 제13차 중앙상임위원회 결정에 따라 1948년 4월 25일 문학 부문을 비롯하여 각 예술 부문의 성과를 집약한 〈북조선문학예술총동맹〉 기관지 『문학예술』(편집 겸 발행인: 정률)이 발간되었으며, 1951년 3월 〈조선문학예술총동맹〉 결성에 따라 『문학예술』 1951년 4월호에서부터 1953년 9월호까지 〈조선문학예술총동맹〉 기관지로 발행되었다. 또한 『문화전선』은 〈북조선문학예술총동맹〉 제13차 중앙상임위원회 결정에 따라 주간으로 개편되어 『(주간)문화전선』으로 계속 발간되었다. (『(주간)문화전선』은 1950년까지 발행된 것으로 추정된다.)

그리고 1947년 9월 15일 발간된 『조선문학』(발행인: 리기영, 주필: 안함광)은 〈북조선문학예술총동맹〉 산하 〈북조선문학동맹〉 기관지로 출판되었다. 1951년 3월 〈조선문학예술총동맹〉 결성과 함께 〈북조선문학

---

25) 「제一차 조선 작가 동맹 회의 결정서」, 『조선문학』 1, 1953.10, 143~144쪽.

26) 김동전, 「조선 문학 예술 총 동맹 결성 대회 진행」, ≪문학신문≫ 322, 1961.3.3.

27) 『문화전선』 창간호의 편집 겸 발행자는 한설야, 제2호의 편집 겸 발행인은 리기영, 제3집의 발행인은 리기영, 편집인은 박세영, 제4~5집의 발행인은 리기영, 책임주필은 안함광이다.

<表 9> '북조선예술총련맹' 기관지

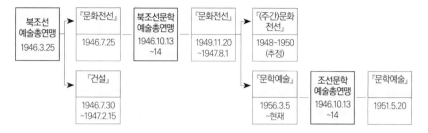

<표 10> '북조선문학동맹' 기관지

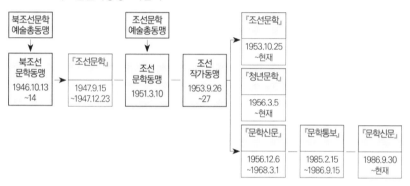

동맹〉은 〈조선문학동맹〉으로 개편되었으며, 그 후 1953년 9월 〈조선문학예술총동맹〉이 해산된 후 〈조선문학동맹〉이 〈조선작가동맹〉으로 개편되면서, 1953년 10월 25일 발간한 『조선문학』(책임주필: 김조규)은 〈조선작가동맹〉 기관지로 현재까지 발행되고 있다. 또한 1956년 3월 5일 창간한 〈조선작가동맹〉 중앙위원회 기관지 『청년문학』(책임주필: 엄호석)은 1957년 1·2월호가 잠시 발간 중단되었다가 1957년 3월호부터 재발간되었으며, 1968년 2호부터 다시 발행이 중단되었다가 1970년 4호부터 복간되어 현재까지 출판되고 있다. 그리고 1956년 12월 6일 창간한 〈조선작가동맹〉 중앙위원회 기관지 ≪문학신문≫(주필: 윤세평)은 1968년 3월에 폐간되었고, 1985년 2월 15일부터 ≪문학통보≫라는 제호로 발간되었다가 1986년 9월 30일부터 ≪문학신문≫으로 복간되

<표 11> 북조선 기관지 수록 소설 목록

작가	소설명	기관지명	발행년도
보리쓰 고르바또브	『征服되지않은 사람들』	『文化建設』 창간호	1946.7.17
李箕永	「開闢」	『文化戰線』 창간호	1946.7.25
韓雪野	「帽子」	『文化戰線』 창간호	1946.7.25
金史良	「총총걸음」	『조선여성』 창간호	1946.9.6
李東珪	「머리」	『朝蘇文化』 2집	1946.9.25
브라쓰 고르쌰또브	『征服되지안는사람들』	『朝蘇文化』 2집	1946.9.25
李東珪	「그의勝利」	『文化戰線』 2집	1946.11.20
兪恒林	「개」	『文化戰線』 2집	1946.11.20.
李箕永	「荊冠」(1~3)	『文化戰線』 2~4집	1946.11.20 ~1947.4.20
李北鳴	「夜話」	『朝蘇文化』 3집	1946.12.28
李北鳴	「狗」	『建設』 3집	1947.2.25
兪恒林	「고개」	『朝蘇文化』 4집	1947.3.23
콘스탄티네 트레노브	「歸還兵」	『朝蘇文化』 4집	1947.3.23
고로미또바	『征服 되지 않은 사람들』	『朝蘇文化』 4집	1947.3.23
朴泰泳	「막냉이」	『文化戰線』 4집	1947.4.20
崔明翊	「摩天嶺」	『文化戰線』 4집	1947.4.20
…	…	…	…
리희남	「붉은 눈보라」	『조선문학』 782호	2012.12.5
동의희	「영원한 자리」	『조선문학』 782호	2012.12.5
리명호	「아버지의 모습」	『조선문학』 782호	2012.12.5
엄호삼	「꽃피는 시절에」	『조선문학』 782호	2012.12.5

었다. 그 후 ≪문학신문≫은 1990년대 말에 일시 중단되었다가 2000년대 초에 재간된 후 현재까지 발간되고 있다.[28]

앞의 <표 11>에서 보듯, '문예총' 기관지에는 리기영의 「개벽」, 『형관』, 한설야의 「모자」, 최명익의 「마천령」 등의 중요한 소설 작품들이 수록되어 있으며, <조쏘문화협회> 기관지에도 리동규의 「머리」, 리북명의 「야화」, 유항림의 「고개」 등이 게재되어 있다. 이런 사실에서 『문화전선』,

---

28) 남원진, 『이야기의 힘과 근대 미달의 양식』, 도서출판 경진, 2011, 82~114쪽.

『문학예술』, 『조선문학』, 『청년문학』, ≪문학신문≫, ≪문학통보≫뿐만 아니라 『문화건설』, 『조쏘문화』, 『조쏘친선』 등에 수록된 모든 소설을 목록화하는 한편 이에 대한 연구도 꼭 필요하다. 또한 '문예총' 기관지나 〈조쏘문화협회〉 기관지뿐만 아니라 북조선에 발행한 여러 기관지도 함께 검토해야 하는데, 왜냐하면 문학예술 관련 기관지뿐만 아니라 다른 여타 기관지에도 중요한 소설 작품들이 발표되기 때문이다. 예를 들어, 김사량의 「총총걸음」은 『조선여성』에, 윤세중의 「회의」는 『새조선』에, 리춘진의 「화염」은 『로동자』에, 김북향의 「까치」는 『농민』에, 리기영의 『삼팔선』은 『인민』에 수록되어 있다. 이뿐만 아니라 리기영의 「선로원 리병순」, 한설야의 「전변」, 리북명의 「포수 부부전」, 김영석의 「승리」 등의 미발굴 작품들은 ≪로동신문≫에 수록되어 있다. 따라서 남한의 잡지 연구에 비해 상대적으로 소략했던 북조선에서 발행된 문학예술 기관지를 발굴하는 한편 그에 대한 정리나 점검은 북조선 소설을 연구하기 위해서 꼭 거쳐야 할 필수적인 연구 과정의 하나이다.[29]

또한 이런 과정뿐만 아니라 북조선 문학연구의 한 특징이기도 한 북조선 소설의 개작 사항에 대한 연구도 필수적인 작업의 하나이다.

특히 북조선의 대표작을 수록한 단편소설집의 경우에, 유일사상체계의 성립 전후 판본은 최초의 원본을 개작하거나 개작한 판본을 재개작한 판본을 수록하는 경우가 많은데, 이런 문제 때문에 북조선 소설 연구에서는 북조선에서 발간된 모든 판본을 수집하고 검토해야 하는 어려움이 따른다. 또한 북조선 사회의 폐쇄성이나 자료의 수집의 한계 때문에, 이런 북조선 문학 연구에서는 연구자의 주장을 뒷받침할 만한 구체적 근거를 찾기란 쉽지 않다. 이런 문제로 인해 개작 사항에 대한 검토를 통해서 역으로 추론해야 하는 경우도 많은데, 이 때문에 개작 사항에 대한 연구는 중요한 검토 대상의 하나이다.

---

[29] 필자는 북조선 기관지인 『문화전선』, 『문학예술』, 『조선문학』, 『청년문학』, ≪문학신문≫, ≪문학통보≫ 등에 수록된 1946년~2010년 '북조선 소설(실화문학) 목록'을 『양귀비가 마약 중독의 원료이듯…』(도서출판 경진, 2012)에 수록했다.

<표 12> 리기영의 「개벽」 판본의 개작 사항

	1946년 판본	1950년 판본	1955년 판본	1966년 판본	1978년 판본	2011년 판본
항목	1~8	1~8	1~8	1~8	1~7	1~7
인물	동수	동수	동식	동식	동식	동식
	동운	동운	동준	동준	동준	동준
	김 영감	김 영감	김 령감	김 령감	김충걸	김충걸
	리승만, 김구	이승만, 김구	리승만	리승만	리승만	리승만
돈	200원	200원	200원	200원	50원	50원
	3만여 원	5만 원	5만 원	5만 원	5만 원	5만 원
해방	연합군		소련	소련	조선인민혁명군 (김일성)	조선인민혁명군 (김일성)

예를 들어, 북조선의 정전이라 할 수 있는 리기영의 「개벽」도 여러 판본이 있는데, 1946년 판본 「개벽」에서 2011년 판본 「개벽」으로 변모하면서 서사적 맥락을 고려하여 수정되는 한편 세부 항목, 등장인물, 사건 등의 여러 부분이 개작된다. 특히 1955년 판본 「개벽」은 냉전 체제 아래서 사회주의 체제의 정당성을 증명하는 방향으로 개작되고, 1978년 판본 「개벽」은 김일성을 정점으로 한 북조선 중심의 역사를 창출하는 방향으로 수정된다. 또한 북조선에서 간행한 문학사도 후대 개작본을 바탕으로 하거나 여러 판본을 혼합하여 문학사적 평가를 내리는 문제성을 갖고 있다. 이런 리기영의 「개벽」 판본의 문제성에서 보듯, 북조선 소설 연구에서는 판본 문제뿐만 아니라 문학사적 평가에 대한 점검까지도 아울러 검토해야하는 번잡한 과정을 거쳐야 한다.30) 따라서 미국이나 러시아 등의 국외에 산재된 자료 수집뿐만 아니라 이런 번잡한 과정에 대한 검토는 개인 연구자의 노력만으로는 어려운 작업이기에 여러 연구자들의 공동 연구가 필요함은 물론이다.31)

---

30) 필자는 한설야의 대표작 「모자」, 「혈로」, 「개선」, 「숭냥이」, 『대동강』, 『력사』 등의 개작 문제를 『한설야의 욕망, 칼날 위에 춤추다』(도서출판 경진, 2013)에서 정리했다.
31) 남원진, 「『개벽』과 토지개혁」, 『한국현대문학연구』 38, 2013.4, 149~150쪽.

3. 중편·장편소설, 단편집, 작품집 현황

북조선 소설 연구에서는 이런 기관지에 발표된 단편소설뿐만 아니라 중편·장편소설, 단편집 및 종합작품집에 대한 목록화 및 점검도 필수적인 작업의 하나이다.

〈표 13〉에서 보듯, 북조선 소설 연구에서 강선규, 강영희, 강학태, 경석우, 황용국, 황정상 등의 경우 한 번도 연구된 적이 없는데, 이런 작가들 중 주목할 만한 소설가나 작품들을 발굴하는 한편 강복례, 강효순, 황건과 같은 대표 작가들의 중편·장편소설 및 단편집에 대한 점검뿐만 아니라 미발굴 작품에 대한 수집 및 연구도 꼭 필요하다. 특히 황건처럼 대표적인 작가라 할지라도 『행복』, 『목축기』 등의 여러 작품들이 중국 연변도서관이나 러시아 국립도서관 등에 원본이 소장된 경우도 많으며, 또한 「어린 제사공」, 「종각부근」, 「할머니」, 「어린 나팔수」 등의 미발굴 작품뿐만 아니라 미완성 유고인 중편소설 『잠못드는 기슭』 초고[32] 등에 대한 발굴도 또한 필요하다. 현재 권영민이 엮은 『북한의 문학』(1989)이나 신형기·오성호의 공저 『북한문학사』(2000), 김용직의 저서 『북한문학사』(2008) 등에서 일부 작품집을 목록화하고 있으나 여러 오류뿐만 아니라 북조선 소설의 방대한 양에 비해 매우 소략한 상태로 정리되어 있다. 따라서 중편·장편소설이나 단편집에 대한 발굴 및 목록화 작업은 북조선 소설을 연구하기 위한 기초 작업의 한 부분이다.

---

32) 사회과학원, 『문학대사전』 4, 평양: 사회과학출판사, 1999, 479쪽.

<표 13> 국내외 소장된 중편·장편소설, 단편집 목록

작가	단행본명	출판사	발행년도
강복례	『녀전사들』	문예출판사	1982.6.30
강복례	『다시 전선에서』	문예출판사	1989.10.20
강복례	『먼 산촌에서』	문예출판사	1992.2.16
강선규	『청춘』	문예출판사	1980.4.30
강선규	『달라진 선택』	문학예술출판사	2008.6.30
강영희	『쌍바위』	금성청년출판사	1993.2.25
강학태	『김정호』	문예출판사	1987.5.10
강학태	『최무선』	금성청년출판사	2000.2.10
강효순	『쌍무지개』	민주청년사	1957.12.31
강효순	『행복의 열'쇠』	조선작가동맹출판사	1958.10.20
강효순	『분단위원장』	아동도서출판사	1964.10.30
강효순	『어머니의 사랑』	교원신문사	1965.2.25
강효순	『노을 비낀 만경봉』	조선사회주의로동청년동맹출판사	1964.6.25
강효순	『찔레꽃』	금성청년출판사	1984.11.10
강효순	『기관총』	금성청년출판사	1985.2.10
강효순	『배움의 천리길』	금성청년출판사	2005.2.5
경석우	『어린참나무』	금성청년출판사	1990.6.5
경석우	『아버지의 마치』	금성청년출판사	2004.12.10
…	…	…	…
홍석중	『높새바람(상)』	문예출판사	1983.5.15
홍석중	『높새바람(하)』	문예출판사	1990.10.10
홍석중	『황진이』	문학예술출판사	2002.11.25
홍석중	『폭풍이 큰 돛을 펼친다』	문학예술출판사	2005.5.30
황건	『탄맥』	문화전선사	1949.10.28
황건	『불타는 섬』	문화전선사	1952.10.15
황건	『행복』	문예총출판사	1953.9.25
황건	『개마고원』	조선작가동맹출판사	1956.12.30
황건	『목축기』	조선작가동맹출판사	1959.7.10
황건	『새벽길』	조선작가동맹출판사	1960.12.15
황건	『려명』	조선문학예술총동맹출판사	1963.11.30
황건	『아들딸』	조선문학예술총동맹출판사	1965.10.10
황건	『새로운 항로』	문예출판사	1980.10.10
황건	『딸』	문예출판사	1986.10.10
황용국	『이 땅을 사랑하라』	문예출판사	1983.6.20
황용국	『첫봉화』	문예출판사	1986.9.10
황정상	『푸른 이삭』	금성청년출판사	1988.6.20

또한 북조선 소설 연구에서 단편소설집뿐만 아니라 '김일성 장군 찬양 특집', '로동법령기념문집', '흥남지구인민공장 문학써-클문집', '쏘련군 환송 기념 창작집', '8·15해방4주년기념(작품집)', '8·15해방4주년기념출판(소설집)', '농민소설집', '조선 인민군 창건 5주년 기념 소설집', '군중문학작품집' 등의 무수한 종합작품집에 대한 목록화 및 연구도 꼭 필요하다.

<표 14> 북조선 종합작품집 수록 소설 목록

작가	소설명	작품집	발행년도
韓雪野	「血路」	『우리의太陽』	1946.8.15
李北鳴	「경쟁」	『六月에의獻詞』	1947.6.20
劉權淳	「勝利의깃발」, 「光明」	『六月에의獻詞』	1947.6.20
邊熙根	「歸路」	『六月에의獻詞』	1947.6.20
金史良	「南에서온便紙」	『創作集』	1948.9.25
民村生	「花瓶」	『創作集』	1948.9.25
李北鳴	「夫婦」	『創作集』	1948.9.25
리동규	『그전날밤』	『創作集』	1948.9.25
李春眞	「사냥」	『創作集』	1948.9.25
石仁海	「歷史」	『創作集』	1948.9.25
전재경	「最後의敎室」	『創作集』	1948.9.25
千世鳳	「五月」	『創作集』	1948.9.25
千靑松	「소곰」	『創作集』	1948.9.25
최명익	「南向집」	『創作集』	1948.9.25
한봉식	「옥문(獄門)」	『創作集』	1948.9.25
黃健	「解氷期」	『創作集』	1948.9.25
韓雪野	「얼굴」	『위대한 공훈』	1949.2.15
田在耕	「永遠한벗」	『위대한 공훈』	1949.2.15
李春眞	「안나」	『위대한 공훈』	1949.2.15
尹時哲	「능금」	『위대한 공훈』	1949.2.15
俞恒林	「와―샤」	『위대한 공훈』	1949.2.15
李貞淑	「初春」	『위대한 공훈』	1949.2.15
李松遠	「機關車」	『위대한 공훈』	1949.2.15
李東珪	「盟誓」	『위대한 공훈』	1949.2.15

崔明翊	「第一號」	『위대한 공훈』	1949.2.15
李北鳴	「惜別」	『위대한 공훈』	1949.2.15
…	…	…	…
유항림	「최후의 피 한방울까지」	『불타는 섬』	2012.4.25
류근순	「회신속에서」	『불타는 섬』	2012.4.25
천세봉	「고향의 아들」	『불타는 섬』	2012.4.25
최명익	「기관사」	『불타는 섬』	2012.4.25
한설야	「승냥이」	『불타는 섬』	2012.4.25
황건	「불타는 섬」	『불타는 섬』	2012.4.25
윤세중	「구대원과 신대원」	『불타는 섬』	2012.4.25
박태민	「벼랑에서」	『불타는 섬』	2012.4.25
리정숙	「보비」	『불타는 섬』	2012.4.25
리갑기	「첫눈」	『불타는 섬』	2012.4.25
윤시철	「나팔수의 공훈」	『불타는 섬』	2012.4.25

위의 〈표 14〉에서 보듯, 중요한 단편소설들이 여러 기념작품집이나 종합작품집에 수록되어 있는데, 예를 들어 한설야의 「혈로」는 '김일성 장군 찬양 특집' 『우리의 태양』에, 리북명의 「경쟁」과 변희근의 「귀로」는 '노동법령기념문집' 『6월에의 헌사』에, 김사량의 「남에서 온 편지」와 리기영의 「화병」, 리북명의 「부부」, 천세봉의 「오월」 등은 『창작집』에, 한설야의 「얼굴」과 리춘진의 「안나」, 최명익의 「제1호」, 리북명의 「석별」 등은 '쏘련군 환송 기념 창작집' 『위대한 공훈』에 수록되어 있다. 이러하듯, 북조선 소설의 경우 미발굴 작품이나 대표작들이 기념작품집에 수록되어 있는 경우가 빈번하기 때문에, 이런 종합작품집을 적극 발굴하여 목록화하는 한편 이에 대한 검토도 기초 작업의 하나이다. 또한 북조선의 대표작을 선별한 『개선』(1955), 『영웅들의 이야기』(1955), 『조선단편집』 1~5(1978, 1987, 2002), 『개선』(2011), 『불타는 섬』(2012) 등의 작품집에 대한 검토도 중요한 연구의 한 부분이다.

1950년대 중반 이후 식민지 시대뿐만 아니라 해방 후 북조선 문학을 정리하는 작업이 진행되는데, 그 과정에서 단편소설집 『개선』(1955), 『영웅들의 이야기』(1955)와 함께 『서정시 선집』(1955), 『해방후 10년간의

<표 15> 『개선』, 조선작가동맹출판사, 1955.6.25

작가	작품	창작년도	발표(연구자 수록)
김사량	「남에서 온 편지」	1948	강승한 외, 『창작집』, 국립인민출판사, 1948.
리기영	「개벽」	1946	『문화전선』 1, 1946.7
리동규	「그 전날 밤」	1948.7.5	강승한 외, 『창작집』, 국립인민출판사, 1948.
리북명	「로동일가」	1947.6	『조선문학』 1, 1947.9
리춘진	「안나」	1948	한설야 외, 『위대한 공훈』(쏘련군 환송 기념 창작집), 문화전선사, 1949.
박웅걸	「류산」	1949.3	『문학예술』 2-7, 1949.7
윤시철	「지질기사」	1950.4	『문학예술』 3-5, 1950.5
전재경	「최후의 교실」	1945.12	강승한 외, 『창작집』, 국립인민출판사, 1948.
천세봉	「호랑령감」	1949	
천청송	「유격대」	1948	
최명익	「공동풀」	1949.1.31	리태준 외, 『농민소설집』 (1), 북조선농민동맹중앙위원회 군중문화부, 1949.
한설야	「개선」	1948.3.1	한설야, 『단편집』 (탄갱촌), 조쏘문화협회 중앙본부, 1948.
황건	「탄맥」	1949.4	『문학예술』 2-5, 1949.5
현경준	「불사조」	1947.11.1	현경준, 『불사조』 (1948년도문학예술축전입상작품), 문화전선사, 1949.

<표 16> 『영웅들의 이야기』, 조선작가동맹출판사, 1955.8.15

작가	작품	창작년도	발표(연구자 수록)
권정룡	「도강」	1953.7.10	『조선문학』 1-2, 1953.11
김만선	「사냥꾼」	1951.5.25	『문학예술』 4-5, 1951.8
김영석	「화식병」	1951.5	『문학예술』 4-4, 1951.7
김형교	「뻐다구 장군」	1953.5.29	천세봉 외, 『전진』 (8.15해방8주년기념 소설집), 문예총출판사, 1953.
류근순	「회신 속에서」	1950.10	『문학예술』 4-9, 1951.12
리갑기	「강」	1952.4	『문학예술』 5-4, 1952.4
리종민	「궤도 우에서」	1951.10	『문학예술』 4-8, 1951.11
박웅걸	「상급 전화수」	1952.2.8	황건 외, 『화선』 (조선 인민군 창건 5주년 기념 소설집), 국립도서출판사, 1953.
박태민	「제二전구」	1949.7	『문학예술』 2-7, 1949.7
변희근	「첫눈」	1952.5.24	『문학예술』 5-12, 1952.12
유항림	「직맹 반장」	1954.3	유항림 외, 『건설의 길』 (소설집), 조선작가동맹출판사, 1954.
윤세중	「구대원과 신대원」	1952.7	『문학예술』 5-8, 1952.8
임순득	「조옥회」	1951.6	『문학예술』 4-3, 1951.6
한봉식	「아버지」	1950.7.10	
한설야	「승냥이」	1951	『문학예술』 4-1, 1951.4.
황건	「불타는 섬」	1952.1	『로동신문』 1783~?, 1952.1.20~?

조선 문학』(1955) 등이 조선작가동맹출판사에서 발간된다. 이 과정에서
위의 단편소설집들은 해방기나 전쟁기 소설들에 대한 정전화 작업을
진행하면서 개작되는데, 소련을 중심으로 한 사회주의 체제나 북조선
체제를 중심으로 한 역사로 재편된다. 또한 유일사상체계가 구축된 후
1970년대 『조선단편집』 1~3(1978), 『해방후서정시선집』(1979)이 문예출
판사에서 발행되는데, 이 과정에서도 『조선단편집』은 소거와 소환을
통해 새롭게 구성된 정전들이 또한 개작된다. 여기서 김일성을 정점으
로 한 북조선 중심의 역사로 재구성됨은 물론이다.

<표 17> 『조선단편집』 2, 문예출판사, 1978.12.25

작가	작품	창작년도	발표(연구자 수록)
리기영	「개벽」	1946	『문화전선』 1, 1946.7
리북명	「로동일가」	1947	『조선문학』 1, 1947.9
리동규	「그 전날 밤」	1948	강승한 외, 『창작집』, 국립인민출판사, 1948.
황건	「탄맥」	1949	『문학예술』 2-5, 1949.5
천세봉	「호랑령감」	1949	
황건	「불타는 섬」	1952	『로동신문』 1783~?, 1952.1.20~?
윤세중	「구대원과 신대원」	1952	『문학예술』 5-8, 1952.8
박태민	「벼랑에서」	1952	
리종렬	「명령」	1953	리종렬 외, 『써클 문학 선집』 (8·15 해방 9주년 기념 전국 문학 예술 축전 입상), 조선작가동맹 출판사, 1954.
변희근	「빛나는 전망」	1954	『조선문학』, 1954.6
유항림	「직맹반장」	1954	유항림 외, 『건설의 길』 (소설집), 조선작가동맹 출판사, 1954.
박효준	「소」	1955	『조선문학』 103, 1956.3
김형교	「검정보자기」	1956	『조선문학』 113, 1957.1
백철수	「구월포의 노래」	1958	『조선문학』 142, 1959.6
강형구	「고아」	1959	『조선문학』 137, 1959.1
김병훈	「≪해주-하성≫서 온 편지」	1960	『조선문학』 152, 1960.4
김병훈	「길동무들」	1960	『조선문학』 158, 1960.10
강복례	「수연이」	1960	『청년문학』 53, 1960.9

그리고 2008년부터 북조선 문학 전체를 정리하는 작업이 시작되는
데, '위대한 수령 김일성동지의 탄생 100돐기념 단편소설집'(1~5) 『력사

<표 18> 『개선』, 문학예술출판사, 2011.9.30

작가	작품	창작년도	발표(연구자 수록)
한설야	「개선」	1948.3	한설야, 『단편집』(탄갱촌), 조쏘문화협회 중앙본부, 1948.
리기영	「개벽」	1947	『문화전선』 1, 1946.7
리북명	「전기는 흐른다」	1945.8	
황건	「목축기」	1947.2	『문학예술』 2, 1948.7
천세봉	「오월」	1947.5	강승한 외, 『창작집』, 국립인민출판사, 1948.
천세봉	「땅의 서곡」	1948	『문학예술』 2-10, 1949.10
리북명	「애국자」	1948.3	『문학예술』 3, 1948.11
윤시철	「이앙」	1949.5	『문학예술』 2-8, 1949.8
김영석	「격랑」	1948.4	『조선중앙일보』 277~327, 1948.2.17~4.15

의 자취』(2008), 『거창한 흐름』(2009), 『크나큰 믿음』(2010), 『고귀한 의리』(2011), 『영원한 기발』(2012)과 '위대한 령도자 김정일동지의 탄생기념 단편소설집'(1~5) 『맑은 물소리』(2009), 『충복』(2009), 『눈보라』(2010), 『전선길』(2011), 『선경』(2012), '항일의 녀성영웅 김정숙동지의 탄생기념 단편소설집'(1~5) 『녀사의 소원』(2009), 『밝은 미소』(2010), 『명사』(2010), 『친위전사』(2011), 『해빛』(2012)이 출판된다. 또한 '조국해방전쟁승리를

<표 19> 『불타는 섬』, 문학예술출판사, 2012.4.25

작가	작품	창작년도	발표(연구자 수록)
유항림	최후의 피 한방울까지	1950. 7.	
류근순	회신속에서	1950. 10.	『문학예술』 4-9, 1951. 12.
천세봉	고향의 아들	1951.	『문학예술』 5-1, 1952. 1.
최명익	기관사	1951. 5.	『문학예술』 4-2, 1951. 5.
한설야	승냥이	1951.	『문학예술』 4-1, 1951. 4.
황건	불타는 섬	1952.	『로동신문』 1783~?, 1952. 1. 20~?.
윤세중	구대원과 신대원	1952.	『문학예술』 5-8, 1952. 8.
박태민	벼랑에서	1952.	
리정숙	보비	1952. 11.	『문학예술』 5-11, 1952. 11.
리갑기	강	1952. 4.	『문학예술』 5-4, 1952. 4.
변희근	첫눈	1952. 5. 24.	『문학예술』 5-12, 1952. 12.
윤시철	나팔수의 공훈	1952. 8.	『문학예술』 5-8, 1952. 8.

위하여 단편소설집'(1, 2) 『명령』(2010), 『빛나는 별들』(2011)과 함께 『현대조선문학선집』54, 『개선(소설집)』(2011), 『현대조선문학선집』55, 『1940년대시선(해방후편)』(2011), 『현대조선문학선집』60, 『불타는 섬』(단편소설집, 2012) 등이 발간된다. 이런 해방 이후 북조선 문학을 새롭게 정리하던 시점에서, 어떤 소설들을 선별하여 북조선의 정전으로 호명하는지에 대한 점검, 즉 정전의 소거와 소환을 통한 배치와 재배치에 대한 연구도 절실하며, 또는 이런 북조선 소설의 지형도를 통해서 북조선 사회가 무엇을 지향하고 있는지에 대한 연구, 즉 남한사회에 의해서 가려진 북조선 사회의 욕망에 대한 복원 작업도 필요하다.

4. 원본 수집과 공동 연구의 필요성

우리는 북한에 대해서 무엇을 알고 있는가? (…중략…) 사실상 북한 정권의 붕괴와 한국 통일을 위하여 진행되어 왔을 뿐만 아니라 현재도 진행되고 있는 모든 것들은 아마도 예비적 단계의 것들이라고 해야 옳을 것 같다. (…중략…) 이와 같은 예비적 단계의 일이 없다면 통일된 후에 연구자들의 손에 들어오게 될 자료를 연구하는 일이 몹시 어려울 것이기 때문이다.[33]

북조선 소설에 대한 연구는 많은 성과를 내어왔음에도 불구하고 여전히 많은 부분이 빈 공간으로 남아 있다. 그 직접적인 이유의 하나는 다음과 같은 것이었다. 북조선 소설은 국내에선 '특수자료'로 분류되어 접근이 쉽지 않았고, 국외에선 일본이나 중국, 미국, 러시아 등의 국외 도서관에 산재되어 있어 접근이 어려웠다. 이런 자료 확보의 어려움 때문에, 북조선 소설 연구는 성과도 많았지만 여러 오류도 무한반복되

---

33) Andrei N. Lankov, 김광린 역, 『(소련의 자료로 본) 북한 현대정치사』, 오름, 1999(재판), 1~6쪽.

는 성격까지도 갖고 있었다. 따라서 이 글에서는 원본의 발굴 및 오류 수정뿐만 아니라 개작본에 대한 검토, 각 시기별로 호명하는 대표적 정전에 대한 연구, 북조선 정전의 소거와 소환을 통한 배치와 재배치에 대한 연구 또는 더 나아가 북조선 사회의 욕망에 대한 복원 작업도 필요함을 제시했는데, 이런 작업을 위해서는 다수의 연구자가 참여한 공동 연구도 절실함을 또한 피력하려 했다.

냉전 체제의 형성과 동아시아의 역학 관계는 남북 관계의 형성에 주요하게 영향을 주었던 요소로서 남북문학을 이해하는데 필수적인 항목이다. 남북문학이 서로 영향을 주고 또 받는 역학적 관계에 놓여 있다는 것은 주지의 사실이다. 이는 남한의 모더니즘계열의 문학과 북조선의 리얼리즘계열의 문학이 한국, 북조선 체제의 상호 역학 작용과 함께 일본, 미국 체제와 중국, (구)소련의 체제의 압력에 종속되어 탄생할 수밖에 없었던 것이라는 사실을 말해준다. (⋯중략⋯) 만약 북조선의 리얼리즘적 접근이 선행하지 않았다면 남한의 모더니즘적 접근을 선택했으리라는 확신은 없다. 아마도 남한의 모더니즘 문학은 다른 방향의 모색으로 나아갔을지도 모를 일이다. (⋯중략⋯) 다시 말해서 '남북 관계, 동아시아 관계, 국제 관계'의 역학 위에서 남북의 문학적 창조가 이루어졌다는 사실을 역설한다.[34]

또한 북조선 문학에 대한 연구는 여러 방향에서 진행되고 있는데, 북조선 문학에 대한 심층적 연구를 위해서 국민국가라는 틀에서 벗어나 '남북관계−동아시아관계−국제관계'라는 큰 틀 위에서 연구하는 방법도 필요하다. 필자는 이런 국제관계동학이라는 큰 틀에서 바라볼 때, 코리아문학의 한 축을 형성하는 북조선 문학 더 나아가 남북문학, 코리아문학의 서로 얽히고설킨 쌍생아적 관계를 해명할 수 있는 토대를 마련할 수 있다고 생각한다. 또한 국제관계동학이란 큰 틀 안에서

34) 남원진, 『양귀비가 마약 중독의 원료이듯⋯』, 도서출판 경진, 2012, 58~59쪽.

코리아문학을 해명할 때, 북조선 문학뿐만 아니라 남북문학, 더 나아가 코리아문학의 전체적 지형도 구축도 가능하지 않을까라고 판단한다.

1. 기본자료

「모스크바全同盟文化協會執行委員會 委員長 께메노브 貴下」, 『문화건설』 1, 1946.7.

「北朝鮮文學藝術總同盟 各同盟常任委員及部署」, 『문화전선』 2, 1946.11.

「北朝鮮藝術家團結 人民大衆의文化樹立: 北朝鮮藝術總聯盟結成大會」, ≪정로≫ 69, 1946.3.28.

「第二次北朝鮮藝術總聯盟 全体大會抄錄」, 『문화전선』 2, 1946.11.

「제一차 조선 작가 동맹 회의 결정서」, 『조선문학』 1, 1953.10.

「조선문학예술총동맹 및 각동맹 중앙위원」, 『문학예술』 4-1, 1951.4.

「朝蘇文化協會發足」, ≪정로≫ 3, 1945.11.14.

「土地改革의實施는民族文化의大路를開拓」, ≪정로≫ 58, 1946.3.14.

김동전, 「조선 문학 예술 총 동맹 결성 대회 진행」, ≪문학신문≫ 322, 1961.3.3.

리충현, 「작가 리기영 선생의 생애와 활동」, 『아동문학』, 1955.5.

北朝鮮藝術總聯盟, 「綱領」, 『문화전선』 1, 1946.7.

신상윤, 「서울대 국내 최대 북한 문학자료 소장」, ≪헤럴드경제≫ 7991, 2008.10.16.

이상헌, 「고향에 대한 그리움이 민족의식 출발점」, ≪부산일보≫ 19909, 2008.10.24.

朝蘇文化協會, 「綱領」, 『문화건설』 1, 1946.7.

朝蘇文化協會委員長, 「創刊에 際하야」, 『문화건설』 1, 1946.7.

권정룡 외, 『영웅들의 이야기』, 평양: 조선작가동맹출판사, 1955.

김사량 외, 『개선』, 평양: 조선작가동맹출판사, 1955.

김종회 편, 『력사의 자취』, 국학자료원, 2012.

리기영 외, 『조선단편집』 2, 평양: 문예출판사, 1978.

신형기·오성호·이선미 편, 『북한문학』, 문학과지성사, 2007.

유항림 외, 『불타는 섬』, 평양: 문학예술출판사, 2012.

한설야 외, 『개선』, 평양: 문학예술출판사, 2011.

2. 논문

김성수, 「북한 현대문학 연구 쟁점과 통일문학의 도정」, 『어문학』 91, 2006.3.

남원진, 「「개벽」과 토지개혁」, 『한국현대문학연구』 38, 2013.4.

전영선, 「북한문학 연구의 현황과 쟁점」, 『현대북한연구』 7-3, 2005.1.

3. 단행본

국사편찬위원회, 『금병동 문고 도서목록』, 국사편찬위원회, 2008.

국사편찬위원회, 『한국사종합논저목록(CD-ROM)』, 국사편찬위원회, 2003.

남원진, 『양귀비가 마약 중독의 원료이듯…』, 도서출판 경진, 2012.

_____, 『이야기의 힘과 근대 미달의 양식』, 도서출판 경진, 2011.

_____, 『한설야의 욕망, 칼날 위에 춤추다』, 도서출판 경진, 2013.

동국대 한국문학연구소, 『북한의 문학과 문예이론』, 동국대학교출판부, 2003.

방선주 편, 『북한논저목록』, 한림대학교출판부, 2003.

사회과학원, 『문학대사전』 4, 평양: 사회과학출판사, 1999.

송승섭, 『북한 자료의 수집과 활용』, 한국학술정보(주), 2011.

吳泳鎭, 『蘇軍政下하의 北韓』, 국토통일원조사연구실, 1983.

_____, 『하나의 證言』, 국민사상지도원, 1952.

アジア經濟硏究所 圖書資料部, 『朝鮮語資料所藏目錄』, 東京: アジア經濟硏究所,
　　　　1978.

アジア經濟硏究所, 『朝鮮文雜誌·新聞綜合目錄』, 東京: アジア經濟硏究所, 1987.

Lankov, A. N., 김광린 역, 『(소련의 자료로 본) 북한 현대정치사』, 오름, 1999(재판).

남한의 북한미술연구사: 1979~2010

홍지석

1. 남한의 북한미술연구: 양상과 관점

이 글은 본격적인 북한미술연구가 시작된 1979년 이후 30여 년 간 우리 미술계에서 진행된 북한미술연구를 통시적인 관점에서 단계적으로 검토하는 것을 목적으로 한다. '연구'라고 칭했지만 여기서 검토될 글들은 '학술논문'내지는 '학술서'의 요건을 갖추지 못한 보고서, 비평, 대중 교양서들이 상당수다. '학술적' 연구인가 아닌가가 북한미술 연구 현황을 논하는데 기준이 된다면 미술 분야에서는 단지 몇 편의 논문과 단행본만이 남게 될 것이라는 현실적 문제도 있거니와[1] 그렇게 남는 학술적인 연구성과들 역시 비학술적인 다수의 글들과 분리하여 그 의의를 논하기가 거의 불가능하다는 점에서 북한미술연구의 사적흐름을 개관하는 이 글에서 그러한 비학술적인 글들을 아우르는 것은 불가피하다. 북한미술연구사를 다룬 기존의 선행 연구로는 양현미의 「북한미

---

1) 양현미, 「북한미술 연구의 현황과 과제」, 『한국예술종합학교 논문집』 제3권, 2000, 91쪽.

술 연구의 현황과 과제」(2000)가 있다. 이 논문은 통계적·시대적·유형적 접근방식을 택해 1970년대에서 2000년까지 북한미술연구사를 다양한 관점으로 조명하고 있다. 이 논문의 장점은 성실하게 기존의 관련 자료들을 수집, 정리하는 데 주력하고 있다는 점이다. 다만 양적 접근에 치중하다보니 질적 접근이 크게 약화된 것은 이 논문의 한계라 할 것이다. 이 밖에 1979년 이후 발표된 중요 북한 미술 연구성과를 열거한 최열의 서술(2006)도 중요하다.[2] 이 글은 양현미와 최열의 선행 연구에 기초하여 여기서 다루지 못한 2000년대 후반 이후 연구성과들을 보충하는 한편 질적 접근을 택해 텍스트의 내용과 구조를 구체적으로 검토하는 방식을 취하고자 한다. 이런 접근을 취함에 있어 북한연구의 전개를 1980년대 중후반을 기점으로 냉전적 접근으로부터 탈냉전적 접근으로의 이행으로 이해한 이종석의 논의(2000)는 큰 보탬이 된다. 특히 북한 연구가 점차 실사구시를 지향하는 객관적, 실증적 접근으로 발전해갔다는 이종석의 논리는 이 논문의 전체 구성에 참조가 됐다. 1) 냉전시대의 북한미술연구(1980년 전후), 2) 북한미술연구의 탈냉전적 방향전환(1990년 전후), 3) 최근의 연구동향(2000년 이후) 순으로 전개되는 이 논문의 구성은 이종석의 논의에 기초한 것이다.

이 글에서 다루고자 하는 바는 분단·전쟁 이후 북한에서 전개된 미술의 흐름을 남한의 미술연구자들이 어떤 방식으로 다루고 이해했는가를 살펴보는 것이다. 그런 의미에서 이 논문은 모든 관련 문헌을 소개, 열거하는 것보다는 중요하다고 판단되는 문헌자료들을 중심으로 전반적인 논조와 접근방식의 변화를 짚어보는데 주력하고자 한다. 이 논문은 또한 월북작가연구현황을 제한적으로만 검토하게 될 것을 밝혀두고자 한다. 즉 이 글은 월북작가들의 월북이후의 행적을 검토한 논의들만을 다루게 될 것이다. 월북작가연구사는 그 자체 북한미술연구에서 비중 있게 다룰 중요한 주제지만 별도의 논문으로 발전시킬 만큼 큰 주제

---

2) 최열, 『한국현대미술의 역사』, 열화당, 2006, 30~31쪽.

여서 소략해서 다루기 어렵다는 문제도 있고 또 해방 전/해방기 이들의 활동상을 다룬 연구성과들을 양현미의 논문에서처럼 북한미술연구로 간주하는 것은 무리라는 판단에서다.

2. 『북한미술』(1979): 냉전시대의 북한미술 연구

본격적인 북한미술 연구의 출발점은 1979년 이일이 연구집필 책임을 맡아 국토통일원에서 낸 보고서 『북한미술』이다.[3] 여기에는 이일·오광수·유준상·윤명로가 각각 맡아 쓴 4편의 글이 실려 있다. 발표된 시기, 그리고 발표지면을 감안하면 이 글들은 정부의 대북정책 필요성을 충족시키기 위한 정책지향적 분석에 속한다고 할 것이다. 따라서 다음과 같은 비판, 즉 "편협한 이데올로기적 목표를 수행하기 위해 자의적으로 왜곡된 북한미술의 상을 구축하는 글", 또는 "북한미술을 파악하는 일정한 시각을 전제로 해놓고 자료가 공급되고 연구가 진행되었던 것"이라는 비판[4]은 불가피할 것이다. 하지만 이 글들에서 채택된 접근방식은 이후 북한미술 연구에 중요한 형식 모델을 제공했을 뿐만 아니라 여기서 제기된 문제의식이나 주제 가운데 상당수는 현재의 북한 미술 연구에도 여전히 유의미하다. 어떤 의미에서 이후의 연구는 1979년판 『북한미술』에서 노골적인 반공, 반북 경향성을 가급적 배제하고 거기서 제기된 논제들을 객관화, 이론화, 또는 재평가하는 과정이라고 볼 수 있을 정도다. 4편의 글 가운데 이일의 글은 '사회주의적 사실주의'의 관점에서 북한미술을 비판한 것이고 오광수의 글은 '민족 형식'의 관점에서, 유준상의 글은 '개별과 보편'의 관점에서, 윤명로의 글은 '기법과 양식, 장르'의 관점에서 북한 미술을 비판한 글이다.

---

3) 양현미, 앞의 논문, 93~94쪽.

4) 이영욱·최석태, 「주체미술의 개념과 실제」, 김문환 편, 『북한의 예술』, 을유문화사, 1990, 43쪽.

먼저 이일의 글 「북한의 사회주의적 사실주의의 실상」을 보자. 이 글은 '사회주의적 사실주의'를 비판하는 것으로 시작한다. 그가 보기에 1932년 소비에트미술가조직동맹 제1차대회에서 공식화된 사회주의적 사실주의는 "형식면에 있어서는 기존의 아카데미즘을 무비판적으로 받아들이는 한편 그 틀에다 사회주의적 내용의 어떤 특정 주제와 거기에 따르는 특정 대상을 뜯어 맞춘데" 불과하다.5) 이일에 따르면 북한의 미술은 소비에트의 사회주의적 사실주의를 받아들이되 그것을 한층 교조화, 획일화한 것이다. 더 나아가 그가 보기에 북한 미술은 그것을 김일성 유일사상, 개인 우상화로 물들였다.6) 특히 이일은 북한에서 내세운 '민족적 형식에 사회주의적 내용'이라는 테제를 중점적으로 비판한다. 주지하다시피 북한에서는 1960년대 이후 민족적 형식의 본보기로 조선화를 내세우며 계승해야 할 조선화의 화법적 특성으로 "힘있고 아름다우며 고상한" 또는 "선명하고 간결한"이라는 김일성의 평가를 내건다.7) 이에 대해 이일은 "힘있고 아름답고 고상한 것", "선명하고 간결한 것"이 어떻게 독자적 미술형식, 또는 민족적 형식이 될 수 있을지 묻는다. 그가 보기에 전통은 "지역적 시대적 그 밖의 여러 가지 여건에 의해 끊임없이 변하며" "어떤 공통점을 지니고 있으면서도 획일적이거나 단일적일 수 없는"8) 까닭이다. 그런 의미에서 우리 민족성의 다양하고 다채로운 표현은 '민족적 형식과 사회주의적 내용', 그리고 '사회주의적 사실주의'라는 교조 속에 획일화된 것으로 평가된다.9) 또한 그는 다음과 같은 북한미술계의 주장, 곧 '다양한 주제영역'을 탐구하며 '다양한 계층의 주인공들을 형상화'해야 한다는 주장이 한정된 주제에 국

---

5) 이일, 「북한의 사회주의적 사실주의의 실상」, 『북한미술』, 국토통일원, 1979.12, 12쪽.

6) 위의 글, 14쪽.

7) 김일성, 『우리의 미술을 민족적 형식에 사회주의적 내용을 담은 혁명적인 미술로 발전시키자』, 평양: 사회과학출판사, 1974, 5~6쪽.

8) 이일, 앞의 글, 20쪽.

9) 위의 글, 22쪽.

한되어 진행된 북한미술의 현실에 비추어 모순적이라고 비판한다. 그의 글은 김일성을 형상화한 북한 회화를 프랑스 아카데미 화가 메소니에의 나폴레옹 그림에 대응시켜 비판하는 것으로 마무리된다.

영웅적 항일투사 김일성도 필경은 메소니에의 인형극 꼭두각시 이상의 것이 못된다. 그리고 비단 김일성 뿐만 아니라 북한미술의 모든 작품 나아가서는 북한의 사회주의적 사실주의 자체가 미술을 그네들의 이데올로기에 의해 꼭두각시화된 삽화, 회화 이전의 도해로 전락시키고 있는 것이다.10)

1979년의 글에서 피력된 북한미술에 대한 이일의 비판 논리는 이후 1990년에 서성록과 함께 쓴『북한의 미술』에서 좀 더 구체화된다. 여기서 이일은 북한미술의 기본 관점이 내용 우위의 '내용주의'에 있으며 실질적으로 형식은 형식으로서의 독자성을 잃고 있다고 평가한다.11) 또한 그는 민족적 특성에 바탕을 두어야 할 민족적 형식을 사실주의에서 찾는 북한미술－김일성－의 논리가 본래부터 모순적이라고 주장한다. "그 사실주의라는 것은 그것이 설사 현실의 반영 또는 현실의 재현을 의미한다고 하더라도 결코 민족적인 형식일 수는 없는 것"12)이라고 보기 때문이다. 그는 또한 여기서 북한미술을 아카데미즘으로 간주했던 1979년의 논리를 확장해 북한미술을 '사회주의적 사실주의 아카데미즘 미술'로 규정한다.13)

한편 오광수의 글「한국미술의 전통양식과 북한미술: 특히 조선화를 중심으로」는 '민족적 형식과 사회주의적 내용' 테제 가운데 '민족적 형식' 문제에 초점을 두어 전개된다. 특히 이 글은 북한에서 민족적 형식에 가장 상응한 것으로 간주한 '조선화' 문제를 집중 검토하고 있다.

---

10) 위의 글, 33쪽.

11) 이일·서성록,『북한의 미술』, 고려원, 1990, 19쪽.

12) 위의 책, 38쪽.

13) 위의 책, 40쪽.

오광수는 먼저 북한에서 '조선화'가 부각되고 '조선화 담론'이 변화하는 역사적 과정을 살핀다. 그에 따르면 1940~1950년대에 북한에서 조선화는 전래의 동양화 양식을 그대로 계승하고 있다. 하지만 1954년의 김일성 교시—조선화를 발전시킬 데 대한 강령적 교시와 1965년 교시—조선화를 채색화로 발전시킬 데 대한 교시를 전후로 사정이 바뀐다. 오광수는 1965년의 교시에서 피력된 "조선화는 채색화로 발전시켜야 한다"는 요구가 전통의 전면적인 굴절을 가져왔다고 평가한다. 그가 보기에 진정한 회화전통은 채색화에 있었다는 식의 이론 강화는 회화형식의 변증법적 추이로서 새로운 형식의 유도가 아니라 김일성 개인의 극히 말초적인 심미안과 기호에 의한 것에 불과하기 때문이다.[14] 오광수에 의하면 1965년 교시에서 드러난 김일성의 채색화 개념은 "연하고 부드럽고 자극성이 심하지 않은 그러면서 힘있고 아름답고 고상한 미감을 자아내는 것"이며 이것이 북한 조선화의 실천에서 "필법과 준을 무시하고 몰골진채에만 의존"하는 방식으로 귀결됐다. 하지만 이렇게 필법과 준을 무시하는 태도는 오광수가 보기에 동양화 고유의 조형적 요체를 무시한 이질적 조형에 지나지 않는다.[15] 오광수가 지적하는 또 하나의 문제는 조선화의 논리가 여타 미술 장르로 확산, 강요되어 각 장르의 표현적 특질이 제거되고 모든 장르의 회화가 조선화류로 획일화된다는 문제다. 그가 보기에 이 모든 상황은 "전통의 왜곡과 그로 인한 민족 고유의 감정과 정서의 파괴"[16]를 가져온다.

한편 유준상의 글은 「북한미술에 있어서의 개성의 저각현상」이라는 제목에서 이미 명시적으로 드러나듯 북한미술의 획일적, 전체적인 양상을 비판한다. 예컨대 북한에서 "유화와 수채화와 판화라고 하는 매체가 똑같이 조선화의 채색화를 닮아야 한다"는 주장이 강력한 영향력을

---

14) 오광수, 「한국미술의 전통양식과 북한미술: 특히 조선화를 중심으로」, 『북한미술』, 국토통일원, 1979.12, 71쪽.
15) 위의 글, 83~85쪽.
16) 위의 글, 90쪽.

행사하고 있는 것에 대해 유준상은 이처럼 "하나의 전체를 위해서 각 장르가 지니고 있는 표현상의 특질이 없어지고 있음"은 "그와 같은 장르에 종사하고 있는 개인이나 개성의 의미가 없어지고 있음을 말하는 것"이라고 평가한다.[17] 같은 맥락에서 유준상은 1970년대 이르러 북한에서 집체작이 부각되는 양상 또한 '개성의 저각현상'으로 파악한다. 그가 보기에 집체작은 "작품만을 있게 하고 작가는 없애버리는 방법"[18]이기 때문이다. 하지만 이러한 논리는 자칫 '개별'만을 강조하고 '보편'을 배제하는 논리가 될 수 있다. 이러한 사실을 인식해서였는지 유준상은 북한의 전체주의 체제에서 보편화(획일화)는 "下向的인 비개성 강요"인 데 비해 우리가 희망하는 보편은 "각개의 예술가들이 자발적으로 건설적으로 참여하는 원숙한 인식으로서 개성의 포기", 즉 "우리의 삶에 뿌리박은 사회화"가 되어야 한다고 주장한다. 끝으로 윤명로의 글은 북한미술의 주제와 내용·용어·양식·기법을 비판적인 관점에서 열거한 후 그러한 기법이나 양식이 김일성 유일사상과 우상화를 위한 하나의 목적화로 전락하고 있다고 평가한다. 이러한 견지에서 윤명로는 "북한의 미술은 엄밀한 의미에서 존재하지 않고", "예술의 세계성이라는 인류공통의 이상에서 영원히 탈락되어 가고 있다"고 주장한다.[19]

이상에서 살펴본 바 1979년판 『북한미술』에는 우선 반공, 반북 이데올로기 편향의 노골적인 비판이 두드러진다. 하지만 그러한 비판의 전거가 되는 사실 서술과 논자들이 제기한 문제의식은 확실히 후대 연구와 관련하여 시사하는 바가 많다. 이를테면 여기서 제기된 다음과 같은 문제들, '소비에트의 사회주의 리얼리즘과 북한미술의 관계성', '리얼리즘과 민족형식의 관계', '주체사상과 북한미술의 관계', '조선화(또는 한국화)의 발전적 계승', '개성(작가)과 익명성(집체)' 과 같은 문제들은

---

17) 유준상, 「북한미술에 있어서의 개성의 저각현상」, 『북한미술』, 국토통일원, 1979.12, 104쪽.
18) 위의 글, 106쪽.
19) 윤명로, 「북한미술의 기법과 양식」, 『북한미술』, 국토통일원, 1979.12, 64쪽.

이후 북한미술 연구에서 중점적으로 다뤄진 주제다. 물론 이후 연구가 진행되면서 1979년『북한미술』논자들의 해석은 다양한 방식으로 계승·재평가·수정됐다. 이는 1979년 저자들 자신의 글에서도 확인할 수 있다. 예컨대 1995년『한국현대미술사』개정판 1쇄에서 오광수는 1979년 자신의 논의를 따라 "조선화로 명명된 저들의 민족형식이란 채색을 근간으로 한 몰골기법으로 특징 지워 진다"고 주장하면서도 그것을 극력 비판하던 1979년의 입장을 자제하고 북한에서 하나의 양식으로서 조선화가 성립된 상황에 주목한다. 이렇게 북한에서 하나의 양식으로서 조선화를 성립시키고 있다는 사실은 1995년의 오광수에게 아무런 양식적 특수성이나 이에 따른 연구나 논의가 없이 단순히 주체성이라는 수사에 걸맞은 용어로서 차용되고 있는 (남한의) 한국화에 비추어 긍정적인 단면으로 보인다.

> 과연 채색화가 우리 본래의 전통적 양식인가 하는 논의와, 화사하고 부드럽고 고상한 색채만이 전래로 한국인이 좋아하는 색채 체계인지에 대한 검증은 일단 차지해놓고 또 여기다 내용에 있어 천편일률적인 일인우상화로 집약되는 경직성에도 불구하고 하나의 양식으로서 조선화를 성립시키고 있다는 점은 긍정적인 한 단면이라고 하지 않을 수 없다.[20]

1979년『북한미술』이후 북한미술 연구는 한동안 정체 상태에 놓이게 된다. 이러한 상황은 1987년 이후 급격히 달라진다. 이 시기 새로운 세대의 비평가, 이론가들은 보다 진보적 관점에서 전통·민족 미술, 소련 및 동구권의 사회주의 사실주의, 그리고 북한의 (주체)미술을 진지하게 검토했다.[21] 이제 이하에서 그 내용을 구체적으로 살펴보기로 하자.

---

20) 오광수,『한국현대미술사』, 열화당, 1995, 275쪽.
21) 양현미, 앞의 논문, 95~97쪽.

3. 북한미술 연구의 탈냉전적 방향전환: 1990년 전후

1980년대 말에서 1990년대 초에 북한미술연구에는 큰 변화가 있었다. 일단 북한미술 연구자와 연구성과가 크게 증가했다는 점에 주목해야 할 것이다. 여기에는 물론 탈냉전의 시대 흐름이 큰 영향을 미쳤다.[22] 또 7·7선언으로 대표되는 정부의 대북정책 방향 전환도 빼놓을 수 없다. 북한미술 연구에 국한시켜보자면 1988년의 월북작가 해금 조치가 중요하다. 또 제한적인 형태로나마 북한미술 관련 자료들의 접근 가능성이 확대된 것도 중요하다.[23] 이러한 분위기에서 미술 분야에도 다른 분야와 마찬가지로 기존의 냉전적 북한연구에 반기를 든 일련의 움직임이 나타났다. 이종석이 지적한대로 이러한 움직임은 초기에 '북한바로알기운동'으로 불리는 진보적 운동과 일정하게 궤를 같이하며 발전했다.[24] 1989년~1990년 절정에 달한 진보적인 관점에서의 북한미술연구에는 '학문으로서의 실사구시를 우선시하는 경향'과 '실천적 운동의 입장에서 연구를 진행하는 경향'이 뒤얽혀 있었다.[25] 이하에서는 이 시기 북한미술 연구를 진행한 주요 논자들의 논리를 검토해보기로 하자.

먼저 윤범모는 당시 탈냉전의 시대 변화에 주목한다. 그에 의하면 이 시기 국제 질서의 재편성과 국내의 진보적 분위기로 인해 냉전논리에서의 일탈을 꿈꾸는 것이 가능해졌다. 냉전논리에 대한 대안으로 그가 내세운 것이 바로 '제3세계적 시각'이다. 그가 보기에 '제3세계적 시각'은 냉전 논리에 따라 상호 이질성을 부각시키는 것이 아니라 강대국 중심의 세계질서의 피해자가 갖는 역사인식을 부각시킨다.[26] 냉전

---

22) 이종석, 『새로 쓴 현대북한의 이해』, 역사비평사, 2000, 89쪽.
23) 일례로 『역사비평』 1989년 봄호, 『가나아트』 1989년 5~6월호에는 다수의 북한미술작품들이 원색도판 형태로 소개됐다.
24) 이종석, 앞의 책, 93쪽.
25) 위의 책, 94쪽.

체제의 산물인 분단과 이데올로기의 대치상태는 모순과 갈등만을 낳았으며 서로 가장 잘 알고 있어야 할 남북한이 무조건적 대치상태에 이르는 결과를 낳았다. 이를 극복하기 위해서는 "신사고에 따른 화해와 민족동질성 확보를 위한 노력"이 요청된다는 것이 이 시기 그의 견해다. 그렇다면 북한의 사회체제와 예술문화의 특성을 살피는 작업은 통일조국을 향한 첫걸음이 될 것이다.27) 민족의 동질성 확보는 무엇보다 상호 실체 확인이며 서로간의 참모습을 모르고서는 어떤 대화나 정책도 실현할 수 없을 것이기 때문이다.28) 이런 관점에서 집필된 「북한의 문예정책과 미술이념」(1990)에서 그는 북한문예정책의 3대 원칙으로 당성·노동계급성·인민성을 열거하고 그것이 주체사상과 결합되는 양상을 관찰한다. 예컨대 그는 북한문예이론이 내세우는 '종자론'이나 '속도전'을 주체사상의 예술적 구현을 위한 창작원칙의 상호보완적 개념으로 이해한다.29) 더불어 그는 북한미술에서 조선화가 부각되는 양상에도 주목한다. 그의 관찰에 따르면 북에서 정리한 조선화는 채색에 의한 경쾌한 화면의 풍경 혹은 밝은 표정의 인물화가 주종을 이룬다. 이것은 과거 양반 문인화가들이 수묵화 위주로 비현실적 소재에 탐닉한 것에 대한 반작용이다.30) 이에 대한 윤범모의 평가는 유보적이다. 한편으로 그 부드러운 필치의 섬세한 색감은 관객에게 친근감을 주고 이해의 편의를 제공하여 공감대를 넓힐 수 있을지 모른다. 그러나 다른 한편으로 이렇듯 지나치게 밝은 표정, 한결같이 명랑한 분위기는 자연스러운 현장성을 지우는 경향이 있다.31)

「북한의 문예정책과 미술이념」을 발표한 몇 년 후에 윤범모는 다시

---

26) 윤범모, 「제3세계 미술의 재인식」, 『제3세계의 미술문화』, 과학과사상, 1990, 43쪽.

27) 위의 글, 43쪽.

28) 윤범모, 「북한의 문예정책과 미술이념」, 앞의 책, 1990, 119쪽.

29) 위의 글, 126쪽.

30) 위의 글, 127쪽.

31) 위의 글, 129~130쪽.

「북한미술의 특징과 조선화의 세계」(1993)를 썼다. 이 글에서 그는 '제3세계적 시각'이라는 개념을 빼고 그것을 '시각의 재조정'으로 대치한다. 비판에 앞서 실상을 정확히 파악하는 것이 중요하다는 것이다. 여기에는 "독특한 사회 체제의 산물이라는 것을 감안하지 않고 북한 미술을 선입견에 따라 무조건적으로 외면하는 것은 바람직하지 않다"는 생각이 전제돼 있다.[32] 이러한 분석을 통해서 그는 북한 미술의 특성으로 다음 몇 가지를 열거한다. 우선 북한에서 미술은 한 개인만의 소유물이 아니라는 사고방식이 지배적이다. 즉 그것은 "이기주의적, 사적 세계의 산물이거나 대중과 유리된 고급상품으로서 미술이 아니다."라는 것이다. 그는 이러한 특성을 북한미술의 긍정적 요인이라고 해석한다.[33] 그러나 다른 부정적 요인들은 그 긍정적 요인을 훨씬 넘어선다. 가장 큰 문제는 미술을 지나치게 혁명 도구로만 간주하여 이데올로기의 포로로 만들었다는 점이다. 또한 작가의 창의성에 대한 제도적 구획정리라든가 사실주의에 대한 지나칠 정도로 협애한 해석, 그리고 전통에 대한 창조적 계승 작업의 부진도 간과할 수 없는 문제다.[34] 이 글에서 윤범모가 특히 주목하는 것은 채색화 위주로 전개된 북한 조선화의 가치 평가 문제다. 이것은 1970년대에 이미 양적, 질적으로 성장한 조선화가 북한 미술작품 가운데 압도적인 비중을 차지한 사실을 감안하면

---

32) 윤범모, 「북한미술의 특징과 조선화의 세계」, 『북한연구』, 대륙연구소, 1993년 여름 재수록; 『한국근대미술: 시대정신과 정체성의 탐구』, 한길아트, 2000, 462쪽.

33) 위의 글, 위의 책, 479쪽. 당시 윤범모는 소수의 천재 미술가의 창작물이 아니라 익명의 집단(공동체) 창작에서 삶과 소통하는 새로운 미술의 대안을 찾았다. 예컨대 다음과 같은 구절을 보자. "칠레의 라모나 파라대의 벽화는 멕시코의 벽화운동과도 차별성을 갖고 있다. 멕시코의 경우는 특정작가의 주도하에 어느 정도 개인의 명망성이라든가 사적인 세계의 여지를 두고 있었다. 그러나 라모나 파라대의 경우는 제작자의 명망성과는 관련이 없는 집단창작의 성과물이다. 그렇듯 철저한 익명성은 곧 개성이니 작가세계니 하는 미명을 앞세운 상품미학적 접근을 차단한다. 특정인의 명예나 치부 등 이른바 세속적 이들과는 관계를 맺지 않고 순수한 의미에서 자신의 발언을 공공장소에 진솔하게 표현한 조형물이 그만큼 설득력과 함께 대중적 호응도를 받았기 때문이다."(윤범모, 「제3세계 미술의 재인식」, 53쪽)

34) 윤범모, 「북한미술의 특징과 조선화의 세계」, 위의 책, 481~482쪽.

분명 중요한 논제다. 윤범모에 따르면 북한 조선화의 문제는 김일성(그리고 김정일)이 내세운 '선명하고 간결한 전통 화법'이 조선화의 형식적 특성을 규명하는 유일한 척도가 됐다는 점이다. 그는 이렇게 묻는다.

어떻게 선명성과 간결성이란 특징에만 얽매여 삶의 다양한 측면을 조형적으로 소화시키려 하지 않았을까. 어둠이 없는 밝음, 비판이 없는 체제순응적 창작이란 무엇인가. 부실한 기반을 연상하게 한다. 시각의 다변화가 논의의 관건이 된다.35)

원동석은 윤범모와 유사한 관점에서, 그러나 좀 더 부정적인 관점에서 북한미술에 접근한 논자다. 그는 1989년 『실천문학』 여름호에 「북한의 주체미술 이론과 창작」을, 1990년에 윤범모가 편집한 『제3세계의 미술문화』에 1989년의 글과 거의 유사한 견지에서 「북한의 주체사상과 주체미술」이라는 글을 발표했다. 그는 후자의 글에서 "북한미술을 알려면 북한 사회를 알아야 하고 북한 사회를 알려면 북한 사회를 움직이게 하는 이념체계의 예술론을 알아야 한다."36)는 전제 하에 북한 주체사상과 주체미술의 상관성을 검토한다. 그 과정에서 다음과 같은 특성들이 열거된다. 먼저 북한미술은 (서구의) 추상화를 내용과 분리된 형식주의 미학으로 비판한다. 반대로 내용은 강조될 것이다. 예술의 사상성을 극도로 강조하는 북한 미술은 주제와 내용을 부각시킨 내용주의 미학으로 규정될 수 있다. 한편 북한 미술에서 가장 두드러진 특성은 조선화의 강조다. 특히 문인취향의 수묵화를 배제하고 채색화를 복권시

---

35) 위의 글, 482쪽. 좀 더 최근에 쓴 글에서도 이러한 논조는 유지된다. 예컨대 「조선화: 선명성과 간결성, 함축과 집중의 세계」(2005)에서 윤범모는 조선화의 '화사한' 세계가 어둠을 방기하고 있음을 지적한다. 그가 보기에 인간사는 항상 밝지 않다. 밝은 면을 강조하기 위해서라도 어두운 채색이나 다채로운 표현기법이 요구될 것이다. 그런 의미에서 윤범모는 북한 미술이 수묵의 장점을 방기한 것을 안타까워한다. 윤범모, 「조선화: 선명성과 간결성, 함축과 집중의 세계」, 『한국미술에 삼가 고함』, 현암사, 2005, 271쪽.
36) 원동석, 「북한의 주체사상과 주체미술」, 『제3세계의 미술문화』, 과학과사상, 1990, 131쪽.

킨 것은 주목을 요한다. 그런데 원동석이 보기에 문제는 조선채색화가 지배적인 경향이 되어 서양 유화, 더 나아가 다른 미술 장르들의 독단적 준거틀로 된다는 점이다. 그것들은 "종속적 위치로 전락한 느낌마저 보인다."[37] 이런 관찰에 의거해 원동석은 북한미술이 형식과 기법의 단일성에 매몰됐다고 판단한다. 이러한 판단은 자연스럽게 다음과 같은 자문으로 이어진다. "예술의 형식과 내용의 변증법적 발전 단계에서 북한미술은 내용편중에 치중함으로써 형식발전의 탄력성을 잃고 있다 함은 남한 쪽 시각의 오해나 편견일까?"[38] 이러한 비판적 시각은 북한미술의 화사한 화면과 밝은 표정에 대해서도 마찬가지로 적용된다. 원동석이 보기에 그것들은 체제긍정의 현실주의이며 또 다른 의미의 '제도권 미술'이다.[39] 1989년~1990년에 북한미술에 관해 글을 쓴 논자들은 대부분 북한 미술을 직접 접해 보지 못한 상태에서 글을 썼다. 이런 사실 때문에 이들의 논지 전개나 평가는 어떤 한계가 있다. 이는 앞서 다룬 윤범모나 원동석도 분명히 인식하고 있었다. 유홍준은 이보다 적극적인 견지에서 그러한 한계 때문에 북한 미술에 대한 논의가 '평가'가 아니라 일단 '이해'에 초점을 두어야 한다고 주장한 경우다.[40] 그는 「북한미술의 사적 전개와 그 이해」(1990)에서 역사적 관찰 방법을 적용하여 북한미술의 단계별 전개 과정을 고찰했다. 하지만 북한에서 간행된 『북한현대미술사』 같은 저작이 부재한 상태였기 때문에 그는 북한 사회과학원 력사연구소가 펴낸 『조선전사』의 시대 구분에 준한 미술 분야 논의를 정리하고 이를 다른 글들을 참조하여 보충, 해제하는 방식으로 이 글을 썼다. 이에 따라 북한 미술의 역사적 전개는 1) 민주건설시기(1945.8~1950.6), 2) 조국해방전쟁시기(1950.6~1953.7), 3) 전후복구(1953~1956)와 사회주의기초건설시기(1957~1959), 4) 천리마시기(1960~

---

37) 위의 글, 142쪽.

38) 위의 글, 142쪽.

39) 위의 글, 143쪽.

40) 유홍준, 「북한미술의 史的 전개와 그 이해」, 김문환 편, 『북한의 예술』, 을유문화사, 1990, 14쪽.

1970), 5) 사회주의건설시기(1971~1979)와 주체미술의 대전성기(1980~ 1989), 6) 현 단계의 북한미술로 나누어 서술됐다. 단계 서술에서는 각 시기 북한문예의 전체 흐름을 서술하고 그것이 미술 제도와 담론에 어떤 방식으로 적용됐는지를 검토한 다음, 작품 경향과 대표작을 나열하는 방식을 택했다. 이런 고찰의 결과 유홍준은 북한미술의 사적 전개에는 "열악한 국제적 환경 속에서 나름대로 독자성을 확보하려고 노력한 흔적"은 확연히 찾아볼 수 있다고 본다.41) 그러나 이렇게 "최대한으로 개방된 시각에서" 북한 미술을 이해하려는 논자에게도 이해할 수 없는 부분이 있다. 그 내용을 유홍준은 이렇게 정리한다. 첫째, 북한의 미술에서 리얼리즘 자체에 대한 해석이 매우 편협하고 단선적이다. 둘째, 민족적 형식의 모색에서 조선말기, 이른바 봉건사회 해체기의 민중미술의 성과를 탐구, 계승, 발전하려는 의지가 없다. 셋째, 주관성, 개인적 감정을 철저히 부정함으로써 감정의 기복을 배제한다는 점이다. 이는 예술적 상상력의 고양과 인간적 현실 체험의 확대라는 관점에서 유홍준이 보기에 유감스러운 부분이다.42) 한편 이태호는 『가나아트』 1989년 5~6월호에 「조선화를 통해 본 북한의 미술과 미술사 연구동향」을 발표했다. 여기서 이태호는 1950년대 후반 김용준이 발표한 글에 주목하여 북한미술과 미술사 서술의 기초가 김용준에 의해 마련됐을 것이라고 추정한다. 김용준으로 대표되는 민족적인 것의 회복에 대한 열망이 전통양식의 복권을 가능케 했고 그것으로 "사회의 현실적 요구에 따른 새로운 내용을 담아냈다"는 것이다. 가령 그는 〈남강마을 여성들〉과 같은 북한식 조선화를 "새로운 민족형식으로서 사실주의적 조선화"로 평가한다.43) 또한 그는 여기서 이 시기 남한에 소개된 북한의 『조선미술사』(과학백과사전출판사, 1987, 1989(한마당에서 재간행))를 비판적으로

---

41) 위의 글, 40쪽.

42) 위의 글, 41~42쪽.

43) 이태호, 「조선화를 통해 본 북한의 미술과 미술사 연구동향」(1989), 『우리시대 우리미술』, 풀빛, 1991, 223쪽.

검토한다. 그가 보기에 북한의 미술사 서술은 몇 가지 장점도 있지만 자료의 열악함, 새로운 연구성과의 누락으로 인해 전반적으로 그 내용이 부진한 느낌을 준다. 이런 시각에서 이태호는 남북미술사 연구자료의 공개교환의 필요성을 강조한다.[44]

1990년에 발표된 또 하나의 주목할 만한 글은 이영욱과 최석태가 함께 쓴 「주체미술의 개념과 실제」다. 이 장문의 글은 서두에서 접근 방법론으로 이른바 내재적 방법론을 적용할 것임을 분명히 한다. 즉 이 글은 "북한에서 자신들의 미술의 이념적, 미학적 목표로 제시하고 있는 '주체미술'의 관점에 입각하여 북한에서 자신들의 미술을 어떻게 이해하고 추동하고 있는지, 그리고 실제 미술작품들의 실상은 어떠한지를 소개하는 것"[45]을 주요 과제로 삼고 있다. 본문에서는 북한미술의 역사적 전개 과정에서 제기된 여러 이슈들이 폭넓게 구체적으로 다뤄지고 있다. 예컨대 이 글에서는 1970년대에 북한미술에서 본격 부각된 소위 '항일혁명미술'의 논리와 내용이 섬세하게 검토되고 있을 뿐만 아니라 1950년대 후반 김용준의 이여성 비판에서 촉발된 조선화 개신 논의가 수묵에 대한 채색의 우위로 귀결되고 이렇게 규정된 조선화가 주체미술의 토대로 확립되는 과정을 사례 작품을 중심으로 세세히 논구하고 있다. 또 글 후반부에는 주체미술의 화두인 수령형상화, 인민 형상화, 사회주의 풍경화, 대기념비 미술, 피바다식 무대미술, 선전화 등과 같은 주제들을 실제 작품과 관련하여 비교적 상세히 검토하고 있다. 이 글의 결론에서는 주체미술의 긍정적 측면과 부정적 측면이 함께 언급된다. 우선 긍정적 측면으로는 다음과 같은 것들이 있다. 1) 미술을 인민 대중의 시각구조에 맞는 것으로 되게 하기 위해 노력한다. 2) 작품의 소재를 개인적인 선에서보다는 공동체의 삶과 역사에서 취하려고 노력한다(물론 그 노력이 얼마만큼의 공감을 얻어내는지는 별개로). 3) 미술

---

44) 위의 글, 228~233쪽.

45) 이영욱·최석태, 「주체미술의 개념과 실제」, 김문환 편, 『북한의 예술』, 을유문화사, 1990, 44쪽.

적 기량이 충분히 확보돼 있다. 부정적 측면으로는 다음과 같은 것들이 언급된다. 1) 대부분의 작품이 좁은 의미의 사회적 기능에 한정되어 미술이 사람들의 다양한 생활 감정을 조직하고 형성할 가능성을 차단한다. 2) 기능의 협애화가 작품 양식에 영향을 미쳐 대부분 19세기 서구의 사실주의 양식을 크게 벗어나지 못하고 있다. 3) 조선화의 현대화를 위한 노력은 인정할 만하나 일정한 현실상—밝고 경쾌한 현실을 전제하고 그에 따라 형식상의 제 요소들에 대한 규정이 주어지게 되어 민족형식이 다양하게 펼쳐질 가능성을 차단하고 있다.46)

지금까지 살펴본 바 1980년대 후반에서 1990년대 초반에 북한미술을 다룬 논자들은 반공 이데올로기 경향성을 뚜렷하게 드러낸 1979년 『북한미술』의 저자들에 비해, 북한미술에 대한 접근에서 '부정적 선입견을 배제한 객관적 접근과 이해'를 추구했다는 점에서 북한미술 연구의 새 장을 열었다고 평가할 만하다. 하지만 우리가 이미 확인한대로 이들은 대부분 글의 말미에 1979년 『북한미술』의 저자들이 서있던 부정적 자리로 회귀했다. 그들의 논의에서 북한 미술의 성격은 궁극적으로 "획일성, 단순성을 특성으로 하는 폐쇄적이고 천편일률적이며 단조로운 미술", "이데올로기의 포로", "내용주의 미학의 한계와 제도권 미술"로 귀결됐다. 이 시점에서 1980년대 후반에 활동한 또 한명의 주요 북한미술 논자인 최열의 논의를 살펴보는 것이 유의미할 것이다. 최열은 1980년대 말~1990년대 초 좀 더 적극적으로 북한미술 이해에 내재된 반공, 반북 이데올로기를 반대하는 편에 섰다. "반북, 반공이데올로기가 뿌리 깊게 배어있는 견해"가 아니라 "객관화시킨 다음 그 미술의 예술관, 미학의 사상적 기초 문제를 논의해야" 한다는 것이 그의 입장이었다.47) 그런 의미에서 그는 가령 북한미술이 "일정한 현실상-밝고 경쾌한 현실을 전제하고 그에 따라 형식상의 제 요소들에 대한 규정이

---

46) 위의 글, 87~88쪽.

47) 최열, 「북한미술의 내용과 형식」(≪영대신문≫, 영남대학교, 1988.9.21), 『한국근현대미술사학: 최열 미술사전서』, 청년사, 2010, 738쪽.

주어지게 되어 민족 형식이 다양하게 펼쳐질 가능성을 차단하고 있다"
는 원동석과 최석태의 비판을 독선적이고 주관적인 것이라고 비판한
다: "모든 북한의 미술가들이 묘사대상과 양식을 당이 강요하는 대로
받아들였다"고 보기 어렵기 때문이다.[48] 그가 보기에 북한의 문화를
바로 안다는 것은 "현 단계 민족문화운동을 민족 단위로 조성하면서
공동의 대응세력을 확정하고", "미구에 다가올 통일조국의 민족문화
건설을 예비한다는 목적의식을 갖춤"에 목표가 있다. 이런 전제 없이
호기심을 충족하기 위해 진행된 북한 바로 알기란 동질성을 강화하기
보다는 오히려 이질성만을 심화시킬 수 있다는 게 그의 우려였다.[49]
그가 보기에 남한과 북한의 미술은 한 민족 내의 두 개의 민족형식이
아니라 "한 민족 내의 각이한 발전단계, 성장속도와 수준을 반영하는
다양한 수준의 민족적 형식"이다.[50] 이런 관점에서 집필된 당시 최열
의 글에는 북한문예의 논리와 남한의 민중적 민족문예운동의 논리가
공존하면서 때로는 화합을 모색하고 또 때로는 충동을 빚는다. 예컨대
그는 북한의 집체창작과 군중예술에 주목한다. 그가 보기에 "집체창작
은 개인주의와 이기주의, 자유주의와 보수주의, 소극성과 신비주의 등
낡은 사상의 잔재를 뿌리 뽑는 창작방법"이라는 북한문예의 논리는 남
한 문예운동에서 '공동창작'의 논리와 궤를 같이한다. 또한 군중예술은
창조의 주체가 개인이 아니라는 것, 문예란 신비하고 선천적 재능이
있는 사람만이 만드는 게 아니라는 것에 의의가 있다.[51] 그러나 때로
양자는 갈등상태에 놓이기도 한다. 예컨대 북한에서는 수묵화를 봉건
지배계급의 미술양식으로 파악하고 있지만 이는 간단히 단정할 수 있
는 사안이 아니다. 가령 북한에서 높이 평가하는 김홍도의 회화는 수묵

---

48) 최열, 『민족미술의 이론과 실천』, 돌베게, 1991, 252쪽.
49) 최열, 「분단문화극복의 고리로서 북한문화를 이해한다」(≪경원대신문≫, 경원대학교, 1988.
    8.29), 앞의 책, 730쪽.
50) 최열, 『민족미술의 이론과 실천』, 앞의 책, 286쪽.
51) 최열, 「분단문화극복의 고리로서 북한문화를 이해한다」, 앞의 책, 733쪽.

선묘에 의존한다. 그럼에도 북한 회화가 선묘를 부정한다는 것은 최열이 보기에 이율배반이다. "선묘 자체가 봉건 지배계급의 고유한 형식이 아니라는 사실에 비추어 선묘를 폐기하는 것은 그렇게 올바른 일이라고 할 수 없기"[52] 때문이다. 그에게 중요한 것은 역사적 관점에서 새로운 단계의 사실주의 미술을 준비하는 일이다. 이러한 작업에는 18세기부터 진행된 소박한 사실주의 미술 전통이라는 유산과 20세기 식민지 조국에서 이뤄진 미술 유산, 더 나아가서는 각 시대와 역사과정을 통해 일궈낸 사실주의 미술의 발자취와 열매를 총화하고 거기서 새로 시작한다는 자세가 요청된다.[53] 이러한 관점을 발전시켜 2003년에 발표한 『한국현대미술의 역사』에서 최열은 북한미술연구가 기본적으로 실증주의와 역사주의에 기초할 것을 역설한다.

여기서 특별히 강조할 것은 조선공화국의 미술을 대상으로 삼을 때 21세기 미술사학자들의 관점과 태도에 관한 것이다. 동북아시아 미술사에서 20세기 후반에 수놓은 중국과 조선공화국의 사회주의 사실주의미술에 대해 반공이데올로기와 자본주의가 낳은 미학과 양식 그리고 그것을 터전으로 자라난 미의식과 미감, 취향을 잣대로 평가해온 것이 저간의 사정이다. 따라서 부정의 정도가 지나칠 지경이었다. 그러므로 먼저 관점과 태도의 객관성을 내세워 실증주의 및 역사주의 시각으로 다가서야 할 것이다. … 이러한 역사인식을 토대로 하여 연구를 진전시키고 나선 다음, 사학자의 주관에 따라 따지기를 수행하는 것이 순서일 것이다.[54]

인용한 최열의 언급은 1990년 전후 북한미술 연구를 추동하던 북한미술에 대한 모종의 기대, 그리고 새로운(!) 것에 대한 흥분이 가라앉거

---

52) 최열, 「북한미술의 내용과 형식」, 739쪽.
53) 최열, 「사실주의 미술에 대한 검토」(≪상명대신문≫, 상명대학교, 1993.10), 앞의 책, 38쪽.
54) 최열, 『한국현대미술의 역사』, 앞의 책, 38~39쪽.

나 사라진 시점에 연구자에게 요청되는 덕목을 시사한다. 실제로 1990년 중반 이후에 북한미술에 대한 비평가와 이론가들의 뜨거운 관심은 사라졌다. 대신 2000년 이후에는 적게나마 이데올로기적 편견에서 벗어난 객관적 연구태도, 실사구시, 실증과 논증에 대한 집착이 두드러진 저서와 논문들이 발표되기 시작했다. 유홍준이 『나의 북한문화유산답사기』 2권 말미에 쓴 다음과 같은 구절은 2000년 이후 북한미술을 대하는 연구자들의 일반적 지향성을 적어도 어느 정도는 반영하고 있는 것으로 보인다.

나는 북한답사기를 쓰는 내내 880년 전에 고려에 사절로 다녀간 송나라의 서긍(徐兢)을 생각했다. 그는 1123년(인종 원년) 휘종 황제의 사신으로 고려에 왔다. 그리고 그는 한달 여 머물고 돌아가서는 그 견문을 『선화봉사고려도경(宣和奉使高麗圖經)』이라는 책으로 펴냈다. 이 책은 결국 고려 사람들은 어떻게 살았는가를 가장 많이 그리고 가장 정확하게 말해주는 역사적 사료가 되었다. 그는 고려 정부의 통제로 바깥 출입이 자유롭지 못했다고 했으면서도 만월대 궁궐에 대한 인상에서부터 고려 사람들의 술버릇, 복식, 주택, 나아가서 어느 집 잔치상 밥그릇 생김새 같은 것까지 고려 사람들의 일상을 본 대로 주관적 개입 없이 서술하였다. 고려 사람들이 청자를 비색이라고 부른다는 것도 그의 증언이었다. 나는 나의 북한답사기가 최소한 서긍의 『고려도경』같은 '북한도경'이 되어야 한다는 생각에서 글을 썼다. 그러나 서긍의 글이 명백한 제약과 한계 속에 서술되었듯이 내 책의 가치 또한 한시적일 수밖에 없다.[55]

---

55) 유홍준, 『나의 북한문화유산답사기』 2, 중앙M&B, 2001, 369쪽.

4. 2000년 이후: 북한미술 연구의 최근 동향

2000년 이후의 북한미술 연구에서 가장 먼저 언급할 성과는 역시 이구열의 『북한미술 50년』(2001)이다. 이 책은 저자의 표현을 빌면 "북한미술 50년의 흐름을 미술계 전반의 체제적 구조와 당 정책, 김일성 교시의 절대성, 미술가 양성 및 시기별 작품 창작의 실태, 1970년대에 확립된 주체미술의 논리, 그리고 대를 이른 김정일의 영도 등에 대한 일차적 정리로 엮은 것"56)이다. 이 책에서 저자는 북한 내부 문건이나 작품들—1차 자료들을 최대한 객관적인 관점에서 체계적으로 배치, 배열하는 태도를 취한다. 특히 이 책은 현재 남한에서 구할 수 있는 대부분의 북한미술 관련 자료들을 활용하고 있기 때문에 현재로서는 가장 객관적이고 신뢰할 만한 북한미술 개설서로 평가할 수 있다. 북한미술 연구자의 입장에서는 저자의 이데올로기적 경향성을 크게 의식하지 않고 인용할 수 있는 최초의 북한미술 연구 단행본이다. 이 밖에 개설서 형태의 글로 전영선의 『북한의 문학예술 운영체계와 문예 이론』(2002), 『문화로 읽는 북한』(2009)이 있다. 이 저작들은 문학·음악·대중음악 등 북한 문학예술 전 분야의 관련성 속에서 북한미술의 위상과 의의를 조명하고 있다는 장점이 있다. 한편 윤범모의 『평양미술기행』(2000)은 유홍준의 『나의 북한문화유산답사기』(2000)와 더불어 기행문 형태로 북한미술을 서술한 독특한 사례다. 특히 이 책에서 소개된 조선미술박물관, 만수대창작사, 평양미술대학에 대한 정보들은 그 자체로 제도나 정책의 관점에서 북한미술에 접근하는 논자들의 1차 자료가 될 수 있다.

2000년 이후 진행된 북한미술에 관한 본격 연구는 몇 가지 갈래로 나눠볼 수 있다. 우선 월북·재북작가들의 월북 또는 6·25 전쟁 이후의 활동상에 관한 연구를 들 수 있다. 1988년 월북작가 해금조치 이후 월북(또는 재북) 미술가들의 일제강점기, 해방기 활동에 대한 연구는 비교적

---

56) 이구열, 『북한미술 50년』, 돌베게, 2001, 20쪽.

활발히 진행됐으나 월북 이후 북한미술계에서 이들의 활동상을 조명한 연구성과는 대개 2000년 이후에 발표되기 시작했다. 이에 관한 1차적 정보를 제공하는 글로는 윤범모의 「평양미술계와 월북화가」(1996)[57] 최열의 『한국현대미술의 역사』(2006)가 있고 개별 주제적 접근으로는 조은정, 「한국전쟁기 북한에서 미술인의 전쟁 수행 역할에 대한 연구」(2008), 홍지석, 「이여성의 조선미술사론」(2009), 권행가 「1950~60년대 북한미술과 정현웅」(2010)[58]가 있다. 특히 조은정의 글은 전쟁 심리전에 동원된 북한미술가들의 활동상과 관련된 1차 자료나 작품을 다수 발굴 소개하고 있어 1940~1950년대 북한미술계에 대한 보다 구체적인 이해를 돕는다. 하지만 이런 유형의 접근은 북한 문헌 가운데 리재현 『조선력대미술가편람』(증보판, 평양: 문학예술종합출판사, 1999)을 제외하면 작가적 접근을 택한 사례가 거의 없다는 점에서 큰 어려움을 겪고 있다. 그런 의미에서 문영대·김경희의 『러시아 한인 화가 변월룡과 북한에서 온 편지』(문화가족, 2004)는 매우 의미심장한 연구성과다. 이 책은 러시아 한인 2세 화가로 레핀 예술대 부교수로 있다가 1953년 6월부터 1954년 9월까지 소련 문화성의 추천으로 북한 교육성 고문 자격으로 북한에 머물며 평양미술대학 설립 등 북한미술계의 정립에 지대한 영향을 미친 변월룡 관련 서신들을 묶은 것이다. 여기 소개된 김주경·김용준·정관철·문학수·배운성의 편지글들은 그 자체 월북작가의 월북 이후 연구에 참고할 중요한 1차 자료일 뿐 아니라 북한 초기미술이 소비에트의 사회주의 리얼리즘을 학습, 수용하는 과정을 추적하는 데 중요한 단서를 제공하고 있다.

2000년 이후 북한미술연구의 또 다른 갈래는 이전 북한미술 연구가

---

57) 윤범모, 「평양미술계와 월북화가」(『월간미술』, 1996.8), 『한국미술에 삼가 고함』, 현암사, 2005, 244~262쪽.
58) 조은정, 「한국전쟁기 북한에서 미술인의 전쟁 수행 역할에 대한 연구」, 『미술사학보』 제30집, 2008; 홍지석, 「이여성의 조선미술사론」, 『인물미술사학』 제5호, 2009; 권행가, 「1950, 60년대 북한미술과 정현웅」, 『한국근현대미술사학』 제21집, 2010.

들이 관찰, 서술한 내용을 구체적인 문헌과 작품 분석을 통해 비판적으로 검증, 보완하는 논문들이다. 이런 접근에서 가장 중요한 성과는 박계리의 두 편의 논문, 즉 「김일성주의 미술론 연구: 조선화 성립과정을 중심으로」(2003), 「김정일주의 미술론과 북한미술의 변화: 조선화 몰골법을 중심으로」(2003)이다. 먼저 「김일성주의 미술론 연구」는 "채색화를 중심으로 조선화를 발전시킬 것"을 요구한 1965년 김일성 교시가 있기까지 북한 내부에서 전개된 이론투쟁의 양상을 꼼꼼한 문헌 분석을 통해 검토한 논문이다. 박계리에 따르면 그 과정에는 전통계승론(김용준)과 전통개조론(이여성)의 투쟁에서 전자가 승리하는 반사대주의 이론투쟁이 있었고, 다음으로 수묵화 전통과 채색화전통의 투쟁에서 후자가 승리함으로써 전자의 편에 섰던 김용준계가 몰락하는 반복고주의 이론투쟁이 있었다. 그 결과 "수묵화를 계급적 관점에서 척결해야할 봉건 잔재로 배격하고 인물 중심의 구상화를 위주로 하여 이를 채색화로, 서구적인 명암법을 사용하여 입체감을 강조하는 방법으로 그리는" 소위 김일성 시대 조선화 양식이 등장했다는 게 박계리의 요지다.[59] 다음으로 「김정일주의 미술론과 북한미술의 변화」는 김일성 시대의 조선화를 특징짓는 '구륵채색인물화'가 김정일 시대에 '몰골법에 의한 인물화'로 변화하는 과정을 추적한 글이다. 특히 박계리는 김정일 시대 몰골법에 대한 강조가 1960~1970년대에 봉건잔재로 치부되어 배격된 수묵 전통을 복권하는 작업의 일환이었다고 주장한다. 박계리의 해석에 따르면 이는 "그동안 거부했던 전통 수묵화의 다양한 기법과 준법을 보완하여 예술가들이 선택할 수 있는 표현방식의 다양화를 꾀하려는"[60] 의도에서 비롯된 것이다. 이밖에 남재윤의 「1960~70년대 북한 주체사실주의 회화의 인물 전형성 연구」(2007), 박미례의 「북한 주체미

---

59) 박계리, 「김일성주의 미술론 연구: 조선화 성립과정을 중심으로」, 『통일문제연구』 제39호, 2003, 300~301쪽.

60) 박계리, 「김정일주의 미술론과 북한미술의 변화: 조선화 몰골법을 중심으로」, 『미술사논단』 제16·17호, 2003, 322쪽.

술의 수령형상화에 관한 연구」(2009)61)는 구체적인 작품 분석과 유형화 작업을 통해 북한 미술에서 인물전형성 내지는 수령형상화에 대한 기존의 개념적 이해를 실증적 이해로 전환시키는데 일조한 경우다.

마지막 갈래는 북한미술을 이데올로기적 또는 내재적 차원에서 고립시켜 관찰, 분석하던 기존의 접근 태도에서 벗어나 그것을 보다 거시적인 문맥 속에서 상관적으로 이해하려는 시도들이다. 이러한 경향을 대표하는 연구로는 김영나의 「유토피아의 신기루: 정치적 공간으로서 사회주의 도시와 모뉴멘트」(2004)와 김재원의 「분단국과 사회주의미술: 舊동독과 북한의 미술을 중심으로」(2004)가 있다.62) 먼저 김영나의 글은 하나의 도시가 거대한 박물관이자 정치적 선전과 은유의 공간이 되는 과정에 건축, 조각 모뉴먼트가 관여하는 양태를 관찰한 글이다. 이러한 접근에서 평양 시내의 김일성 동상과 기념비 조각(건축)들은 나치 독일, 소련, 중국의 모뉴먼트와 마찬가지로 이미지가 이미지 자체의 기능에 의해서라기보다는 정치와 권력의 재현물로 기능하는 극단적인 사례로 간주된다. 한편, 김재원은 동독과 북한의 사회주의 리얼리즘 수용 양태를 비교하는 접근 방식을 택한다. 김재원이 보기에 동독 미술은 지리적, 국제정치적, 지적 요인과 유산에 힘입어 이미 통일 전에 소련식 사회주의 리얼리즘의 극복 단계로 진입했으나 북한미술은 "급격한 외래문화의 이식과정에서 스스로 새로운 미술 이론의 대안을 찾지 못하고 즈다노프식 사회주의 리얼리즘 이론을 무비판적으로 수용하고 그것을 변함없이 유지하고" 있다. 이러한 접근은 북한미술에 접근하는 새로운 방법론을 제시한다는 점에서 의미가 있다. 북한미술을 '사회주의'내지는 '분단국'으로서의 맥락에서 다룬 김영나와 김재원의 글은 보다 보편적, 거

---

61) 남재윤, 「1960~70년대 북한 주체사실주의 회화의 인물 전형성 연구」, 『한국근현대미술사학』 제19호, 2007; 박미례, 「북한 주체미술의 수령형상화에 관한 연구」, 『남북문화예술연구』 제4호, 2009.

62) 김영나, 「유토피아의 신기루: 정치적 공간으로서 사회주의 도시와 모뉴멘트」, 『서양미술사학회논문집』 제21호, 2004; 김재원, 「분단국과 사회주의미술: 舊동독과 북한의 미술을 중심으로」, 『미술사학보』 제21호, 2004.

시적 차원에서 북한미술을 이해할 단초를 제공한다는 것이다. 이러한 접근방식을 북한 내부 담론의 전개에 주목하는 기존의 논의에 접목하여 보다 진전된 북한미술 이해로 이끄는 것은 앞으로 남겨진 과제다.

5. 북한미술연구의 최근 경향과 과제

지금까지 살펴본 바. 남한에서 북한미술에 대한 연구는 대략 10년 주기로 변화를 보인다. 1980년을 전후로 한 시기에 처음 시작된 북한미술 연구는 이른바 냉전적 접근의 테두리에 갇혀 있었으나 1990년을 전후로 탈냉전적 접근이 부각되기 시작했다. 2000년 이후에는 1990년대의 유산을 토대로 북한미술에 대한 객관적, 실증적 연구가 본격화됐다. 이러한 흐름 속에서 북한 미술연구는 큰 주제에서 작은 주제들로 다양하게 분화됐다. 특히 최근 연구에서는 북한미술 일반에 대한 논의보다는 역사적 관점에서 시기별 양상을 논의하는 경향이 두드러진다. 「주체미술의 개념과 실제」라는 형태의 제목보다는 「1950~60년대 북한미술과 정현웅」, 「1960~70년대 북한 주체사실주의 회화의 인물 전형성 연구」 같은 제목을 택한 논문이 늘어나는 추세라는 것이다. 또 하나 주목할 점은 최근의 연구는 주체미술이 구체화되는 1970년대 이후보다는 그 이전, 즉 1950~1960년대 북한미술에 주목하는 경향을 보인다는 점이다. 이것은 권행가가 지적한 대로 초기 북한 미술에는 아직 교조화되기 이전의 역동성을 찾아볼 수 있고[63] 이러한 역동성이 연구자들의 관심을 끌기 때문인 것으로 보인다. 하지만 문제는 북한미술 연구가 여전히 양적으로 기대에 못 미친다는 점이다. 특히 몇몇 논자들을 제외하고 위에서 언급한 다수의 연구자들이 북한미술에 대한 지속적인 연구성과를 내놓지 않고 있다는 점은 안타까운 일이라고 하겠다.

---

63) 권행가, 앞의 글, 164쪽.

권행가, 「1950, 60년대 북한미술과 정현웅」, 『한국근현대미술사학』 제21집, 2010.

김문환 편, 『북한의 예술』, 을유문화사, 1990.

김영나, 「유토피아의 신기루: 정치적 공간으로서 사회주의 도시와 모뉴멘트」, 『서양미술사학회논문집』 제21호, 2004.

김재원, 「분단국과 사회주의미술: 舊동독과 북한의 미술을 중심으로」, 『미술사학보』 제21호, 2004.

남재윤, 「1960~70년대 북한 주체사실주의 회화의 인물 전형성 연구」, 『한국근현대미술사학』 제19호, 2007.

문영대, 김경희, 『러시아 한인 화가 변월룡과 북한에서 온 편지』, 문화가족, 2004.

박계리, 「김일성주의 미술론 연구: 조선화 성립과정을 중심으로」, 『통일문제연구』 제39호, 2003.

_____, 「김정일주의 미술론과 북한미술의 변화: 조선화 몰골법을 중심으로」, 『미술사논단』 제16·17호, 2003.

박미례, 「북한 주체미술의 수령형상화에 관한 연구」, 『남북문화예술연구』 제4호, 2009.

양현미, 「북한미술 연구의 현황과 과제」, 『한국예술종합학교 논문집』 제3권, 2000.

오광수, 『한국현대미술사』, 열화당, 1995.

유홍준, 『나의 북한문화유산답사기』 1·2, 중앙 M&B, 2001.

윤범모 편, 『제3세계의 미술문화』, 과학과사상, 1990.

윤범모, 『한국근대미술: 시대정신과 정체성의 탐구』, 한길아트, 2000.

_____, 『한국미술에 삼가 고함』, 현암사, 2005.

이구열, 『북한미술 50년』, 돌베게, 2001.

이일·오광수 외, 『북한미술』, 국토통일원, 1979.

이일·서성록, 『북한의 미술』, 고려원, 1990

이종석, 『새로 쓴 현대북한의 이해』, 역사비평사. 2000.

이태호, 『우리시대 우리미술』, 풀빛, 1991.

전영선, 『북한의 문학예술 운영체계와 문예 이론』, 역락, 2002.

_____, 『문화로 읽는 북한』, 유니스토리, 2009.

조은정, 「한국전쟁기 북한에서 미술인의 전쟁 수행 역할에 대한 연구」, 『미술사학보』
    제30집, 2008.

최 열, 『민족미술의 이론과 실천』, 돌베게, 1991.

_____, 『한국현대미술의 역사』, 열화당, 2006.

_____, 『한국근현대미술사학: 최열 미술사전서』, 청년사, 2010.

홍지석, 「이여성의 조선미술사론」, 『인물미술사학』 제5호, 2009.